더 코워커

더 코워커

THE
COWORKER

프리다 맥파든 장편소설

최주원 옮김

해피북스
투유

차례

프롤로그

하루 전

받는 사람: 세스 호프먼

보낸 사람: 돈 쉬프

제목: 중요

세스 지점장님,

급하게 의논해야 할 민감한 사안이 있습니다. 가능한 한 빨리 시
간을 잡고 지점장님 사무실에서 미팅하기를 요청하는 바입니다.

감사합니다.

돈 쉬프

받는 사람: 돈 쉬프

보낸 사람: 세스 호프먼

제목: Re: 중요.

네, 그러죠. 내 사무실로 언제든 오세요.

받는 사람: 세스 호프먼
보낸 사람: 돈 쉬프
제목: Re: 중요

세스 지점장님,

이왕이면 미팅 일정을 미리 잡는 게 좋을 것 같습니다. 그래야 그 시간에 지점장님이 사무실에 반드시 계시고, 들으면 자칫 언짢을 수 있지만 그래도 지점장님이 알고 있어야 하는 소식에 대해 충분한 시간을 두고 이야기할 수 있을 것 같거든요. 선약 때문에 심도 있게 해야 할 논의가 방해를 받거나, 더 나쁘게는 제가 사무실로 갔는데 지점장님이 부재중인 상황은 원하지 않아서요. 일정을 미리 정해두면 훨씬 더 편할 것 같습니다. 지점장님 일정표와 제 것을 대조해 다음 48시간 동안 미팅 가능한 시간 여섯 개를 추려내겠습니다. 지점장님이 그중에서 가장 편한 시간 두 개를 표시해 주면, 서로에게 편한 시간을 최종적으로 결정할 수 있을 것 같아요.

감사합니다.
돈 쉬프

받는 사람: 돈 쉬프

보낸 사람: 세스 호프먼

제목: Re: 중요

내일 2시 어때요?

받는 사람: 세스 호프먼

보낸 사람: 돈 쉬프

제목: Re: 중요

다음은 미팅 세부 일정입니다.

　장소: 세스 호프먼 지점장님 사무실

　시간: 오후 2시

제 일정표에도 넣어놨습니다.

감사합니다.

돈 쉬프

1부

THE
COWORKER

내털리

오늘 아침 사무실로 걸어 들어갈 때 돈이 자리에 없다면, 그것은 곧 세상이 망한다는 뜻이다.

농담이다. 이 세상에 정말로 종말이 온다는 뜻은 당연히 아니다. 하지만 돈을 잘 아는 사람이라면 내 말을 금세 이해할 것이다.

돈 쉬프는 우리가 함께 일하는 영양 보충제 회사 '빅스드'에서 지난 아홉 달 동안 내 옆자리에 앉았다. 그녀 일과만 보고도 시간을 맞출 수 있을 정도다. 오전 8시 45분 자기 자리로 출근, 오전 10시 15분 화장실 이용, 오전 11시 45분 휴게실에서 점심 식사, 오후 2시 30분 또 화장실 이용, 오후 5시 정각 컴퓨터 끄고 퇴근. 그러니 하늘이 무너지고 땅이 꺼지는 듯한 어떤 사건이 일어나 이 세상의 시계가 전부 사라진다고 하여도, 돈이 언제 화장실에 가는지를 보는 것만으로도 원래 세상의 시간을 맞취갈 수 있을 것이다. 초 단위까지도 말이다.

나는 보통 8시 30분에서 9시 사이에 출근한다. 9시쯤이라고
해야겠지. 모든 조건이 완벽하게 딱 맞아떨어지면 8시 30분에
도착하기도 한다. 맹세코 매일 똑같이 현관문 바로 옆 탁자 위
에 열쇠를 분명히 놔두는데, 열쇠에 발이 달렸는지 다음 날 보
면 어딘가로 사라지고 없을 때가 있다. 그런 날은 열쇠를 찾아
야 한다.

그게 아니면 교통체증에 걸린다. 정말이지 거리에 차가 너무
많다. 러시아워에는 도체스터 애비뉴가 주차장으로 변한다.

오늘 아침에는 신호등이 나를 전혀 도와주지 않았지만 그나
마 차량이 적어서, 9시 10분 전에 빅스드가 입주해 있는 넓은
사무실로 들어섰다. 깜빡거리는 형광등 아래로 빨간 하이힐이
리놀륨 바닥에 닿을 때마다 또각또각하는 소리를 울리며, 사무
실 가운데에 빽빽하게 줄지어 늘어선 똑같은 모양의 칸막이 책
상 사이를 지나간다. 내 책상으로 가는 도중 돈 자리를 지날 때,
인사하려고 미리 손을 들었다가 그대로 뚝 멈춰 선다.

자리가 비어있다.

돈의 정확한 일과가 이상하긴 하지만, 오늘 그녀가 일과를 따
르지 않는다는 사실이 더 이상하다. 돈이 아직 오지 않은 게 왠
지 모르게 불길하다. 돈은 지각하는 법이 없는데. 절대 없는데.

"내털리! 얘, 내털리! 좋은 소식이 있어!"

킴의 목소리에 돈의 자리에서 눈을 돌렸다. 킴이 구릿빛 얼굴
에 환한 표정을 띤 채 책상 사이 통로를 살랑살랑 뛰어왔다.

킴 힐리는 회사에서 나의 가장 친한 친구이고, 내 삶에서 업무가 점점 더 큰 비중을 차지하게 되면서 안타깝게도 내 일상에서도 가장 친한 친구가 되었다. 킴은 2주 전에 신혼여행에서 돌아왔고, 햇볕에 그을린 끝내주는 갈색 피부와 어두운 갈색에 아주 멋진 하이라이트 염색이 들어간 머리를 하고 있다. 아직도 희미하게 모래와 자외선 차단제 냄새가 나는 것 같다. 그녀가 정말로 좋아 보이고, 그래서 나도 매우 기쁘다. 10퍼센트 정도만 질투가 날 뿐이다. 정말이다. 살짝 술에 취해 결혼식 축사에서 말했던 것처럼 킴이 세상의 행복이란 행복은 다 누리기를 진심으로 바란다.

킴이 입은 앤 테일러의 흑백 패턴 원피스를 눈으로 훑다가 감춰지지 않은 볼록한 부위에 시선이 가닿는다. 숨을 헉 들이켜며 말한다. "너 임신했구나!"

그 즉시 킴의 얼굴에서 미소가 사라진다. "아닌데. 나 임신 안 했어. 왜 그런 생각이 든 거야?" 킴이 허리 위로 꽉 묶은 벨트를 잡아당긴다. "이 원피스 입으니까 나 뚱뚱해 보여?"

"아니! 킴, 전혀 안 그래." 평계 같지만 킴이 '좋은 소식이 있어'라고 말하는 투가 정말로 2세 발표를 할 것처럼 들렸다. 요즘 여기저기서 내 또래 여성들이 임신 소식을 전하기도 하고―사람들에게 알려야 하는 신나는 소식이 이것뿐이라는 듯이 말이다―더군다나 킴은 최근 신혼여행에서 돌아왔다. "뚱뚱해 보이지 않아. 엉뚱한 소리 해서 정말 미안. 난 그냥……."

킴은 계속 신경이 쓰이는지 옷매무새를 자꾸 매만진다. "아무리 생각해도 그냥 튀어나온 말이 아닌 것 같아."

내 머리를 한 대 쥐어박는 상상을 한다.

"정말 아니야, 하늘에 대고 맹세해. 그리고 신혼여행을 가면 누구나 1, 2킬로그램 정도는 체중이 늘어 오잖아. 원피스는 너한테 진짜 잘 어울려."

하지만 킴은 내 말을 듣지도 않는다. 목을 길게 뒤로 빼고 자기 엉덩이를 보느라 정신이 없다.

나는 목청을 가다듬었다. "으음, 그래서 나한테 하려던 말이 뭐야?"

"아, 맞다." 킴은 조금 전의 열정이 식어버린 얼굴로 작게 미소를 지어 보였다. "티셔츠가 왔다고. 내가 회의실에 넣어놨어."

아아, 좋은 소식이 맞기는 하네! 킴을 따라 회의실로 가보니, 과연 한쪽 구석에 살짝 찌그러진 갈색 택배 상자가 놓여있었다. 나는 바로 달려가 덮개를 힘껏 열어젖혔다.

"너는 봤어?"

"대충 훑어봤는데, 개수를 정확히 세지는 않았어."

상자에 가득 든 티셔츠를 뒤적이다 하나를 꺼내봤다. 색상은 청록이고, 필요한 정보가 잘 나와있었다. 5킬로미터 자선 달리기 행사, 뇌성마비 연구기금 마련. 내 손에 들린 미디움 사이즈의 크기도 적당했다. 날짜를 못 맞출까 봐 노심초사했다. 원래라면 지난주에 와야 했는데, 벌써 화요일이다. 내가 주최하는 자선 달리기 행사가 이번 주 토요일인데 말이다.

"티셔츠 완전 이쁘다, 내털리." 킴이 감격스럽게 말했다. 이번 행사를 준비하는 동안 킴은 너무나 멋진 치어리더 같은 존재가 되어주었다. 그녀 없이는 못 해냈을 거다. "조금 이따 오전에 모두 다 있을 때 나눠주면 되겠다."

일이 계획대로 진행되고 있다는 사실에 안도하며 내가 고개를 끄덕였다. "그런데 말이야, 혹시 돈이 병가 낸다고 전화했었어?"

킴이 티셔츠를 몸에 대고 반듯하게 펴보면서 손으로 배 쪽을 문지른다. 다시 봐도 그냥 봉긋한 배는 아닌 것 같다.

"아니, 왜?"

"돈이 아직 안 와서."

"그래? 지각하나 보네."

"네가 잘 몰라서 그래." 나는 티셔츠를 택배 상자에 도로 집어넣었다. "돈은 절대 지각 안 해. 절대로. 지금까지 여기서 일하면서 단 한 번도 지각한 적 없어. 항상 8시 45분이면 출근해."

킴이 손목시계를 내려다보더니 고개를 들고 내 머리가 이상해진 건 아닌가 하는 표정으로 나를 쳐다봤다. "그럼 오늘은 20분 지각하나 보지. 그게 왜?"

돈이 할법한 행동이 아니다. 게다가 킴에게 말하지 않은 또 다른 일도 있다. 어제 오후에 돈이 내게 근무 끝나고 '아주 중요한 문제'에 대해 이야기를 좀 할 수 있는지 묻는 이상한 이메일을 보냈다. 하지만 나는 오후 내내 외근이었고, 사무실로 돌아왔을 때 돈은 이미 퇴근한 후였다.

아주 중요한 문제라. 그게 혹시……

아니다. 아닐 거다.

"별일 없어야 할 텐데." 나는 고개를 절레절레 흔들었다. "교통사고를 당한 건지도 몰라."

킴이 코웃음을 친다. "아니면 드디어 정신병원에 입원했거나."

"그만해. 그건 너무 심하다." 나는 낮은 목소리로 말했다.

"뭐가. 돈이 이상하다는 건 너도 잘 알잖아. 걔 옆에 앉아야 하는 네가 안됐어."

"그렇게 나쁜 사람은 아냐."

"나쁘진 않겠지!" 킴은 목소리를 낮출 생각이 없다. "사무실에 꼭 로봇이 하나 있는 것 같잖아. 그리고 거북이에 집착하는 이유가 뭐래? 아니, 누가 대체 거북이에 그렇게 집착을 하냐고?"

하긴, 돈은 조금 이상하다. 그렇다고 많이 이상하다는 건 아니다. 가끔 회사 사람들이 뒤에서 그녀를 놀리기는 한다. 그녀가 다 큰 어른이 좋아할 법한 정도 이상으로 거북이를 좋아하는 것도 맞다. 하지만 돈은 정말 괜찮은 사람이다. 사람들이 돈을 조금 더 잘 알았다면 그녀에게 친절하게 대했을 거다.

나도 돈을 잘 알지는 못한다. 언제 한번 저녁을 같이 먹지 않겠냐고 물어봐야겠다는 생각을 항상 했지만, 말을 꺼내보지는 못했다. 몇 주 전 금요일 저녁에 엘리베이터를 같이 타고 내려가면서 무심코 특별한 계획이 있는지 물었는데, 돈이 내 질문에 충격을 받은 듯했다. *"그냥 집에서 밥 먹을 거예요. 혼자서요."* 내가 같이 저녁을 하겠냐고 물어야 했겠지만, 남자친구를 만나기로 했기 때문에 돈이 덜렁 따라오면 어색한 상황이 되었을 것이다.

돈과 저녁 약속을 제대로 잡아야겠다, 꼭. 자선 행사가 끝나는 대로 말이다.

킴이 재빨리 손목시계를 본다. "아무튼, 난 일하러 가봐야겠어. 나는 여기 누구처럼 이달의 우수 영업사원이 아니니까 말이야."

내 얼굴이 살짝 붉어진다. 회사에서 누구보다 영업 실적이 좋은 것은 사실이지만 이를 위해 엉덩이 붙이고 있을 시간도 없이 일을 한다. "넌 이번 달에 결혼했잖아. 실적이 저조해도 그럴 만한 이유가 있는 거야."

"그래, 뭐." 킴은 그다지 신경 쓰지 않는다는 듯이 어깨를 으쓱한다. 킴의 새신랑은 부자다. 머지않은 미래에 킴은 정말로 임신을 하게 될 것이고, 그렇게 되면 미련 없이 일을 그만둘 것이다. "어쨌든, 티셔츠 잘 나눠주고. 나중에 봐."

킴이 자기 자리가 아닌 휴게실 쪽으로 세 번째 또는 네 번째로 마실 모닝커피를 가지러 떠나간 후, 나는 택배 상자 덮개를 닫고 내 자리로 돌아왔다. 칸막이가 둘러져 있는 자리에 들어서는데, 책상 위에 처음 보는 물건이 올려져 있었다.

장식용 거북이 인형이다.

크기가 작다. 길이도 내 집게손가락보다 짧다. 초록색과 파란색을 띤 등딱지의 기하학적 무늬가 천장에서 쏟아지는 형광등 불빛을 받아 반짝거렸다. 머리는 위로 들고, 반짝이는 검은 눈동자는 나를 똑바로 보고 있다.

정확히 언제였는지 기억은 잘 안 나지만, 돈이 내게 책상에 올려놓으라며 들뜬 얼굴로 거북이 인형을 선물했었다. 그녀의 마음이 고마웠고, 그래서 거북이가 리놀륨 바닥으로 떨어져 산산조각이 나버렸을 때는 미안했다. 그 이후로 다른 거북이 선물은 없었는데. 게다가 지금 내 책상 위에 있는 것은 돈이 선물한 거북이와 똑같은 모양도 아니다.

나는 거북이 인형을 집어 들고 손안에서 이리저리 굴리며 부드러운 표면을 만져본다. 거북이 인형이 왜 여기에 있는 거지? 누가 둔 걸까?

돈인가?

그럴 수는 없다. 어제 내가 일을 마치고 사무실로 돌아왔을 때 돈은 이미 집에 가고 없었다. 그리고 오늘은 아직 출근도 안한 것 같다. 그러니 돈이 이걸 내 자리에 놔둔다는 건 불가능하겠지?

거북이 인형을 책상 위에 다시 내려놓는데, 손가락에 뭐가 묻어있었다. 거북이를 만질 때 검붉은 무언가가 손에 묻은 듯하다. 내가 방금 만진 게 무엇인지 알아내려고 손바닥을 뚫어지게 봤다. 거북이는 초록색이니까 물감일 리도 없고. 케첩인가?

아무리 봐도 아니다. 케첩이라 하기에는 색이 너무 어둡고 걸쭉하지도 않다. 케첩 특유의 달콤한 냄새도 나지 않는다. 약간 뭐랄까…… 쇠 냄새 같은 게 난다.

이게 도대체 뭐람?

손가락 지문의 골에 파고든 검붉은 물질을 자세히 들여다보는데, 근처에서 울리는 전화벨 소리가 어렴풋이 귓가로 날아든다. 돈 책상 쪽에서 나는 소리다.

칸막이가 쳐진 돈의 자리로 걸어가 그 앞에서 잠시 망설였다. 아직도 비어있다. 혹시 돈이 오늘 아침에는 평소보다 더 일찍 와서 지금 화장실이나 어디 다른 데에 있는 건 아닐까? 분명 회사 어딘가에 있을 거라고, 이 작은 거북이를 내 책상에 올려놓은 사람이 돈일 거라고 되뇌어 보지만, 의자 뒤에 그녀의 겉옷이 걸려있지 않다. 컴퓨터 모니터 화면도 꺼져있다. 화면 보호기가 켜진 게 아니라 그냥 까만 화면이다.

책상 위에 있는 전화기가 계속 울린다. 보통 때는 전화기에 달린 화면에 발신자 번호가 뜨는데, 지금은 아니다. 발신자 표시를 제한한 번호다.

수화기를 집어 들었다. 돈에게 걸려온 전화를 받는 게 내 일은 아니지만, 만약 그녀가 오늘 아파서 못 온다면 내가 급한 문제 정도는 처리해 줄 수 있을 것 같다. 돈도 날 위해 똑같이 했으리라 생각한다. 돈은 지나치다 싶을 정도로 언제나 다른 사람을 도우려 하니까.

돈이 어제 나한테 하고 싶었던 이야기가 뭐였을지 궁금하다. '아주 중요한 문제예요.' 돈에게서 나오는 이야기라고 하면 무엇이든 진지한 주제가 될 수 있다. 냉장고에 있는 우유 팩이 더럽다는 것부터 말기 암을 진단받은 일까지 말이다. 그러니 미리 걱정하지 말자.

"대신 전화 받았습니다."

수화기 건너편에 정적이 흐른다. 숨을 거칠게 쉬는 듯한 소리가 들린다.

"여보세요? 말씀하세요."

계속 아무 말이 없다. 내가 수화기를 막 내려놓으려는 순간, 고통에 찬 여자 목소리가 내뱉는 한마디에 내 등골을 따라 한기가 흐른다.

"도와주세요······."

그러고는 전화가 끊어졌다.

02

아무 소리도 들리지 않는 수화기를 내려다보고 있으니 배 속 깊은 곳에서부터 불안이 스멀스멀 올라온다.

도와주세요.

돈 목소리와 무척 비슷했지만, 이 한 마디로는 확신할 수가 없었다. 하지만 누구든 간에 목소리가 겁에 질려있었다. 극심하게.

도와주세요.

그리고 끊어진 전화. 지금은 다시 발신음이 들린다.

오늘 아침 돈이 늦었을 때 뭔가 잘못되었을 가능성을 잠깐 생각해 보긴 했지만, 심각한 경우는 전혀 생각하지 않았다. 내 생각이 틀렸나? 돈에게 끔찍한 일이 생겼나?

그녀가 위험에 처한 걸까?

핸드백에서 휴대폰을 꺼낸 다음 연락처에서 돈의 이름을 찾아 전화를 걸었다. 연결음이 여러 번 울리더니 그녀의 단조로운 목소리가 흘러나왔다.

안녕하세요, 돈 쉬프입니다. 제가 지금 전화를 받을 수 없습니다.
삐 소리 후 전화를 건 분의 이름, 회신을 원하는 연락처, 대체 연락
처와 저에게 전화한 용건을 남겨주세요.

나는 생각을 바꿔 음성 메시지를 남기는 대신 문자 메시지를
보냈다.

— 돈, 무슨 일 있어요?

휴대폰 화면을 주시하며 그녀가 답장을 입력하고 있음을 알
려주는 작은 물방울 표시를 기다려 봤다. 아무것도 나타나지 않
았다.
뭐라도 해야 한다. 세스에게 말이라도 해야겠다.
세스 호프먼은 내가 입사하기 전부터 빅스드 도체스터 지점
의 지점장으로 줄곧 일해왔다. 세스와 나 사이에는 암묵적 합의
가 있다. 세스는 내 고삐를 느슨하게 풀어주고, 나는 마음껏 뛰
어다니며 실적을 올린다. 고객을 상대하며 지출하는 비용에 대
해 시시콜콜 따지지 않고 내 시간을 일분일초까지 쪼개 보고하
지 않아도 되는 상사가 있다는 것은 좋은 일이다. 물론 내가 성
과를 내지 못했다면 상황이 달라졌겠지만, 그는 나를 믿어줬다.
세스의 사무실에 가보니 문이 살짝 열려있어, 급히 두드렸다.

세스에게는 비서가 있지만, 그녀는 모든 사람의 비서나 다름없어서 세스 사무실로 들어오고 나가는 사람들을 일일이 단속하지 않는다. 그래서 들어오라는 세스 목소리가 들리자마자 나는 곧장 사무실로 들어갔다.

킴과 내가 여기서 일하기 시작했을 때 우리 상사가 얼마나 귀엽냐며 키득거리곤 했다. 나보다 열다섯 살 많은 세스는 40대 중반이지만 귀여운 매력이 있다. 웃을 때면 눈가에 주름이 지고, 관자놀이에 올라온 흰머리 몇 가닥도 멋스럽다. 넥타이를 항상 매지만 목까지 바짝 끌어 올리지 않는다.

"어서 와요, 냇." 사무실을 찾아온 사람이 나라는 걸 보고 세스가 인사한다. "무슨 일이에요? 뭐가 잘못됐어요?"

"그런 것 같아요." 걱정을 털어놓고 싶으면서도 정신 나간 소리처럼 들리고 싶지는 않다는 생각에 세스 책상 앞에서 망설인다. "오늘 돈이 병가 낸다고 했어요?"

세스의 짙은 눈썹이 치켜 올라간다. "아뇨. 그런 말 없었어요. 왜요? 돈이 안 왔나요?"

나처럼 세스도 돈이 마치 세상에서 가장 정확한 시계에 조종당하는 것처럼 움직인다는 사실을 알고 있었다.

"아직 못 봤어요."

"흐음." 세스가 말한다.

젠장. 내심 돈이 세스에게 전화했기를, 편찮은 할머니라도 돌봐야 해서 오늘 출근을 못 한다고 말해놨기를 바랐는데. "제가 전화를 해봤지만 돈이 안 받아요. 그리고 또⋯⋯."

세스가 이맛살을 찌푸린다. "또 뭐요?"

"돈 자리로 전화가 오길래 내가 받았는데, 전화 건 사람이 '도와주세요'라고 말했어요."

세스가 고개를 끄덕인다. "그랬군요. 무엇을 도와달라고 하던가요? 우리 제품에 대해 정보가 필요하다던가요? 아니면 고객 불만 사항이었나요?"

"아뇨, 그런 의미가 아니에요. 곤경에 처해서 도움이 필요한 것처럼 들렸다고요. 제 생각엔…… 돈이었던 것 같아요."

"그럼…… 차에 고장이라도 났다는 거예요? 돈이 어떤 도움이 필요하다고 말하던가요?"

"아뇨……." 맞잡은 내 두 손에 힘이 들어간다. "'도와주세요'라고만 하고 전화를 끊었어요."

"그랬군요." 세스 얼굴에 별로 대수롭지 않다는 표정이 떠오른다. 일말의 걱정하는 기색조차 없다. "그럼 다시 전화해서 어떤 도움이 필요한지 물어보세요."

"이미 해봤어요. 그런데 전화를 안 받아요."

세스가 어깨를 으쓱한다. "괜찮을 거예요. 별일 있겠어요?"

"그건 모르죠." 나는 엄지손톱을 물어뜯기 시작했다. 초조하면 나오는 오래된 버릇이다. 하지만 자제력을 발휘한다. 이번 프렌치 네일에 돈을 많이 썼는데, 망가뜨리면 안 될 일이다. "돈이 사고를 당했는지도 몰라요."

"내가 한번 전화해 볼게요."

세스가 책상에 올려놓은 휴대폰을 집어 들어 번호를 찾는 동안 내 어깨가 조금 편안해졌다. 갑자기 그의 손이 눈에 들어오는데, 왼손 넷째 손가락에 항상 끼는 결혼반지가 보이지 않는다. 최근에 뺀 건지 햇볕에 그을리지 않은 자국이 뚜렷이 보였다. 내 눈이 그가 아내 멜린다와 함께 찍은 사진을 항상 두는 곳으로 옮겨갔다. 사진도 없다.

흐음, 궁금증이 폭발한다.

세스에게 결혼반지와 아내 사진이 보이지 않는 것에 대해 물어보고 싶어 입이 근질근질하다. 하지만 내가 상관할 일이 아니다. 어쨌거나 그는 상사다. 그리고 지금은 더 급한 문제가 있다.

세스가 통화 버튼을 누르고 신호가 가는 동안 기다린다. 몇 초 후 내 귀에 돈의 음성사서함 인사말이 작게 들린다. 세스가 손가락으로 책상을 두드리며 짜증 날 만큼 긴 인사말이 끝나기를 기다렸다.

"여보세요, 돈. 아직 출근을 안 해서요. 어떻게 된 건지 궁금해서 전화했어요. 무슨 일 있어요? 음성 메시지 듣는 대로 바로 전화해 줘요." 세스가 전화를 끊고 휴대폰을 책상에 내려놓는다. "전화를 안 받는군요. 연락이 오겠죠."

"음……."

"아차!" 세스가 손가락을 튕겼다. "방금 생각났어요. 오늘 2시에 돈하고 미팅이 잡혀있어요. 만날 시간을 미리 정해야 한다고 아주 중요한 일이라고 돈이 야단이었어요."

"중요한 일이요?" 돈이 내게도 비슷한 내용으로 보낸 이메일이 떠올라 속이 울렁거렸다. *아주 중요한 문제예요. 돈이 직장*

상사하고 미팅을 잡았다니 정말로 **조금은** 중요한 문제였나 보다. "뭐가 그렇게 중요하대요?"

"전혀 모르겠어요. 보나 마나 우스운 일이겠죠. 돈이 어떤지 알잖아요." 세스가 지금 상황에 전혀 어울리지 않는 미소를 짓는다. "어쨌든 그녀가 일을 크게 만들었으니 나를 만나러 2시에 나타날 거예요."

밝은 빨간색 루부탱을 신은 발에 번갈아 가며 체중을 싣는다. 나는 항상 하이힐을 신고, 빨강은 내가 가장 좋아하는 신발 색이다. 그런데 지금 신발이 발가락을 미친 듯이 조인다. 사이즈를 8로 샀어야 했다.

"경찰에 신고해야 하지 않을까요?"

"경찰요?" 세스가 눈을 껌벅인다. "진심으로 하는 말이에요? 돈이 회사에 한 시간 늦은 걸로 경찰에 신고를 한다고요?"

"돈이 전화로 도와달라고 했잖아요." 내가 다시 한번 말했다.

세스가 작게 오므린 입술 사이로 숨을 내쉰다. "전화 건 사람이 돈이라고 확신해요? 도움이 필요한 고객이었을 수도 있어요."

"고객은 **확실히** 아니었어요."

"확실히요?"

그렇다고 대답하려는데, 세스가 그렇게 물으니 내 기억이 맞는지 자신이 없어졌다. 내가 전화를 받았고 전화기 건너편에 있는 사람이 "도와주세요."라고 말했다. 목소리가 정말로 괴로워하는 것처럼 들렸다. 하지만 다시 생각해 보니 어떤 고객들은 전화할 때 괴로운 목소리로 말하기도 한다. 그럼 돈이 전화한 게 아니고 실제로 단순히 고객이었을 수도 있을까? 전화를 걸었다가 돈이 아니라 내 목소리를 듣고는 그냥 전화를 끊어버린 걸까?

"돈에게 일어날 수 있는 일이 백 가지는 될 거예요. 경찰에 신고까지 할 필요는 없어 보여요. 비웃음만 살 텐데요." 세스가 분명하게 말했다.

틀린 말은 아니다.

세스의 눈빛이 부드러워진다. "냇, 괜찮아요? 지금 좀 지쳐 보여요."

"그런 건 굳이 안 알려줘도 돼요."

"안 좋아 보인다는 말이 아니라, 요즘 몸이 두 개여도 모자랄 정도로 일을 하고 있잖아요. 영업 실적은 천장을 뚫을 기세고, 자선 달리기 행사도 준비하고 있고요. 어떻게 다 해내는지 나로서는 의문이에요. 자기 자신에게 여유를 좀 줘요."

목구멍에 덩어리가 차오른다. "중요한 일에는 시간을 내는 거죠."

"그렇겠죠."

덩어리를 꾹 눌러 삼킨다. "세스도 토요일에 와서 뛸 거죠? 올 거라 믿어요."

"갈 거예요." 세스가 그렇게 말하며 손을 자기 가슴에 갖다 댄다. "약속해요. 그리고 걱정 마요. 장담컨대 돈이 2시에 내 사무실로 올 거예요. 시간에는 정확한 사람이잖아요."

세스 사무실을 나와 곧장 내 자리로 향했다. 책상 위에 놓여 있는 거북이 인형의 검은 눈동자가 멍하게 나를 올려다봤다. 지쳐 보인다는 세스의 말이 귓가에 계속 맴돌아 콤팩트를 꺼내 들었다. 오늘 아침에 고가의 페이스 크림을 발랐는데도 피부에 생기가 없다. 평소 나는 피부가 좋은 편이다. 내가 영업을 하는 데 도움이 되는 요소 중 하나이다. 하지만 지난밤에는 잠을 제대로 자지 못했고, 지금 내 금발 머리는 평소와 달리 축 처지고 푸석푸석하다.

전화에 관한 생각이 멈춰지지 않는다……. 전화 건 사람의 목소리에서 분명히 느껴지던 두려움이 귓가에서 지워지지 않는다.

도와주세요.

제품에 대해 지원을 요청하는 사람의 목소리가 아니었다. 정말로 곤경에 빠진 사람의 간절한 목소리였다.

하지만 세스 말이 옳다. 직장 동료가 한 시간 지각한다고 경찰에 신고할 수는 없다. 그래, 돈이 조만간 나타나겠지. 분명 내 착각일 거야.

03

—

9개월 전

받는 사람: 미아 호지

보낸 사람: 돈 쉬프

제목: 안부 인사

미아에게

오늘은 내가 전에 말하던 새 직장에서의 첫날이었어.

괜찮았다고 말할 수 있으면 좋겠지만, 내가 어떤지 넌 알잖아.

내가 수줍음이 많다는 거. 그게 나와 거북이의 공통점이야. 거북이는 천성적으로 수줍음이 많은 동물이잖아. 거북이에게도 분명 성격이 있고 그래서 고유의 개성이 전혀 없다는 건 아니지만, 대부분 거북이는 자신만의 환경에 머무르는 것을 좋아해. 누군가가 만지며 장난치는 걸 좋아하지 않아. 어떠한 위협을 마주했을 때, 거북이가 보이는 첫 반응은 공격이 아니야. 등딱지 안으로 들어가 숨어버리지. 어디서 많이 보던 모습 아니니?

나한테도 거북이처럼 등딱지가 있으면 삶이 편할 것 같아. 내가 골판지 상자로 등 껍데기 만드는 걸 네가 도와줬던 거 기억나? 공원에서 주워 온 돌들을 우리 둘이 거실에서 상자에다가 붙였었잖아. 물론 진짜처럼 보이지는 않았지. 우리는 겨우 일곱 살이었으니까. 하지만 내가 힘든 하루를 보낼 때 숨을 수 있는 공간이 생긴 거였어.

그 껍데기가 얼마나 갔더라? 1주일? 2주일? 어느 날 집에 왔는데, 보이지 않던 기억이 나. 내가 학교에 간 사이에 엄마가 다 부순 다음 쓰레기통에 버린 거였어. 엄마가 갈기갈기 찢어버려서 원래대로 돌릴 가능성은 아예 없었어. 그때 엄마는 이렇게 말했어. "돈, 네가 이러니 친구가 한 명밖에 없는 거야."

내게 너 말고 무슨 다른 친구가 필요하겠니. 네가 이 나라 반대쪽에 살지 않았으면 정말 좋았을 거야.

지금까지 내 물건들 중에서 등 껍데기에 가장 가깝다고 여기는 것은 약 1년 전에 산 땅거북 등딱지 안경테야. 너는 본 적이 없을 거야. 진짜 땅거북 등딱지로 만든 건 아니니까 괜한 걱정은 안 해도 돼.

내가 일하는 회사는 빅스드라고 해. 천연 비타민 보충제나 관련 제품을 팔아. 조만간 더 알게 되겠지만, 사실 내 업무는 회계라서 사업의 세부 사항을 속속들이 배울 필요가 없긴 해. 우편으로 두께가 5센티미터는 족히 넘는 회사 제품 설명서를 받았는데, 효능에 대한 자료는 애석하게도 빠져있었어. 내가 무작위 대조군 연구를 제안해 볼 수 있을 것 같아. 조금이라도 회사에 도움이 될 방법을 생각해 보는 중이야.

새 직장 상사는 세스 지점장님인데, 아침에 나를 데리고 사무실을 돌아다니며 직원들과 인사를 나눌 수 있게 해줬어. 면접 볼 때 한 번 봤던 사람이야. 그때 참 좋은 사람이라는 느낌이 들었어. 40대이고, 거북이와는 완전히 다르게 무척 친절하고, 내가 회계 담당자로 회사에 들어온다는 사실에 무척 기뻐하는 것처럼 보였어.

그런데 오늘은 좀 다르더라. 우리가 만났던 날에는 내가 하는 말 하나하나에 미소를 띤 채 신나게 반응해 줬는데, 오늘은 정신이 다른 데 가 있는 것 같았어. 사무실을 서둘러 도느라 내가 사람들의 이름을 기억하거나 짧은 인사말을 하는 것 외에 무엇을 할 틈을 주지도 않았고, 나와 함께 다니는 중에 손목시계를 다섯 번이나 봤어. 게다가 내가 질문을 해도 답을 제대로 하는 것도 별로 없고. 그래서 조금 실망스러웠어.

예를 들어, 냉장고를 얼마나 자주 청소하는지 물었거든. 지점장님이 깜짝 놀라는 표정을 짓길래 내가 리스테리아와 같은 많은 세균이 낮은 온도에서도 쉽게 번식할 수 있다고 설명했어. 나한테 그에 관한 자료가 꽤 많아서 나눠주려고 했는데, 지점장님은 관심이 없는 것 같았어. 사무실 청소 직원에게 물어보겠느니 어쩌니 하며 중얼거리더라. 그러더니 이렇게 말했어. "맙소사, 돈."

그제야 지점장님이 나 때문에 짜증이 났다는 생각이 들었어. 내 행동 때문에 아빠가 짜증이 나면 항상 하던 말이었다는 기억이 났지. "맙소사, 돈." 하고 말이야. 그 말을 엄청 많이 하셨지. 거의 매일 하셨어.

사무실 순회를 마치고 마지막으로 간 곳은 내 자리였어. 지난 회사에서는 내 사무실이 따로 있었어. 비록 협소하고 창문이 없었지만 말이야. 그래도 이번처럼 칸막이로 둘러싸인 작은 책상보다 그게 나을 것 같아. 칸막이 책상에서는 숨을 데가 하나도 없잖아. 그리고 회사에서 제공한 의자가 아주 편해 보이지도 않았어. 적절한 요추 지지대가 없더라고. 다른 의자가 더 있는지 지점장님에게 물어볼 생각이야.

지점장님이 내 옆자리에서 일하는 여자분에게 나를 소개해 줬어. 사람들에게 내 소개를 하는 게 어려운데 지점장님이 대신해 줘서 다행이었어. 매번 어색하거든. 그렇다고 안 하고 있다 보면 시간이 너무 지나버리잖아. 같이 일한 지 한 달이나 된 사람에게 소개를 할 순 없으니까 말이야. 그래서 지점장님이 내 소개를 해줘서 정말 기뻤어.

그녀 이름은 내털리이고, 우리 회사의 우수 영업사원이래. 나보고 궁금한 게 있으면 내털리에게 물어보라고 했어.

나는 '내털리, 내털리, 내털리' 하면서 그녀 이름을 머릿속에 새겼어. 내털리는 마이크가 부착된 헤드셋을 쓰고 있다가 인사하려고 벗었어. 심지어 자리에서 일어났는데, 너나 나라면 신어볼 생각조차 하지 않았을 눈에 확 띄는 빨간 하이힐을 신고 넘어질 듯이 서있더라. 나이는 우리 또래니까 아마 서른 살 정도일 테고, 얼굴이 엄청 이뻐. 가장 마음에 들었던 건 머리카락이었어. 옥수수수염 같은 노란색 머리가 등 중간까지 늘어뜨려져 있었는데, 윤기가 흘러서 정말 부드러워 보였어. 손을 뻗어 머리카락 사이에 손가락을 넣어보고 싶다는 생각이 드는 거 있지.

내가 베키 도일 머리를 만졌을 때 기억나? 걔가 내 얼굴을 아주 심하게 할퀴어서 몇 개월 동안 붉은 자국이 남아있었잖아. 이제는 나도 그런 행동을 하면 안 된다는 거 잘 알아.

그래서 내 머리를 대신 만졌어. 그다지 만족스럽지는 않았어. 내 머리는 항상 그랬던 것처럼 칙칙한 갈색인 데다가 요즘에는 아주 짧게 바싹 자르고 다녀. 사진을 첨부해 줘야겠다. 내 머리가 길었어도 내털리처럼 부드럽고 윤기가 흐르지는 않을 거야. 사실 내가 목뒤에 머리카락이 닿는 느낌을 싫어하잖아. 벌레가 기어가는 것처럼 간지러워서 짧은 머리를 고수하고 있어.

내털리는 아주 반갑게 인사를 했어. 미소 때문에 그녀가 더 이뻐 보이는 거 있지. "빅스드에 입사한 걸 환영해요!"라고 말했어.

미소가 정말 환했어. 그러면서도 상냥하고 말이야. 목소리도 엄청 이뻤어. 가수나 성우를 해도 될 정도였어. 내털리는 정말로 다정한 사람 같아. 있지도 않은 내 껍데기 안으로 숨고 싶다는 생각을 오늘 처음으로 하지 않았어.

지점장님이 그녀를 바라보는 눈빛에서 그녀를 많이 좋아한다는 사실을 알 수 있었어. 내털리는 자기 일을 탁월하게 해내나 봐.

내털리는 내가 빅스드에서 일하는 걸 좋아하게 될 거라고 말을 쏟아냈어. 그녀가 하는 이야기를 들을수록 내 기분도 좋아졌어.

내털리는 정말 좋은 사람이야. 내 평생에 마음이 통한 사람은 네가 유일해. 그러니 절대 너만큼은 가까워지지 않을 거야. 이건 정말이야. 하지만 커피 한잔하거나 퇴근 후에 저녁을 같이 먹을 수 있는 부담 없는 친구가 있으면 좋겠다는 생각이 들어. 네가 나더러 친구를 더 사귀도록 노력해 보라고 항상 말했잖아. 그래서 나 노력하려고. 정말 노력해 볼 거야.

너의 친구,
돈 쉬프

받는 사람: 돈 쉬프
보낸 사람: 미아 호지
제목: Re: 안부 인사

우선, 새 직장 구한 거 축하해! 친구를 사귀는 게 어렵다는 건 나도 알아. 하지만 내털리라는 여자는 정말 좋은 사람인 것 같아. 언제나 너 자신을 잃어버리지 않도록 해. 알겠지?

많이 보고 싶어,
미아

04
—
현재

내털리

"내털리, 이 말을 꼭 해야겠어요. 제품이 정말 마음에 들어요."

'해피 헬스'라고 하는, 퀸시에 있는 작은 건강기능식품점을 운영하는 카르멘 살리나스와 통화 중이었다. 가게는 작지만, 그녀는 귀중한 고객이다. 카르멘은 정가로 제품을 구매하기는 부담스러워해서 나는 어떻게 해서든 그녀가 할인을 받을 수 있도록 해준다.

"잘됐네요." 내가 대답한다.

"콜라헬스는 최고예요." 카르멘이 입을 다물지 못한다. "지난 몇 주 동안 내가 직접 써봤는데, 진짜 거짓말 안 하고 10년은 젊어 보여요!"

"그렇죠! 정말 기적 같은 제품이라 생각해요. 저는 하루라도 이걸 쓰지 않으면 안 돼요."

"나도 그래요!"

콜라헬스는 우리 회사의 최신 제품으로, 특별한 제조 방법으로 만든 콜라겐 캡슐이다. 하늘에 맹세코 이 제품은 마법이다. 내가 굳이 팔려고 하지 않아도 된다. 손님들이 알아서 찾는다.

그렇다고 해서 가만히 있어도 된다는 말은 아니다. 보다시피 지금도 이렇게 열심히 영업을 하고 있다.

"그럼 한 박스 더 주문하실래요?" 내가 묻는다.

"두 박스 할게요!"

주문 내역을 얼른 받아적은 다음 카르멘 가게로 한 박스를 또 더해서 배송하도록 처리했다. 그러는 내내 작은 거북이 인형이 나를 올려다보고 있었다. 표면에 말라붙은 검붉은 얼룩을 문질러 좀 더 지웠다. 돈이 준 선물이라고 생각한다면, 그녀가 얼룩을 깨끗이 닦아내지 않았다는 게 이상하다. 돈은 강박적으로 청결에 신경을 쓰니까 말이다. 거북이 인형을 쓰레기통에 버려버리고 싶지만, 내가 선물을 마음에 들어 하지 않는다는 오해를 낳아서 공연히 그녀 기분을 상하게 하고 싶지 않다.

하지만 어쩌나, 마음에 안 드는데. 거북이 인형 때문에 오싹하다. 손가락에 묻었던 검붉은 물질은 도대체 뭐였을까? 왠지 꼭…… 피 같은데.

윽, 상상력이 폭주하게 놔둘 수 없다. 내 책상에 있는 거북이 인형에 피가 묻은 건 아닐 거다. 그건 아마도 그냥……. 같이 포장되었던 다른 장식용 인형에서 묻어온 페인트일 테지. 그래, 그편이 피보다 훨씬 더 말이 된다.

그래도 오싹한 기분이 가시지 않는다.

결국 새끼손가락으로 거북이를 책상 한쪽 모서리로 슬그머니 밀어낸 다음, 나를 보지 않고 책상 칸막이를 쳐다보게 돌려놓았다. 이러니 좀 낫다.

점심시간이 다 되어간다. 돈은 아직도 오지 않았다. 전화를 두 번 더 걸었고, 문자 메시지도 한 번 더 보냈다. 무엇을 해야 할지 모르겠다. 돈에게서 어머니가 보스턴 북쪽에 있는 베벌리에 산다는 얘기를 들은 적 있지만, 연락할 방법이 없다. 인사팀 스티브에게 연락처가 분명 있을 텐데. 개인 정보를 다른 사람에게 알려줘도 되려나. 잘 둘러대면 번호를 넘겨받을 수 있을 것도 같은데. 지금 내가 너무 예민하게 구는 걸까? 돈이 회사에 몇 시간 늦는 것뿐인데. 하지만 어제 돈이 급히 보낸 이메일이 마음에 걸린다. '아주 중요한 일'이 있다며 나와 세스에게 연락했을 정도로 힘들어하고 있었다. 그리고 그 이상한 전화는…….

도와주세요.

전화를 받을 때는 여자 목소리가 겁에 질려있었다고 생각했다. 하지만 몇 시간이 지난 지금은 정말 그랬는지 확신이 서지 않는다. 어쩌면 돈은 멀쩡하고, 전화는 단순히 고객이었을지도. 게다가 돈은 2시에 세스와 미팅이 있으니 분명히 그 전에 나타날 거다.

어쨌든 지금은 이 문제를 생각하고 있을 때가 아니다. 15분 후에 이번 주 내내 준비한 팟캐스트 인터뷰가 잡혀있다.

카르멘과 통화를 끝낸 후, 오늘 아침 출근할 때 가져온 개인용 노트북을 들고 회의실로 향했다. 칸막이 자리에서 막 나가는데, 나를 보러 오는 케일럽 맥컬로프와 마주친다.

"어, 내털리, 점심 먹으러 갈까?"

케일럽은 평소처럼 살짝 흐트러졌으면서도 엄청나게 귀여운 모습이다. 그는 절대 넥타이를 매지 않고, 그가 입는 흰색 와이셔츠는 다리미의 뜨거운 김을 쐰 적도 없을 거다. 하지만 영업팀에 있는 것도 아니고 사람들을 상대해야 하는 일도 아니니까 상관없다. 케일럽은 온라인 판매가 활발해지도록 회사 홈페이지를 업데이트하고 새롭게 구축하는 작업을 위해 세스가 몇 개월 전에 고용했다. 그는 일주일에 2, 3일 정도 출근해서 아무 빈자리에서 일을 하곤 한다.

그리고 우리는 두 달 가까이 연애 중이다.

"내가 좀 바빠서." 나는 미안해하며 미소를 지어 보인다. "15분 후에 팟캐스트 인터뷰가 있어."

"아, 그렇구나." 케일럽이 고개를 끄덕인다. "응원하고 있을게. 자기는 잘할 거야."

케일럽이 내게 행운을 빌어주며 웃음을 짓는다. 큰 키와 마른 몸에 눈 밑이 불룩한 외모는 평균보다 조금 나은 정도지만, 웃을 때면 완전히 딴사람이 된다. 영화배우급으로 잘생겨진다. 그가 처음 내게 웃음을 짓던 순간 내 마음이 녹아내렸다.

그의 눈부신 웃음 말고도 지난 두 달 동안 케일럽에 대해 내가 좋게 생각하는 다른 많은 장점을 발견했다. 그는 성실히 일하고, 컴퓨터에 대해 모르는 게 없고, 유쾌하다. 그리고 가장 중요한 점으로 성격이 좋다. 사람이 다른 건 속여도 진정으로 좋은 사람인 것처럼 속이기는 어렵다. 한다고 해도 극히 드물다.

하지만 뭐니 뭐니 해도 내가 케일럽에게서 가장 좋아하는 점은 그가 나를 바라보는 눈빛이다. 자기에게 찾아온 행운을 믿을 수 없다는 눈빛이랄까.

지금까지 많은 남자를 만나봤다. 너무 많다고 해야 할 정도다. 마지막 연애는 내 신변 안전을 심각하게 걱정해야 할 정도로 완전히 재앙이었다. 그런데 30년 인생에서 처음으로 '인연'을 만난 것 같다는 기분이 든다. 케일럽과 함께한 시간은 얼마되지 않지만, 긴 시간이 필요하지 않을 때도 있는 법이다. 내 조부모님은 겨우 한 달 데이트하고 나서 약혼식을 올렸다. 그러고는 60년을 부부로 지냈다.

내가 케일럽과 곧 약혼하겠다는 말은 아니다. 사실, 우린 아직 같이 자지도 않았다. 하지만 느낌이 온다. 이 남자와 내 인생을 함께 보내는 내 모습이 머릿속에 그려진다. 그런 헌신을 할 준비도 되어있다. 케일럽도 마찬가지다. 케일럽은 어렸을 때 아버지를 잃어서 가정을 이루려는 마음이 간절하다. '이 여자다' 싶은 느낌이 오는 사람을 기다리고 있다고 했다. 이거 힌트인거지? 나 들으라는 건가.

그래서 나는 깜빡이는 형광등 불빛 아래서 케일럽이 나를 끌어당겨 그의 입술이 내 입술에 와닿게 하는 것을 즐겼다. 사무실에서 하는 키스지만 발가락 끝까지 간질간질해진다. 때로는 가장 담백한 키스가 가장 섹시한 키스다.

"어젯밤은 정말 좋았어." 나는 낮은 목소리로 말한다.

그가 나를 보며 활짝 웃는다. "나도. 엄청 좋았어."

지난밤에 케일럽이 우리 집에 저녁을 먹으러 왔다. 우리는 중국 음식을 배달시켜 먹은 다음 분위기가 후끈 달아오르는 시간을 가졌다. 하지만 케일럽은 정말 신사답게 그 이상 진도를 나가거나 밤을 보내자고 강요하지 않았다. 그렇게 했어도 내가 당연히 승낙했을 텐데, 그는 품격 있게 행동했다. 상대방을 존중해 주는 남자다. 그가 가진 또 다른 드문 자질이다.

그래도 9시 30분밖에 되지 않았는데 케일럽이 집에 간다고 할 때는 조금 섭섭했다.

"자기야, 오늘 돈 본 적 없지?" 내가 말했다.

"누구?"

"내 옆자리 쓰는 여자 직원 말이야." 케일럽이 여전히 멍한 표정으로 나를 쳐다보길래 내가 덧붙였다. "머리 엄청 짧은 사람 있잖아, 군인처럼. 거북이 진짜 좋아하는 사람, 몰라?"

"아." 케일럽이 손가락을 튕긴다. 돈과 거북이는 모두가 안다. "그 사람. 아니, 못 봤는데. 왜?"

오늘 아침에 돈이 지각한 것과 이상한 전화가 걸려온 일을 말해야 할지 고민했다. 우리 관계에서 나의 가장 좋은 모습을 보여주려고 노력하는 이 시점에 내가 걱정을 사서 하는 사람처럼 보이고 싶지 않다. 게다가 팟캐스트 인터뷰에 늦을 판이다.

"아무것도 아냐. 그냥." 나는 대답했다.

케일럽이 내 손을 잡고 깍지를 끼더니 힘을 꼭 줬다. "멋지게 하고 와, 내털리."

"최선을 다할게." 나는 잊어버리기 전에 그에게 주려고 챙겨놓은 엑스라지 티셔츠 하나를 상자에서 꺼냈다. "참, 이거 토요일에 입을 티셔츠야."

티셔츠를 그의 가슴 앞에 대보며 사이즈가 잘 맞는지 봤다. 케일럽이 키가 큰데도 티셔츠 길이가 짧아 보이지 않는다. 딱 좋다.

"챙겨줘서 고마워. 그런데 내가 자기보다 더 빨리 쭉쭉 치고 나갈 텐데, 괜찮겠어?"

나는 장난치듯 그의 어깨를 때렸다.

"잘도 그러겠다. 나 요즘 훈련 중이거든."

"아, 나는 달리기를 잘하게 타고나서 말이야."

내가 웃음을 터뜨리자 케일럽은 윙크를 날리며 티셔츠를 받아 들고 자기가 일하는 장소로 돌아간다. 할 수만 있다면 오늘 점심은 정말로 그와 함께 먹고 싶다. 이상한 전화 때문에 아침 내내 신경이 날카로운데, 잠시라도 나가서 바깥 공기를 쐬면 좋을 것 같다. 하지만 인터뷰를 해야 한다. 정말 중요한 일이다.

회의실로 들어간 다음 인터뷰를 시작하기 전 핸드백에서 콤팩트를 꺼내 거울을 보며 모습을 한 번 더 점검한다. 팟캐스트 인터뷰를 하는데 모습이 어떤지를 걱정하는 것이 우스운 일이라는 건 알지만, 나는 내 모습이 보기에 좋으면 자신감이 더 생기곤 한다. 다행히도 립은 아침에 바른 그대로고, 마스카라도 뭉쳐있지 않다. 피부는 아침보다 분홍빛이 돌아 훨씬 건강해 보인다.

콤팩트를 기울여 머리를 재빨리 확인한다. 그새 머리카락이 자라 뿌리가 보인다. 어린 시절 내내 완벽한 금발 머리였는데, 20대 초반 언젠가부터 빛바랜 탁한 금발로 변해버렸다. 하지만 마법을 부리는 미용실에 가기만 하면 해결되는 문제다. 토요일 행사 전에 갈 시간이 있으면 좋을 텐데.

콤팩트를 핸드백에 막 집어넣는데, 노트북에 전화 수신 알림이 왔다. 셰리 벨이라는 이름이 화면에 떴다. 나는 전화를 연결하며, 셰리에게 내가 보이진 않지만 얼굴에 미소를 머금는다. 사실 그럴 필요는 없다. 하지만 미소를 짓고 있으면, 상대방이 목소리에서 느낄 수 있다. 그래서 나는 전화로 영업할 때면 항상 얼굴에 미소를 띤다. '전화를 걸기 전에 웃어라'라는 말도 있지 않은가.

"내털리!" 셰리 목소리도 웃고 있는 것처럼 들렸다. 좋은 목소리다. 동네에서 흔히 볼 수 있는 소녀처럼 친근하면서도 아주 발랄하다. "준비되셨나요?"

"그럼요." 나는 대답했다.

과거에 팟캐스트 인터뷰를 여러 번 해봐서 어떻게 해야 하는지 잘 안다. 보통 회의실처럼 조용한 장소를 찾아 자리를 잡았다. 청취자들이 내 목소리를 잘 들을 수 있게 괜찮은 마이크에 돈도 좀 썼다. 이번이 내가 준비하는 자선 달리기 행사를 홍보하는 다섯 번째 팟캐스트 인터뷰이니 긴장할 것도 없다.

하지만 하루 종일 마음이 편치 않았다.

"오늘 이 자리에 내털리 패럴 씨를 모셨습니다." 셰리 목소리가 스피커에서 흘러나온다. "내털리 씨는 뇌성마비를 연구하는 재단을 돕기 위해 이번 토요일에 열리는 5킬로미터 자선 달리기 행사를 주최하셨어요."

"네, 맞습니다."

"제가 듣기로는 자선 행사에 꽤 많은 분이 참여한다고 하던데요?"

목을 가다듬는다. 팟캐스트에서는 말을 너무 길게 하지 않는 것이 중요하다. 대화가 되어야지 독백이 되어서는 안 된다. "네, 들으신 대로예요. 제가 영양 보충제를 판매하는 빅스드라는 멋진 회사에 근무하는데, 제 동료 거의 전부가 참여할 예정이고요, 지역에서도 많은 분이 함께 달릴 예정입니다. 그 덕분에 지금까지 모은 모금액이 큽니다만, 계속해서 기부를 부탁드리고 있습니다."

"이 행사를 준비하는 게 이번이 처음이 아니신 거죠?"

"다섯 번째입니다. 이전 어느 해보다 올해 가장 많은 분이 참여해 주셨어요."

"좋은 소식이네요." 그러고는 셰리가 잠깐 말을 멈춘다. "자선 사업에 관해 이야기를 좀 나눠보고 싶은데요. 내털리 씨에게 큰 의미가 있다고 들었어요."

셰리 질문에 대답을 해야한다는 생각을 어렴풋이 했지만, 이미 내 주의가 다른 데로 쏠리고 있다. 팟캐스트 인터뷰를 시작하기 전에 휴대폰을 무음으로 설정한 후 회의실 탁자 위 노트북 옆에 올려놓았는데, 전화가 와서 휴대폰이 진동하고 있다. 그런데 휴대폰 화면에 발신번호표시제한이라고 뜬다.

오늘 아침에도 이랬는데…….

도와주세요.

"내털리 씨?" 셰리 목소리에 정신이 번쩍 든다. "괜찮으세요?"

"네, 네." 방송으로 나가기 전에 셰리가 이 부분은 편집하면 되니 정말 다행이다. 전화를 받고 싶은 마음이 굴뚝 같지만, 그랬다간 엄청난 결례가 되겠지. 전화가 음성사서함으로 넘어가게 놔둔다. "죄송해요. 질문이 뭐였죠?"

"이 자선 사업이 내털리 씨에게 중요한 이유가 무엇인지 궁금하다고요."

"그건……." 눈을 감고 숨을 천천히 들이마신다. 이 이야기를 할 때면 항상 목이 멘다. 그래도 머릿속에서 의문의 전화에 관한 생각을 조금이나마 밀어낸다. "가장 친한 친구가 뇌성마비를 앓았습니다. 많이 힘들어했어요. 안타깝게도 친구는 이 세상에 없습니다. 이 자선 사업은 제 친구 어밀리아를 기리는 것이에요."

"아, 그렇군요. 내털리 씨가 친구분을 그리워하는 마음이 제게도 느껴집니다. 친구분이 하늘에서 내려다보며 내털리 씨가 과거에도 좋은 친구였고 지금도 변함없이 좋은 친구라는 사실에 고마워하고 있을 것 같아요."

"네……. 그랬으면 좋겠어요."

한 번 더 숨을 천천히 들이마시며 평정을 되찾으려 애쓴다. 어밀리아 이야기를 꺼내는 것은 언제나 쉽지 않지만, 내가 이 일을 하는 이유가 바로 그녀 때문이다. 그러니 항상 말해야 한다.

우리는 자선 사업과 달리기 행사의 세부 사항에 대해 15분 정도 이야기를 더 나눈다. 이번 토요일은 아름다운 날이 될 것이며, 달리기의 출발점이자 결승점이 되는 플로리안홀에는 많은 참가자들이 모일 것이다.

05

내가 이 일을 좋아하는 이유 중 하나는 하루 종일 사무실에 갇혀있지 않아도 되기 때문이다. 월요일부터 금요일까지 칸막이가 둘러쳐진 책상에 앉아 9시부터 5시까지 시간을 보내야 한다면 머리가 어떻게 되어버렸을 거다. 하지만 다행히도 세스는 사람 대 사람의 만남이 매출에 도움이 된다는 것을 알고 있어서, 내가 업무 시간에 보스턴과 근교 지역의 비타민 및 건강 관련 매장을 방문하러 다니는 것을 허락해 준다.

사무실에서 간단히 샌드위치를 먹은 후 곧바로 퀸시에 있는 영양제 가게에 방문 영업을 하러 갔다. 퀸시는 도시 철도의 레드라인이 지나가는 교외 주택 도시로, 주로 도시 가까이에 살고 싶지만 보스턴의 집값을 감당하지 못하는 다양한 사람들이 섞여 사는 곳이다. 퀸시에 있는 차이나타운이 훌륭해서, 여기 산다면 매일 저녁을 거기서 먹을 수도 있을 것 같다.

비타민 상점도 엄청나게 많은데, 나는 지금까지 거의 모든 곳에 우리 제품을 판매했다. 나를 빅스드의 퀸시 전담 영업사원이라고 불러야 할 듯하다. 오늘은 이전에 한 번도 거래한 적이 없는 가게 중 한 곳을 방문해 우리 제품 세 박스를 주문받는 데 성공했다. 가게 주인에게서 제품이 잘 팔리면 더 주문하겠다는 말도 확실히 들었다.

주문서를 들고 차에 타면서 휴대폰을 확인했다. 엄마에게서 문자 메시지가 와있었다.

― 이번 일요일에 저녁 먹으러 올래?

거의 매주 엄마는 일요일 저녁 식사 약속을 일찌감치 잡는다. 일요일 저녁을 함께 먹는 건 우리 가족의 소소한 전통이다. 한 번은 엄마가 내가 진지하게 만나는 남자친구와 함께 나타나기를 (대놓고) 마음속으로 바란다고 했지만, 안타깝게도 나는 여태껏 저녁 식사 자리에 데려갈 만한 남자를 만나지 못했다. 정신없이 쏟아지는 질문 공세가 기다리고 있을 테니 말이다.

그런데 처음으로 이번 일요일에 누군가를 데려가는 것을 고려해 본다. 바로 케일럽이다. 그가 엄마가 기대하는 남자일 거라는 느낌이 강하게 든다. 적어도 케일럽은 엄마의 쉴 새 없는 질문을 견딜 수 있을 것 같다. 내가 초대하면 케일럽도 흔쾌히 승낙할 것이다.

나는 답장을 입력한다.

— 이번 주에는…….

문장을 끝까지 입력하려다 말고 다시 생각한다. 케일럽과 사이는 좋지만, 아직은 좀 이른 감이 있다. 케일럽을 엄마에게 보여주고 싶은 마음이 확실한 건지도 모르겠다. 게다가 만약 상황이 생각대로 안 흘러가면, 엄마의 잔소리를 오랫동안 들어야 할 것이다. "사람 좋던 그 케일럽하고는 어떻게 된 거니? 너에게 그 남자가 뭐가 모자란 거야?" 하고 말이다. 나는 쓰려던 말을 수정한다.

— 이번 주에는 샐러드를 가져갈게요.

샐러드를 가져가는 편이 케일럽을 데려가는 것보다 훨씬 더 현명한 선택이다. 어쨌거나 엄마는 기름지고 지방이 많은 음식만 요리하니까.

휴대폰에 있는 메시지를 주욱 훑어본다. 팟캐스트 직후 음성 사서함을 확인했지만, 발신 번호를 숨긴 사람은 메시지를 남기지 않았다. 3시가 다 되어가는데, 돈에게서는 아직 아무런 연락도 없다. 돈은 문자 메시지에 항상 5초 내로 답장을 보내는 사람인데, 온종일 답이 없다는 건 대단히 이상한 일이다. 나는 재빨리 세스에게 메시지를 보낸다.

— 돈이 2시에 미팅하러 왔어요?

곧바로 화면에 작은 물방울들이 나타난다. 잠시 후 세스의 답변이 뜬다.

— 아뇨. 돈이 잊어버렸나 봐요.

돈이 미팅을 잊어버린다고? 정말로 있을 수 없는 일이다. 얼마 전 돈이 미팅이 끝나갈 때 와서는 자기가 한 시간 늦었다는 사실을 알아차리고 당황했던 적이 몇 번 있긴 했다. 하지만 최근에는 다시 무서울 정도로 시간을 엄수하는 예전의 모습으로 돌아왔다. 만약 돈이 예정된 회의 시작 시간보다 0.001초라도 늦게 나타난다면, 오히려 내가 너무 놀라 정신을 잃어버렸을 거다.

그러고 보니 아주 중요한 문제 때문에 만나고 싶다고 한 것도 돈이었다. 그래 놓고 매우 이례적으로 나를 기다리지 않고 먼저 가버렸다. 오늘 아침에 걸려 온 전화는 또 어떻고…….

도와주세요.

전혀 돈답지 않다. 무언가 잘못되었다. 확실하다. 회사 사람들은 대수롭지 않게 여기겠지만, 그들은 전화에서 돈의 목소리가 어땠는지 듣지 못했다. 돈은 어려움에 빠져있다.

문득 돈이 퀸시에 산다는 생각이 떠오른다. 내 기억이 맞다면 여기서 그리 멀지 않은 곳이다. 돈 차가 수리 중일 때 그녀를 한번 데리러 갔다. 돈이 어떻게 출근해야 할지 모르겠다고 똑같은 말을 하고 또 해서, 내가 출퇴근 때 운전기사가 되어주겠다고 했다. 내심 서로를 조금 더 잘 알게 될 거라 생각했지만, 그렇게 되지는 않았다. 그녀 취향이나 삶에 대해 좀 물어보려고 해도, 돈은 내내 거북이 이야기만 했다.

아무튼 주소가 내 머릿속 어딘가에 저장되어 있다. 뭐였더라…….

레이크 스트리트였나?

아니다. 라크 스트리트다. 종달새Lark와 발음이 같았다.

GPS에 라크 스크리트를 입력하니, 퀸시 중심가와 내가 정말 좋아하는 일식당에서 멀지 않은 작은 동네가 나온다. 여기서 가면 10분도 채 걸리지 않는다. 돈 집의 번지수는 기억이 안 나지만 큰길이 아니라서 일단 그리 가면 알아볼 수 있을 거라는 생각이 든다. 그러고 나면 돈이 괜찮은지 확인할 수 있을 거다.

마음이 바뀌기 전에 GPS에서 '안내 시작'을 누른다. 영국 억양을 가진 여자 목소리가 딱딱 끊어지는 말투로 다음 신호등에서 우회전하라고 알려준다. 집 위치를 대강 알아도, GPS 없이는 어디로든 갈 엄두가 나지 않는다. 보스턴을 중심으로 한 대도시권의 거리는 도무지 이해가 되지 않는다. 어떤 지역에서는 모퉁이를 세 번 돌면 출발했던 곳으로 돌아온다고 한다. 하지만 이곳에서는 모퉁이를 세 번만 돌면 꼼짝없이 길을 잃을 수도 있다.

7분 후, GPS에서 라크 스트리트로 우회전하라고 안내했다. 목적지가 오른쪽에 있습니다. 어떤 집인지도 모르지만 차를 천천히 몰면서 찾아보기로 했다. 내 기억이 맞다면 어두운 노란색 벽에, 연한 파란색 테두리가 있는 단층 건물에, 작지만 손질이 잘 된 앞마당이 있었다.

여기 집들은 전부 비교적 크기가 작은 단독주택이다. 나는 도 체스터에 있는 타운하우스에 세를 얻었는데, 2층집이긴 하지만 비싼 임대료를 생각하면 놀라울 정도로 작다. 돈은 시내 중심가 에서 먼 곳에 사니 집세를 아마 나보다 적게 내겠지.

거리를 반쯤 갔을 때 브레이크를 급히 밟았다. 진입로에 주차 된 차 하나가 돈이 퇴근하고 탈 때 봤던 차와 똑같다. 녹색 혼다 시빅이다.

거북이와 같은 색이다.

고개를 오른쪽으로 돌리니 그제야 눈에 들어왔다. 어두운 노 란색 벽에 파란색 테두리가 있는 집. 돈의 집이다.

집 앞에 차를 세운다. 정면으로 난 창문이 여러 개 있는데 모 두 어둡다. 창문으로 돈의 그림자나 혹은 그녀가 집에 있는 듯 한 다른 어떤 낌새도 보이지 않았다. 그와 동시에 깨진 창문이 나 끔찍한 일이 벌어졌음을 알려주는 어떠한 흔적도 없다.

시동을 끄고 차에 그대로 앉아 어떻게 할지 생각했다. 콕 찍 어 말하면 돈과 나는 친한 친구 사이가 아니다. 그렇다고 돈에게 다른 진정한 친구가 있는 것 같지도 않다. 보스턴에서 북쪽으로 한참 가야 하는 곳에 사는 나이 든 어머니만 있을 뿐이다. 만약 돈에게 무슨 일이 생긴 거라면, 행여 어디가 다쳤거나 아프기라 도 하면, 누군가 무엇이 잘못되었는지 알기까지 며칠이 걸릴 수 있다. 그때 가서는 너무 늦을지도 모른다.

도와주세요.

까짓것. 차에서 내리고 보자.

내가 타고 다니는 현대차에서 내리며 크림색 치마의 주름을 탁탁 손으로 편다. 돈은 내 옷차림이 정말 멋지다고 항상 말한다. 그러면서 웃긴 건 정작 자신은 언제나 매우 절제된 스타일로 입는다는 거다. 돈은 작고 둥근 코, 얼굴의 절반을 차지하는 커다란 갈색 눈 때문에 얼굴이 매우 여성스럽고 몸도 늘씬해서 마음만 먹으면 굉장한 미인이 되고도 남았을 것이다. 하지만 밋밋한 블라우스와 적어도 한 치수는 큰 것 같은 슬랙스를 입는다. 갈색 머리는 바싹 잘라서 길이가 1센티미터 정도밖에 되지 않는다. 픽시 컷이라 부르기에도 너무 짧은 머리다. 내가 스타일링에 대해 조언을 해줬지만, 돈은 관심이 전혀 없어 보였다.

이제 와서 하는 말이지만, 거북이 얘기가 아니면 돈의 입을 열게 만들기가 쉽지 않았다.

나는 건물 입구 쪽으로 걸음을 옮겼다. 빨간 하이힐이 보도에 닿을 때마다 또각또각 소리를 냈다. 엄지손가락으로 초인종을 누르자 종소리가 집 안에 울려 퍼졌다.

대답이 없다.

사람의 대답이 없는 정도가 아니라 집 안에서 아무 소리도 나지 않는다. 발소리도, 초인종 소리를 덮는 진공청소기 소리도, 아무것도. 쥐 죽은 듯 조용하다.

혹시나 하는 마음에 초인종을 한 번 더 눌러보지만 역시나 별반 다르지 않았다. 문을 열어줄 사람은 없었다.

핸드백에서 휴대폰을 꺼내 돈에게서 아무런 연락이 없었는지 한 번 더 확인했다. 한 통도 없다. 세스에게서 문자 메시지 하나가 더 온 것이 전부였다.

발아래 현관 매트에 거북이 두 마리가 손을 잡고 나란히 헤엄치는 그림이 그려져 있었다. 거북이 몸통 사이에는 어서 오세요라는 문구가 쓰여있었다. 매트에서 내려와 혹시 여분의 열쇠가 있을까 싶어 매트를 뒤집어 봤다. 운이 없다.

오른쪽 왼쪽으로 고개를 돌리며 나를 보는 사람이 있는지 살폈다. 돈의 이웃은 조용한 사람들인가 보다. 이런 곳에서는 무슨 일이 일어난다 해도 목격자가 한 명도 없을 것이다. 나는 목을 길게 빼고 집 옆을 따라 난 샛길을 눈여겨봤다. 틀림없이 뒷문이 있을 거다.

샛길을 따라가 돈의 작은 뒷마당으로 들어섰다. 집 뒷면과 함께 방충문이 눈에 들어왔다. 어디선가 나를 지켜보는 사람이 있다면 지금 상황이 의심스럽겠지만, 그런 사람은 없을 터. 어쨌든 나는 잘못된 일을 하는 게 아니다. 직장 동료의 안위가 걱정되는 것뿐이다. 짧은 치마에 빨간 하이힐을 신은 내가 도둑으로 보일 리도 없다.

방충문을 당기니 활짝 열린다. 손으로 뒷문 손잡이를 잡는다. 손바닥에 닿은 부분이 차갑다. 손잡이가 쉽게 돌아간다. 문이 잠겨있지 않다.

뒷문을 조심스럽게 밀어 열다가 머뭇거린다. 돈의 집으로 찾아와서 초인종을 누르는 것은 그럴 수 있다 해도, 허락 없이 돈의 집에 들어가는 것은 완전히 다른 문제다. 돈이 유별나다는 건 누구나 아는 사실 아닌가. 돈이 거실에 총을 들고 앉아있으면 어쩐다? 엄밀히 말하면 지금 나는 침입하는 중이다. 돈은 나를 쏴도 법적으로 아무런 문제가 없다.

그러나 다음 순간, 돈 쉬프처럼 무해하고 아이 같은 사람이 길이를 짧게 개량한 산탄총을 들고 거실에 앉아있는 모습을 도저히 그릴 수가 없다. 게다가 그녀가 위험에 처했다는 느낌도 떨칠 수 없다. 도움이 필요할지도 모르니 내가 확인해 봐야 한다. 경찰을 부를 수도 없다. 다 큰 여성이 집을 비워 문을 열어주지 않는다고 해서 경찰이 달려오지는 않을 테니까.

제발 아무도 총을 쏘지 말기를…….

"돈?" 뒷문을 열고 부엌으로 들어가면서 그녀 이름을 크게 부른다. "돈, 나 내털리예요! 직장 동료요!"

아무런 대답이 없다.

부엌이 몹시 깔끔하다. 그리 놀랄 일은 아니지만, 돈이 더러운 접시와 오래된 신문을 천장까지 쌓아놓고 사는 미친 물건 수집가라고 해도 크게 충격받지 않았을 거다. 실토하자면, 킴과 내가 그런 가설을 몇 번 세워보았다. 하지만 내 눈앞에 있는 부엌은 비교적 평범해 보인다. 어디서나 볼 수 있는 부엌이다. 거북이 모양의 소금통, 후추통만 빼면.

부엌 자체는 평범해 보이는데, 마음을 불안하게 만드는 것이 있었다.

조리대 위에 올려진 와인 한 병. 코르크 마개가 없는, 절반 정도 남은 레드 와인이다. 붉은 액체가 조금 남아있는 와인 잔도 하나 올려져 있다. 그리고 두 번째 와인 잔. 이건 바닥에 깨져있다.

내가 돈의 친한 친구는 아니지만, 내가 아는 돈이라면 조리대 위에 코르크 마개가 열린 와인병을 놔두지 않았을 거다. 깨진 유리잔을 바닥에 그대로 두지도 않았을 거다.

내가 맞았다. 뭔가 끔찍한 일이 벌어진 게 틀림없다.

부엌을 천천히 지나갔다. 돈을 찾아서 도와줘야 한다는 생각이 굴뚝같지만, 집 안에 침입자가 있을지도 모른다는 생각에 겁이 났다. 그러니까 나 말고 또 다른 침입자 말이다. 돈에게 일어난 일이 내게도 일어날 수 있다는 생각은 하고 싶지 않다. 조심해야겠다.

그래서 조리대에 있는 칼꽂이 앞을 지나다가 칼을 하나 꺼냈다. 후회하는 것보다 안전한 게 낫다.

칼 손잡이를 제대로 꽉 잡았는지 확인했다. 방문을 열고 어두운 거실로 들어가자 가장 먼저 이상한 냄새가 코를 찔렀다. 썩는 냄새 같은 건 아니다. 뭐랄까…… 젖은 해초 냄새 같다.

그 순간, 이상한 냄새에 대해 더 이상 궁금해할 필요도 없이 물이 가득 찬 거대한 수조가 눈에 들어왔다. 물고기를 키우는 수조로 안쪽에 조명이 설치되어 있었다. 그런데 물고기가 보이지 않는다. 나는 몸을 숙여 물속을 들여다봤다.

거북이다.

내 손만 한 평범한 거북이가 거대한 수조 안에서 헤엄치고 있다. 아니, 헤엄을 치고 있다기보다는 암녹색 등딱지를 반짝이며 바위 위에 앉아 나를 바라보고 있다. 거북이에 대해 좋은 쪽이든 나쁜 쪽이든 강한 감정을 가져본 적이 없는데, 이 거북이는 나를 불안하게 한다. 그만 쳐다보라고 소리치고 싶다. 무례한 거북이 같으니라고!

거북이들은 매너가 없나 보다.

"돈?" 이름을 다시 불러본다.

대답이 없다. 젠장, 돈은 어디 있는 거지?

거북이 수조 옆에 큰 책장이 서있었다. 방이 어둡지만 책장에 놓인 물건을 알아볼 수는 있었다. 회사에서 돈의 자리에 거북이가 많다고 줄곧 생각했었는데, 틀렸다. 이 책장을 보기 전까지 나는 '거북이가 많다'는 의미를 제대로 알지 못하고 있었다.

선반마다 장식용 거북이 인형이 가득했다. 거북이 옆에 거북이, 그 옆에 또 거북이가 있었다. 유리, 도자기, 대리석으로 만든 것뿐 아니라 박제된 것도 있었다. 위에서 두 번째 선반의 가운데에 빈자리가 하나 있었지만 그 외에는 거북이 형상을 한 물건들이 책장을 빼곡하게 채우고 있었다.

책장을 보고 있으니 온몸에 스멀스멀 소름이 끼치는 것 같다. 한 걸음 뒤로 물러나다가 생뚱맞은 자리에 있던 오토만 의자에 걸려 넘어질 뻔했다. 아래를 내려다보니 오토만이 쓰러져 있다.

하지만 내가 쓰러뜨린 게 아니었다. 원래부터 그렇게 넘어져 있었다.

바로 그때 의자 하나가 뒤집어져 바닥에 어떤 흔적을 발견했다. 어둠 속을 보려고 눈을 가늘게 뜬 채 아주 천천히 다가갔다. 다음 순간 카펫 위에 있는 것을 봤다.

나는 비명을 질렀다.

06

8개월 전

받는 사람: 전 직원

보낸 사람: 내털리 패럴

제목: 환영식!

여러분, 새 직원 돈 쉬프 씨를 뜨겁게 환영해 주시기를 바랍니다! 쉬프 씨는 새로운 회계 담당자로 에드거 하인스를 대신하게 되었습니다. 막중한 책임이 따르는 자리지만, 저는 쉬프 씨가 훌륭히 해내리라는 확신이 벌써부터 듭니다. 간단한 다과가 준비되어 있으니 3시에 직원 휴게실에서 빅스드 회사의 새로운 가족으로 함께하게 된 쉬프 씨를 축하해 주세요.

모두 오세요!

내털리

받는 사람: 미아 호지
보낸 사람: 돈 쉬프
제목: Re: 안부 인사

미아에게,

이번 주에 내 자리를 꾸몄어. 내털리의 평소 패션 감각이 마음에 들어서 나도 그녀가 한 것처럼 꾸며보고 싶었어. 내털리는 책상 위 화분에 예쁜 보라색 꽃이 핀 식물을 키우며 매일 물을 주곤 해. 어제 내가 꽃이 뭔지 물어보니까 아이리스라고 하더라.

그래서 어제 퇴근 후에 마트에 가서 내털리 것과 똑같은 아이리스 화분을 샀어.

네가 무슨 생각 하는지 알아. 네가 나더러 항상 했던 말이 '다른 사람이나 인기 많은 여자애들처럼 되려고 애쓰지 말라, 나 자신을 잃지 말라' 그런 이야기들이었잖아. 내털리와 완전히 똑같이 한 건 아니야. 나만의 독특한 느낌을 살렸지. 집에서 가져온 거북이로 화분을 장식했어. 당연한 말이지만, 진짜 거북이는 아니야. 나한테 모양과 크기와 심지어 색깔도 다 다른 유리 거북이가 여러 개 있거든.

활짝 핀 아이리스 옆 흙 위에 거북이 하나를 놓고, 화분 주위에 몇 개를 더 놓았어. 그리고 내가 직접 가져온 거북이 마우스패드도 있어. 초록빛 바다를 헤엄치는 바다거북의 사진이야. 새로운 곳에서 일하는 게 여전히 불편하지만 거북이들과 함께 있으니 그나마 마음이 좀 나아졌어.

그래도 내털리 덕분에 내가 환영받는다는 기분을 느꼈어. 정말 다정한 사람이야. 근무 첫째 주 마지막 날, 내털리가 다과부터 전부 다 준비해서 직원 휴게실에서 나를 위해 조촐한 환영 파티를 열어줬어. 사실 다과라고는 도리토스 한 봉지와 다이어트 콜라 한 병이 전부였지만, 그래도 내털리는 참 좋은 사람이야. 내 평생에 내게 파티를 열어준 사람이 있었던가 싶어.

내가 왜 어릴 적에 생일 파티를 한 번도 안 했는지, 파티를 열어주겠다는 너를 왜 말렸는지 네가 항상 궁금해했는데, 사실은 말하기가 두려웠어. 이 자리를 빌려 고백할게. 내가 다섯 살이 되었을 때 엄마가 유치원의 같은 반 아이들을 전부 초대해서 집에서 성대하게 생일 파티를 열어줬어. 그런데 아이들이 계속 내 물건을 가지고 노니까 내가 소리를 지르기 시작했고, 바닐라 크림이 올라간 예쁜 케이크를 바닥에 집어 던진 다음 내 방에 들어가 문을 잠그고 밖으로 나오지 않았어. 그 일이 트라우마로 남아서 그 이후로 다시는 파티를 하고 싶은 생각이 없었어. 우리 부모님도 그렇게까지 원하지 않으셨고.

나는 항상 너랑 둘이서만 파티를 하고 싶었어. 우리 둘이서 재료부터 시작해 직접 버터크림 프로스팅도 만들고 케이크까지 다 만들었던 거 기억나? 실수로 버터량을 두 배로 하는 바람에 버터크림이 버터 맛밖에 나지 않았고, 케이크는 덜 구워졌지. 그래도 우리 다 먹었잖아. 학교 애들 우르르 불러다가 하는 파티보다 훨씬 좋았어.

그래도 내털리가 준비해 준 파티는 괜찮더라. 내가 도리토스를 싫어하는데도 말이야. 참, 다이어트 콜라도.

회사 아래층에 사람들이 점심을 많이 사먹는 카페가 있어. 하지만 나는 매일 점심을 싸가서 냉장고에 넣어놔. 그런데 아무리 봐도 냉장고를 정기적으로 청소하는 사람이 없는 것 같아. 사람들이 번갈아 가며 청소하는 날을 정해 그 일정표를 냉장고 문에 붙여 놓겠다고 세스 지점장님에게 제안했어. 지점장님이 생각해 보겠다고 했는데, 일주일이 지났는데도 아직 답을 주지 않네. 오늘 중으로 한 번 더 물어봐야 할 것 같아.

오늘 내 점심은 흰색이었어. 맞아, 나 여전히 단색 식사를 좋아해. 이유는 모르겠어. 만약 대부분 흰색인 샌드위치를 먹는데 그 사이에 초록색 양상추 덩어리가 있으면 그냥 불편해. 그렇다고 안 먹겠다는 건 아니지만, 샌드위치가 전부 한 가지 색인 게 더 좋아. 이걸로 나에 대해 함부로 단정 짓지 않았던 사람은 이 세상에서 네가 유일해. 학교 다닐 때 식당에서 아이들이 장난으로 케첩이나 머스터드를 뿌려 색이 완전무결한 내 점심을 망치려 했었잖아.

60초 정도의 차이가 날 수는 있지만 나는 매일 대략 11시 40분에 점심을 먹어. 휴게실로 가서 냉장고에서 샌드위치를 꺼낸 다음 머그잔에 필터로 거른 시원한 물을 가득 부어. 내가 점심을 먹으려고 자리에 막 앉는데, 내털리와 킴이 똑같은 타파웨어 용기에 담은 점심(샐러드였어)을 들고 휴게실로 들어왔어.

내털리와 킴은 같이 있을 때가 많아. 그러니 넌 내가 내털리와 친한 친구가 될지도 모른다는 쓸데없는 걱정은 안 해도 돼. (어느 누가 너를 대신할 수 있겠니!) 킴이 그 자리를 이미 차지하고 있어.

킴은 최근에 약혼했어. 내가 그걸 어떻게 아냐면, 킴이 틈만 나면 내털리 자리로 와서 결혼식 준비 이야기를 한 시간 넘게 하다 가거든. 가끔 나도 대화를 같이 해볼까 생각은 하지만 결혼식 준비에 대해서 아는 게 있어야 말이지. 킴이 내털리에게 보여주려고 가져온 잡지에서 어떤 웨딩드레스가 괜찮은지를 나한테도 물어봐 주면 좋겠지만, 지금까지 그런 일은 없었어. 그런데 오늘 두 사람이 나한테 점심을 같이 먹어도 되는지 묻더라. 나는 당연히 좋다고 대답했어.

보통 나 혼자 먹는 게 좋지만 이참에 내털리와 더 가까워질 수 있겠다 싶었어. 킴도 그렇고. 어쩌면 우리 셋이 다 같이 친구가 될 수도 있으니까. 학교 다닐 때는 항상 너와 나 둘뿐이었고, 너는 우리만으로 충분하다고 말했지만 세 사람이 친구가 될 수도 있는 거니까. 그래도 되는 거잖아.

킴이 여기서 일하는 게 어떤지 묻길래 나는 괜찮다고 대답했어. 내 전임자가 모든 걸 뒤죽박죽 엉망진창으로 남기고 가버렸다고 말할 생각은 없었어. 내가 하나부터 열까지 전부 정리를 해야 했어. 하지만 전임자가 누구인지도 모르니 그 사람이 일을 까무러칠 정도로 엉망으로 했다는 말은 입 밖으로 꺼내지 않는 게 좋을 것 같았어.

"나는 절대 회계사는 못 될 거야." 내털리가 부드러운 금발 머리를 어깨 너머로 넘기더니 자신이 수학을 얼마나 못했는지, 수업에서 낙제점을 어떻게 매번 간신히 면했는지 이야기하기 시작했어.

나는 내털리가 너무 자책하지 않기를 바라는 마음으로 그녀가 영업에 아주 뛰어나다는 사실을 콕 찍어 말해줬어. 사람들에게 칭찬을 해주는 것이 친구를 사귀는 좋은 방법이라고 엄마가 내게 항상 일러주셨거든. 매번 그냥 흘려들었는데, 이제 와서 보니 그 말이 옳은 것 같다는 생각이 들어. 내게 새롭게 시작할 기회가 생겼으니 엄마 조언을 받아들이는 것도 괜찮지 않을까?

아무튼 칭찬은 진심이었어. 내가 입사한 지 오래되진 않았지만 내털리가 우수한 영업사원 중 하나라는 사실은 이미 알고 있거든. 스프레드시트를 보면 회사 전체에서 최고야. 그녀는 사람들과 대화하는 기술이 뛰어나. 가끔 내털리가 통화하는 소리가 들릴 때면, 나는 하던 일을 멈추고 그녀가 구사하는 화려한 언변에 귀를 기울이곤 해.

킴이 키득 웃더니 이렇게 말했어. "내털리라면 북극에서 얼음도 팔 수 있을 거예요. 특히 **남자**에게요."

그 말이 끝나자마자 내털리와 킴은 깔깔거리며 웃었어. 내털리가 무척 매력적이라는 의미였다고 생각해. 회사에 스물다섯 살 정도로 보이는 영업팀 인턴이 있는데, 다른 사람에게는 절대 안 물어보면서 내털리에게만 점심으로 먹고 싶은 거 있으면 사다 주겠다고 항상 말해. 내 짐작으로는 내털리 돈으로 계산하는 것도 아닐 거야. 킴도 예쁜 편이지만, 내털리처럼 말로 다 표현할 수 없는 매력은 없는 편이야.

그러고 나서 내털리가 **나**한테 칭찬해 줬어. "머그잔이 귀엽네요."라고 했어.

무슨 머그잔인지 너 혹시 알겠어? 몇 년 전에 네가 생일 선물로

준 거야. 대개 사람들은 가게에 들어가서 첫 번째로 눈에 띄는 거를 사. 그래서 주로 향초를 고르잖아. 하지만 너는 어떤 선물이든 언제나 신중하게 생각해서 골라. 네가 선물한 이 세라믹 머그잔은 색깔이 바다색이고 입체로 장식한 거북이가 헤엄치고 있어. 볼록 튀어나온 거북이 등딱지를 가끔씩 손가락으로 쓸어 만지는 걸 즐겨. 내가 이 머그잔을 얼마나 아끼는지 넌 모를 거야. 이걸로 마실 때마다 너를 떠올리며 행복한 기분을 느껴.

내털리가 한 말은 진심 어린 칭찬으로 느껴졌어. 사람들이 내게 좋은 말을 해주지만 진짜로 그렇게 생각하지 않는다는 게 보일 때가 있거든. 어떨 때는 나를 놀리고 있다는 기분이 들기도 해. 하지만 내털리는 진심이었어. 잠시 동안 내가 고등학교에서 인기 있는 아이들과 같이 앉아있는 것 같았어.

나는 고맙다고 인사했어. 그런 다음 가장 중요한 질문을 꺼냈지. "거북이 좋아해요?"

내털리가 좋아한다고 대답했어. 그래서 내가 거북이 등딱지는 실제로 뼈대의 일부이고 가슴뼈와 비슷하기 때문에 거북이를 죽이지 않고서는 등딱지에서 분리할 수 없다고 설명했어. 내가 말을 마치자 내털리가 "우와!"라고 했어.

내털리와 킴이 관심을 가지고 거북이에 대해 더 알려 해서 내 가슴이 막 두근거렸어. 내가 지금껏 만난 사람 중 거북이 이야기를 듣는 데에 관심을 기울인 사람은 네가 유일해. 우리 부모님조차 그러지 않았어. 솔직히 말하면, 너도 거북이 이야기를 듣고 싶은지 아리송할 때가 가끔 있었어. 그런데 그 점심시간에는 내털리, 킴과 같이 점심을 먹으면서 20분 동안 거북이에 대한 흥미로운 사실들을 많이 알려줬어. 두 사람은 내가 하는 이야기를 모두 귀담아듣고, 거북이를 아주 잘 아는 내가 당연히 쉽게 답할 수 있는 질문도 중간중간 했어.

해줄 이야기가 더 많았는데, 내털리가 영업 전화를 돌리러 가야 한다고 했고 두 사람 모두 자리에서 일어났어. 내일 또 이야기할 수 있게 거북이에 관해 어떤 새롭고 흥미로운 이야기들을 할지 벌써 생각 중이야. 다음 편지에서 어떻게 되었는지 얘기해 줄게.

너의 친구,
돈 쉬프

받는 사람: 돈 쉬프
보낸 사람: 미아 호지
제목: Re: 안부 인사

새 친구 생겨서 정말 잘됐다! 거북이 얘기가 나와서 말인데, 너에게 보내줄 선물이 있어! 네가 잘 적응하는 것 같아 다행이야. 네가 잘할 줄 알았어!

사랑을 담아,
미아

07

현재

내털리

족히 1분은 비명을 지른 것 같다.

정확하게 재본 건 아니지만 체감한 시간과 지금 목이 따끔거리는 정도를 생각해 보면 그렇다는 거다. 그렇게 1분가량을 멈추지 않고 비명을 지르고 나서야 겨우 정신을 차리고 덜덜 떨리는 손으로 119에 신고할 수 있었다.

그러고는 두말할 것도 없이 그 집에서 후다닥 빠져나왔다.

지금 경찰이 와있다. 집안 곳곳을 돌아다니며 지문을 채취하거나 범죄 현장에서 해야 하는 여러 일들을 하는 중이다. 나는 그다지 알고 싶지 않아서 경찰이 온 이후로 줄곧 차 안에 앉아 있었다. 이곳을 떠나서도 안 되지만 그 집 가까이에 가고 싶지도 않았다.

세스에게 전화를 걸어 상황을 설명하며 회사로 돌아가지 못할 거라고 말했다. 세스 목소리가 떨렸지만, 지금 내 심정에 비할 바가 아니다. 평소에는 킴에게 전부 이야기하지만, 오늘 일은 그리고 싶지 않았다. 킴은 그냥 흥미로운 가십거리로 취급해 버릴 테고, 그건 무례한 일이라는 생각이 들었다. 그래서 대신 케일럽에게 문자 메시지를 보내기로 했다. 내가 아는 케일럽이라면 적절한 말을 해줄 것이다.

아니나 다를까 즉각 답장이 왔다.

— 이게 무슨 일이야! 자기 괜찮아?
— 아니, 별로…….

나는 죽는 날까지 아까 거실에서 봤던 장면을 머릿속에서 결코 지우지 못할 거다. 그 피…….

— 내가 지금 그리로 갈까?

이제껏 성가시게 구는 여자친구가 되지 않으려고 무던히 애를 썼다. 성가심보다 사람 마음을 더 잘 돌아서게 하는 건 없으니까. 하지만 케일럽은 그런 것에 크게 마음을 쓰는 사람이 아닌 것 같다. 그리고 그가 와주겠다라고 했다. 케일럽이 보고 싶기도 하고. 얼굴을 그의 가슴에 묻고 싶다. 그래서 이렇게 대답한다.

— 응, 와줄 수 있어?

문자로 주소를 막 보내는데, 누군가 차 유리창을 똑똑 두드렸다. 운전석 창문에 남자가 서있었다. 내가 차로 피신하기 전 짙은 회색 슈트에 같은 색 넥타이를 맨 남자가 자신을 형사라고 간단히 소개하던 기억이 난다. 나는 유리창을 내린다.

"패럴 씨라고 하셨죠?" 그가 물었다.

"네."

"이야기를 좀 해야 하는데, 차에서 잠시 나오실 수 있을까요?"

아까 제복을 입은 경찰관 한 명이 내게 몇 가지 질문을 이미 했는데. 형사는 나한테 물어보고 싶은 게 더 많겠지. 그가 알아낸 게 있을 거라는 생각도 든다. 어쨌든 내게는 별다른 선택의 여지가 없다. 차에서 천천히 나간다.

형사는 40대에 어두운색 머리가 아주 살짝 벗어졌지만, 키도 크고 강인한 남자에게서 느껴지는 매력을 풍긴다.

"산토로 형사라고 합니다."

나는 말없이 고개만 끄덕였다.

"힘들게 해드려 죄송합니다, 패럴 씨."

형사가 보스턴 지역색이 짙은 말씨를 쓴다. 매사추세츠에서 자란 나로서는 그의 말을 듣고 있자니 마음이 편안해진다. 나더러 차에서 나와달라고 할 때 차를 '카아car'라고 했다. 만약 우리가 랍스터라도 먹게 된다면 그는 '랍스타아'라고 말할 것이다. 내 억양은 비교적 티가 나지 않는다고 생각하는데, 케일럽은 들린다고 한다. 그게 귀엽단다.

"괜찮습니다." 나는 겨우 입을 뗐다. "돈은…… 혹시…… 발견하셨나요?"

형사가 고개를 천천히 젓는다. 나는 안도의 한숨을 내쉰다. 카펫에 묻은 엄청난 양의 피를 봤을 때 돈이 집 안 어딘가에 쓰러져 죽었을지도 모를 거란 생각이 머릿속에서 떠나지를 않았다. "돈 씨의 흔적은 못 찾았습니다. 혈흔만 있어요."

"그럼 혹시……." 나는 아랫입술을 깨문다. 너무 세게 깨물었는지 피 맛이 살짝 느껴진다. "혹시 다친 걸지도 모르겠네요. 그래서 병원에 가있을지도요."

산토로 형사가 고개를 끄덕인다. "네, 그럴 가능성이 있어서 지금 확인 중입니다. 구급차 회사와 병원에 전화를 돌리고 있습니다만 현재까지는 소득이 없네요."

왠지 그럴 것 같다는 생각이 들면서도 충격이 쉽게 가시지 않았다. "그렇군요."

"쉬프 씨 댁에는 무슨 일로 오셨습니까?"

"그게, 돈이 회사에 나오지 않아서요……." 내가 대답하는데 형사 얼굴에 미심쩍어하는 표정이 떠올랐다. 그래서 얼른 덧붙였다. "돈이 어제 저한테 좀 이상한 이메일을 보냈어요. 중요한 일이 있어서 저하고 얘기를 하고 싶다고요." 형사가 여전히 납득되지 않는다는 표정을 짓고 있기에, 나는 가장 중요한 이야기를 꺼냈다. "그뿐 아니라 제가 회사에서 그녀 자리로 걸려온 전화를 받았는데, 돈이 도움을 요청하는 것 같았어요. 위험에 빠진 것처럼요."

"알겠습니다. 전화에서 다른 목소리도 들으셨습니까?"

나는 고개를 가로젓는다. "아뇨. 돈 목소리만요."

"패럴 씨 말고 통화 내용을 들은 사람이 또 있습니까?"

이상한 걸 묻는다. 통화 내용을 들은 사람이 더 있고 없고가 왜 중요한 걸까?

"아뇨. 저뿐이었어요."

"두 분은 친구 사이였나 보군요?"

11월의 쌀쌀한 바람이 내 블라우스를 뚫고 지나가자 몸이 떨렸다. "네. 직장 동료이고…… 친구예요."

"가까운 친구요?"

"어느 정도는요." 이건 사실이 아니다. 하지만 돈에게는 친구라 부를만한 사람이 없었다. 누가 돈의 가장 친한 친구가 나라고 말한다면, 나도 왠지 수긍할 것 같다.

"돈 씨를 위협하는 사람이 있었습니까? 돈 씨가 두려워하는 사람이나요?"

"아뇨. 그런 사람은 없었어요."

"쉬프 씨에게 남자친구가 있습니까?"

어이없는 질문에 웃음이 나올 뻔하지만, 형사는 돈을 모르니까. 돈에게 남자친구가 생길 수나 있을지 모르겠다. 돈이 남자와 키스하는 모습은 더더욱 상상하기 어렵다. 거의 100퍼센트 확신하건대 그녀는 숫처녀일 거고, 돈에게서 풍기는 분위기로 볼 때 그녀는 처녀성을 버리는 행위에 아예 관심이 없는 듯하다. 남성복처럼 보이는 헐렁한 출근 옷차림하며 작은 얼굴에 비해 너무 큰 땅거북 등딱지 안경만 봐도 그렇다. 화장도 전혀 하지 않는다.

하지만 이런 이야기를 형사에게 할 생각은 없다.

"아뇨. 돈은 남자친구가 없었어요."

산토로 형사가 묘한 표정을 지었다. 나는 곧바로 이유를 알아차렸다.

"제 말은, 돈은 남자친구가 없어요."

맙소사, 내가 돈을 언급하면서 과거형으로 말을 해버렸다. 돈은 무사할 거다. 경찰이 그녀를 찾을 테고 돈은 괜찮을 거다. 그러니 과거형이 아니라 현재형으로 계속 말해야 한다.

그렇긴 하지만 피가 너무 많았다. 그렇게 많은 피를 흘렸는데 돈이 괜찮을 수 있을까? 그리고 그 전화…….

도와주세요.

"쉬프 씨를 마지막을 본 게 언제였습니까?" 형사가 물었다.

"어제 5시쯤에요. 사무실에서 나갈 때요."

"그리고 쉬프 씨가 오늘 아침에 회사에 오지 않았다는 거고요?" 나는 고개를 끄덕이면서 형사가 정말 궁금해서 묻는 게 아니라는 느낌을 받는다. 그는 이미 알고 있었다. "그럼 쉬프 씨에게 무슨 일이 생겼다면 어제 5시부터 오늘 아침……."

나는 말을 잇는다. "9시 15분 전 사이예요. 돈이 항상 출근하는 시간이예요. 시계처럼 정확하게요."

"쉬프씨는 대단히 신뢰할 만한 분이겠군요?"

"네, 맞아요."

형사의 한쪽 입꼬리가 올라갔다.

"좋은 습관입니다. 저도 그렇거든요. 시간을 엄수하는 게 좋죠."

형사에게 돈과 비슷한 면이 있을 거라는 생각이 조금도 들지 않았지만, 아무 말도 하지 않았다. 그는 돈을 이해하지 못할 거다.

"이건 절차상 묻는 거니 이해해 주십시오. 어제 오후 5시부터 오늘 아침까지 어디에 계셨습니까?"

내 눈썹이 하늘에 닿을 듯이 아주 빠르게 치켜 올라간다.

"저요?"

형사가 미안하다는 듯이 미소 짓는다.

"절차상 확인을 해야 해서요."

질문에 대해 불쾌감을 드러내지 않으려 하지만 경찰이 내가 뭘 했다고 생각하는 건지 모르겠다. 내가 돈을 죽이고 돈이 도움을 요청했다는 전화를 가짜로 꾸며낸 다음 그녀 집으로 돌아가 바닥에서 그 많은 피를 발견한 척을 한다고 생각하는 건가?

내가 겨우 입을 열었다. "남자친구와 있었어요. 이름은 케일럽 맥컬로프예요."

"밤새 같이 계셨습니까?"

밤새 같이 있지는 않았다. 케일럽은 우리 집에서 밤이라는 시간의 일부만 같이 있다가 돌아갔다. 내가 입을 열어 형사에게 그렇게 말하려는데, 내 마음속 또 다른 목소리가 나를 막는다. 내 지문이 돈의 집 곳곳에 있고, 아까부터 형사가 짓는 묘한 표정은 나를 믿지 못하겠다고 말하는 것 같다.

그리고 마음에 걸리는 게 한 가지 더 있었다.

"네, 밤새 같이 있었어요."

자, 이렇게 말했으니 이제 산토로 형사 얼굴에서 의심스러운 표정은 지워지겠지.

"케일럽이란 분은 쉬프 씨를 압니까?" 형사가 묻는다.

나는 어깨를 살짝 으쓱한다. "조금은요. 우리가 일하는 회사에서 케일럽은 시간제 근무를 하고 있어요. 돈을 알기는 하겠지만, 잘은 모를 거예요."

"오늘 아침에 걸려온 전화 말입니다……. 쉬프 씨 자리로 전화가 왔다고 하셨죠?"

"네, 맞아요." 전화에서 돈 목소리가 얼마나 겁에 질려있었는지 생각하니 속이 울렁거린다. 세스 말대로 전화를 무시하지 않아서 정말 다행이라는 생각이 든다.

형사가 생각에 잠겨 턱을 문지른다. "그 전화번호로 걸려온 전화를 확인해 보겠습니다. 발신지를 알아낼 수 있을 겁니다."

돈이 어디에 있든, 그 전화를 바탕으로 그녀 위치를 추적해 낼 수 있을 거라는 희망이 생긴다. 어딘가에 갇혀있다 해도, 몇 초라도 전화를 걸 수 있었다는 말이니까.

그 이후로도 산토로 형사는 내가 돈이 사는 곳을 어떻게 아는지, 집에 어떻게 들어갔는지, 부엌 바닥에 있던 깨진 와인 잔에 대해서 아는 게 있는지 캐물었다. 심문을 당하는 기분이 그다지 좋지는 않지만, 사건 조사가 유능한 사람의 손에 맡겨져 다행이라 생각하기로 했다. 이 형사는 자기가 해야 하는 일을 확실히 안다. 우리가 대화하는 내내 그의 시선이 내 얼굴 아래로 내려가지 않았다는 것만 봐도 그가 진지하게 일하고 있음을 알 수 있었다. 돈이 어디에 있든 이 사람이라면 찾아낼 것이다.

부디 돈이 괜찮기를…….

형사가 이야기를 마무리 짓고 집 쪽으로 발을 옮기려는 순간, 제복을 입은 경찰관 한 명이 현관문에서 나와 형사를 향해 곧장 걸어왔다.

"형사님, 침실에 있는 컴퓨터를 확인했습니다."

"아, 그래요?" 산토로 형사가 턱을 문질렀다.

"네. 컴퓨터가 잠겨있었지만, 비밀번호가 적힌 포스트잇을 마우스 패드 아래에서 찾았습니다."

심각한 상황인데도 나도 모르게 코웃음이 픽 나와버렸다. 어찌나, 돈다운지 모르겠다. 한 가지 일에는 터무니없을 정도로 조심하면서 다른 일에는 어쩜 그렇게 조심성이 없는지. 돈이 만든 비밀번호도 보나 마나 'PASSWORD1' 같은 것일 테지.

하지만 코웃음은 잘못된 행동이었던 것 같다. 산토로 형사의 표정이 내 행동은 부적절하다고 말하고 있었다. 내가 생각해도 그렇다. 하지만 앞서 말했듯이 그는 돈을 나만큼 알지 못한다.

"좋습니다. 컴퓨터에 뭐가 있는지 한번 보죠." 형사가 말한다.

"저는 계속 있어야 하나요?" 내가 묻는다.

"아뇨, 가셔도 됩니다." 그가 손을 흔든다. "그런데 혹시 명함이 있으신가요?"

핸드백에 손을 넣어 명함 한 장을 꺼낸다. (형사처럼 말한다면

'비즈니스 카드'가 아니라 '카아드'다) 내가 건네는 명함을 형사가 손끝으로 잡아 들었다. 어딘가 조금 이상하다는 기분이 들지만, 너무 피해망상에 사로잡히지 않으려 했다.

형사와 경찰관의 모습이 집 안으로 사라지고 나니 나 혼자 남았다. 후유…… 드디어 이곳에서 벗어나는구나. 몸을 돌려 내 차로 걸어가려 하는데, 조금 낡은 녹색 포드가 옆집 앞에 멈춰 섰다.

케일럽이다. 하느님 감사합니다.

내 발가락을 조이는 루부탱이 허락하는 한 가장 빠른 속도로 뛰어간다. 차에서 막 내린 케일럽이 문을 닫기도 전에 나는 그의 품으로 뛰어든다. 가슴에 얼굴을 묻자 눈에 눈물이 왈칵 차오른다. 힘든 하루다.

"자기야." 케일럽이 큰 손으로 내 등을 어루만진다. "이제 괜찮아, 내털리. 내가 옆에 있잖아."

"돈에게 안 좋은 일이 생긴 것 같아." 그의 셔츠에 얼굴을 묻은 채 속삭인다. 나 때문에 눈물자국과 마스카라 자국이 남을 텐데도 케일럽은 크게 신경 쓰지 않는다.

"그런 말 마." 케일럽이 나를 좀 더 세게 끌어안는다. "돈은 분명히 나타날 거야."

몸을 떼고 고개를 들어 그를 올려다본다. 내가 하이힐을 신고 있는데도 그가 나보다 거의 머리 하나 정도 더 크다. 나는 항상 키가 큰 남자에게 끌렸다. "무슨 근거로?"

"음……"

"자기가 돈 집 거실에서 그 많은 피를 봤다면 그렇게 말 못 할 거야."

"그래, 나는 잘 몰라." 케일럽이 힘없이 어깨를 으쓱한다. "돈 이 무사하기를 바라는 것이 우리가 할 수 있는 최선의 일이라고 생각했을 뿐이야. 안 그래?"

그에게 쏘아붙인 것 같아 마음이 불편해진다. 나를 위해서 여 기까지 달려온 사람인데.

"미안해. 내가 지금 너무 혼란스럽고 정신이 없나 봐."

"아니야." 케일럽이 나직하게 말한다. "정말 끔찍한 상황이야."

그의 가슴에 머리를 다시 기댄다. 내 귀에 울리는 그의 심장 박동 소리에 마음이 편안해진다. 나는 그에게 바짝 기대고 그는 내 머리를 부드럽게 쓰다듬으며, 우리는 잠시 그렇게 그대로 서 있는다. 비극적인 상황 중에 나를 다정하게 대하는 케일럽에게 남자친구로서 점수를 더 주게 된다. 우리 관계가 한 단계 더 발 전하게 될 것 같다.

"자기야." 내가 입을 연다.

"응?"

"부탁 하나 들어줘."

"집까지 태워줄까?"

누가 집까지 태워주면 좋을 것 같지만 여기에 있는 내 차를 그냥 두고 갈 수는 없다. 내가 차에 다시 올라타 운전대를 잡고 위험천만한 퇴근 시간대 교통체증을 뚫고 가야 하는 것 말고는 선택의 여지가 없다. "아니, 그건 괜찮아."

"그럼 뭐? 뭐든 말해봐."

그에게서 몸을 떼며 머리 한 가닥을 귀 뒤로 넘기며 말했다.
"경찰한테 우리가 어제 밤새도록 같이 있었다고 말해줘."

케일럽 몸이 뻣뻣해졌다. "뭐라고?"

"정말 말도 안 돼." 내가 고개를 절레절레 흔든다. "경찰이 나
한테 어젯밤에 어디 있었냐고 물었어. 마치 알리바이가 필요하
다는 것처럼 말이야. 내가 돈에게 무슨 짓을 했을 수도 있다는
듯이 묻더라고! 물론 형식적인 질문이었을 뿐이야. 경찰은 내
가 눈앞에 있으니까 일단 확인을 한 거야. 아무튼 내가 경찰에
게 우리가 밤새 같이 있었다고 말했어."

"하지만……." 케일럽이 턱을 긁적였다. "우리는 밤새 같이
있지 않았는걸. 나는 9시 30분쯤 자기 집에서 나왔잖아."

"그래서 그게 뭐? 우린 어젯밤 많은 시간을 함께 보냈잖아.
그게 그거지."

"그럼 그렇게 말할게. 우리가 어젯밤 많은 시간을 함께 보내
다가 나는 9시 30분에 집을 떠났다고."

케일럽에게 눈살을 찌푸린다. "이게 그렇게 중요한 일이야?
아니, 자기도 돈의 동료잖아. 그러니 알리바이가 있으면 도움이
될 거야."

케일럽의 눈썹이 찌그러진다. "그래도 그건 거짓말이야."

"선의의 거짓말이지. 우리 둘 다 돈을 해칠만한 어떤 일도 안
했어. 그러니 우리에게 알리바이가 없으면 경찰 조사를 혼란스
럽게만 할 뿐이야."

"난 잘 모르겠어, 내털리." 케일럽이 목뒤를 긁었다. "경찰에게 거짓말을 하려니 옳지 않은 일 같아. 그리고 우리 알리바이가 뭐 그리 중요하겠어? 자기나 내가 돈을 해칠만한 일을 했다고 경찰은 생각도 하지 않을 텐데."

나는 팔짱을 낀다. "알겠어, 그런데 나는 이미 우리가 같이 있었다고 말했어. 자기가 말을 맞춰주지 않으면 내가 거짓말하는 것처럼 보일 거야."

"자기는 거짓말한 게 맞잖아."

케일럽이 입을 고집스럽게 꾹 다무는 모습에 화가 났다. 케일럽은 고상하고 정직한 사람이고, 그게 항상 그의 좋은 자질이라고 생각했다. 새삼 꼭 그게 긍정적인 면은 아님을 깨달았다.

"케일럽……." 말라가던 눈물이 다시 차오른다. "오늘 정말 끔찍한 하루였어. 자기야, 경찰이 자기한테 뭘 물어볼 일도 없을 거야. 그렇다고 해도, 나하고 말을 맞추는 게 그렇게나 힘든 일이야?" 케일럽 눈에서 망설임이 보였다. 나는 그의 팔을 꼭 붙잡았다. "제발."

얼마간 정적이 흐르고, 케일럽이 어깨를 축 떨어뜨렸다. "알았어. 그렇게 중요한 일은 아니니까."

케일럽이 내 진술을 사실이라고 확인해 주겠다고 말하는 순간 놀랄 정도로 안도감이 몰려온다. 내가 살인 용의자가 될 것도 아닌데 말이다. 하지만 모든 상황을 고려할 때 알리바이는 있는 게 나을 것 같다.

08

———

7개월 전

받는 사람: 엣시 판매자
보낸 사람: 돈 쉬프
제목: 장식용 거북이 인형 문제

판매자님,

최근에 판매자님의 엣시 스토어에서 유리 바다거북 인형이라고 광고한 제품을 구매했습니다. 유감스럽게도 바다거북이 아니더군요. 그래서 전액 환불을 요청합니다.

감사합니다.
돈 쉬프

받는 사람: 돈 쉬프

보낸 사람: 엣시 판매자

제목: Re: 장식용 거북이 인형 문제

불편을 끼쳐 죄송해요. 지금이라도 제대로 다시 보내드리겠습니다! 어떤 물건을 받으신 건가요?

받는 사람: 엣시 판매자

보낸 사람: 돈 쉬프

제목: Re: 장식용 거북이 인형 문제

판매자님,

이전 이메일에서 말했듯이 해당 상품은 유리 바다거북 인형이라고 소개되어 있었어요. 하지만 아쉽게도 제가 받은 거북은 아주 명백히 육지거북이었습니다! 바다거북은 다리가 아니라 지느러미를 가지고, 앞지느러미는 일반적으로 뒷지느러미보다 길이가 길어요. 하지만 제가 받은 거북의 사지는 길이가 대략 동일했고, 어떻게 보아도 지느러미를 닮은 점이 없었어요. 게다가 제가 받은 거북의 머리는 방형보다 원형에 조금 더 가깝고, 이것 역시 육지거북임을 나타내는 특징입니다. 바다거북을 사고 싶었는데 육지거북을 받아서 매우 실망스러웠습니다.

받는 사람: 돈 쉬프

보낸 사람: 엣시 판매자

제목: Re: 장식용 거북이 인형 문제

지금 장난하시는 건가요?

받는 사람: 미아 호지

보낸 사람: 돈 쉬프

제목: Re: 안부 인사

미아에게,

어제 집에 오는 길에 다양한 작은 소품과 특이한 물건들을 파는 가게에 들렀어. 평소에 거북이와 관련된 물건이 있는지 보러 오는 곳이야. 가게 주인 할아버지는 내가 뭘 찾는지 잘 알아서, 내가 가게에 들어서면 내가 좋아할 만한 물건이 있는지 곧바로 알려주곤 해. 지난번에는 경첩이 달린 거북이 모양 상자를 샀어. 등딱지를 열어서 자잘한 장신구를 넣어 놓을 수 있는 건데, 나는 사서 아무것도 넣지 않고 그대로 책장에 올려놨어.

어제는 어니 할아버지가 누런 이를 드러내며 나를 보고 웃더니 작은 거북 조각품을 꺼내며 사람이 직접 채색한 거라고 아주 자신 있게 말하더라. 등딱지 무늬는 금색이었고, 진짜 거북이에게는 웃음을 짓는 능력이 없는데도 이 거북이는 미소를 짓고 있었어. 가격이 조금 비쌌지만, 사지 않고는 배길 수가 없었어.

내가 가지려고 거북이 조각품을 산 게 아니어서 어니 할아버지가 흰색 작은 상자를 찾아 거북이를 안에 넣고 포장해 줬어. 그리고 오늘 아침 그 선물을 들고 회사에 갔지.

이유는 모르겠지만, 내털리와 킴이 더는 휴게실에 와서 나랑 점심을 먹지 않아. 지난 2~3주 동안 점심시간에 밖으로 나가더라. 내가 항상 점심을 싸가기 때문이겠지만, 나한테 같이 가겠느냐고 묻지도 않고. 그래도 난 내털리가 좋고, 우리 둘이 친구가 되면 참 좋을 것 같아. 이럴 때 정성 어린 선물이 도움이 될지도 모르지.

아침에 내털리가 도착하기를 기다렸어. 나는 항상 8시 45분에 출근하는데 내털리는 그때부터 10시 사이에 오는 편이야. 한번은 정오가 되도록 오지 않은 적도 있는데, 영업 방문을 하고 있었던 게 아닌가 싶어. 9시 13분에 도착한 내털리는 킴 자리에 들러 20분 정도 이야기를 나눴어. 마침내 내털리가 자리로 왔을 때 나는 인사를 하려고 의자에서 벌떡 일어났어. 내털리가 나를 보더니 미소 지으며 '안녕'이라고 말했어.

선물 줄 생각에 흥분이 되어서 나는 곧장 포장된 상자를 내털리 쪽으로 불쑥 내밀었어. 내털리가 깜짝 놀랐지. 파란 눈이 얼마나 커졌는지 몰라. 내가 왜 선물을 주는지 이해를 못 하는 것 같아서, 나는 물건을 보고 내털리가 생각났다고만 설명했어.

내털리가 잠시 망설이다가 선물을 받아들었어. 그녀가 의자에 앉아 몸을 앞으로 숙이고 포장지를 뜯는데, 꽃향기 같은 샴푸 냄새가 나한테 훅 풍겼어. 너도 알다시피 내가 향이 강한 걸 싫어하잖

아. 그런데 내털리 향은 전혀 거슬리지 않았어.

내털리가 상자를 열고 거북이를 천천히 꺼낸 다음 아무 말도 하지 않고 손에 잠시 들고 있었어. 그러더니 겨우 입을 열어 "어머." 라고 했어.

나는 오늘 점심을 싸오지 않았다고 말을 꺼냈어. 내털리, 킴과 함께 점심을 먹으며 거북이에 관해 이야기를 더 나누면 좋을 것 같다고 했지. 그런데 내털리가 킴하고 자기는 재미없게 영업 관련 이야기나 해야 할 거라고 거듭 말했어.

나는 그래도 괜찮다는 뜻을 전하려 했어. 회사에서 영업이라는 측면이 흥미롭다고 생각하거든. 그렇다고 내가 내털리나 킴이 하는 일을 할 수 있다는 말은 아니야. 그들이 전화기를 붙들고 어떻게 회사나 개인에게 우리 제품을 구매하도록 설득하는지 나는 상상이 되지 않아. 특히 효과가 좋다는 것을 증명하는 데이터가 전혀 없는데 누군가에게 비타민이 든 캡슐을 먹어야 눈이 더 건강해질 거라고 어떻게 확신을 주는지 모르겠어. 만약 내가 시도한다면 내 전화를 받은 사람은 그냥 끊어버릴 거야.

"그것 말고 킴의 결혼과 관련해서 의논해야 할 것들도 있어서요." 내털리가 설명했어.

두 사람은 결혼식 준비에 대해 끊임없이 이야기를 나눠. 내가 결혼식은 9월 말이라는 얘기를 우연히 들었는데, 그때 내털리가 "완벽해!"라고 했어. 내털리가 결혼한 적이 없는데 어떻게 그렇게 많은 도움을 줄 수 있는 건지 난 잘 모르겠거든. 그래서 즉시 그 모순점을 내털리에게 지적했어.

내가 그렇게 말하자 내털리가 립스틱이 거의 보이지 않을 정도로 입술을 꾸욱 다물었어. "결혼식을 준비하는 데에 결혼했던 경험이 꼭 필요한 건 아니에요. 지금까지 친구들의 결혼식을 도와준 적도 많고요. 내가 결혼할 때는 친구들이 도와줄 거예요."

"내털리가 **만약** 결혼한다면 그렇겠죠." 내가 그녀의 말을 바로 잡았어.

내 말에 내털리가 깜짝 놀란 것처럼 보였어. 내털리는 나처럼 회계사가 아니라는 사실을 매번 기억해 내야 해. 그녀는 스스로 인정하듯이 숫자를 잘 다루지 못하거든. 나는 내털리에게 제대로 알려주고 우정을 쌓을 좋은 기회라고 생각했어. 그래서 나이가 들수록 결혼할 확률이 현저히 줄어든다는 사실을 자세히 설명했어. 같은 연령대에서 결혼하는 사람이 많아질수록 데이트할 상대는 줄어들기 때문에 결혼에 적합한 사람을 찾을 확률이 계속해서 낮아진다고 말이야. 물론 훨씬 어린 사람과 결혼할 수도 있지만 대다수 여성은 평균적으로 나이가 비슷하거나 더 많은 남성을 찾고, 대다수 남성은 당연히 나이가 어린 여성을 찾거든. 그러니 내털리가 현재 미혼인 상태를 생각하면 결혼을 하지 못할 가능성이 높다고 했지.

내가 최대한 간단하게 설명을 마치자 내털리가 "터무니없네요."라고 말했어.

그래서 내가 내털리에게 현재 남자친구나 약혼자가 없다는 점을 지적하며 그녀 나이에 결혼할 거라고 생각하는 것이 더 터무니없다고 했어. 그러자 내털리가 자기는 일을 해야겠다고 하더라.

내가 내털리 마음을 상하게 했다는 느낌이 들었지만, 사실대로 말했을 뿐이라 그녀의 감정이 상한 것이 이해되지 않았어. 너라면 이해했을 거야. 너는 나처럼 논리적이잖아. 내털리는 우리처럼 생각하지 못해. 그래도 난 여전히 그녀와 친구가 되고 싶긴 해.

그래서 내털리에게 거북이에 대한 몇 가지 흥미로운 사실을 알려주려고 했어. 몸무게가 1톤에 가깝고 길이가 2미터가 넘는 거북이가 있다, 당연히 반려동물 가게에서는 볼 수 없다, 가장 큰 바다거북 종인 장수거북이 그렇다, 하고 말이야. 하지만 믿을 수 없게도 내털리는 그다지 관심이 없었어.

결국 나는 내 자리로 돌아갔어. 나는 내털리에게 선물을 주어서 기뻤고, 내털리도 분명 많이 좋아하는 것 같았어. 하지만 생각보다 그녀 매너가 나빠서 많이 놀랐어. 누군가 선물을 주면 고맙다고 말해야 한다는 건 나도 아는데 말이야. 내털리에게 거북 조각상을 화분 옆에 두면 보기 좋을 거라고 제안도 했는데, 안 옮기더라고.

내털리에게 줄만한 더 좋은 선물이 없을까? 내털리 마음에 쏙 들만한 걸 주고 싶어. 너는 항상 가장 좋은 선물을 생각해 내니까 좀 알려줘.

너의 친구,
돈 쉬프

받는 사람: 돈 쉬프
보낸 사람: 미아 호지

제목: Re: 안부 인사

내털리를 잘 모르지만, 솔직하게 말하면 선물을 받고 고맙다는 인사는 해야 했다고 생각해! 모두가 좋은 사람은 아니라는 걸 잊지 마. 내털리가 너의 시간을 할애할 가치가 없는 사람이라면, 거리를 둬. 더 자세히 이야기하고 싶으면 언제든지 나한테 전화해.

보고 싶어,
미아

09

현재

내털리

케일럽을 따라 저녁을 먹으러 체인 레스토랑에 가기로 했다. 혼자 있거나 아무도 없는 집에 가고 싶지 않았다. 하지만 우리 둘 다 말은 많이 하지 않았다. 돈과 그녀에게 일어났을 법한 일들이 내 머릿속을 계속 맴돌았다. 최악의 상황을 차마 입 밖으로 꺼내는 것조차 두려웠다.

케일럽과 식당에서 나올 때는 시간이 벌써 이렇게 되었나 싶게 어두워졌다. 10분이나 15분만 더 지나면 암흑이 될 것이다. 케일럽이 눈을 가늘게 뜨고 지평선을 바라봤다.

"집에 잘 갈 수 있겠어? 자기 지금도 좀 힘들어 보여."

"응······." 나는 그렇게 대답하지만 오후 일을 생각하면 마음이 아주 편하지는 않았다.

케일럽이 나를 말끄러미 쳐다봤다. "자기가 원한다면 내가 자기 차 뒤따라갈게. 자기가 집에 잘 들어가는지 내가 보면 되잖아."

"말이라도 고마워." 나는 턱을 살짝 올리며 키스해 달라는 뜻으로 입술을 동그랗게 오므린다. 케일럽이 빙그레 웃더니 입을 맞춘다. "자기는 정말 다정한 사람이야. 하지만 나 괜찮아. 정말로."

"알았어. 대신 집에 가면 바로 문자 해."

그의 손을 힘주어 잡았다. 나한테 차가 없어서 케일럽이 운전하는 포드를 타고 집으로 가면 정말 좋겠다는 생각이 들었다. 그렇다고 사는 곳이 나와 반대 방향에 있는 케일럽에게 내 집까지 따라와 달라고 부탁하는 것은 철없는 행동인 것 같다. 집에 도착하고 나서는 또 뭘 해야 하지? 둘이서 뜨거운 시간? 오늘은 도저히 그럴 기분이 아니다.

하지만 그가 같이 와줬으면 하는 마음이 가시지 않는다. 그냥 못 이기는 척 케일럽이 하겠다는 대로 놔둘 걸 그랬나.

집까지 반쯤 갔는데, 휴대폰이 울렸다. 화면에 '엄마'라고 뜬다. 음성사서함으로 넘어가게 놔둘까 하다가 엄마가 전화한 이유를 왠지 알 것 같았다. 지금 안 받으면 엄마는 다시 전화할 것이다.

"내털리!" 엄마와 전화를 할 때면 항상 귀가 아프다. 엄마는 통화할 때 목소리 크기를 어떻게 조절해야 하는지 전혀 모른다. "방금 텔레비전 뉴스에서 봤다. 너 회사에 다니는 어떤 여자가 행방불명이라며!"

"네." 돈이 행방불명이라는 사실을 발견한 사람이 나라는 말은 하지 않았다. 엄마가 좋게 받아들일 만한 정보가 아니다.

"네가 아는 사람이니?"

"조금요." 역시나, 돈이 바로 내 옆자리에서 일하는 사람이었다는 사실도 말하지 않았다. 우리가 9개월 동안 칸막이 하나를 사이에 두고 지냈다는 이야기도.

"세상에, 끔찍한 일이구나." 엄마가 코를 훌쩍인다. "네가 일하는 곳은 안전하니? 난 그 동네가 영 마음에 들지 않는다."

"회사에서 일어난 일이 아니에요. 퀸시에 있는 그녀 집에서 일어난 거예요."

"무슨 일이 일어났다는 거니? 실종된 줄로만 알았는데."

나는 볼 안쪽 살을 깨물었다.

"엄마, 회사는 안전해요. 위험한 일을 하는 게 아니에요."

"알아. 하지만 얘야, 아빠와 나는 네가 혼자 사는 게 걱정스러워. 네가 집에 홀로 있는 게 안전한 것 같지 않구나."

"내가 남자였으면 엄마가 그런 생각 안 했겠죠."

"당연하지! 여자 혼자 사는 건 안전하지 않아." 엄마 목소리가 징징거리는 말투로 변하자 내 몸에 소름이 돋기 시작했다. "내털리, 그래서 결혼을 해야 하는 거야. 일은…… 이제 좀 적당히 하고, 좋은 남자 만나서 정착해야 하지 않겠니?"

이를 악문다. "내가 노력을 안 하는 것 같아요?"

"어쨌든 네가 아주 열심히 노력하는 건 아니잖니! 너 정도의 미모면 네가 원하는 남자는 아무나 가질 수 있어. 주위에서 그냥 한 명 골라보렴!"

그렇게 간단하지 않다고 설명하려다가 이 대화를 엄마와 지금까지 수백 번은, 아니 수천 번은 나눴다는 생각이 들었다. 수백만 번 했다고 해도 과언이 아니다. 엄마를 절대 이해시키지 못할 거다. 내 힘만 빠질 뿐이다.

물론 엄마에게 케일럽 이야기를 할 수도 있다. 그와 좋은 관계로 발전 중이라고, 언젠가 엄마의 사위가 될지도 모른다고, 귀엽고 성격도 좋고 정신적으로 힘든 상황에도 든든한 사람이라고 말해줄 수 있다. 하지만 엄마가 괜한 희망을 품는 건 원하지 않는다. 케일럽과 함께한 지 얼마 되지도 않았고, 솔직히 지금 그에 대한 무수한 질문을 감당할 자신도 없다.

"전화 끊어야겠어요." 내가 얼버무리듯 말한다.

"너 지금 어디니?"

"집으로 가는 중이에요."

"집에 도착하면 전화 줄래?"

관자놀이에서 맥박이 뛰는 게 느껴진다. 케일럽이 집에 도착해서 문자 달라고 했을 때는 다정한 말이었는데, 엄마가 똑같은 부탁을 하니 짜증이 난다.

"엄마." 이성의 끈이 끊어지기 일보 직전이다. "나도 다 컸어요. 퇴근하고 집에 와서 엄마에게 매일 전화하지 않을 거예요. 난 잘 지내고 있어요. 날 믿으세요."

말다툼으로 번지기 전에 전화를 끊었다. 마침 한 블록만 더 가면 집이기도 하다.

돈과 마찬가지로 나도 작은 집에 세 들어 살고 있다. 2층집이

긴 하지만 작은 방 두 개와 욕실 한 개가 있고 차고는 아쉽게도 없다. 케일럽처럼 아파트를 얻을 수도 있었지만, 프라이버시가 있는 나만의 집이 좋다. 도체스터 지역이 집세는 높은 편이지만 전혀 아깝지 않다. 도체스터가 지금은 보스턴의 일부이지만 원래는 따로 떨어져 있던 소도시였다. 이제는 너무 커져서 보스턴과 별개인 것처럼 여겨질 때도 있다. 우리 집에서 백베이나 사우스엔드로 운전해서 갈 때면 보스턴에서 출발하는 것인데도 '보스턴으로 간다'고 말한다.

여기 동네 사람들 대다수가 세 들어 살고 있고, 집 크기도 비슷비슷하다. 내가 살고 있는 집은 시골집 스타일로 20세기 초에 갈색 벽돌로 지어져 지금은 약간 살짝 좀 낡았고, 외벽을 따라 덩굴이 자라고 있다. 한눈에 봐도 리모델링을 전혀 안 했다는 것을 알 수 있다. 문손잡이를 돌릴 때마다 뚝하고 떨어질 것 같고, 집 전체에 콘센트가 세 개밖에 없다. 그런데도 세를 얻으려면 적지 않은 돈이 든다.

해가 있을 때 보면 오래된 멋이 느껴지는데, 한적한 길에 차를 세우며 보니 아까 낮에 봤던 집을 자꾸 떠올리게 한다. 이렇게 인적 드문 길에 있는, 불이 다 꺼진 작은 집.

속이 울렁거린다. 예전에는 호신용 스프레이를 핸드백에 넣고 다녔다. 한동안 그래야 했다. 다행히 상황이 종료되었고, 그래서 어느 날 다 버렸다. 몇 년 전에 호신술도 배웠지만 이제는 실력이 녹슨 데다가 무기만큼 좋은 것은 없다고 생각한다.

후유, 케일럽이 집까지 같이 와주겠다고 했을 때 그냥 그러겠다고 하는 건데.

차에서 내려 핸드백을 배 앞에 움켜쥔다. 리모컨 키를 누르자 경적이 두 번 울리며 자동차 문이 딸깍 잠긴다. 오늘따라 밤하늘에 달이 보이지 않는다. 저녁이 되니 동네가 무척 어둡다. 서머타임이 끝나 지난주에 시계를 원래대로 한 시간 뒤로 돌린 터라 희미한 가로등 불빛만이 거리를 띄엄띄엄 비추고 있다.

최대한 빠른 속도로 진입로를 달려 현관문에 다다랐다. 손에 쥐고 있는 열쇠 꾸러미에서 집 열쇠를 찾아 열쇠 구멍에 밀어넣었다. 문을 열려고 오른쪽으로 돌리는데, 돌아가지 않았다.

문이 잠겨있지…… 않았다.

나는 한걸음 뒤로 물러섰다. 문이 왜 잠겨있지 않지? 어떻게 된 거지?

그래, 오늘 아침에 내가 문 잠그는 걸 깜빡했을 가능성이 있다. 엄마는 걱정된다고 했지만 내가 사는 곳은 꽤 좋은 동네다. 여기서는 주거침입 사건 같은 게 없다. 그렇다 보니 내가 아침에 문 잠그는 걸 잊을 때가 가끔 있다.

오늘 아침에 깜빡했던가? 충분히 가능하다.

창문 앞으로 걸어가 두 손을 양쪽 눈 옆에 갖다 대고 안을 들여다봤다. 집은 완전히 깜깜하다. 어떤 움직임도 보이지 않았다. 도둑도, 살인자도 없다.

이런 일로 "여보세요, 119인가요, 제 집 현관문이 잠겨있지 않아서요."라고 하며 경찰을 부를 수는 없다. 케일럽에게 전화를 걸 수도 있지만, 문 열고 집 안으로 들어가는 데에 1분도 안

걸릴 일 때문에 그의 아파트에서 여기까지 먼 거리를 와달라고 하면 내가 여자친구로서 점수를 아주 많이 잃게 될 거다.

됐다, 됐어. 괜찮을 거다.

문손잡이를 돌려 문을 밀어 연 다음 집 안에 인기척이 있는지 유심히 살핀다. 여전히 깜깜하다. 아무 소리도 들리지 않는다.

"저기요?" 소리를 크게 지른다. 돈 집에 갔을 때도 이렇게 똑같이 했었지. 아까 일은 생각하지 않기로 한다.

숨을 크게 들이쉬고 현관으로 들어가 전등 스위치를 눌렀다.

검은 운동복에 복면을 쓴 침입자가 거실 한가운데에 서있는 모습을 보게 될 줄 알았는데, 정작 거실에는 아무도 없었다. 아침에 집을 나설 때와 똑같다.

핸드백 안에서 휴대폰이 진동한다. 간이 떨어지는 줄 알았다. 휴대용 화장지와 콤팩트 사이에서 휴대폰을 더듬거리며 찾아 꺼낸다. 아까 회사에서처럼 화면에 발신번호표시제한이라고 뜬다. 나는 손가락을 옆으로 밀어 전화를 받는다.

"여보세요?"

누군가 외국어를 쉴 새 없이 뱉어내거나 내게 자동차보험을 갱신할 생각이 있는지 물어보기를 기다려 보지만 침묵만 흐른다.

숨소리 같기도 하다.

"여보세요?" 나는 한 번 더 말한다.

대답이 없다.

귀에서 휴대폰을 떼고 전화를 끊는다. 심장이 터질 것 같다. 이런 전화가 계속 걸려오던 때가 있었다. 아무 말도 하지 않거나 때로는 수화기 너머로 협박하는 말들을 마구 쏟아내곤 했다. 하지만 그런 전화가 오지 않은 지가 그때 이후로…… 아무튼, 몇 개월이 지났다. 그때와 같은 사람은 아닌 것 같다. 예전 그 사람에게는 이제 나를 미워할 이유가 없다.

아까 팟캐스트 인터뷰 중에도 발신 번호가 표시되지 않은 전화가 왔었다. 그건 같은 사람이었을까?

공포가 엄습하려는 순간, 문자 메시지가 화면에 뜬다. 케일럽이다. 그의 이름을 보는 순간 마음이 편해진다.

— 집에 잘 도착했어?

거실로 들어가 탁 하고 두 번째 전등을 켰다. 이제야 1층 전체가 고요해진다. 여기에는 아무도 없다.

— 응, 연락해 줘서 고마워.

열쇠 꾸러미를 현관문 옆 탁자 위에 내려놓은 다음 거실에 있는 가죽 소파에 털썩 앉았다. 마음을 좀 가라앉혀야겠다. 돈에게 일어난 일은 끔찍하지만 나와는 아무 상관 없다. 나를 노리는 사람은 없다.

10

눈을 뜨자마자 돈을 찾았다는 기사가 떴을 거라 생각하며 아침 지역 뉴스를 확인했다. 누가 알겠는가? 돈이 던킨도너츠 같은 데서 아이스아메리카노를 마시고 있었고 그 많은 피는 다리 제모를 하다가 아주 심하게 베인 상처 때문이었을지 말이다. 하지만 그런 행운은 없었다. 뉴스에서 돈 쉬프는 여전히 실종 상태라고 보도한다.

출근하면서도 경찰 부서 하나가 자신을 찾고 있다는 사실을 까마득히 모른 채 돈이 자기 자리에 있을지도 모른다는 희망을 버리지 않았다. 하지만 그것도 헛일이었다. 그녀 자리는 여전히 비어있었다.

돈의 자리를 지나 내 자리에 이르니 가장 먼저 눈에 들어오는 것은 책상 위에 놓인, 어제 아침에 나타난 장식용 거북이 인형이었다. 거북이들로 가득 찬 커다란 책장을 보고 난 후라서 그런지, 멀건 눈동자를 가진 또 다른 거북이를 보니 마음이 살짝 불편해졌다.

게다가 분명히 기억하기로, 어제 나는 거북이를 내 눈에서 안 보이게 하려고 책상 모서리 끝으로 밀어두었다. 그런데 어떻게 된 일인지 책상 가운데로 옮겨져 있었다. 내 키보드 바로 앞으로 말이다.

쓸데없이 청소부가 옮겨놨나 보다.

돈의 집에서 봤던 피를 떠올리며 어제 거북이 인형에 묻었던 검붉은 액체에 대해 다시 생각해 본다. 혹시 피였을까? 그렇다면 누군가 피 묻은 장식용 거북이 인형을 내 책상에 올려놓았다는 건가?

거북이 인형을 책상에서 잡아채 뚫어지게 바라봤다. 지금은 그런대로 깨끗하다. 핏자국이든 물감이든 무엇이었든 이제는 없다. 하지만 거북이가 책상 위에, 아니, 내 근처에 있는 게 싫다. 다시는 보고 싶지 않다.

쓰레기통에 던져버렸다. 후, 적어도 문제 하나는 해결한 것 같다.

"세상에, 내털리!" 킴의 카랑카랑한 목소리가 귓전을 때린다. "이게 무슨 일이래?"

"그러게……." 내가 들릴 듯 말 듯한 목소리로 대답한다. 관자놀이가 조금 지끈거린다. 킴과 그다지 이야기할 기분이 아니다. "끔찍한 일이야."

킴의 눈이 휘둥그레지며 물었다. "돈 집에 가서 뭘 본 거야?"

"바닥에 피가 잔뜩 있었어." 나는 눈길을 떨구었다. "정말로…… 많았어."

킴이 손으로 자기 입을 틀어막았다. "어머머. 정말 무섭다. 돈이 괜찮아야 할 텐데……."

나는 고개를 끄덕이지만, 경찰이 돈을 찾지 못하고 시간이 흘러갈수록 그녀가 괜찮을 가능성은 점점 줄어들고 있음을 안다.

킴이 아주 큰 다이아몬드가 박힌 왼손 네 번째 손가락으로 코를 긁는다. 약혼 이후 얼마 지나지 않아 생긴 습관이다. 킴이 결혼하고 나면 내 눈앞에 저 커다란 돌을 그만 내보이지 않을까 싶었는데, 이제는 완전히 몸에 배어있었다. 이제는 무의식적으로 너무나 자연스럽게 튀어나온다.

"토요일에 달리기는 그대로 할 생각이야?"

여러 가지 일이 생기다 보니 이번 주말에 있을 자선 달리기 행사를 거의 잊어버리고 있었다. 토요일 행사를 위해 체력을 잘 관리해 두려고 매일 거의 빠짐없이 달리기를 해왔는데, 오늘 아침에는 뛰지도 않았다.

그렇다고 해도 행사를 취소하는 건 고려하지 않는다. 뇌성마비 연구재단을 위해 큰 액수의 후원금을 모았는데, 돈이 실종되었다고 해서 다 접어버릴 수는 없다.

"토요일까지는 돈에 대한 소식을 알게 될 거라 믿어. 행사를 취소할 수는 없어. 돈을 그때까지 찾지 못하면, 그녀를 위해 달릴 수도 있으니까. 결과적으로 좋은 일이 될 수도 있어."

킴이 눈살을 찌푸렸다. "좋은 일?"

나는 목을 가다듬었다. "달리기 행사에 관해 홍보를 많이 할 테니까 만약 돈이 계속 실종 상태면 행사가 돈을 찾는 데에 도움을 될 수도 있잖아. 안 그래?"

"아, 그렇지."

"아무튼." 컴퓨터를 흘긋 바라본다. "일을 시작해야겠어. 집중할 수 있을지 모르겠지만."

"그나저나 몇 분 전에 지점장님이 널 찾았어. 네가 회사에 오면 할 말이 있다고 전해달래."

후, 나한테 할 말이란 게 뭘까? 솔직히 알고 싶지 않다.

킴이 가고 난 뒤에도 나는 세스 사무실로 별로 가고 싶지 않아 의자에 털썩 주저앉았다. 핸드백에서 콤팩트를 꺼내 거울로 모습을 확인했다. 어제보다 더 피곤해 보인다. 눈은 살짝 충혈되고, 눈 밑에 다크서클도 있다. 오늘 아침에 컨실러로 가린다고 가렸는데, 더 많이 발라야 했나 보다. 어젯밤에 잠을 거의 자지 못했고, 겨우 잠들었다가도 금세 뒤척였다.

컴퓨터 전원을 켜는데, 부팅이 채 되기도 전에 휴대폰 진동이 울린다. 핸드백에서 꺼내 화면을 내려다보니 세스에게서 메시지가 와있었다.

— 출근하는 대로 내 사무실로 오세요.

한숨이 나온다. 아무래도 세스의 사무실로 가야 할 것 같다.

11

세스도 나만큼 몰골이 말이 아니다.

짙은색 머리는 부스스하고, 셔츠는 평소답지 않게 약간 구겨져 있다. 그는 빳빳한 흰색 셔츠 입는 걸 좋아하고 또 중요하게 생각한다. 세스가 드라이클리닝을 맡기는지 아니면 아내가 다림질을 해주는지 알 수가 없었는데, 결혼반지의 부재가 계속되는 상황임을 생각하면 후자가 셔츠에 구김이 있는 이유를 설명해 주는 것 같다.

"어서 와요, 내털리." 나를 바라보는 세스의 갈색 눈동자에 걱정이 가득하다. "괜찮아요?"

"괜찮아요." 그의 책상 앞에 있는 의자에 앉으며 침울한 목소리로 말한다.

"맙소사, 이게 다 무슨 일인지……." 세스가 손가락으로 머리카락을 쓸어 넘겼지만, 오히려 머리가 더 헝클어졌다. "어제 내털리 말을 가볍게 생각해서 미안해요."

"괜찮아요. 마음 쓰지 마요."

"내털리가 출근해서 좀 놀랐어요. 만약 하루 정도 쉬고 싶으면……."

나는 고개를 젓는다. "아뇨. 일하는 게 나아요."

"정말로요?"

"정말 괜찮아요. 신경을 다른 데로 돌리는 게 더 좋을 것 같아요."

"그렇죠. 맞아요, 그게 더 낫죠." 세스가 눈을 감더니 손가락으로 문지른다. "돈이 괜찮아야 할 텐데요."

'괜찮을 거예요'라고 대답하면 좋겠지만 그건 내 진짜 생각이 아니다. 그래서 그냥 잠자코 있었다.

"오늘 아침에 형사에게서 전화가 왔어요. 이름이…… 산토로라던가? 회사로 와서 직원 전부를 만나보고 싶다고 하더군요."

"아……." 나는 움찔했다. 같은 형사에게서 질문 공세를 한 번 더 받고 싶지는 않다. 그는 친절했지만, 형사와 이야기를 또 해야 한다고 생각하니 목뒤에 식은땀이 난다. "저, 있잖아요. 아무래도 저는 집으로 가는 게 좋을 것 같아요. 지금 좀…… 머리가 빙빙 도는 것 같아서요. 게다가 어젯밤에 잠을 거의 못 잤어요."

"그래요." 세스 눈빛이 부드러워졌다. "오늘 하루 쉬어요. 내털리에게 오는 전화는 전부 내 사무실로 돌려놓아도 돼요."

어깨에서 긴장이 풀렸다. "고마워요, 세스."

"형사가 올 때까지만 있다가 집에 가도록 해요."

식은땀이 다시 흘렀다. "네?"

세스가 롤렉스 시계를 내려다본다. "별일 아닐 거예요. 형사
가 30분 이내로 올 거예요. 10시 전에 온다고 했거든요."

"하지만······." 나는 손가락으로 왼쪽 관자놀이를 누른다. "머
리가 깨지는 것 같아요. 저는 어제 그 형사에게 얘기도 다 했어
요. 그러니 나를 또 만날 필요는 없을 거예요."

"사실은 형사가 콕 찍어 내털리와 할 얘기가 있다면서 만날
수 있는지 물어봤어요."

"그럼 뭐······ 있어야겠네요."

끝내주는 하루가 될 것 같다.

자세를 바꿔 앉으며 형사가 나한테 묻고 싶은 게 뭐가 더 있
을지 생각해 본다. 내가 아는 것은 이미 다 말했다. 시간만 낭비
하는 셈이다. 하지만 내가 있어야 한다는 세스의 말을 들은 뒤
라 달리 선택의 여지가 없다. 그냥 나가버린 다음 나는 모르는
일이라고 할 수도 없다.

세스가 책상 위에 있는 볼펜을 만지작거린다. 내 시선이 햇볕
에 그을리지 않은 세스의 약지, 결혼반지가 사라진 자리로 다시
한번 옮겨간다. 그의 시선이 나를 따라 자신의 약지로 향한다.
급하게 시선을 돌리지만 이미 늦었다.

"멜린다와 헤어졌어요." 세스가 말한다.

"정말 안타깝네요."

세스가 오른쪽 눈썹을 치켜올렸다. "정말요?"

대답이 곧바로 튀어나오지 않는다. 세스 목소리에서 느껴지

는 분위기를 어떻게 받아들여야 할지 모르겠다. 화난 게 아니라 왠지…… 궁금해하는 것 같다고 할까.

"그럼요." 내가 말한다.

세스의 한쪽 눈썹이 치켜 올라가 있다. "요즘에도 케일럽 만나요?"

"네."

세스가 고개를 끄덕이며 말했다. "좋은 사람인 것 같아요."

"맞아요."

"잘됐군요."

목구멍에 무언가 걸린 것 같다. 숨이 막힐 것 같다.

"그럼 저는 자리로 가볼게요."

세스가 고개를 끄덕하더니 컴퓨터 화면으로 눈을 돌렸다. 하지만 그의 시선이 사무실을 나가는 내 등에 꽂히는 것이 느껴졌다.

12

—

6개월 전

받는 사람: 세스 호프먼

보낸 사람: 돈 쉬프

제목: 냉장고 청소 일정표

지점장님,

직원 휴게실 냉장고 청소 일정표를 만들어, 주 2회 기준으로 모든 직원이 지정된 청소 날짜에 배정되도록 했습니다. 지점장님 허락하에 일정표를 냉장고에 붙이고 싶습니다. 낮은 온도에서 번식하는 흔한 세균에 관한 설명서도 첨부했습니다.

돈 쉬프 올림

받는 사람: 세스 호프먼
보낸 사람: 돈 쉬프
제목: 냉장고 청소 일정표 추후 조치

지점장님,
제가 이메일로 보낸 냉장고 청소 일정표 받으셨나요? 가능한 한 빨리 답변 부탁드립니다.

돈 쉬프 올림

받는 사람: 미아 호지
보낸 사람: 돈 쉬프
제목: Re: 안부 인사

미아에게,
나는 오늘 좋은 하루를 보냈어. 회사가 막대한 돈을 절약할 수 있는 아이디어를 생각해 냈거든. 네가 들으면 나를 엄청 자랑스러워할 거야.
지점장님을 따로 만나 이 아이디어를 말해볼 생각이었는데, 지점장님은 나를 만날 마음이 전혀 없는 것 같아. 내가 지점장님을 그나마 만날 수 있을 때는 지점장님이 내털리와 이야기를 나누려고 그녀 자리로 올 때뿐이야. 지난주에 지점장님을 만나보려 했는데,

마침 통화 중이었거든. 그래서 문 앞에서 전화가 끝나기를 기다렸어. 그런데 지점장님이 귀에서 휴대폰을 떼더니, "맙소사, 돈, 지금 아내와 통화 중이잖아요. 다른 시간에 다시 올래요?"라고 했어.

그래서 회의 시간이 좋을 것 같았어. 회의 안건은 빅스드에서 막 출시한 신제품의 판매 현황이었어. 이름은 콜라헬스이고, 모발, 피부, 손톱, 관절에 도움을 주는 콜라겐 제품의 일종이야. 홍보용 책자에 그렇게 설명이 나와있기는 한데, 전에도 말했듯이 조사 연구가 턱없이 부족해. 게다가 고급 제조 방법이래. 하지만 회사가 가지고 있는 제조 방법이 하나밖에 없는 것 같아서 고급이 아닌 제조 방법은 무엇인지 모르겠어.

회의실에 지점장님, 지점장님 비서, 영업팀, 마케팅팀, 그리고 나까지 모두 모였어. 지점장님은 회의실 탁자 한쪽 끝에 앉았고, 내털리가 언제나처럼 그 옆에 앉았어. 그녀는 회의에서 항상 큰 비중을 차지하니까 그럴 만도 해.

모두들 기대에 찬 눈으로 지점장님을 주목하며 그가 회의 때마다 가져오는 크루아상을 먹었어. 지점장님 아니면 비서가 가져오는 거겠지. 회의에서 제대로 결정을 내리거나 방안을 생각하는 일이 없기 때문에 대체로는 쓸모없는 이야기가 오가지만, 그래도 지점장님은 항상 최선을 다해. 대다수 직원은 지점장님에게 호감을 느껴. 지점장님을 불쾌하게 여길만한 점은 없지만, 나는 그를 좀 더 알고 나니 그다지 매력적이라고 생각하지 않아.

영업팀에 있는 몇몇 여자 직원이 지점장님이 섹시하다고 말하는 걸 들은 적 있어. 이미 결혼한 사람을 두고 왜 그런 이야기를 하는지 모르겠어.

지점장님은 내털리가 영업으로 **대박**을 치고 있다는 이야기를 꺼냈어. 이건 사실이야. 지점장님이 내털리를 좋아하기도 하지만, 객관적으로 내털리의 매출 실적은 회사 내 다른 누구보다 뛰어나니까. 지점장님이 농담 삼아 비결이 뭐냐고 묻자 내털리는 미소를 지으며 제품이 훌륭하기 때문이라고 답했어.

내털리가 콜라겐 보충제를 먹는지 궁금해. 머리카락은 매우 건강해서 윤기가 흐르고, 피부는 잡티 하나 없이 광이 나서 마치 천사 같아. 게다가 손톱마저 항상 완벽해. 오늘은 짙은 보라색으로 칠했는데, 긁힘이나 흠집 하나 없어. 내가 지금까지 본 손톱 중 가장 완벽했어.

우리 엄마가 나를 끌고 네일 받으러 갔던 일 기억나? 매니큐어 냄새가 너무 독해서 숨쉬기가 무서웠던 나머지 5분 만에 뛰쳐나왔잖아. 엄마는 나 때문에 창피해서 못 살겠다며 불같이 화를 냈고. 요즘 나는 내 머리처럼 손톱도 아주 짧게 자르고 있어.

"다른 분들 얘기를 해보자면……." 지점장님이 이어 말했어. "대부분은 목표를 달성하지 못하고 있습니다. 비난하는 것은 아니지만, 지금보다 더 잘할 수 있다고 생각합니다. 우리는 훨씬 더 잘할 수 있습니다. 시러큐스 지점은 이번 분기에 우리보다 두 배나 많은 수익을 냈습니다. 시러큐스가 그랬다는 게 말도 안 되는 거죠. 우리는 어떻게 하면 될까요?"

탁자에 둘러앉은 사람들이 아이디어를 생각나는 대로 뱉어내는 동안 나는 가만히 앉아있었어. 내 의견은 무척 간단했지만 나는 조금 기다렸어. 첫 회의 때 지점장님이 나한테 말을 너무 자주 한다고 하면서 "돈, 흥분 좀 가라앉혀요. 맙소사."라고 했었거든.

사람들 아이디어는 너도 떠올릴 만한 내용들이었어. 전부 큰돈을 써야 하는 것들이었지. 내 의견은 정반대였어. 나는 기발한 아이디어를 말하는 사람이 아무도 없다고 생각될 때 손을 들고 지점장님이 내 이름을 부르기를 기다렸어. (물론 지점장님은 내가 손을 든다고 짜증을 냈지만 말이야. 지점장님이 "여기는 학교가 아니에요."라고 하니까 모두 킥킥거렸어.)

바로 그때 내가 폭탄선언을 했어.

지난 2주 동안 수치를 자세히 검토해 보았어. 우리 매출은 괜찮은 편이거든. 수익성이 훨씬 더 좋은 시러큐스 지점의 비용 보고서를 어렵게 구했는데, 어디서 차이가 나는지 딱 알겠더라. 나는 우리 지점에서 발생하는 비용이 **훨씬** 높다고 회의에서 말했어.

"도체스터는 시러큐스가 아니잖아요." 내털리가 똑 부러지게 말했어. "당연히 우리 쪽 비용이 더 클 거예요."

그래서 나는 서류철에 가지고 온 자료들을 보여줬어. 가장 큰 지출은 고객들에게 제공되는 혜택이야. 식비가 큰 비중을 차지해. 점심 식사에만 우리 경비 예산의 절반을 사용하고 있었어. 어떤 점심 영수증 하나는 콜라헬스 스물다섯 상자에 맞먹었어. 스물다섯 상자라니! 이게 말이 되니?

속눈썹이 파르르 떨리는 걸로 봐서 내털리는 당황한 것 같았어. 내털리 속눈썹은 내 것보다 거의 두 배나 길고 색도 훨씬 짙어. 게다가 나처럼 안경 뒤에 감추지도 않아. 내털리는 자기가 그 정도 돈은 쉽게 벌어들일 수 있다고, 그건 투자라고 크게 말하기 시작했어.

하지만 그건 사실이 아니라서 나는 있는 그대로 말했어. 내가 데이터를 꼼꼼하게 모았거든. 내가 숫자를 좋아하는 이유는 숫자는 거짓말을 하지 않기 때문이야. 그리고 그 숫자들에 따르면 점심식사의 대부분이 스물다섯 상자 이상 판매로 이어지지 않아. 가게에서는 제품이 팔리는지 보려고 보통 소량을 들여놓거든. 평균적으로 한 상자, 즉 열여섯 병을 구매해. 그러니 점심을 먹을 때마다 우리는 돈을 잃는 셈이야.

내가 말을 마치고 보니 지점장님은 턱을 쓰다듬고 있었어. 하루를 시작할 때는 항상 말끔히 면도가 되어있지만, 오후가 되면 턱에 수염이 슬금슬금 나오곤 해. 지점장님이 턱을 쓰다듬으며 이렇게 계속 말했어. "흥미롭군요, 흥미로워요."

내털리는 받아들이지 못했어. 단기적으로는 매출보다 비용이 높을 수도 있지만 장기적으로는 매출이 상승할 거라고 설명하기 시작했어. 하지만 문제는 그게 틀렸다는 거야. 그래서 나는 다시 그렇게 말했어.

"글쎄요, 돈이 영업을 한번 하고 나야 의견을 제시할 수 있는 위치가 되지 않을까 싶네요." 내털리가 말했어.

내털리가 무슨 뜻으로 그런 말을 했는지 모르겠어. 난 회사가 돈을 아낄 수 있는 좋은 의견을 낸 거고, 지점장님도 같은 생각을 하는 것 같았는데 말이야. 더군다나 내가 어떻게 영업을 하겠어? 나는 회계사잖아.

그래서 나는 완벽하게 성공을 거두지는 못했어. 내털리가 내 의견에 동의하지 않는 이유가 아무래도 그녀는 숫자를 보지 않았기 때문 같아. 내가 나중에 보여주려고 했지만, 내털리는 손사래를 쳤어. 그래도 지점장님은 생각해 보겠다고 했어. 나는 지점장님에게 회사가 수만 달러를 절약할 수 있다고 한 번 더 말했어.

하지만 내가 얼마나 대단한 일을 했는지 가장 먼저 알려주고 싶은 사람은 당연히 너야! 너만 알아봐 주거든. 우리 부모님조차 내가 무얼 잘하거나 해도 전혀 신경 쓰지 않았어. 내가 부모님과 처음으로 따로 살게 되었을 때는 가끔 전화해서 내 근황을 전하곤 했지만, 이제는 거의 안 해. 아빠가 심장마비로 돌아가신 후 혼자가 된 엄마는 내가 하는 모든 일에 더욱 비관적으로 변했어. 엄마가 예전에 참 나쁘다고 생각했거든? 지금은 더 해.

예를 들어, 오늘 회의에 대해 엄마에게 말하면 엄마는 보나 마나 내털리 말에 동의할 거야. 그러면서 나더러 내털리만큼 잘 알지도 못하면서 떠들어댄다, 어차피 아무도 내 말을 듣고 싶어 하지 않으니 입 다물고 있으라고 말했겠지.

나를 판단하지 않는 사람은 너뿐이야. 고등학생일 때, 엄마는 하루도 빠짐없이 나를 비난했어. 할머니들이 입을법한 옷을 왜 입고 다니냐? 머리는 왜 그렇게 짧게 자르냐? 왜 웃지를 않느냐? 하지만 학교에 가서 너를 만나면, 너는 언제나 좋은 말을 해줬어. 내가 책가방에 거북이 장신구를 달았을 때 네가 가장 먼저 알아보고 이쁘다고 했던 날처럼 말이야. 너와 있을 때면 나는 웃고 싶어졌기 때문에 너는 내가 왜 웃지 않는지 물어볼 이유도 없었어.

네가 빨리 놀러 왔으면 좋겠다. 보고 싶어.

해가 지고 나면 나는 주로 집에 있어. 혼자 살기도 하지만, 너도 알다시피 내가 조용한 걸 좋아하잖아. 시끄러운 소리만큼 나쁜 것은 없어. 퀸시의 조용한 동네에 사는데, 침실 두 개, 욕실 한 개가 딸린 작은 단층집이야. 어렸을 때 엄마가 내 방을 얼마나 싫어했는지 알지? 엄마가 나를 비난하던 또 다른 이유였잖아. 엄마는 장식용 거북이 인형과 포스터를 싫어했고, 내가 보통 아이들처럼 남자 아이돌 그룹 포스터를 붙여야 한다고 생각했어. 하지만 이제 내 집에서는 내 마음대로 뭐든 할 수 있어. 네가 오면 집 구경 시켜줄게.

가구는 단출하게 할인점에서 산 소파, 거실 탁자, 텔레비전이 있어. 책장 두 개도 있는데, 하나는 책들을 꽂아놓고 다른 하나는 거북이로 채웠어. 장식용 거북이 인형, 박제로 만든 거북이 인형 등 없는 거 빼고 다 있지. 거실 탁자 위에는 내가 몇 년 전에 산 농구공만 한 대형 도자기 거북이가 있어. 누가 우리 집에 쳐들어온다 해도 이걸로 머리를 때리면 머리가 깨질 테니까, 내가 강도를 만날 걱정은 안 해도 돼.

그러고 보니 내가 정말로 완전히 혼자 사는 건 아니네. **동생**이 있어. 푸훗, 정식 이름은 **미아 동생**이야. 그래, 맞아, 네 이름을 딴 거야! 사실은 미시시피지도거북Mississippi map turtle이야. 거북이는 참 좋은 반려동물이라 내가 예전부터 키우고 싶어 했잖아.

매일 저녁 동생에게 거북이 사료 몇 알을 줘. 가끔은 좀 다양하게 먹이려고 건조 귀뚜라미를 사서 주기도 해. 일주일에 서너 번은 초록 잎채소도 주고. 동생이 대식가는 아니지만 균형 잡힌 식단이 중요하니까 말이야. 너한테 동생을 빨리 보여줄 수 있으면 좋겠다. 둘이 정말 잘 맞을 것 같아.

너의 친구
돈 쉬프

받는 사람: 돈 쉬프
보낸 사람: 미아 호지
제목: Re: 안부 인사

네가 회의에서 적극적으로 나섰다니 정말 자랑스러워. 조지도 신난대! 그러니 주눅 들지 마. 넌 더 잘할 수 있어!
그리고 너를 만나러 갈 테니 너무 조급해하지 마. 내가 일정을 확인해 보고 언제가 좋을지 다시 연락해 줄게.

나도 보고 싶어,
미아

13

현재

내털리

내 자리로 돌아오니 전화기가 울리고 있었다. 누구와 통화할 기분이 아니지만, 할 일은 해야 하고 어쩌면 지금 벌어지는 모든 일을 잊게 해줄지도 모른다. 카르멘 살리나스 번호임을 알아보고 나자 기분 좋은 통화가 될 거라는 생각이 든다. 오늘 같은 날 매출을 올리면 기분이 한결 나아질 테니까.

"내털리!" 카르멘이 내 목소리를 듣자마자 말을 쏟아낸다. "내털리네 회사 소식 들었어요! 여직원 한 명이 실종이라면서요. 내털리는 괜찮아요?"

"괜찮아요." 목에 차오르는 덩어리를 애써 삼킨다. "좀 힘들긴 해요."

"어떻게 그런 일이! 그 직원에게 무슨 일이 생긴 건지 밝혀진 게 있대요?"

이런 상황 가운데서도 웃음이 나올 뻔했다. 흥미로운 이야깃

거리가 없는지 보려고 전화를 걸다니, 카르멘답다. 하지만 내게
서는 아무 얘기도 듣지 못할 거다. "없는 것 같아요."

"오, 저런……." 카르멘이 숨을 길게 내쉰다. 그녀가 항상 목
에 가득 걸고 다니는 끈과 구슬을 만지작거리는 모습이 내 눈
앞에 그려진다. 목걸이를 다섯 개보다 적게 한 경우를 지금까지
본 적이 없다. "내가 거기서 일하는 것도 아닌데, 나까지 스트레
스를 받네요. 내털리 심정이 어떨지 짐작조차 못 하겠어요!"

"로스트레스를 몇 알 드셔보세요." 내가 말한다. "불안에 기
적 같은 제품이에요. 지금까지 받은 피드백이 다 좋아요."

"참, 그러고 보니 생각나네요. 그 제품이 다 떨어진 것 같아
요. 이따가 오후에 한 상자 가져다줄 수 있어요?"

카르멘의 의도를 알 것 같다. 오후에 내게서 돈의 실종에 관
한 이야기를 좀 더 캐내려는 것일 테지만, 나라고 무엇을 더 알
게 될 것 같지도 않다. 공교롭게 회사 재고도 부족하다. 로스트
레스는 항상 인기가 많다. 개인적으로 내가 회사에서 다른 누구
보다 가장 많이 팔았다. 사람들이 스트레스를 줄이는 데 도움이
된다고 생각하면 기분이 좋다. 일하면서 다른 사람들을 진정으
로 돕는다고 말할 수 있는 사람이 몇 명이나 될까?

"추가로 주문을 넣어야 할 것 같네요." 나는 아쉬워하는 목소
리로 카르멘에게 말한다.

카르멘이 실망한다. 그녀가 주문을 취소하겠다고 할까 봐 걱
정이 드는 순간, 두 상자를 주문해 달라고 해서 오히려 깜짝 놀
랐다.

전화를 끊은 뒤 컴퓨터에 주문 정보를 입력하고 주문서를 막 제출하는데 내 눈길이 어수선해진 사무실 입구로 옮겨갔다. 자리에서 일어나니, 세스에게 말을 거는 산토로 형사가 칸막이 너머로 눈에 들어왔다. 두 사람이 악수를 나눴다. 무슨 말을 하는지 들리지 않으니 괜히 마음이 불안하다. 때마침 세스가 손가락으로 내 자리 쪽을 가리킨다.

형사가 나를 보고 손을 흔들며 인사했다. 나도 손을 흔들었다. 형사가 곧장 내 쪽으로 발을 옮겼다. 나는 머리를 매만지며 삐져나온 머리카락 한 가닥을 귀 뒤로 넘겼다. 긴장할 이유는 없다. 아무 잘못도 하지 않았다. 단지 형사는 어제와 똑같은 질문을 하려는 것뿐이고, 그러고 나면 다른 사람에게 갈 것이다.

잠시 후 산토로 형사가 내 자리로 다가왔다. 그가 나를 보고 미소 짓는데, 그 모습에 나도 모르게 긴장이 누그러졌다. 형사는 언짢은 기색도 없었고, 나를 의심하는 것 같지도 않았다. 오히려 양쪽 뺨에 보조개가 살짝 보였다. 거무스름한 얼굴이 꽤 섹시하다.

"패럴 씨, 맞으시죠?" 그가 말했다.

나는 고개를 끄덕이며 말했다. "네. 산토로 형사시죠?"

그가 환하게 웃었다. "기억력이 좋으시군요."

"영업을 하려면 기억력이 좋아야 하거든요." 정말 그렇다. 고객은 인생과 사업에 대해 자기가 한 이야기를 영업사원이 세세하게 기억해 주면 좋아한다. 그래서 나는 메모를 꼭 해둔다.

"돈에 대해서 알아낸 게 있으신가요?"

형사 얼굴에서 미소가 순식간에 사라졌다.

"유감스럽게도 없습니다. 하지만 친구분을 찾기 위해 최선을 다하고 있습니다. 그건 제가 보장합니다."

"감사해요. 돈 어머니와는 얘기해 보셨나요?"

형사는 무표정한 얼굴로 고개를 끄덕였지만 더 이상 자세히 말하지 않는다. "패럴 씨에게 몇 가지 좀 더 물어봤으면 합니다. 돈 씨를 찾기 위해 정보를 최대한 많이 모으는 중이라서요."

"그럼요. 뭐든 물어보세요."

"좋습니다." 형사가 고갯짓으로 왼쪽을 가리킨다. "상사분이 회의실을 써도 된다고 하더군요. 그리로 자리를 옮길까요?"

어차피 내게는 선택권이 없다. 나는 배 속이 울렁거리는 느낌을 애써 무시하며 형사를 따라 회의실로 향한다.

14

"패럴 씨, 쉬프 씨와는 얼마나 친하셨습니까?"

산토로 형사가 질문을 던지며 눈을 내게 고정한다. 눈동자가 정말 짙다. 너무 짙어서 홍채와 동공을 구분하기 어렵다. 왠지 그가 내 영혼을 들여다볼 것 같은 착각을 불러일으킨다. 내가 거짓말을 하면 그가 알아차릴 것만 같다.

"아주 가까운 사이는 아니에요." 나는 솔직히 말했다.

"아니라고요?"

어깨를 으쓱하며 말했다. "돈은 제 옆자리에서 일해요. 우리 가 가끔 이야기도 나누고 친하게 지내기는 하지만 아주 친한 친 구 사이라고 말하기는 어려워요."

"그렇군요." 형사가 이해한다는 듯이 고개를 끄덕인다. "모든 사람과 친구가 될 수는 없으니까요, 안 그런가요?"

"네, 맞아요."

"하지만 쉬프 씨가 어디 사는지는 아셨군요."

새삼 회의실 의자가 불편하다.

"한 번 집까지 차로 태워준 적이 있어서 주소를 기억하고 있었어요. 아까 말했듯이, 전 기억력이 좋거든요."

"그럼 쉬프 씨 댁에 또 가신 이유가 뭐죠?"

턱 근육에 힘이 들어간다.

"이미 말씀드렸는데요. 어제 아침에 돈이 출근하지 않았고, 또 제가 그 전화를 받아서……."

"네. 사무실에 쉬프 씨 자리로 전화가 왔다고 하셨죠, 그리고 쉬프 씨 목소리를 들었다고요."

"맞아요. 혹시 전화를 추적해 보셨나요?"

"했습니다." 형사가 자신 있게 대답했다. "모두 내선 전화였습니다."

"내선 전화요?"

"전부 이 건물에서 걸려온 전화더군요."

산토로 형사는 방금 한 얘기가 대수롭지 않다는 표정이지만, 나는 속이 울렁거린다. 어제 돈이 여기로 전화해서 도와달라고 했는데, 그 전화가 회사 내부에서 걸려 왔다니.

하느님 맙소사.

순간 너무 무서워서 아무 말도 나오지 않는다. 하지만 산토로 형사는 조금도 신경이 쓰이지 않는 것 같다. 돈 목소리가 어땠는지 듣지 못했기 때문이겠지.

"그러면 예전에 쉬프 씨 댁을 방문한 적이 있으십니까?"

"아뇨. 그때 한 번 집까지 태워준 것뿐이었어요. 집 안에는 들어가 본 적 없어요." 땀이 난 손바닥을 치마에 닦는다. "이런 걸 왜 물으시는 건가요? 이게 왜 중요하죠?"

"그게 말입니다, 패럴 씨, 저희가 쉬프 씨 댁에서 발견한 것 중에 몇 가지 이해되지 않는 부분이 있어서요."

"무슨…… 무슨 말씀인지 모르겠는데요."

산토로 형사가 비밀을 털어놓는 사람처럼 몸을 앞으로 기울인다. "사실대로 말씀드리자면 쉬프 씨 댁 칼에서 패럴 씨 지문을 찾았습니다."

몸이 얼어붙는다. 내 지문이라고?

"제 지문을 어떻게 가지고 계신 거죠?"

"저한테 주셨던 명함에서요."

뭔가 짓밟힌 기분이다. 자발적으로 건넨 명함을 이용해 형사가 내 지문을 얻어내다니.

하지만 그는 단단히 헛일한 셈이다. 지문은 아주 쉽게 설명할 수 있다.

"집 안에 누가 있을까 봐 겁이 나서 부엌에서 칼을 하나 집어 들었어요. 그리고 나서 피를 발견하고는 놀라서 칼을 바닥에 떨어뜨렸고요. 경찰관 한 분에게 다 말씀드린 거예요."

"네." 그가 고개를 끄덕인다. "그건 이미 알고 있습니다. 그런데 패럴 씨 지문을 다른 칼에서도 발견해서요. 칼꽂이에 꽂혀 있는 칼에서 말입니다."

말문이 막힌다. 내 지문이 두 개의 칼에서 나왔다고? 하지만 충분히 가능한 일이다. "칼꽂이에서 처음 잡았던 칼을 꺼내지 않았어요. 크기가 적당한 칼을 찾으려고 몇 개 만져봤던 것 같아요."

내가 그랬던가? 그랬을 거다. 그렇지 않고서야 내 지문이 어떻게 또 다른 칼에서 나올 수 있겠어?

"알겠습니다. 그러면 설명이 되는군요." 형사가 입꼬리 한쪽을 올리며 일그러진 미소를 짓는다. "부엌 조리대 위에 있던 와인 잔에서 나온 패럴 씨 지문은 어떻게 된 겁니까?"

점점 숨이 막힌다. 내 지문이 와인 잔에서도 나왔다고? 어떻게 된 거지?

조리대 위에 놓인 와인 잔을 본 기억이 난다. 깨진 와인 잔은 바닥에 있었다. 하지만 내가 손으로 만진 기억은 없는데. 칼을 쥐었고, 칼자루 몇 개를 만졌을 수도 있지만, 와인 잔은 절대 손대지 않았다.

아닌가?

그렇지만…… 전혀 기억이 없다. 하지만 경찰이 와인 잔에서 내 지문을 발견했다고 하니, 내가 만졌나 싶기도 하다. 다른 말로는 설명이 되지 않는다. 다시 생각해 보니…….

그래, 와인 잔을 손으로 만진 게 틀림없다.

"부엌에 있을 때 와인 잔을 만졌어요." 나는 설명한다. "잔을 한쪽으로 밀면서요. 그…… 그게 떨어질 것 같았어요. 죄송해요. 그때는 거기가 범죄 현장이라는 생각을 못 했어요."

산토로 형사가 의자에 몸을 기대고 내 설명을 곱씹는다. "그럼 쉬프 씨와 와인을 같이 마신 적이 없습니까?"

"없어요." 나는 입술을 핥는다. "돈은 좋은 사람이었지만, 우리가 친한 친구 사이는 아니었거든요."

"왜죠?"

"돈은 좀…… 특이했어요. 말로 정확히 설명하기 어려운데, 아무튼 이상한 구석이 많았어요. 형사님이 돈을 만나보면 제 말을 이해하실 텐데요."

"그렇군요." 형사가 내 말을 듣고 곰곰이 생각에 잠긴다. "좀 흥미롭긴 합니다만……."

"뭐가요?"

"쉬프 씨에 대해 계속 과거형으로 말씀하고 계신 점이요."

입이 딱 벌어진다. 내가 어떻게 반응하는지 보려고 형사가 내게서 눈을 떼지 않는다.

"저는 그저께 밤에 알리바이가 있어요." 나는 형사의 기억을 상기시킨다.

"알리바이라……." 형사가 내 말을 따라 한다.

그 단어는 쓰지 말았어야 했다. 되려 내가 유죄인 것처럼 들린다. 결백한 사람은 알리바이가 필요 없다.

"별 뜻은 없어요. 저는 다른 사람과 같이 있었다는 걸 말씀드리는 거예요."

"네. 남자친구분과 같이 계셨다고 하셨죠. 기억납니다."

사실 같이 있지는 않았지만, 케일럽이 나를 위해 약속대로 해주리라 믿는다. 케일럽은 해줄 거다. 알리바이를 만들던 당시에는 그 상황이 스스로도 어처구니가 없다고 생각했다. 그런데 지금은 만들어 놓길 잘했다는 생각이 든다.

"패럴 씨에게 질문이 하나 더 있습니다." 산토로 형사가 재킷 주머니에 손을 넣는데, 그가 수갑을 꺼내는 줄 알고 흠칫 놀랐다. 이런 말도 안 되는 생각을 한다니, 날 무슨 이유로 체포하겠어? 다행히 그가 꺼낸 것은 사진이었다. "이걸 한번 봐주시겠습니까?"

형사가 회의실 탁자 위로 사진을 내밀었다. 집어 들고 보니 익숙한 것이 찍혀있었다. 돈 집에 있는, 장식용 거북이 인형들을 빼곡히 채워넣은 책장이다. 이걸 보고 있으려니 등골이 서늘해졌다.

"알아보시겠습니까?" 형사가 묻는다.

몸이 움츠러들었다.

"네. 돈 집 거실에서 봤어요."

"사진에 이상한 점은 없습니까?"

지금 나를 놀리는 건 아니겠지. 책장에 **거북이 조형물**이 가득한데 이상한 점이 없냐고 묻는 건가? 여기에 이상하지 **않은** 점이 있기나 한 건가? "음……."

형사가 손가락으로 사진 한가운데를 가리킨다. "바로 여기, 무언가가 없어졌습니다."

형사가 가리키는 곳은 돈 집에 갔을 때 나도 책장에서 본 기억이 있다. 빼곡한 책장의 가운데에 비어있는 곳이 있었다. 장식적으로 일부러 그렇게 해놓은 거라 생각했었다.

"제가 갔을 때도 이랬어요. 여기에 뭔가 있었다고 생각하시는 건가요?"

"먼지 자국을 봤을 때 무언가가 최근에 치워진 것 같습니다." 고개를 저으며 말했다. "죄송해요. 이건 도움을 못 드리겠네요."

"정말요?"

형사의 짙고 어두운 두 눈이 나를 똑바로 바라본다. 회의실에 들어온 후 손을 두 번이나 치마에 닦았는데 또 땀이 난다.

"네."

형사가 눈길을 거두지 않는다. 내가 마음을 바꿔 모든 것을 털어놓기를 기다리는 것처럼 나를 계속 쳐다본다. 하지만 난 이미 모든 걸 다 말했다.

"한 가지 더요." 형사가 음흉하다고 생각될 만큼 낮은 목소리로 말한다. "쉬프 씨가 이틀 전에 중요한 일로 만나자고 패럴 씨에게 보낸 이메일을 찾았습니다." 그가 의미심장한 표정을 지으며 말을 멈춘다. "쉬프 씨가 무슨 일로 만나자고 한 건가요?"

"저도 모르겠어요. 만날 기회가 없었어요."

"그렇습니까? 확실한가요?"

지금까지 단 한 순간도 산토로 형사가 나를 용의자로 지목할 수도 있다고 생각하지 않았다. 그런데 내 눈이 그의 시선과 마주치는 순간 알아차렸다. 형사가 내게 불리한 뭔가를 알고 있다.

"못 만나서 유감이에요." 나는 목소리를 떨지 않으려고 안간힘을 쓴다. "만났더라면 돈이 살아있었을지도 몰라요."

형사는 아무 대답도 하지 않는다. 나는 떨고 있는 모습을 형사에게 들키고 싶지 않아 손을 탁자 아래에 숨긴다.

회의실 문 쪽을 슬쩍 쳐다본다. "이제 다 끝난 건가요?"

"네." 형사의 두 눈은 내게서 절대 떨어지지 않는다. "가셔도 됩니다. 오늘은 이 정도로만 하죠."

15

6개월 전

받는 사람: 세스 호프먼

보낸 사람: 돈 쉬프

제목: 도움이 되는 의견 제안

지점장님,

제가 제안한 대로 업무상 점심 식사를 없애는 것에 대해 생각해

보셨나요?

돈 쉬프 올림

받는 사람: 세스 호프먼

보낸 사람: 돈 쉬프

제목: 도움이 되는 의견 추후 조치

지점장님,

제가 이전 이메일에서 사업비에 관해 문의를 드렸어요. 경비를 제한하면 우리 회사가 얼마나 큰 비용을 절약할 수 있는지 보여주는 제안서를 첨부합니다. 내털리 혼자서 경비 예산의 절반 이상을 사용하고 있습니다.

돈 쉬프 올림

받는 사람: 세스 호프먼
보낸 사람: 돈 쉬프
제목: 도움이 되는 의견 추후 두 번째 조치

지점장님,

제가 앞서 이메일로 보내드린 제안서 받으셨나요?

돈 쉬프 올림

받는 사람: 세스 호프먼
보낸 사람: 돈 쉬프

제목: 도움이 되는 의견 추후 세 번째 조치

지점장님,

제가 앞서 이메일로 보내드린 제안서를 받으셨는지 확인하는 이메일은 받으셨나요?

돈 쉬프 올림

받는 사람: 돈 쉬프
보낸 사람: 세스 호프먼
제목: Re: 도움이 되는 의견 추후 세 번째 조치

네, 받았습니다. 다른 방안을 추진하기로 했어요.

받는 사람: 미아 호지
보낸 사람: 돈 쉬프
제목: Re: 안부 인사

미아에게,

오늘 아무래도 하면 안 되는 행동을 했어. 오늘 아침에 지점장님 사무실 문을 두드렸거든.

지점장님은 컴퓨터로 뭔가 하는 중이었고, 문앞에 서있는 나를 보고도 웃지 않았어.

그걸 어떻게 받아들여야 할지 모르겠더라. 내가 표정 읽는 걸 어려워하잖아. 다른 사람들은 얼굴만 보고도 상대방이 화났거나 슬프거나 기쁜지 아는 것 같은데, 난 어떻게 그렇게 하는지 모르겠어. 누군가가 웃고 있으면 나는 그 사람이 기뻐한다는 생각이 들지만, 그 외에는 도저히 모르겠어. 내가 표정을 읽을 수 있는 사람은 너밖에 없어. 아, 우리 엄마도 있긴 한데, 엄마는 나한테 항상 짜증을 내니까 쉬워.

지점장님이 나를 반기지 않을 가능성이 있다고 생각은 했어. 최근에 회삿돈을 아낄 수 있는 아이디어를 제안하며 이메일을 몇 통 연달아 보냈거든. 그런데 지점장님이 답장을 아예 안 하다가 답장을 줬는데, 아주 짧은 문장이었어. 그래서 직접 만나서 이야기하는 게 좋겠다고 생각했지. 내가 사무실로 들어가니까 유감스럽게도 지점장님 첫마디가 "이번엔 또 뭔가요?"였어.

왜 그런 말을 했는지 모르겠어. 내가 지점장님을 심하게 괴롭힌 것도 아닌데 말이야.

나는 지점장님 책상 앞에 있는 나무 의자에 앉았어. 지점장님이 그제야 나를 똑바로 보길래 나는 지체 없이 내가 제시한 방안을 실행에 옮기는 게 왜 현명한지를 다시 한번 설명했지. 내가 말하는 동안 지점장님은 손으로 머리를 계속 쓸어 넘겼는데, 정수리 부근 머리카락이 아주 조금 가늘어졌더라. 그래도 그 나이의 남자치고는 나쁘지 않아. 지점장님은 책상 위에 가족사진을 올려놓아서 사무실에 갈 때마다 보게 돼. 지점장님과 어떤 여자, 아마도 아내 같아. 그분은 지점장님 또래에 갈색 머리와 둥근 얼굴을 가진 다소 평범한 외모이지만, 착한 사람일 것 같아. 친구가 되었을 수도 있는 그런 사람으로 보여.

내가 말을 마치자 지점장님이 어깨를 으쓱했어. 이메일 답장 때와 다른 게 없었어. **이유도** 말해주지 않더라. 그래서 내가 물었어. 왜죠? 지출을 제한하지 못하는 이유가 뭔가요?

이번에도 지점장님은 적절한 대답을 하지 못하고, 대신 이렇게 말했어. "돈, 그 문제는 내가 알아서 하게 놔둘래요?"

그래서 내가 대답했어. "경영자로서 아주 형편없는 결정이네요."

그런 말은 하지 않는 게 좋았던 것 같아. 하지만 네가 항상 나한테 남에게 휘둘리지 말라고 하잖아. 이번에 한번 그렇게 하기로 마음먹어 봤어.

지점장님은 내 말을 좋아하지 않았어. 웃지도 않았어. 사실은 확실히 눈살을 찌푸렸지. 그러더니 이렇게 말했어. "돈이 경영자가 아니라 천만다행이군요."

내가 부적절한 말을 했던 거지. 지점장님이 나쁜 결정을 내린 거라고 말하면 안 되는 거였어. 나쁜 결정을 내린 건 맞지만 그런 말은 듣고 싶지 않을 테니까 말이야. 자신이 옳다는 말만 듣고 싶어 하는 사람들 있잖아.

사무실에서 걸어 나오는데 다리에 힘이 빠졌어. 지점장님이 화가 났는지 표정을 자세히 살펴볼 필요도 없었어. 더 나쁜 건, 내 제안을 받아들이지도 않았다는 거야. 회사를 구할 수 있는 조언을 해줬지만 지점장님은 걷어차 버렸어. 아무 이유도 없이 말이야.

그러고 나서 내 하루가 최악으로 치닫는 일이 생겼어.

일을 시작하기 전에 커피를 한 잔 마시기로 했어. 아침에 괜한 시간 낭비하는 걸 좋아하지 않지만, 다른 사람들도 다 그러는데 나라고 못 할 거 없잖아? 직원 휴게실에 가면 커피머신과 커피 캡슐이 가득 든 통이 있어. 지점장님은 이거에도 거금을 썼겠지만, 역시나 내 충고는 듣고 싶어 하지 않을 거야.

프렌치로스트 캡슐을 고른 후 커피머신에 집어넣었어. 그런 다음 거북이 머그잔을 꺼내려고 찬장을 열었다가 깜짝 놀라고 말았어.

싱크대 위 찬장 선반에 놓아둔 내 머그잔이 다섯 조각으로 깨져 있는 거야.

그걸 보자마자 눈물이 나오려 했어. 울음을 참기가 힘들었어. 네가 사준 머그잔이란 말이야! 내가 가장 소중하게 여기는 물건 중 하나였어. 직장을 옮길 때마다 가지고 다녔는데!

선반에서 조각들을 꺼냈어. 처음에는 다시 붙여볼 수 있을 것 같았는데, 다시 보니 너무 심하게 깨졌더라. 다섯 조각으로 깨진 데다가 없어진 파편들도 있었어. 더 이상 사용할 수 없을 거 같았어.

그때 내털리가 휴게실 입구에 서있는 걸 발견했어. 나를 지켜보고 있었나 봐. 나는 머그잔을 대강 맞춰보고 있었는데, 손을 놓으니까 곧바로 다 무너졌어. 그중 한 조각은 바닥에 떨어져 세 조각이 되어버렸어.

"아, 저런!" 내털리가 소리를 질렀어. "머그잔이! 이걸 어떻게 해요?"

울컥하며 목이 막혔지만 꾹 삼켰어. 내털리에게 컵이 깨졌다고 우는 내 모습을 보이고 싶지 않았거든. 내털리가 나를 머그잔 때문에 울기나 하는 못난이라고 생각하는 게 싫었어. 잔에 붙은 거북이 장식이 반으로 깨졌는데도 울음을 참았어.

"정말 안됐네요." 내털리가 한숨을 쉬었어. "내 생각에는 돈이 머그잔을 선반 가장자리에 가깝게 올려놓아서 다른 사람이 자기 머그잔을 꺼내려고 할 때 떨어져버린 것 같아요."

수긍할 수 없었어. 바로 그런 이유로 나는 머그잔을 선반 가장자리에 가깝게 두지 않으려고 항상 조심한단 말이야. 머그잔을 너무 아슬아슬하게 올려둔다고 내털리에게 주의를 준 적도 있는걸. 무슨 일이 생길지 모르니 조심하라고, 그렇게 조심성 없게 행동하면 안 된다고 일러줬단 말이야.

그렇지만 내털리 말이 맞겠지. 결과적으로 누군가가 쳐서 내 머그잔이 떨어져 깨졌으니까.

"다음부터 조심해요."

내털리는 그렇게 말하더니 빨간 하이힐을 신은 발을 돌려 휴게실을 걸어 나갔어. 나는 머그잔 조각을 모은 다음 집으로 가져가려고 가방에 얼른 넣었어. 그러고는 저녁에 어떻게든 다시 붙여보려고 해봤는데, 안 되더라. 결국 버렸어.

말이 안 되는 소리인 거 알아, 하지만 네가 어디서 샀는지 알려줄 수 있을까? 오래전 일인 건 아는데, 그 머그잔이 없으니까 세상을 다 잃은 것 같아. 너만 믿을게.

너의 친구

돈 쉬프

받는 사람: 돈 쉬프

보낸 사람: 미아 호지

제목: Re: 안부 인사

저런, 그런 일이 있었구나! 내가 최대한 빨리 네가 좋아할 만한 다른 머그잔을 찾아볼게. 그런데 지금 오빠가 놀러와서 관광 명소마다 나를 끌고 다니고 있어서 말야. 어쩌면 오빠가 머그잔 찾는 걸 도와줄 수 있을지도 모르겠다. 참, 오빠가 안부 전해 달래. 네가 우리 오빠를 조금 좋아했던 거 알아, 히히.

사랑을 담아,

미아

받는 사람: 미아 호지

보낸 사람: 돈 쉬프

제목: Re: 안부 인사

미아에게

네 오빠 기억은 잘 안 나. 그러니 내가 그런 로맨틱한 감정에 빠져있지 않았다고 확신해. 하지만 거북이 머그잔을 찾는 데에 오빠가 도움이 될 것 같다면 같이 다니는 것도 좋을 것 같아.

너의 친구
돈 쉬프

16

내털리

결국 회사에 있기로 했다. 도저히 떠날 수가 없었다. 집에 앉아 사무실에서 사람들이 형사에게 무슨 말을 하는지 궁금해하는 것보다 낫겠지.

내 칸막이 자리에서 일어서면 회의실이 보인다. 산토로 형사는 회사에서 일하는 사람 전부를 조사할 생각인 것 같다. 나는 그저 첫 번째가 되는 영광을 누린 것뿐이다. 그리고 돈 집 곳곳에 지문을 남겨놓은 유일한 사람이라는 영광도.

세스가 두 번째였다. 그도 나와 마찬가지로 경찰 조사를 받는다는 사실이 그리 달갑지 않은 듯 보였다. 생각보다 시간이 오래 걸렸다. 확실히 30분은 넘겼다. 산토로 형사가 나에 관해 물었을까?

나를 왜 그렇게 의심하는지 모르겠다. 나는 그저 좋은 직장 동료로서 돈이 걱정되어 괜찮은지 확인한 것뿐인데 말이다. 내가 정말 돈에게 무슨 짓을 했다면, 그녀 집에서 아주 멀리 멀어지려 했을 거다. 도대체 어떻게 나를 의심할 수 있지? 돈이 나를 만나고 싶어 했던 이유를 대체 뭐라고 생각하는 걸까?

설마 그걸 알고서…….

아니다, 걱정이 지나쳤다.

평소에는 킴과 점심을 먹지만 오늘은 도무지 마음이 편치 않았다. 그냥 아래층에 있는 자판기에서 과자 한 봉지를 사서 내 자리에서 먹었다. 관심을 다른 데에 두려고 영업 전화를 몇 군데 돌려봤지만, 회의실 안 상황이 궁금하여 거의 20분마다 자리에서 일어났다.

점심시간이 막 끝나고 케일럽이 형사와 마주 앉았다.

케일럽이 오늘 사무실에 올 거라고 전혀 생각 못 했다. 수요일에는 보통 출근하지 않는데, 지금 산토로 형사 맞은편에 앉아 있다. 초조한지 왼쪽 다리를 떤다. 머리를 두 번 긁적이니 머리카락이 위로 삐죽 솟는다.

케일럽은 돈을 잘 모른다. 그러니 형사가 긴 시간을 들여 돈에 관한 질문을 할 일은 없을 거다. 케일럽에게 쏟아지는 질문은 전부 나에 관한 것이라고 봐야 한다.

어제 케일럽은 형사에게 우리가 그저께 밤 내내 함께 있었다고 말하기로 했지만, 그리 달가워하지 않았다. 그가 오늘 조사받을 줄 알았다면, 다시 한번 만나서 우리가 같은 배에 타고 있는지 확인했을 거다. 케일럽은 너무 정직하다. 내 머릿속에 그가 부담감을 못 이기고 형사에게 다 실토해 버리는 모습이 그려진다. 우리가 그날 밤 같이 있었지만, 밤새도록은 아니라고 말이다.

시간을 확인한다. 케일럽이 회의실에 들어간 지 얼마나 됐지? 아니, 도대체 이렇게 오랫동안 무슨 얘기를 하는 거람?

마침내 (세상에나!) 케일럽이 회의실에서 나온다. 그가 나오자마자 그의 눈이 사무실을 가로질러 나와 마주친다. 그가 시선을 피하지 않는다는 건 좋은 징조다. 내가 케일럽을 보며 눈썹을 치켜올리자 케일럽이 내 쪽으로 걸어온다. 그의 팔을 잡고 칸막이 자리 안으로 휙 잡아당긴다.

"이렇게 오랫동안 무슨 얘기를 한 거야?" 아무렇지 않은 것처럼 말해보지만 내 목소리가 갈라진다.

"사실은 형사가 자기에 대해서 많이 물었어." 그가 말했다.

다리가 휘청인다. 그런 생각이 줄곧 들었지만 걱정을 지나치게 하는 거라고 되뇌고 있었는데, 역시나 맞았다. "어떤 거?"

"그냥. 뭐, 이것저것."

후유, 이럴 때 케일럽은 어찌나 남자다운지. 짜증이 올라왔다. "그러니까 이것저것 어떤 거?"

케일럽이 어깨를 으쓱했다. "자기가 돈하고 친구였는지, 돈이 나한테 자기에 대해서 말한 적 있는지, 그런 거. 이상했어."

"월요일 밤에 대해서도 물었어?"

"응."

가슴이 답답해졌다. "그래서 뭐라고 했는데?"

"우, 우리가 밤새 같이 있었다고 했어."

솟아오르는 내 감정을 주체하지 못하고 두 팔로 그를 와락 끌어안았다. "고마워."

"응, 그런데……." 몸을 떼는 케일럽의 볼이 상기되어 있었다. "마음이 별로 안 좋아, 내털리."

"선의의 거짓말이야."

케일럽이 목소리를 거의 들리지 않을 정도로 낮췄다. "우리가 어디에 있었는지 경찰에게 거짓말하는 게 왜 선의라는 거야?"

나는 이를 악물었다. "그게…… 뭐? 자기는 내가 돈을 죽였다고 생각해?"

"그건 당연히 아니야!" 그러더니 케일럽이 머뭇머뭇했다. "하지만…… 우리가 만나기로 했을 때 자기가 그날 밤에 해야 할 일이 또 있다고 했었잖아. 기억나?"

멍한 얼굴로 케일럽을 쳐다봤다. "뭐?"

"자기가 그렇게 말했잖아. 내가 우리 집으로 가자고 하니까 그날 밤에 또 다른 일이 있다고 했잖아. 그게 뭐였는데?"

지금 어쩐지 내 얼굴이 벌겋게 달아올랐을 것 같다. "콜라헬스 몇 상자를 비타민 가게에 갖다줘야 했어. 자기 진심이야? 돈에게 생긴 일에 내가 관련 있다고 생각하는 거야?"

"아니. 미안해, 난 그냥……."

"있잖아, 자기 덕분에 우리 둘 다 수고를 던 거야. 우리끼리 하는 얘기지만, 자기는 신체적으로 돈을 해칠 가능성이 훨씬 더 큰데 이번 일로 알리바이가 생기는 거니까. 그러니 고맙다는 인사는 받은 걸로 할게."

케일럽이 어두운 표정을 지으며 한 걸음 물러섰다.

"하지만 나에게는 동기가 없어."

"그럼 나는 있어?"

케일럽이 눈을 돌렸다.

"그래. 그만하자. 어쨌든, 됐어."

내가 분위기를 잘못된 방향으로 끌고 가고 있다. 이 모든 상황 속에서 이러지도 저러지도 못하고 혼란스러워하는 남자친구가 나 때문에 짜증을 내기 시작한다. 감정을 누그러뜨려야 한다. 그리고 우리 둘이 있는 시간이 얼마나 좋은지 기억하게 해야 한다.

"자기야." 내가 케일럽이 입은 얇은 와이셔츠를 손가락으로 쓸어내린다. "오늘 저녁에 우리 집에 다시 올래? 내가 저녁 해줄게."

케일럽이 손목시계를 내려다본다. "어려울 것 같아. 세스 지점장님이 나도 형사를 만나야 한다고 해서 여기 온 거거든. 지금 바로 뉴튼으로 가면 늦게까지 있게 될 거야. 여기서 시간이 생각보다 너무 오래 걸렸어."

"그렇구나. 그럼 내일은 어때?"

"글쎄, 봐야 할 것 같아." 그의 정신이 다른 데 가있는 듯하다. "내가 연락할게."

실망감을 감추기가 어려웠다. 케일럽이 더 이상 나와 함께라서 행운이라는 표정으로 나를 보지 않는다는 사실을 모른 척하는 것도 힘들다. 그의 표정은 이곳을 벗어나고 싶다고 말하는 것 같다. 케일럽이 나와 오랫동안 함께할 수 있는 그런 사람일 거라고 생각했는데. 정말 좋은 남자를 찾았다고 생각했는데. 그 멋진 남자를 놓치면 어쩌지.

하지만 내가 지나치게 감정적으로 반응하기 전, 케일럽이 내 어깨를 잡고 내 입술에 입을 맞춘다.

"가볼게." 그가 말한다. "나중에 봐, 내털리."

어깨를 축 늘어뜨린 케일럽의 멀어지는 모습을 지켜보며 내가 다 망친 건지 아닌지 알 수 없는 감정에 휩싸인다.

17

오늘 아침 집을 나설 때 현관문을 잠갔는지 두 번, 세 번 확인했다. 집으로 돌아와서 보니 역시나 잘 잠겨있다.

현관문에 들어선 다음 가장 먼저 조명을 전부 켠다. 밖이 너무 어둡다. 5시 30분 정도밖에 되지 않았는데 한밤중처럼 느껴진다.

룸메이트가 있는 걸 싫어하지만 이번 주 들어 혼자 사는 것에 대해 마음이 점점 불편해졌다. 결국 돈이 혼자 살다가 이런 일이 생긴 거 아닌가. 돈에게 무슨 일이 일어났는지는 모르지만, 분명 좋은 일은 아니다. 그녀 집 바닥에 피가 흥건했고, 현재 돈은 실종된 상태다. 아무리 생각해도 결과가 좋을 것 같지 않다. 그 전화에서 들었던 돈의 목소리를 머릿속에서 지울 수가 없다.

도와주세요.

핸드백 안에서 전화벨이 울렸다. 휴대폰을 찾으며 케일럽이 마음을 바꿔 저녁을 같이 먹자고 하기를 간절히 바랐다. 아니면 킴일 수도 있다. 하지만 둘 다 아닌, 발신 표시가 제한된 번호였다.

어제 집에 왔을 때처럼.

몇 달 전에도 이런 전화가 많이 걸려왔었다. 번호 표시를 제한하고, 내가 받으면 그냥 끊어버리거나 내 귀에다가 협박을 쏟아냈다. 지금과 다른 점이 있다면 그때는 내가 전화 건 사람이 누군지 알았다는 거고, 이제는 그 사람에게 나를 괴롭힐 이유가 더는 없다는 것이다. 돈의 실종과 관련이 있을 가능성은 더더욱 낮아 보인다. 아마도 성가신 스팸 전화일 테지. 그냥 무시하면 그만인데, 내 생각과 다르게 손이 화면을 옆으로 밀어 전화를 받는다.

"여보세요?"

어제와 똑같다. 물건 사라는 말도, 낯선 외국어도 들리지 않는다. 그저 침묵뿐.

휴대폰을 쥔 손가락에 힘이 들어갔다.

"당신 누구야?"

대답이 없다.

조금 더 기다리다가 종료 버튼을 눌러 전화를 끊는다. 나 말고는 아무도 없는 집을 둘러보는데, 너무 조용해서 내 숨소리가 귀에 선명하게 들린다. 빨간 하이힐을 서둘러 벗은 다음 거실 탁자로 걸어가 리모컨을 집어 텔레비전을 튼다.

이제야 숨 막히는 정적에서 벗어났다.

그런데 하필 텔레비전에서는 저녁 뉴스가 나오고 있었다. 돈 쉬프의 실종 사건이 주요 지역 뉴스였다. 카메라가 돈의 노란색 작은 집을 비추다가 우리 회사가 있는 4층 건물을 보여줬다. 그러더니 다음 화면에 산토로 형사가 나왔다.

"아직 돈 쉬프 씨의 소재를 알아내지는 못했습니다." 그의 짙은 눈동자가 카메라 불빛에 번쩍거린다. "하지만 실종과 관계있는 요주의 인물을 확보했습니다."

요주의 인물이라고? 무슨 의미지?

"쉬프 씨에게 무슨 일이 있었는지 꼭 밝혀낼 것입니다."

내가 요주의 인물일까? 만약 나라면 그걸 내가 알 수 있나? 경찰이 말해주려나?

기분이 좋지 않아 리모컨을 들고 다른 채널을 틀었다. 퀴즈쇼 '휠 오브 포춘Wheel of Fortune'이 나왔다. 참가자가 힌트로 알파벳 모음을 얻어갔다.

소파 위에 던져 놓았던 휴대폰을 집어 들었다. 까만 화면을 가만히 바라봤다. 지금 연락하고 싶은 사람이 딱 한 사람 있긴 한데……

아니다. 절대로, 정말로 연락하면 안 된다.

생각은 그렇게 했지만, 결국 나는 어리석은 결정을 내리고 말았다.

— 우리 집에 올 수 있어요?

머리보다 손이 먼저 움직였다. 실수하는 거다. 실수라는 걸 안다. 알지만…… 이미 저질렀는걸…….

30초도 지나지 않아 화면에 메시지가 뜬다.

— 언제?

— 지금 어때요?

내 화면에 그가 메시지를 쓰고 있음을 알리는 물방울 세 개가 나타난다. 몇 초 후 답장이 뜬다.

— 15분 후에 도착해.

18

5개월 전

받는 사람: 멜린다 호프먼
보낸 사람: 세스 호프먼
제목: 오늘 저녁

오늘 저녁 늦게 집에 갈 거야. 먼저 저녁 먹어요. 나는 집에 들어가는 길에 먹을게요.

받는 사람: 세스 호프먼
보낸 사람: 멜린다 호프먼
제목: Re: 오늘 저녁

오늘도??? 얼마나 늦는데요? 나 기다렸다 저녁 늦게 먹어도 괜찮은데…….

받는 사람: 멜린다 호프먼

보낸 사람: 세스 호프먼

제목: Re: 오늘 저녁

회사에 일이 너무 많아서 엄청 바빠. 10시 넘어서 퇴근할 것 같아요. 먼저 먹어요. 정말 미안해. 조만간 근사한 데 가서 같이 저녁 먹자.

받는 사람: 세스 호프먼

보낸 사람: 멜린다 호프먼

제목: Re: 오늘 저녁

그럼 내일은 제시간에 집에 올 수 있죠?

받는 사람: 멜린다 호프먼

보낸 사람: 세스 호프먼

제목: Re: 오늘 저녁

그렇게. 사랑해.

받는 사람: 미아 호지
보낸 사람: 돈 쉬프
제목: Re: 안부 인사

미아에게,

오늘 소름이 끼칠 만큼 너무나 무서운 일이 있었어.

아침 8시 45분에 출근해서 내 자리로 갔는데, 어떤 여자가 작은 정방형 공간 가운데에 서 있었어. 검은색 트렌치코트를 입었고, 제대로 빗질도 하지 않은 갈색 머리를 틀어 올렸는데, 좀 흐트러져 있었어. 내털리도 가끔 머리를 흐트러지게 올려 묶을 때가 있지만, 그건 자연스러워 보이게 멋을 낸 거야. 내 앞에 있는 여자는 머리가 그냥 헝클어진 거였어. 마치 길거리에서 지내는 사람처럼 말이야.

그녀의 번뜩이는 눈빛이 정말 무서웠어. 내가 사람들 표정을 잘 읽지는 못하지만 그녀가 몹시 화가 났다는 건 분명히 알 수 있었어. 너무 무서워서 한 발짝 물러섰는데, 그녀가 위협적으로 다가오더니 여기가 누구 자리인지 질문을 해대기 시작했어. 내털리를 찾고 있는 것 같아서 내가 손으로 내털리 자리를 가리켰어.

그러고 나자 이 여자가 내털리를 해칠지도 모르는데 내털리 자리가 어디인지 알려주는 건 현명하지 못했다는 생각이 퍼뜩 드는 거야. 하지만 이미 늦어버렸지.

그 여자가 내 어깨를 거칠게 밀치고 지나갔어. 나는 고개를 돌려 그녀가 아직 비어있는 내털리의 작은 공간으로 당당하게 걸어 들어가는 모습을 지켜봤어. 그녀가 핸드백을 뒤적거리며 무언가를 찾는 동안 그녀 얼굴을 자세히 봤어. 낯이 익더라고. 어디선가 본 적 있다는 생각이 들었어. 확실했어.

그 여자가 마침내 핸드백에서 접어둔 종이를 꺼냈어. 잠시 머뭇거리는가 싶더니 내털리 책상 위에 내려놓은 다음 날아가지 않도록 장식용 거북이 인형을 그 위에 올려놓았어.

"내털리한테 이 메모 꼭 보라고 하세요." 그녀가 내게 명령하듯이 말했어.

나는 그녀 말을 거절하기가 무서워서 고개를 끄덕였어. 그녀가 성큼성큼 걸어가는데, 왜 얼굴이 낯익었는지 알겠더라. 세스 지점장님 책상 위에 있는 사진에서 봤던 거야.

지점장님의 부인이었어.

나는 사무실을 둘러봤어. 내털리 모습은 어디에도 보이지 않았지. 내털리는 9시 이전에 출근하는 일이 거의 없으니, 지점장님 부인이 놓고 간 메모를 발견하려면 시간이 좀 걸릴 것 같았어. 나는 메모에 뭐라고 적혀있는지 궁금해졌어.

너도 알다시피 나는 평소에 다른 사람 일에 기웃거리는 편이 아니잖아. 솔직히 역겨운 짓이라고 생각하거든. 하지만 메모에 적힌 내용을 알아보는 게 중요하다는 생각이 들었어. 이 건물에 폭탄이 있다고 쓰여있기라도 하면 어떡해? 내가 메모를 보지 않으면 모두가 죽게 되는 거잖아. 내가 메모를 보지 않는 건 무책임한 행동이 되는 거야.

날 보는 사람이 없는지 마지막으로 한 번 더 주위를 살폈어. 그런 다음 내 바로 옆 내털리 칸막이 자리로 슬그머니 들어가서 거북이 인형 아래에 있는 메모를 꺼내 조심스럽게 펼쳐보았어.

메모는 빨간 잉크로 쓰여있었어. 완전히 휘갈겨서 말이야. 글씨는 엉망이었지만 큼직해서 거기에 적힌 내용을 읽기는 쉬웠어.

— 내 남편한테 한 번 더 접근하면, 죽을 줄 알아.

그 자리에 선 채로 메모를 읽고 또 읽었어. 내 남편한테 한 번 더 접근하면, 죽을 줄 알라고? 메모는 지점장님 부인이 쓴 거잖아. 그 말인즉 부인의 남편은……. 세스 지점장님이고. 그러니까 지금 부인이 내털리에게, 세스 지점장님에게 접근하면 죽게 될 거라고 말하고 있는 거야.

아니지. 정확히 말하면, 내털리가 세스 지점장님에게 **한 번 더** 접근하면 죽게 될 거라고 말한 거지.

그런 생각에 빠져있는데, 뜨거운 시선이 내게 꽂히는 게 느껴졌어. 눈을 황급히 돌려보니 내털리가 팔짱을 끼고 그녀 칸막이 자리 입구에 서있는 거야. 그녀 입꼬리가 내려간 걸 보고 나 때문에 기분이 좋지 않다는 사실을 알 수 있었어.

이런 모습을 내털리에게 들켜서 무척 당황스러웠어. 나는 평소

다른 사람 일에 기웃거리지 않는 사람인데, 그런 상황에 놓이니까…… 어떻게 해야 할지 모르겠더라고. 미안하다는 말과 함께 혹시 모를 폭탄 위협이 걱정되었다고 더듬거리며 설명했지만, 솔직히 내가 들어도 말이 하나도 안 되는 것 같았어. 메모를 보는 게 아니었어. 그녀의 사생활을 침해한 변명의 여지가 없는 행동이었어.

다행히도 내털리는 이 일을 더 이상 문제 삼지 않았어. 내 손에서 메모를 낚아채 가더니, 내가 보는 앞에서 메모를 읽는데 얼굴이 사색이 되었어.

"젠장." 내털리가 숨을 죽이며 중얼거렸어. 그런 상황에서 보일 법한 매우 적절한 반응이었어.

그나마 다행인 건 그녀의 분노가 내가 아니라 다른 사람을 향하고 있는 거였어. 나는 내 잘못을 만회할 좋은 기회라고 생각해서 도울 수 있는 일이 있는지 물었어.

"본인 일이나 신경 쓰지 그래요?" 이게 내털리의 대답이었어.

내가 그러겠다고 했는데, 내털리는 계속 나를 다그치며 다른 사람에게 이 일을 말하면 안 된다고 했어. 그리고 만에 하나 내가 입 밖으로 말을 내면 분명히 후회하게 될 거라고 했어. 정말로 진심으로 후회하게 될 거라고 말이야.

너무 놀라서 뒷걸음질을 치다가 그녀 책상에 부딪히고 말았어. 그런데 내가 손으로 장식용 거북이 인형을 쳤는지 거북이 인형이 바닥으로 떨어졌어. 내 머그잔처럼, 산산조각이 나버렸어.

당연히 내털리는 내가 칠칠치 못하다고 화를 냈어. 내가 고심해서 선물로 고른, 이제는 복구할 수 없을 정도로 깨져버린 거북이 인형을 나더러 치우라고 했어. 따지고 보면, 나 때문에 깨졌으니 내가 치우는 게 당연해. 치우다가 파편 하나에 손가락이 베였지만, 피가 살짝 배어 나와도 그냥 무시했어. 깨진 조각 전부를 쓰레기통에 버렸어.

내털리에게 다른 거북이 인형을 사주겠다고 했지만 내털리는 됐다고 했어.

난 하루 종일 내털리와의 약속을 지켰어. 그녀 책상 위에서 본 메모에 대해 아무에게도 말하지 않았거든. 딱히 말할 사람도 없어. 뒷담화를 같이할 친구가 있는 것도 아니고 말이야. 누군가에게 말하는 게 오히려 몇 배나 더 힘든 일이었을 거야.

하지만 내가 입을 꾹 다물고 있었다고 해서 머리에서도 지웠다는 건 아니야. 온종일 생각을 멈출 수가 없었어.

내털리와 지점장님이라니…….

진실을 알고 나니 그제야 이해되는 것들이 있더라. 지점장님은 언제나 내털리에게 미소를 짓고 내털리가 얼마나 대단한지 이야기하곤 해. 그리고 **언제나** 손을 그녀 어깨나 팔에 올려. 지점장님이 다정해서 그러는가 보다 생각했는데, 나한테는 한 번도 그런 적이 없었어. 그러고 보니 다른 사람들에게도 마찬가지고. 내털리에게만 그랬던 거지. 하긴 내털리를 좋아하지 않을 이유가 있을까? 그녀는 예쁘고 착하고 똑똑하고, 모두가 그녀를 좋아하는걸.

지점장님이 업무상 점심을 없애자는 내 의견을 탐탁하게 여기지 않았던 이유를 이제야 알겠어. 지점장님이 내털리 손바닥 위에 있는 거잖아. 내털리에게 반대 의견을 말할 수가 없는 거지.

그런데 하루 종일 생각하다 보니까 이 모든 일이 꼭 나쁘지만은 않은 것 같아. 지점장님이 내 의견을 거부해서 마음이 상해 있었는데, 알고 보니 지점장님의 거절은 내 의견을 좋아하느냐 마느냐와는 전혀 관계가 없었다는 뜻이잖아. 그리고 내가 내털리와 비밀을 공유하게 되었고 말이야.

끝끝내 우리는 친구가 될 수 있을지도 몰라. 어쨌든 비밀을 공유하는 것만큼 두 사람을 하나로 묶어주는 건 없으니까.

너의 친구,
돈 쉬프

19

내털리

도로 쪽으로 난 창문에 자동차 전조등 불빛이 비친다. 밖을 내다보니 때마침 은색 아우디가 내 차 뒤로 들어와 선다. 핸드백에서 콤팩트를 꺼내 마지막으로 한 번 더 얼굴을 확인한다. 딱히 중요한 의미가 있기보다 지금은 본능에 가깝다.

초인종이 울린다.

스타킹 신은 발로 현관문까지 달려 나간다. 외시경을 확인하지도, 누구냐고 묻지도 않는다. 누군지 아니까. 현관문 자물쇠와 잠금장치를 열고 현관문을 열어젖힌다.

회사 상사 세스 호프먼이 문 앞에 서있다. 셔츠는 오늘 아침보다 더 많이 구겨져 있고, 턱에는 수염이 거뭇거뭇 자라있다. 아침에는 항상 말끔하게 면도가 되어있지만, 그는 수염이 빨리 자란다.

"나야." 그가 말했다.

"어서 와요."

간단한 인사를 끝내고 나니, 세스가 다가와 나를 끌어안고는 내 입술에 자기 입술을 맞댄다. 그가 문을 발로 차서 닫고, 다음 순간 우리는 서로의 옷을 거칠게 벗긴다.

아아, 이 순간이 정말 그리웠다. 케일럽을 사랑하지만, 그 누구도 결혼한 내 회사 상사만큼 나를 흥분하게 만들지는 못하는 것 같다. 세상 멍청한 짓이 될 것을 알았는데도, 정신을 차리고 보니 그에게 푹 빠져있었다.

하지만 내가 이 관계를 끝냈었다. 그를 계속 만났다가는 멜린다가 내 목을 정말로 그을 것 같았고, 또 그가 무슨 일이 있어도 멜린다와 헤어지지 않을 거라는 확신이 점점 커졌기 때문이었다.

후자에 대해서는 내가 틀렸다.

세스와 입술을 떼지 않은 채 소파 위로 쓰러지자 흥분으로 머리가 어지러울 지경이다. 마약 중독자가 코카인을 4개월 동안 끊었다가 코로 살짝 흡입할 때 이런 기분이겠지.

세스가 잠시 입술을 뗐다.

"케일럽하고는 어쩌고?"

"아직 만나요."

"그래?"

"네. 딱 이번 한 번이에요."

대답이 곧장 튀어나왔다. "알았어."

그러고는 다시 내게 키스한다. 그래, 이거지.

한 시간 후 우리는 땀범벅이 된 알몸으로 행복에 겨워하며 서로 몸이 엉킨 채 소파에 함께 누워있다. 이게 **정말로** 필요했다. 얼마나 필요했는지 미처 몰랐다. 이건 엄밀히 말하면 바람이 아니다. 케일럽과 나는 아직 같이 잔 적도 없다. 잠자리도 같이 안 하는 사람을 두고 바람을 피운다고 말할 수는 없지 않은가. 어쨌거나 옛 연인과 일회성으로 만난 것뿐이다. 대단한 일도 아니다.

"맙소사." 세스가 내 머리에 대고 나지막한 목소리로 말한다. "넌 정말 굉장해, 내털리."

"세스도 그렇게 나쁘지 않아요."

그가 웃으며 말했다. "너라서 그래. 네가 끄집어내는 거야."

"당연하죠."

"정말이야." 세스가 머리를 들고 나를 바라봤다. "그래서 내가 멜린다와 헤어진 거야. 너 때문에."

"부인에게 그렇게 말한 건 아니죠?"

"아니지." 세스의 말투가 어쩐지 못 미덥다.

멜린다가 결혼 생활이 끝난 이유가 나 때문이라고 생각하는 것은 원치 않는다. 멜린다는 세스와 나의 관계를 눈치채고, 남편이 그녀보다 하필 열다섯 살이나 어린 회사 직원과 바람을 피운다는 사실을 좋게 받아들이지 못했다. 협박성 전화와 쪽지가 날아들었다. 새벽 2시에 전화를 걸어 내 잠을 깨웠고, 내 귀에 대고 '남의 남편을 훔친 창녀'라는 말을 쏟아냈다. 내가 번호를 차단해도, 그녀는 다른 방법을 찾아 전화를 걸었다. 한번은 저녁 늦은 시간에 그녀가 타고 다니는 연갈색 렉서스가 집 건너편 도로에 서있는 걸 보고 심장마비가 올 뻔한 적도 있다.

그때부터 나는 호신용 스프레이를 사서 항상 핸드백에 가지고 다니기 시작했다. 접근금지명령을 생각하기도 했지만, 세스와의 관계를 정리하자 괴롭힘도 동시에 끝났다.

"사랑해, 내털리." 세스가 내 몸을 자기 쪽으로 바짝 끌어당기며 말한다. "네가 끝내자고 말하기 전까지는 내가 너를 얼마나 사랑하는지 깨닫지 못했던 것 같아. 너한테 이렇게 빠져있는데 말이야."

"으음, 그런 말을 하기에는 타이밍이 좀 안 좋은데요."

"알아." 세스가 한숨을 쉰다. "내가 다 망쳤지. 옳은 일을 하고 싶었는데, 무엇이 옳은지 몰랐던 거야. 오래전부터 멜린다를 사랑하지 않았어. 네가 내 삶에 나타나기 전부터 멜린다와 나는 한 집에 사는 두 명의 낯선 사람 같았어. 우리에게 아이가 있었다면 이야기가 달라졌을지도 모르지만, 멜린다는 그러지 못하니까……. 나도 잘 모르겠어."

세스에게서 멜린다가 안타깝게도 불임이라는 이야기를 들었다. 입양을 거부한 세스를 결코 용서하지 못했다는 이야기도.

"아무튼 그래……." 세스가 말한다. "결국에는 멜린다 곁에 있는 것조차 견딜 수 없었어. 우리 둘 다에게 좋지도 않았고 말이야."

나는 세스에게서 몸을 떼어 팔꿈치로 몸을 일으켰다.

"난 지금 만나는 사람 있어요."

"알아."

"세스는 지금 별거한 지 얼마나……?"

"2주 됐어."

"맙소사." 내가 끙 소리를 냈다. "진심으로 하는 말인데 세스, 우리는 친구로 지내는 게 좋을 것 같아요."

세스가 훤히 보이는 내 가슴에 눈길을 휙 던지더니 눈썹을 꿈틀거렸다. "친구라고?"

"말했잖아요. 이번 한 번뿐이라고요!"

세스가 손으로 내 허벅지를 따라 내려가며 활짝 웃으며 말했다. "그럼 두 번은 어때?"

거절해야지. 당연히 거절해야 한다고 생각한다. 내게는 내가 정말 좋아하는 남자친구가 있고, 세스는 12년을 함께 산 아내와 별거한 지 2주밖에 되지 않았다. 아직 결혼한 상태라는 뜻이다. 그것 말고도 거절해야 할 이유가 많……

……지만, 그가 이왕 여기에 왔으니 그래, 굳이 안 될 이유도 없지 않을까?

20
—
4개월 전

받는 사람: 내털리 패럴

보낸 사람: 킴 힐리

제목: ㄷㅅㅍ

혹시 처녀일까?

받는 사람: 킴 힐리

보낸 사람: 내털리 패럴

제목: Re: ㄷㅅㅍ

당연한 거 아니야! 섹스하는 게 상상이 돼?

받는 사람: 내털리 패럴

보낸 사람: 킴 힐리

제목: Re: ㄷㅅㅍ

그거야 모르니까…….

받는 사람: 킴 힐리

보낸 사람: 내털리 패럴

제목: Re: ㄷㅅㅍ

돈이 섹스를 해본 적이 있다면 거북이랑 한 걸 거야.

받는 사람: 내털리 패럴

보낸 사람: 킴 힐리

제목: Re: ㄷㅅㅍ

으악. 말도 안 돼. 넌 어떻게 그런 생각을 해?????

받는 사람: 킴 힐리

보낸 사람: 내털리 패럴

제목: Re: ㄷㅅㅍ

당연하잖아. 돈이 딱딱한 등껍데기를 손으로 어루만지는 모습이 그려지지 않아? 등껍데기의 크기와 색깔을 이야기하면서 육지 거북이 아니라 바다거북이라서 섹시하다고 말하겠지.

받는 사람: 내털리 패럴
보낸 사람: 킴 힐리
제목: Re: ㄷㅅㅍ

섹스한 적 있는지 네가 물어보면 어때?

받는 사람: 킴 힐리
보낸 사람: 내털리 패럴
제목: Re: ㄷㅅㅍ

거북이하고 아니면 일반적인 사람하고?

받는 사람: 내털리 패럴
보낸 사람: 킴 힐리

제목: Re: ㄷㅅㅍ

ㅋㅋㅋㅋㅋㅋㅋㅋㅋㅋㅋㅋ

받는 사람: 내털리 패럴
보낸 사람: 젤다 모리스
제목: 최악의 상품

　내털리,
　빅스드의 끔찍한 제품과 회사에 분노를 금할 수 없어서 이메일 보냅니다. 두 달 전부터 콜라헬스를 먹기 시작하면서 체내 에너지가 충전되고 또 내털리 말대로 피부와 머리카락에 윤기가 흐르기를 기대했어요. 하지만 그게 깨어날 수 없는 악몽의 시작이 되어버렸어요.
　콜라헬스를 복용하기 시작하고 3주가 지나자 아침에 일어나면 눈앞이 빙빙 돌았어요. 화장실까지 간신히 가기는 하지만 벽을 붙잡아야 했어요. 게다가 손가락과 발도 저렸어요. 독감에 걸린 줄 알고, 어리석게도 콜라헬스를 계속 먹으면서 빨리 낫기를 바랐죠.
　불행하게도 정반대의 일이 벌어졌어요. 어지럼증이 가시지 않아 운전을 할 수 없을 정도가 되었어요. 손과 발은 저리고 화끈거려서 밤에 잠을 설쳤고요. 증상이 시작된 지 며칠 후부터는 머리카락이 한 움큼씩 빠지고 있어요.

내털리에게 받은 명함이 있어서 내가 전화를 걸어 증상을 말했었죠. 그랬더니 내털리가 내 증상은 콜라헬스 때문이 아니라고 장담하며 비타민 결핍이 문제를 일으켰을 수 있으니 복용량을 **두 배**로 늘리라고 했죠. 그 말을 들은 내가 바보였어요.

그 이후 몇 주 동안 내 증상은 점점 더 심해졌어요. 더 이상 발에 감각이 없어서 넘어지기 시작했고, 거실을 돌아다니려고 해도 지팡이가 필요했어요. 시력이 지금껏 정말 좋았는데, 이제는 눈이 침침해지고 사물이 두 개로 보이기 시작했어요.

내 주치의는 처음에는 어리둥절해했지만, 내가 성분 목록을 보여줬더니 소스라치게 놀라며 내 모든 증상의 원인이 빅스드 제품 때문이라고 하더군요. 거의 한 달 동안 먹지 않았는데도 나아질 기미가 보이지 않아요. 콜라헬스와 내털리 당신의 거짓말 때문에 내 삶은 망가졌어요. 이래 놓고 내털리는 어떻게 두 발 뻗고 잠을 잘 자는지 모르겠네요!

내 변호사가 곧 연락할 거예요.

젤다 모리스

받는 사람: 미아 호지
보낸 사람: 돈 쉬프
제목: Re: 안부 인사

미아에게,

오늘 아침 내가 해서는 안 될 일을 하고 말았어. 내털리에게 온 전화를 대신 받은 일이야.

가볍게 내린 결정은 아니었어. 그때쯤에 내털리가 사무실에 와 있었거든. 9시 15분쯤 그녀가 당당하게 들어오는 걸 봤는데, 금방 어디론가 사라졌어. 10시쯤 전화벨이 울렸는데, 그러다가 음성사서함으로 넘어갔어. 그런데 전화벨이 다시 울렸어. 그리고 또 울렸어. 지속되는 전화벨 소리에 내 일에 집중하기가 어려웠어.

처음에는 내털리를 찾았어. 정말이야. 자리에서 일어나 책상 사이 통로를 이리저리 살폈어. 하지만 내털리 모습이 보이지 않자 내게는 달리 선택이 없었어. 혼란이 없도록 나는 전화를 받아 이렇게 말했어. "네, 대신 전화 받았습니다."

수화기 너머 여자가 내게 정말 말도 안 되는 이야기를 꺼내기 시작했어. 내털리에게서 비타민 A 크림을 샀는데 피부가 벗어지고 있대. 세상에나! 얼굴이 붉어져서 햇볕에 화상을 입은 것 같다고 하더니 자기가 좀비처럼 보인다며 흐느끼기 시작했어. "좀비처럼 보여요! 좀비 같다고요!"라고 그 말을 계속 반복하는데, 안타깝더라.

여자는 내털리와 당장 통화하고 싶다고 했지만, 내가 내털리가 자리에 없다고 설명했어. 나는 내털리 책상 위에 있는 포스트잇 묶음 하나에다가 메모를 남겼어. 여자가 이미 음성 메시지 대여섯 통을 남겼을 거란 생각이 들었지만 전화번호도 급히 적었어.

여자가 좀비 같은 피부를 토로하며 몇 분을 더 울고 나서야 나는 겨우 전화를 끊을 수 있었어. 수화기를 내려놓고 나니 손이 덜덜 떨리는 거야. 내가 그런 격한 상황에 대응하는 걸 싫어하잖아. 나는 고객 응대 서비스에 소질이 없어. 그러니 회계사가 되었지.

여자의 정보가 적힌 포스트잇을 뜯어낸 다음 내털리를 찾으러 갔어. 예상대로 내털리는 직원 휴게실에 킴과 함께 앉아 커피를 마시며 웨딩 잡지를 보고 있었어. 나는 아끼던 거북이 머그잔 대신에 드러그스토어에서 산 평범한 흰색 머그잔을 가져다 놨어. 바닥에 유성펜으로 이름도 써놓고 말이야.

내털리가 나를 보고는 웨딩 잡지에서 고개를 들었어. 그녀가 비타민 A 크림을 사용하는지 궁금해. 피부가 정말 맑고 광이 나거든. 그녀라면 스킨케어 제품 모델 일을 쉽게 구할 수 있을 거야. 그래서 내털리가 영업을 그렇게 잘하나 봐.

"돈!" 내털리가 말했어. "안 그래도 돈을 만났으면 했어요."

내털리는 세스와 바람을 피운다는 사실을 들킨 이후로 줄곧 내게 그다지 친절하지 않았어. 내 입을 확실히 막으려면 나한테 더 잘해야 할 것 같지만, 이상하지. 비밀이 나를 통해 새어 나간다 해도 별로 걱정하지 않는 것 같더라. 그게 아니라면 내가 어떻게든 입을 잘 다물고 있을 것을 알았나 보지 뭐.

내털리가 한쪽 귀걸이를 만지작거리는데, 반짝거림이 심상치 않았어. 다이아몬드였어. 하지만 가짜였을 거야. 여기 회사 월급이 그렇게 많지 않거든.

"킴하고 내가 궁금한 게 있는데……." 킴이 그녀를 팔꿈치로 슬쩍 찌르자 내털리가 다시 킴을 찔렀어. "돈, 혹시 숫처녀예요?"

킴은 크크크 웃고 내털리는 진지한 표정을 지어 보였지만, 그 순간 나는 두 뺨이 화끈 달아올랐어. 슬펐던 건, 내가 똑같은 질문을 받은 게 이번이 처음이 아니라는 거야. 내가 뭐라 중얼거리긴 했는데, 두 사람은 계속 키득거렸어. 결국 킴이 내털리 팔을 툭 치며 말했어. "그만해. 너무 못됐다." 내털리는 어깨를 한번 으쓱하더니 나한테 억지로 대답하지 않아도 된다고 말했어.

내가 한동안 너에게 꺼내지 않았던 이야기야. 조지 곁에서 행복해하는 네가 죄책감을 느낄까 봐 싫었고, 진심으로 두 사람이 남은 인생을 함께 보내기를 바라. 하지만 나는 그런 관계를 절대로 맺을 수 없을 거야. 사실대로 말하면, 그래, 나는 처녀야. 지금까지 남자친구를 사귀어 본 적도 없어. 데이트는 해봤지만 전부 엄마가 나한테 미리 말해주거나 물어보지도 않고 주선한 자리였어. 한 번도 두 번째 데이트로 이어지지도 않았지.

사실 나는 키스해 본 적도 없어.

가장 근접했던 게 5학년 때 제니 호런 집에서 열린 끔찍한 생일 파티에서 병 돌리기 게임을 했을 때였어. 제니가 우리를 초대했을 때 나는 너무나 놀라고 기뻐했는데, 제니 엄마가 반 전체를 초대하라고 시킨 것임을 네가 알아냈지. 또 너는 제니네 지하실에 아이들이 둘러앉아 그 게임을 하려고 했을 때도 안 하겠다고 했잖아. 나도 그렇게 해야 했는데.

네드 오키프가 돌린 병이 내 쪽으로 왔을 때, 나는 걔 얼굴에서 역겹다는 표정을 봤어. 걔가 나와 키스하고 싶지 않다고 말하기도 전에 나는 그 자리에서 도망쳐 파티 내내 옷장에 숨어있었어. 네가 와서 문을 두드리고 사정하는데도 나오지 않았던 거 기억 나? 우리 엄마가 나를 데리러 올 때까지 말이야.

결국 킴이 그만하자고, 그런 거에 관심이 없는 사람도 있다고 말했어. 그쯤 되자 나는 화제를 너무나 바꾸고 싶다는 생각이 들어서 내털리에게 전화가 왔었다고 이야기했어. 내털리는 내가 건넨 포스트잇을 보더니 눈을 굴리며 메모를 구겨버리더라. 나는 좀비 같은 피부를 설명하려 했지만, 내털리는 고개를 절레절레 흔들기만 했어.

"그냥 과장해서 하는 말이에요." 내털리가 말했어. "이 사람 정상이 아니에요. 정신 나간 사람들이나 이런 제품을 사용하는 거예요."

나는 내털리가 그렇게 말하는 걸 듣고 깜짝 놀랐어. 그녀가 직접 제품을 사용할 거라고 생각했거든. 내가 그녀에게 빅스드 제품을 사용하는지 물어보자 내털리와 킴이 동시에 웃음을 터뜨렸어. 그게 정확히 무슨 의미인지 모르겠어. 나는 농담이 아니었는데 말이야.

그런 다음 내털리가 일어나서 킴을 보며 잡지 16쪽에 나온 드레스가 잘 어울릴 것 같다고 말했어. 나는 이로써 우리의 대화는 끝났다고 생각했는데, 내털리가 몸을 돌려 나를 쳐다봤어. 왜인지는 모르겠지만, 내털리가 내게 관심을 기울일 때마다 내가 특별한 사람이 된 것 같은 기분이 들어. 너무 좋아.

"돈, 나한테 오는 전화 다시는 받지 마요. **절대로**요. 알겠어요?" 내털리가 말했어.

그런 말을 들으리라고는 생각도 못 했어. 내 인생에서 또 한 번,

안으로 들어가 숨을 수 있는 껍데기가 있으면 좋겠다고 간절히 바랐던 순간이었어. 거북이는 등껍데기가 있으니 얼마나 좋을까. 거북이를 사랑하지만, 가끔 질투가 나기도 해. 난 내털리에게 그녀 전화를 받지 않겠다고 말했어. 절대로 말이야.

내털리가 나를 스치듯 지나 휴게실을 나가고 나니 그녀 향수의 은은한 꽃향기가 남았어. 그런 상황에 할 말은 아니지만, 향이 너무 좋더라. 나도 한 병 구하면 어떨까 싶어. 내가 똑같은 향수를 뿌리면 네 생각에 내털리가 나를 더 좋아할 거 같아?

너의 친구,
돈 쉬프

받는 사람: 돈 쉬프
보낸 사람: 미아 호지
제목: Re: 안부 인사

세상에나. 그런 여자에게 잘 보이려고 향수 사지 마! 네 시간을 쏟을 가치가 없는 여자야! 그녀와 거리를 둬! 다시 말하는데, 내털리에게서 멀리 떨어져!

네 연애 생활을 내게 솔직히 털어놓을 수 없다고 생각했다니 속상해. 돈, 너는 멋진 사람이야. 네가 얼마나 완벽하게 멋지고 똑똑하고 아름다운지 이해하는 남자가 어느 날 나타날 거라고 난

100퍼센트 확신해. 그리고 그 남자는 너와 함께하는 것만으로도 행운의 별에게 매일 감사할 거야. 내가 장담해. 넌 그런 사람을 꼭 찾을 거야. 날 믿어봐.

사랑을 가득 담아,
미아

21

내털리

이렇게 기분 좋은 아침이라니.

세스와 정말 즐거운 밤을 보냈다. 두 번 하고 난 다음 중국 음식을 배달시켰고 소파에서 텔레비전을 함께 봤다. 세스와 멜린다가 별거하기 전에는 뭘 해도 촉박했다. 멜린다의 의심을 살까봐 세스가 늦게까지 있다 갈 수가 없었다. 하지만 어제는 세스가 한결 느긋해져 소파에서 언제까지고 나와 꼭 붙어있으려 해서 좋았다.

그래도 자정이 되기 전에 돌려보냈다. 비록 우리가 갈 데까지 갔지만, 세스가 내 집에서 잠을 자고 가는 건 케일럽에게 배신이 될 것 같았다. 뭐, 단순한 배신 정도가 아니지. 어젯밤 내 행동으로 인해 내가 최고의 여자친구가 될 수 없음을 나도 안다. 하지만 지난 며칠 동안 스트레스를 많이 받았고, 누군가가 가장 많이 필요했던 어제는 케일럽이 내게서 거리를 두려고 했다. 어제 일로 케일럽은 남자친구로서 많은 점수를 잃었다.

아무튼 저녁 시간을 활발히 보낸 후 밤새 푹 잤다. 오늘 아침 일찍 개운하게 일어나 커피 한 잔을 마신 후 지금 아침 달리기를 하고 있다. 티셔츠와 레깅스 차림에 금발 머리는 뒤로 넘겨 높게 포니테일로 묶고, 이어폰에서는 내 스포티파이 재생목록에 넣어둔 인기 팝송이 흘러나온다. 집을 나설 때는 5도 정도의 선선한 11월 아침 날씨라 보도를 박차며 달리기를 시작할 때만 해도 서늘했는데, 지금은 딱 적당하다.

지난 며칠 동안 달리기를 쉬었는데도 체력에 영향이 없어서 다행이다. 자선 달리기 행사가 이틀 뒤로 다가온 데다가 행사를 준비한 내가 선두 그룹에서 달리지 못하면 창피할 테니까 말이다.

엔도르핀이 내 혈관을 따라 흐른다. 나무도, 산도 오를 수 있을 것 같다. 아, 얼마 만에 느끼는 기분인지.

하지만 그 기분은 내 집 앞에 주차된 회색 볼보에 산토로 형사가 기대 서있는 걸 보는 순간 사라졌다.

어제 잠자리에 들기 전 휴대폰으로 지역 뉴스 사이트에서 돈에 대한 새로운 소식이 있는지 확인했다. 가장 최근 기사에서 경찰이 계속 수색 중이라고 했다. 별다른 진전이 없는 것 같았다. 어젯밤에만 해도 돈의 실종에는 여전히 희망이 보이지 않았다.

그러니 형사가 여기까지 날 보러 온 거라면 돈이 무사히 살아서 나타났다는 소식이 아닐 것 같다.

어떻게 해야 할지 몰라 우뚝 멈춰 섰다. 이대로 뒤로 돌아 2~3킬로미터 더 뛰다 올까. 하지만 그런다고 나에게 별 도움이 될 것 같지 않다. 형사는 나를 만나기 전까지 아무 데도 갈 생각이 없어 보인다. 그렇다고 내가 땀에 젖은 티셔츠와 레깅스 차림으로 회사에 갈 수 있는 것도 아니다.

아무래도 형사가 날 본 것 같다.

역시나, 형사가 몸을 똑바로 세우더니 나를 향해 손을 흔들었다. 나는 얼굴을 찡그렸다. 땀에 젖은 운동복 차림으로 그와 이야기하고 싶지 않은데. 아니, 그와 이야기 자체를 하고 싶지 않은데. 내 옷차림 때문에 더 괴롭다.

"패럴 씨!" 형사가 손을 한 번 더 흔든다. "잠깐 시간 좀 내주실래요?"

그의 보스턴 억양이 이제는 조금도 좋게 들리지 않는다

집에 이르는 마지막 블록을 천천히 걸었다. 산토로 형사가 검은 눈으로 나를 위아래로 재빠르게 훑었다.

"달리기는 잘 하고 오셨나요?"

"네."

형사가 눈을 가늘게 뜨고 하늘을 올려다봤다.

"달리기 좋은 날씨네요. 달리기 대회가 있는 토요일에도 날씨가 좋을 것 같습니다."

형사니까 이번 주 내 일정을 다 알고 있는 게 당연하겠지.

"정확히는 대회가 아니에요. 자선기금 모금을 위한 행사예요."

형사는 아무래도 상관없다는 듯 고개를 끄덕였다.

"집 안으로 들어갔으면 하는데 어떠신가요?"

"돈은 찾으셨나요?"

형사는 대답 대신 고갯짓으로 현관문 쪽을 가리켰다.

"괜찮으시다면 몇 가지 질문만 더 드리겠습니다."

안 될 건 없다. 아무것도 숨길 게 없으니까. 그런데도 나도 모르게 턱에 힘이 들어갔다. 나는 잘못한 게 없는데 형사가 나를 미워해서 이러는 것만 같다. 부당하다.

"제가 아는 건 전부 다 말씀드린 것 같은데요."

"금방 끝날 겁니다."

나를 똑바로 쳐다보는 산토로 형사의 검은 눈동자에 마음이 불안해졌다. 운동화 속 발가락을 꼬물거리며 그와 대화를 나누기 전에 샤워할 수 있으면 좋겠다는 생각이 든다. 겨드랑이에 땀자국도 있을 텐데. 하지만 내게 선택의 여지가 없는 것 같다.

"알겠어요. 하지만 금방 출근해야 해요."

"그리 오래 걸리지 않을 겁니다." 형사가 말했다. "필요하다면 제가 짧게 사유서를 써드리죠."

이 남자는 나를 학생이라고 생각하는 건지……. 학교에다가 결석 이유를 설명하는 아빠라도 된 것처럼 사유서를 써준다고 하니 기분이 언짢다. 나는 그의 말을 그냥 무시했다. 진입로를 걸어 현관문을 열고 들어가는데, 형사가 뒤따라 들어왔다.

산토로 형사가 현관에서 머뭇거리며 말했다.

"앉아서 얘기를 나누면 어떨까요?"

"그냥 여기서 말씀하시죠." 나는 팔짱을 낀다. "말씀드렸듯이

제가 시간이 별로 없어서요. 저한테 궁금하신 게 뭔가요?"

형사가 나의 기세에 놀란 표정을 짓지만 나는 굽히지 않았다. 형사가 나를 함부로 대하도록 그냥 놔두지 않을 테다.

"패럴 씨와 쉬프 씨와의 관계를 조금 더 알았으면 합니다."

오른쪽 눈꺼풀이 떨렸다. "직장 동료라고 말씀드렸는데요. 친하게 지내기는 했지만 친구는 아니었다고요. 이제 됐나요?"

"'친하게 지냈다'는 게 어떤 의미인가요?"

형사를 쏘아보며 말했다. "서로 매일 인사를 나눴어요. 돈 차가 없을 때 집까지 태워준 적도 있고요. 종종 점심을 같이 먹기도 했어요. 하지만 그게 전부예요."

"그렇군요, 알겠습니다." 형사가 고개를 끄덕였다. "그럼 혹시 쉬프 씨와 다툰 적은 있으십니까?"

"아뇨. 없어요." 나는 단호하게 말했다.

"놀린 적은 있으십니까?"

"놀린 적이요? 아니, 나를…… 십 대라고 생각하시는 거예요?"

"글쎄요." 형사가 조심스럽게 말한다. "제가 들은 바로는 쉬프 씨가 좀 특이했더군요. 남과 다른 사람들은 자연스럽게 놀림감이 되기도 하니까요."

"전 그런 적 없어요."

"한 번도요?"

"없어요!"

"그럼 쉬프 씨가 거북이에게 순결을 잃었다고 생각한다는 말씀을 하신 적이 없다는 겁니까?"

입이 떡 벌어졌다.

"내가…… 그……. 아니, 누가 그러던가요?"

형사가 한쪽 눈썹을 치켜올렸다.

"실은 여러 명이 그랬습니다."

"젠장." 나는 낮게 내뱉었다. "알겠어요, 형사님……. 그러니까……. 네, 제가 그런 말을 했던 것 같아요. 우스갯소리로요. 대놓고 돈에게 말한 건 아니에요. 그냥…… 농담이었어요. 돈이 거북이를 너무 좋아했으니까요. 돈에게 상처 주려고 한 말이 아니었어요." 손톱이 손바닥을 파고들었다. "농담 한번 했다고 나쁜 사람은 아니잖아요."

"물론입니다." 하지만 어쩐지 그의 목소리에서 그가 내 말과 다르게 생각한다는 느낌이 들었다. "그럼 쉬프 씨에 대해 다른 농담도 하셨습니까?"

"아니요. 제 기억에는 없어요."

"쉬프 씨를 사내 파티에 초대하셨습니까?"

형사를 보며 눈을 껌벅였다.

"그럼요, 당연히 초대했죠."

"몇몇 분이 패럴 씨가 의도적으로 쉬프 씨를 사내 파티에 오지 못하게 했다고 하더군요."

"그런 짓 안 했어요!" 나는 버럭 소리를 질렀다. "이메일은 항상 사무실 전체 메일로 보냈어요. 고의로 돈을 제외하지 않았다고요."

"쉬프 씨가 파티에 왔습니까?"

"아뇨, 하지만 그게 제 잘못은 아니잖아요? 제가 손으로 정성 들여 쓴 초대장이라도 보내야 했나요?" 나는 허리에 양손을 얹고 형사를 노려봤다. "지금 저한테 정확히 무슨 혐의를 두고 있는 건가요?"

형사가 고개를 갸웃했다.

"직장 동료 몇몇 분은 패럴 씨가 쉬프 씨를 괴롭히고 있다고 느꼈습니다."

도저히 입이 다물어지지 않았다.

"돈을 괴롭힌다고요? 진짜 그렇게 말했어요? 누가요?"

"그건 말씀드릴 수 없습니다만, 한 사람이 아니었습니다."

"거짓말하는 거예요." 내 입에서 침이 뛰었다. "저는 절대로 돈을 괴롭히지 않았어요. 우리가 학생도 아니고, 도대체 괴롭힌다는 게 무슨 의미예요?"

형사가 얼굴을 찌푸렸다.

"쉬프 씨에게 학대 행위가 반복적으로 행해졌다는 겁니다."

"학대 행위가, 반복적으로요?" 방금 들은 말을 믿을 수 없었다. "내가 돈에 대해 농담을 했기 때문에요?"

"쉬프 씨를 사내 행사에서 제외했고, 회의에서도 배제했기 때문입니다. 또 개인 기물을 파손했고요……."

"뭐…… 뭐라고요?" 머리가 어지럽다. "결코 그런 적 없어요. 저는 돈에게 친절했어요. 돈은 그런 친절을 받을만한 자격도 없는데요!"

"자격이 없다고요? 그게 무슨 의미입니까?"

그 즉시 내가 왜 그렇게 말했는지 후회가 들었다.

"돈이 좀 남달랐으니까요. 사람들은 돈을 좋아하지 않았어요. 하지만 저는 친절하게 대하려고 노력했어요. 그녀 뒤에서 내가 농담을 몇 번 하기는 했지만, 다른 사람도 마찬가지였어요. 저는 절대 돈을 괴롭히지 않았어요."

산토로 형사 얼굴에 내가 하는 말을 하나도 믿지 못하겠다는 표정이 떠올랐다. 그에게 나에 대해 안 좋은 이야기를 한 사람이 누구인지 궁금하다. 아마도 내 영업 실적을 질투한 사람이겠지.

"돈이 남다르다는 이유만으로, 그녀를 가혹하게 대할 수는 없습니다."

"안 그랬다고요!" 솟구쳐 오르는 눈물이 왈칵 터질까 봐 꾹꾹 눌러 참았다. "제 상사에게 물어보세요. 세스 호프먼이요. 그는 제가 돈에게 잘해줬다고 말할 거예요."

산토로 형사의 눈썹이 이마 선까지 치켜 올라갔다.

"세스 호프먼요? 기혼이지만 패럴 씨와 잠자리를 같이 했던 상사 말입니까?"

이쯤 되니 심장마비로 쓰러질 것 같다. 그걸 어떻게 아는 거지? 아무리 형사라지만, 이건 실종된 사람을 수사하는 범위 밖의, 전혀 관련이 없는 일이지 않나?

"세스가 그렇게 말했나요?"

"아니요. 그는 패럴 씨에 대해 좋은 얘기만 했습니다."

"그럼 누구에게 들으셨어요?"

형사가 잠시 머뭇거리더니 말했다. "쉬프 씨가 친구에게 쓴 이메일을 저희가 컴퓨터에서 찾았습니다."

세상에나.

돈은 나와 세스에 대해 알고 있었다. 내가 털어놓은 건 아니고, 세스 아내가 내게 협박 쪽지 남기는 걸 우연히 목격했었다. 하지만 돈은 점잖았다. 아무에게도 말하지 않겠다고 약속했다. 내 행적을 알고 있는 이 친구라는 사람은 도대체 누굴까. 돈에게 그런 이야기를 떠벌릴 친구가 있는지도 몰랐다.

문득 돈이 나에 대해 또 무엇을 썼을지 궁금해진다. 하지만 이제 와서 무슨 상관이람? 돈이 이메일에 몇 번 이런저런 내 얘기를 썼기로서니, 어쩌라고? 돈은 세상을 독특한 시각으로 바라봤고, 그녀가 하는 말이 모두 진실이란 법도 없다. 어떤 것도 증거가 되지 못한다.

"이거야말로 괴롭힘인데요, 형사님." 나는 이를 악물었다. "전 이제 출근 준비를 해야겠어요. 돈에게 실제로 안 좋은 일이 일어났는지조차도 모르잖아요. 돈이 아무에게도 말하지 않고 여행이라도 갔나 보죠."

형사의 두 눈썹 사이에 깊은 주름이 생겼다.

"아니요. 여행은 안 갔습니다."

"그걸 어떻게 아세요?"

"오늘 이른 아침 쉬프 씨의 시신을 발견했습니다."

22

다리에서 힘이 쭉 빠져나가는 것 같다. 계단 난간으로 손을 뻗어 보지만 아무 소용이 없다. 계단 맨 아래 칸에 주저앉는다. 현기증이 나서 잠시 동안 머리를 앞으로 낮게 숙인다.

"오늘 이른 아침 쉬프 씨의 시신을 발견했습니다."

아냐. 그럴 리가······.

"돈이······." 나는 침을 삼켰다. "죽었나요?"

"네."

이 순간까지도 내 마음 한구석에서는 돈이 어딘가에 살아있을 거라고 믿었다. 그녀 집에서 피를 봤지만 그래도 돈이 괜찮을 거라고 생각하고 있었다.

하지만 이제는 아니다. 돈은 괜찮을 거라고 다시는 생각할 수 없다. 그녀는 영원히 땅속에 묻혀있게 될 것이다. 장례식이 열릴 테고, 우리는 돈을 얼마나 그리워하는지 얘기하겠지. 그녀는 훌륭한 사람이었다고, 우리 곁을 너무 일찍 떠나 저 먼 곳으로 가버리게 되었다고 얘기하겠지.

"어떻게요?" 나는 힘겹게 물었다.

형사는 나한테 말하는 게 나을지 확신이 서지 않는 듯 잠시 망설였다.

"둔기에 맞아 숨졌습니다. 사인은 두부 외상입니다."

고통스러운 울음이 터져 나왔다. 둔기에 맞다니, 정말 끔찍한 방법으로 죽음을 맞이했다. 가여운 돈. 그녀는 이상하긴 했지만, 때로는 어린아이 같은 순수함도 있었다. 누가 돈에게 그런 짓을 했을까?

눈을 들어 형사를 올려다봤다. 형사는 내가 했다고 생각한다. 내가 그녀를 둔기로 때려 죽음에 이르게 했다고 생각한다. 내가 그렇게 할 수 있는 사람으로 보이는 건가.

신체적으로는 가능해 보이겠지. 돈은 정말 왜소했으니까. 몸무게를 아무리 높게 어림잡아도 45킬로그램을 넘지 않았을 거다. 반면에 내 몸 상태는 누가 봐도 꽤 튼튼하다. 달리기를 하고 오는 모습을 형사에게 보이기까지 했다. 그러니 이론적으로 내가 돈에게 그런 짓을 할 수 있다고 생각하는 것은 충분히 가능하다.

하지만 도대체 무슨 이유로 내가 돈을 죽였을 거라고 생각하는 거지?

"끔찍하네요." 뺨을 타고 흘러내리는 눈물을 따라 내 목소리도 떨렸다. "믿…… 믿기지가 않아요."

"끔찍한 일입니다." 형사가 동조했다. "그러면 쉬프 씨에게 이런 짓을 저지른 사람을 법의 심판대에 세우려는 저희 마음을 이해하시겠군요."

손등으로 눈물을 닦았다.

"네, 그럼요, 당연하죠."

"그럼 패럴 씨 집을 좀 둘러봐도 될까요?"

나는 형사를 빤히 쳐다봤다.

"제 집을요? 아니, 왜……?"

"방금 말했듯이 저는 쉬프 씨에게 이런 짓을 저지른 사람이 법의 심판을 받기를 바랄 뿐입니다."

"전……." 입이 너무 바싹 말라 말이 나오지 않았다. 목을 가다듬었다. "저는 그날 밤 알리바이가 있어요. 이미 말씀드렸는데요."

"아." 형사가 고개를 끄덕였다. "그렇죠, 남자친구분과요. 깜박했습니다."

"맞아요." 나는 긴장된 목소리로 말했다.

"하지만 어디까지나……."

"하지만…… 뭐요? 전 알리바이가 있다고요."

형사가 어깨를 으쓱했다. "두 분이 함께 쉬프 씨를 죽이지 않은 경우에 그렇다는 거겠죠."

그의 말에 뭐라고 대꾸해야 할지도 모르겠다. 그런 와중에 내 머릿속으로 또 다른 생각이 파고들었다. 변호사를 구해야 한다. 이 일이 걷잡을 수 없게 되기 전에 변호사가 필요하다.

하지만 죄가 있는 것처럼 보이지 않을까? 많은 돈을 들여 변호사를 선임해야 할까? 난 정말 아무것도 안 했는데……. 젠장!

"형사님, 전 이제 출근해야 해요." 나는 평정을 잃지 않으려 애썼다. "저한테 더 이상 물어볼 게 없으면, 전 씻으러 가야겠어요."

형사가 재킷 주머니에 손을 찔러넣었다.

"알겠습니다. 다음에 더 얘기하도록 하죠."

아니. 다음은 없어야 한다.

"돈에게 이런 짓을 한 사람을 찾기를 바랄게요." 나는 덧붙였다.

"물론이죠, 패럴 씨. 기필코 찾을 겁니다." 그가 답했다.

23

―

4개월 전

받는 사람: 미아 호지

보낸 사람: 돈 쉬프

제목: Re: 안부 인사

미아에게,

무엇보다도 먼저, 아름다운 꽃을 보내준 너에게 고맙다는 말부터 해야겠어. 튤립이 내 코를 자극하지 않는 유일한 꽃임을 기억하는 사람은 너밖에 없어. 꽃이 도착하니까 내 하루가 밝아지더라. 끔찍한 한 주를 보내고 있었는데 말이야.

너는 내가 시간을 잘 지키는 사람이라는 자부심이 얼마나 대단한지 잘 알 거야. 학교 다닐 때 단 한 번도 지각 통지서를 받은 적 없어. 너는 자주 받았었잖아! 미안, 옛날 일을 끄집어내 너를 기분 나쁘게 하려는 의도는 아니고, 실제로 있었던 일을 말한 것뿐이야. 누가 나더러 몇 시에 어디로 오라고 하면, 그곳에 정각에 틀림없이 나타날 거라고 장담할 수 있어. 지각은 용납 못 해! 사실은 몇 분 일찍 도착하곤 해. 늦는 것보다 더 나쁜 일은 없으니까.

그러니 오늘 오후에 내가 회의에 참석하려고 회의실로 들어갔다가 회의가 이미 시작한 걸 보고 얼마나 당황했을지 상상이 가지? 손목시계를 봤지만, 나는 늦은 게 아니었어. 회의는 2시에 시작하기로 되어있었고, 2시까지 몇 분 남아있었으니까. 그런데 어찌 된 일인지 모두가 회의실에 앉아있었고, 크루아상은 별로 남아 있지 않았고, 세스 지점장님은 한창 말을 하던 중이었어.

"아, 와줘서 고마워요, 돈." 지점장님이 말했어.

내가 "천만에요."라고 대답하자 몇몇 사람들이 코웃음을 쳤어. 뭐가 그렇게 우스운지 모르겠어. 누가 내게 고맙다고 하면 나도 괜찮다고 대답하는 게 예의 바른 거잖아. 유치원에서 배우는 건데 말이야. 안 그래도 지점장님이 나한테 고마워한 이유를 이해할 수 없었는데, 60초 정도 후에 지점장님이 회의를 끝내자 모두가 나가버리더라. 나는 손목시계를 다시 확인하면서 더욱 혼란스러웠어. 그때 지점장님이 짜증 난 목소리로 나한테 회의에 한 시간이나 늦은 이유가 뭐냐고 물었어.

늦은 게 아니라고 설명하려 했어. 회의는 2시에 시작하기로 되어있었고, 지금이 2시라고 말이야. 그러자 지점장님이 회의는 1시에 시작했다고 말했어. 그게 사실이 아닌 걸 알면서도 내가 반박하기 힘들었던 건 모두가 나보다 먼저 회의실에 와있었고 회의는 분명히 끝났기 때문이었어.

뒤이어 지점장님이 내가 어제 회의에 오지 않았다는 이야기를 꺼냈어. 어제 회의는 취소되었는데 말이야. 지점장님은 취소되지 않았었고, 나를 제외하고 다른 사람들은 전부 참석했다고 했어.

무슨 말을 해야 할지 모르겠더라. 가만히 서있는데 무릎이 떨렸어. 나답지 않았어. 나는 언제나 정각에 회의에 가거든. 또 내가 참석해야 하는 회의에는 절대 빠지지 않아. 어제 회의가 취소되었다는 이메일이 분명히 왔었어. 아침에 제일 먼저 받은 이메일이었어.

내털리에게서 말이야.

내털리는 선임 영업사원이라서 영업팀 회의에 관한 이메일을 자주 보내. 어제 회의가 취소되었다는 이메일을 보낸 사람이 내털리였어. 그리고 오늘 회의가 2시라는 이메일을 보낸 사람도 내털리였어.

나는 지점장님에게 전부 설명했어. 하지만 지점장님은 내 말을 못 믿는 것 같았어. 팔짱을 낀 채 머리를 절레절레 흔들고만 있었지. 지점장님의 눈에는 내털리가 그런 잘못을 할 사람으로 보이지 않을 거야.

"내털리가 왜 그런 행동을 하겠어요?" 지점장님이 물었어.

나도 그 질문에 답을 할 수 있으면 좋겠어. 이메일을 쓰는 지금도 내 머리를 쥐어짜는 중이야. 내가 무슨 잘못을 했길래 내털리가 나를 이렇게 미워하는 걸까? 가끔 내가 사람들 기분을 상하게 해놓고 내가 그랬다는 걸 모를 때가 있다는 걸 잘 알아. 분명히 내가 내털리에게도 그렇게 한 걸 거야. 그게 무엇이든 되돌릴 수 있으면 좋겠어. 나는 내털리와 친구가 되고 싶은데 말이야.

지점장님은 내게 내털리와 무슨 일이 있든 방법을 찾아서 좋게 해결하라고 말했어. 지점장님의 지시였지. *"좋게 해결하세요, 돈."*

하지만 어떻게? 내털리는 나를 좋아하지 않고, 나는 그녀 마음을 바꿀 방법을 모르겠는데 말이야. 내털리가 나를 좋아하지 않는 이유조차 모르겠는걸. 내가 그녀 비밀을 사람들에게 말한 것도 아닌데. 뭐, 너한테 말하긴 했지만, 너는 사람들에게 말하고 다니지 않을 거니까.

내털리가 내게 화가 난 건 내가 그 장식용 거북이 인형을 손으로 쳐서 깨뜨렸기 때문인지도 몰라. 하나 새로 사주는 게 좋을까? 하지만 그게 이유가 아닌 것 같다는 생각이 들어. 그 일이 있기 전부터 내털리가 나한테 화가 났던 것 같거든.

가끔 너무 답답해. 나는 친구를 사귀는 게 왜 이렇게 어려울까? 다른 사람들에게는 너무 쉬운 일이던데. 내털리와 킴이 대화하는 모습을 보면 둘 사이가 아주 친밀해서 정말 부러워. 나는 계속 노력해도 잘 안 돼. 내가 이유도 없이 누군가에게서 미움을 받는 게 이번이 처음이 아니란 건 너도 알 거야. 셀 수 없을 만큼 많이 겪었어.

나도 해결하고 싶어. 좋게 해결할 방법을 찾아야 해. 나는 똑똑하니까 열심히 생각하면 어떻게든 해결할 수 있을 거야. 혹시 너한테 좋은 의견이 있으면 언제든 알려줘.

너의 친구,
돈 쉬프

24

현재

내털리

산토로 형사가 가자마자 나는 인터넷에서 돈에 관한 소식을 찾아봤다.

속보다. 아직은 인터넷에 뜬 기사가 몇 개 되지 않았고, 보도된 내용도 아주 적었다. 돈은 사우스쇼어를 따라 남쪽으로 차로 20분 정도 떨어진 거리에 있는 작은 도시 코하셋의 한 숲속에서 몸 일부가 흙에 파묻힌 채 발견되었다. 이것 말고는 알려진 정보가 거의 없었다. 하지만 시간이 흐를수록 더 많은 내용이 밝혀지게 되겠지.

병가를 낼지 고민하다가 결국에는 출근하는 게 더 낫다고 판단했다. 회사 사람들이 나보다 더 많이 알지도 모른다. 그리고 내가 알고 싶은 것도 있다.

형사는 어째서 내가 돈을 괴롭힌다고 생각한 걸까? 다른 사람들도 왜 그런 생각을 한 걸까? 나는 그런 사람이 아니다. 나는 돈에게 친절했다. 내 나름대로 친구가 되려고 노력도 했다.

하지만 나의 어떤 행동 때문에 사람들이 내가 돈을 괴롭힌다고 생각하게 된 것이 틀림없다. 여러 사람이 형사에게 그렇게 말했다고 했다. 돈도 친구에게 쓴 이메일에 그 얘기를 여러 번 언급했다니. 그래서 내가 그녀를 죽인 용의자가 되어버린 거다.

돈이 나를 그렇게 생각했었다니 믿을 수가 없다. 나에 대해서 누가 그런 말을 했는지도 정말 궁금하다. 그리고 그 친구라는 사람은 누구일까? 은밀한 속마음을 털어놓을 만큼 돈에게 친한 친구가 있다는 사실은 가히 충격적이다.

그나마 분명한 사실은 내가 돈에게 최악의 문젯거리가 아니었다는 것. 돈을 미워한 사람은 따로 있었다. 그 사람은 둔기로 내려쳐 죽일 정도로 돈을 미워했다.

혹시 그 친구라는 사람은 아닐까? 돈이 나에 대한 이메일을 보낸 사람 말이다. 돈에게 사람들의 신경을 긁는 경향이 있었을지 누가 알겠는가. 그 친구가 더 이상 참지 못하고 끝내……

아, 누군가 돈에게 한 짓을 그만 생각하려 하지만 쉽지 않다.

사무실에 도착하자마자 곧장 내 자리로 향했다. 돈 일은 그만 생각하고 내 일에 집중해야지. 돈에게 일어난 일은 끔찍하지만 어쨌거나 내 잘못은 아니니까. 게다가 내가 이제부터 완전히 일편단심으로 바라볼 훌륭한 남자친구 덕분에 나는 알리바이가 있다. 산토로 형사 좋을 대로 생각하라지. 나를 어찌할 수 없을 거다.

그런데 내 칸막이 자리에 이르렀을 때 그 자리에 그대로 서

버리고 말았다.

출근해서 내 책상 위에 놓인 장식용 거북이 인형을 본 게 이틀 전이었다. 그리고 어제 거북이 인형을 쓰레기통에 버렸다. 분명히 버린 기억이 난다. 거북이 인형을 다시는 보고 싶지 않았기 때문이다.

그런데 지금 내 눈앞 책상 위에 다시 놓여있다.

길이가 10센티미터도 안 되는 장식용 거북이 인형 때문에 사람이 이렇게 겁먹을 수 있을까. 저 꼴도 보기 싫은 물건을 분명 쓰레기통에 버렸는데, 어찌 된 영문인지 돌아왔다. 멀건 검은 눈동자와 반짝이는 초록 등껍데기를 가진 거북이에서 눈을 뗄 수가 없다.

이게…… 도대체…… 어떻게…….

후, 진정하자. 청소부 짓인지도 모른다. 내 쓰레기통을 비우다가 거북이 인형을 발견하고는 실수로 떨어진 거라고 생각했을 수 있다. 나를 위한답시고 꺼내놓고 갔겠지.

있을법한 일이다.

그러거나 말거나 이번을 마지막으로 나는 이걸 완전히 없애버릴 생각이다. 이번 같은 불의의 실수가 없도록 아주 확실히 말이다.

책상에서 거북이 인형을 잡아챘다. 인형의 작은 팔다리가 내 손바닥을 파고들 정도로 오른손에 꽉 움켜쥔 다음 직원 휴게실로 힘차게 걸어가 공용 쓰레기통에다가 던져버렸다. 여기서 던진다는 것은 있는 힘껏 세게 던졌다는 의미다. 커다란 원통형 쓰레기통 바닥에 부딪히면서 탁 소리가 크게 났다. 점심시간이 되면 거북이 인형은 쓰레기에 파묻힐 거다.

다시는 볼 일 없다.

내 자리에 가까워졌을 때 책상 위의 전화기가 울렸다. 평소에는 전화를 가려서 받는데, 지금은 내 머리가 제 기능을 제대로 못 해서인지 무심코 수화기를 덥석 집어 들었다. 굵은 목소리가 귀에 날아들었다.

"내털리 패럴 씨인가요?"

"네, 맞습니다." 상대방이 누구인지 모르는 상태로 통화를 시작하는 걸 정말 싫어한다. 발신자를 확인하는데 번호가 뜨지 않는다. 가슴이 철렁한다. 설마⋯⋯. "누구시죠?"

"데이브 풀턴입니다. 비타민헛을 운영하는 사람이오."

"아, 네." 안도의 숨을 길게 내쉰다. 풀턴 씨는 한 달 전쯤에 내가 영업하려고 만났던 사람이다. 그는 자신의 작은 가게에서 우리 제품을 시험 삼아 팔아볼 생각이 별로 없었다. 하지만 멋진 점심을 먹으며 즐거운 시간을 보낸 후 그의 마음을 바꾸는 데 성공해 다섯 박스를 팔았다. "어쩐 일이세요, 풀턴 씨?"

"이봐요, 내털리." 그의 목소리가 거칠고 날카롭다. 그도 산토로 형사처럼 보스턴 억양이 짙었다. "아무도 콜라헬스를 안 사요. 찾는 사람도 없다고요. 내가 몇 번 판 것도 모두 반품됐어요. 사람들이 효과가 없대요. 여자 손님 한 분은 발이 따끔거린다며 이상한 부작용이 생겼다 하고."

"그랬군요, 하지만 효과가 나타나려면 2, 3개월은 복용을 해야 해요. 손님들에게 그렇게 설명해 주셨어요?"

"나한테 2, 3주라고 했잖소."

"그럴 리가요. 2, 3개월은 복용을 해야 체내 콜라겐 수치가 올라가요."

"그랬나." 그가 불만스러운 듯이 말한다. "아무튼, 이 물건을 팔아치울 수가 없다는 거요. 부작용에 대해 불평하는 사람들을 감당하지도 못하겠고."

"부작용은 없어요. 연구에 따르면 콜라헬스는 완벽히 안전해요."

"부작용 얘기를 하려는 게 아니라, 환불받고 싶소. 아직 개봉하지도 않은 상자가 세 개나 있는데."

"죄송해요, 풀턴 씨. 빅스드는 환불을 허용하지 않아서요."

수화기 너머로 침묵이 흘렀다.

"내털리, 지금 그걸 말이라고 하는 거요? 제품이 팔리지 않으면 환불받을 수 있다고 나한테 말했는데?"

"오해하신 것 같아요." 미안함이 가득 묻어나는 목소리로 말했다. "빅스드 제품은 소비 기한이 그리 길지 않아서 환불은 어려울 것 같아요."

"농담하는 거요? 이렇게 비싼데, 내가 팔지도 못하는 쓰레기 같은 당신네 물건을 영영 가지고 있으란 말이오?"

풀턴 씨의 목소리가 점점 커진다. 두꺼운 목에 핏대가 서고 눈이 튀어나올 것 같은 그의 모습이 머릿속에 그려진다.

"정말, 정말 죄송해요." 내가 답했다. 이 말을 너무 빨리 꺼내는 것 같지만 어쩔 수 없다. "회사 정책이라서요. 제가 정한 게 게 아니라 회사가 그렇게 정한 거예요. 제가 할 수만 있으면 환불 다 해드리죠."

"하지만 환불받을 수 있다고 나한테 말했잖소! 그래서 내가 이걸 산 건데!"

"제가…… 무슨 말씀을 드려야 할지 모르겠네요. 정말 죄송해요."

폴턴 씨의 거친 숨소리가 수화기를 타고 들려왔다. 털이 많이 난 그의 귀에서 연기가 나오고 있을 것 같다. "지점장과 통화하고 싶소."

"알겠습니다. 잠시만 기다려 주세요." 나는 말했다.

그런 다음 통화 대기 버튼을 누르고 수화기를 내려놓았다. 손을 내려다보니 왼손 검지 손톱 끝이 고르지 않았다. 핸드백을 뒤져 네일 파일을 찾는다. 손톱을 다듬어 정리한 다음 후 불어 먼지를 날렸다. 손톱을 정리하면 항상 기분이 좋아진다.

새로 다듬은 손톱으로 통화 대기 버튼을 누르고 수화기를 집어 들었다.

"폴턴 씨?"

"예?"

"정말 죄송해요." 한숨을 쉬어 보였다. "방금 지점장님에게 확인해 봤어요. 지점장님이 지금 통화 중이라, 폴턴 씨에게 회사 정책에 어떤 예외도 둘 수 없다고 전해달라고 했어요. 그래서 환불은 어려울 것 같아요."

이번에도 수화기 너머 침묵이 흘렀다.

"나한테 거짓말을 했군."

"뭐라고요?"

"나한테 거짓말을 한 거야." 그가 내뱉었다. "내가 당신네 물건을 산 건 이딴 형편없는 물건에 대해 환불받을 수 있다고 당신이 나한테 말했기 때문이었어. 당신 가슴을 내 눈앞에 들이밀면서 말이야."

"풀턴 씨……."

"거짓말이나 하는 나쁜 년 같으니라고." 그가 씩씩댔다. "개똥 같은 회사도 망해버려라."

그 말과 함께 수화기 너머에서 딸깍 소리가 났다. 데이브 풀턴이 전화를 끊었다.

나는 얼이 빠져 아무 소리도 들리지 않는 수화기를 내려다봤다. 하지만 솔직히 말해 이런 게 사업 아닌가. 환불을 해주면서 한 회사의 최고 영업사원이 될 수는 없다.

보통 때라면 이런 전화를 받아도 아무렇지도 않다는 듯 훌훌 털어버렸을 거다. 다수의 사람이 우리 제품을 좋아하지만, 그렇지 않은 소수가 언제나 있기 마련이니까. 케임브리지의 눈에 잘 띄지도 않는 보잘것없는 조그만 가게를 내가 신경 쓸 것도 아니다. 그가 우리보다 먼저 망할 거다.

그래도 오늘은 충격이 쉽게 가시지 않는다.

거짓말이나 하는 나쁜 년.

사실이 아니다. 나는 환불 정책을 말해줬다. 그가 내 가슴에 정신이 팔려서 내 말에 귀를 기울이지 않은 건 내 잘못이 아니다. 나는 거짓말이나 하는 나쁜 년이 아니다. 우리 제품을 팔기 위해 해야 할 일을 하는 것뿐이다. 내 일을 하는 거다.

내 잘못이 아니다.

25

심호흡을 몇 번 한 후 커피를 마셔야겠다는 생각에 휴게실로
향했다. 킴이 먼저 와 한 손에 커피가 든 머그잔을 쥐고 다른 손
으로는 휴대폰을 만지고 있었다. 킴은 보통 출근 후 한 시간을
휴게실에서 보낸다. 그리고 하루에 서너 번은 더 휴게실에 와 있
다. 대충 계산해 보면 킴이 일주일에 실제로 일을 하는 건 한두
시간 정도밖에 되지 않을 거다.

킴에게 영업 실적을 올릴 수 있는 조언을 몇 가지 해주려고
도 해봤지만 킴은 그다지 관심이 없었다. 솔직히 회사에서 해고
를 당하려고 애쓰는 것 같다는 생각이 들 때도 있다. 킴에게는
집에 머물면서 부자 남편의 보살핌을 받을 수 있는 구실이 될
테니까 말이다.

"내털리!" 킴이 내게 눈인사를 보냈다. 신혼여행에서 햇볕에
심하게 탄 이마의 피부가 조금 벗어지고 있었다. "돈 찾았다는

소식 들었어? 저세상으로 가버렸네."

킴의 말에 나는 얼굴을 찡그렸다. 농담인 건 알지만 좀 부적절한 것 같다.

"들었어."

킴이 나를 보며 눈을 깜빡였다.

"누가 그런 짓을 했을까? 아니, 가끔 돈의 목을 조르고 싶을 때가 있었지만, 누군가가 실제로 그런 일을 했다는 거잖아? 너무 끔찍해."

"응⋯⋯." 나는 킴 옆자리에 살며시 앉는다. "저기, 킴. 어제 형사랑 얘기했지?"

"아, 그랬지." 킴이 커피를 한 모금 마신다. "그 형사, 좀 섹시하지 않아?"

나는 코를 찡그렸다. 나도 산토로 형사가 매력적이라고 생각한 적이 있었지만, 이제는 전혀 아니다. "글쎄, 별로."

"자기 일에 자신감이 있더라." 킴이 크리머 캡슐을 하나 더 열어서 커피에 붓는다. 그녀는 연한 갈색을 띠는 커피를 좋아한다. "그 형사라면 범인을 꼭 잡을 거야. 반드시 남은 평생을 감옥에서 보내도록 하겠지."

그녀 말에 괜스레 내가 매우 불편해졌다.

"그렇겠지."

"기가 막혀서 정말. 네 생각에는 누가 그랬을 것 같아?"

오늘 아침에 젊은 여성이 돈과 같은 방식으로 살해당한 사건에 관한 글을 읽었다. 이런 경우 남편이나 남자친구가 종종 범인이라고 한다. 하지만 돈에게는 인생에서 중요하다고 여길만한 그런 사람들이 없었다. 돈이 거북이에게 살해된 거라면 모를까.

"강도였으려나."

하지만 내가 말해놓고도 아닌 것 같다. 책장 빈자리에 있던 것을 빼고 나면 돈의 집에서 없어진 물건은 하나도 없는 것 같다. 깜짝 놀란 강도가 당황해서 돈을 죽였다고 해도 시체를 숨기려 한 이유도 모르겠다. 말이 안 된다.

무엇 하나 이해되는 것이 없다.

"그래서 말인데." 나는 목을 가다듬는다. "어제 형사에게 뭐라고 했어?"

킴이 어깨를 으쓱하더니 눈을 내리깔고 휴대폰을 봤다.

"뭐라고 했더라. 형사가 돈에 대해 이것저것 물었어."

"형사한테 내가 돈을 괴롭힌다고 했어?"

킴은 거짓말할 때면 얼굴이 발그레해져서 내가 언제든 눈치챌 수 있었는데, 운이 없게도 피부가 그을린 상태라 지금은 알아차리기가 어렵다.

"모르겠어. 왜?"

마음 같아서는 킴을 붙잡고 흔들어대고 싶다.

"킴, 형사한테, 내가, 돈을, 괴롭힌다고, 했어?"

이윽고 킴이 한숨을 쉬며 대답했다. "뭐, 네가 좀 그러기는 했잖아."

"난 그러지 않았어!"

킴이 나를 쳐다봤다. "너를 탓하는 게 아냐. 돈은 정말 이상했어. 거북이에 집착이나 하고 말야. 어느 누가 **거북이**한테 마음을 빼앗긴다니? 지루하기 짝이 없는데. 거북이보다 더 못한 게 뭔 줄 알아? 그런 건 **없어**."

지난 3일 동안 내 책상 위에 있던 거북이 인형이 다시 생각났다. 돈 집에 있는 수조 안에서 기어다니던 살아있는 거북이도, 또 책장을 가득 메운 거북이들도. 킴은 거북이가 사람을 얼마나 오싹하게 하는지 모른다.

"나는 돈을 괴롭히지 않았어." 나는 단호하게 말했다. "내가 그런 짓을 할 리 없잖아."

"돈이 거북이에게 순결을 잃었을 거라고 말한 건 너잖아."

"맙소사, 그건 **농담**이었어." 당혹스럽다. "진심이 아니었어. 돈을 두고 모두가 그런 농담을 했잖아. 내가 돈을 괴롭힌 거라면, 다른 사람들도 마찬가지야."

"그런가 보지, 뭐."

"내 말 잘 들어, 킴." 나는 이를 악물고 말했다. "형사한테 나에 대해 거짓말하는 건 이제 그만해. 알겠어? 내가 정말 나쁜 사람처럼 보이거든."

"난 무슨 일이 있었는지 그대로 말한 것뿐이야."

"아아, 그으래?" 내가 눈썹을 치켜올렸다. "그럼, 나도 네 새 신랑에게 처녀 파티 날 밤에 있던 일을 그대로 말해도 괜찮겠네. 네가 바에서 만난 남자와……."

"내털리!" 킴이 빛과 같은 속도로 내 손을 잡았다. "아무한테도 말 안 하기로 나하고 약속……."

"그래, 안 할 거야." 나는 킴의 눈을 똑바로 쳐다봤다. "그러니 너도 나를 나쁜 사람으로 보이게 하지 말아줘. 지금 이건 살인 사건을 수사하는 거야. 심각한 상황이라고."

잠시 동안 킴은 금방이라도 울음을 터뜨릴 것 같은 표정을 지었다.

"알았어. 미안해. 대수롭지 않게 생각했어. 네가 돈을 아주 조금 힘들게 했지만, 우리도 그렇게 한 거잖아."

"맞아, 우리 모두가 그렇게 한 거야."

마지막으로 한 번 더 킴을 빤히 바라봤다. 킴은 입을 잘 다물고 있을 거다. 처녀 파티 날 밤에 있던 일이 남편에게 알려지는 걸 원하지 않으니까 말이다. 내가 처녀 파티에서 사진을 엄청나게 많이 찍어둔 게 운이 좋았네.

하지만 지금 내 일에 운이 따라주지 않는다는 게 문제다.

26

오늘도 내 자리에서 점심을 먹기로 했다. 나는 사람들과 어울리기를 무척 좋아하는 사람이지만, 모두가 돈의 살인 사건만 얘기해서 그런지 몸이 아파지려 한다. 게다가 몇몇 회사 사람들이 내가 돈을 괴롭혔다고 생각하는 것도 싫다. 다들 어째서 그런 말을 할 수 있는지 여전히 이해가 가지 않는다. 돈에게 잘해주려고 애썼던 사람은 오히려 나뿐이었다.

칠면조 샌드위치를 한입 베어 무는데, 휴대폰에 문자 메시지 알림이 뜬다. 케일럽이다.

— 이야기 좀 할까?

이렇게 시작하는 대화가 좋았던 적은 한 번도 없었다. 케일럽이 내게 하려는 얘기가 좋은 얘기였다면 그냥 바로 말했을 거다. 이렇게 이야기 좀 할 수 있는지 물으면서 말문을 열지 않았을 거다. 이별을 예고하는 문자인가 싶다.

나는 책상에서 휴대폰을 집어 들고 화면을 뚫어지게 봤다. 케일럽과 헤어지고 싶지 않다. 지난밤 내 판단에 작은 실수가 있기는 했지만, 케일럽이 최고의 남자친구라는 생각에는 변함이 없다. 가능하다면 우리 관계를 더 발전시키고 싶다. 지난주까지는 그가 나를 아주 많이 좋아했는데, 눈이 멀 정도로 내게 푹 빠져 있었는데…….

케일럽이 세스에 대해 알게 된 걸까? 어젯밤에 우리 집에 왔다가 세스 차가 집 앞에 세워져 있는 걸 본 걸까? 만약 그렇다면, 케일럽이 이별을 먼저 말할 이유가 되고도 남는다.

우리 둘이 돈을 죽였을 수도 있다는 형사의 말을 케일럽이 듣지 않아서 천만다행이라는 생각이 든다. 그냥 웃어넘길 수 있는 말이 아니다. 우리는 정말로 돈을 죽이지 않았다. 그날 밤에 같이 있지도 않았으니까. 하지만 형사에게 사실대로 말할 수가 없었다.

지금 이 상황을 언제까지고 피할 수는 없겠지. 케일럽과 이야기를 나눠야 한다.

최근 통화 기록에서 케일럽의 번호를 찾아 눌렀다. 전화 받는 케일럽의 목소리가 화난 것 같지 않아 내 마음이 조금 놓였다.

"여보세요, 내털리."

"응."

"돈 이야기 들었어. 자기…… 자기는 괜찮아?" 그의 목소리가 차분하다.

그의 목소리를 듣자 눈물이 고였다.

"사실 안 괜찮아. 계속…… 계속 생각이 나. 돈에게 벌어진 일이……."

"그럴 것 같아."

"맞아서 죽었대. 상상이 가?"

"알아. 끔찍한 일이야." 수화기를 타고 잠시 침묵이 흘렀다. "사실, 자기한테 어제 일은 미안하다고 말하고 싶었어. 내가 자기한테 심하게 굴어서……."

"응……." 이런 말을 들으리라고는 전혀 예상하지 못했다. "괜찮아. 스트레스를 많이 받은 날이었잖아."

"그랬지." 케일럽의 목소리가 잠을 제대로 못 잔 사람처럼 살짝 갈라진다. "형사에게서 그렇게 질문을 많이 받아본 건 처음이야. 그 사람 꽤 거칠었어. 나를 계속 몰아붙여서 자백을 받아내려 했어."

"하지만 자기는 아무 말 안 했잖아."

"안 했지." 케일럽이 분명하게 말한다. "사실대로 말하는 게 더 나을 거라는 생각은 지금도 변함이 없어. 하지만 형사 때문에 자기가 알리바이가 필요하다고 느끼게 된 이유를 알겠어. 제기랄, 자기가 그런 짓을 했을 리가 없잖아."

케일럽에게는 당연해 보이는 일을 형사는 그렇게 생각하지 않는다는 게 문제다.

"그래서 말인데……." 케일럽이 이어 말한다. "자기 마음 상

200

하게 해서 미안해. 용서해 줄래?"

으음, 지난밤 다른 남자와 잔 걸 나도 용서받아야 하는 건가?
어쩐다. 하지만 이 얘기는 꺼내지 않는 게 좋을 것 같다. 케일럽
이 굳이 알 필요도 없다. 그리고 말했듯이 단 한 번이었다. 세스
도 그렇게 알고 있다.

"오늘 저녁에 우리 집으로 올래?" 내가 물었다. 텅 빈 집으로
가는 게 싫다.

케일럽이 전화 너머로 끙 소리를 냈다.

"그러고 싶지만 오늘 늦게까지 일해야 해. 얼마나 늦을지도
모르겠어. 내일은 어때?"

"좋아." 그가 오늘 오면 좋겠지만, 곧 만날 테니 다행이라 생
각하자. "그리고 이번에는 우리 집에서 자고 가도 좋을 것 같아."

케일럽이 충격을 받은 것 같았다.

"정말?"

"안 돼?"

"그게…… 자기 친구에게 일어난 일 때문에 자기가 원하지
않을 거라고 생각했어."

"돈은 친한 친구가 아니었어." 나는 천천히 말한다. "내 직장
동료였지. 그녀를 좋아했지만 친구는 아니었어."

"으음……."

내가 말실수했나? 잘 알지도 못하는 직장 동료가 살해당했는
데 남자친구를 집으로 부르는 게 그렇게 부적절한 일인가?

"그리고 토요일에 자선 달리기 행사 있잖아. 자기도 참여하

는 거 맞지?"

정적이 흐르는 걸 보니 케일럽은 이번에도 충격을 받은 것 같다.

"그 행사도 그대로 하는 거야?"

이번에는 나도 어쩌지 못하고 짜증이 치밀었다.

"케일럽, 자선 사업을 위해 아주 많은 돈을 모았어. 내 마음대로 취소할 수가 없어."

"아, 그렇구나."

"이건 '뇌성마비를 앓는 아이들'을 위한 거야. 열여섯 살 생일을 축하하는 성대한 파티가 아니라."

"그래, 알았어. 그럼…… 토요일에 가야지."

케일럽과 나란히 완주하는 모습을 상상했었다. 케일럽이 나보다 다리가 길지만, 내가 훈련은 더 열심히 해왔다. 그는 체육관에 있는 러닝머신에서 뛰기는 하지만, 이런 달리기를 위해 특별히 훈련받은 적은 없다. 내가 뒤지지 않을 자신 있다.

자선 달리기 행사가 어떻게 될지는 나도 모른다. 돈의 사건으로 상황이 완전히 달라졌으니. 그렇다고 지금껏 열심히 준비해 온 것을 망치고 싶지 않다. 새로운 관점으로 접근해야 할 것 같다.

27

3개월 전

받는 사람: 빅스드 전 직원

보낸 사람: 내털리 패럴

제목: 결혼 축하 파티!!!!

이번 금요일 3시, 곧 있을 킴의 결혼을 축하하는 파티가 있을 예정입니다! 선물은 허용되고 권장하며 금액에 제한은 없습니다! 어쨌거나 킴은 한 번만 결혼할 테니까요. (그러길 바라야죠!) 각자 음식을 가져와서 나눠 먹으려고 하니, 서로 겹치지 않도록 어떤 맛있는 간식을 가져올지 저에게 알려주시면 감사하겠습니다!

받는 사람: 빅스드 전 직원

보낸 사람: 돈 쉬프

203

제목: Re: 결혼 축하 파티!!!!

너무 기대돼요! 저는 제일 자신 있는 거북이 컵케이크를 가져올게요. 디저트를 말할 때 '터틀'이라고 하면 피칸과 캐러멜에 초콜릿 옷을 입힌 과자류를 종종 의미하지만, 저는 진짜 거북이 모양의 컵케이크를 말하는 거예요! 속은 초콜릿으로 되어있고, 여기서 여러분들에게 다 말할 수는 없지만 장담하건대 거북이를 쏙 빼닮은 컵케이크가 될 거예요. 여러분들과 함께 나눠 먹게 되어서 기뻐요!

돈 쉬프 올림

받는 사람: 빅스드 전 직원
보낸 사람: 내털리 패럴
제목: Re: 결혼 축하 파티!!!!

돈, 제발 부탁인데 매번 '전체 답장'으로 이메일을 보낼 필요 없어요!!! 컵케이크를 하려는 사람이 또 있으면 알려줄게요.

받는 사람: 미아 호지
보낸 사람: 돈 쉬프
제목: Re: 안부 인사

미아에게,

오늘 아침 컵케이크 열두 개를 담은 상자를 들고 출근했어. 내가 컵케이크를 준비해도 되는지 내털리는 아무런 말이 없었지만, 많으면 많을수록 좋을 거라고 생각했지. 초콜릿은 누구나 좋아하니까 초콜릿 컵케이크를 만들었어. 대신 바닐라 크림을 얹어서 파란색 식용 색소를 넣은 아이싱으로 바다처럼 보이게 한 다음 녹색 젤리를 이용해 거북이 모양으로 만들었지. 진짜 정성을 다해 만들었어. 내가 사진 첨부했으니까 컵케이크가 얼마나 예쁜지 너도 한번 봐봐.

결혼 축하 파티는 회의실에서 3시에 있을 예정이었어. 내털리는 거의 온종일 파티 준비에 매달려 있었어. 내가 고개를 들 때마다 회의실을 꾸미고 있더라. 혹시 도움이 필요한지 물어볼까도 생각했지만, 내털리를 귀찮게 하고 싶지 않았어.

3시가 되자 직장 동료들이 하나둘 음식을 들고 회의실로 갔어. 나는 냉장고 맨 아래 칸에 고이 넣어둔 컵케이크를 가지러 휴게실로 얼른 갔지.

그런데 컵케이크가 없는 거야.

분명히 냉장고에 뒀는데 말이야. 컵케이크를 신선하게 보관하려고 회사에 오자마자 냉장고에 넣었거든. 상자가 커서 안 보일 리가 없지만 그래도 냉장고 칸을 하나하나 다 확인했어. 그런 다음 누가 컵케이크를 옮겨놨을지도 모르니까 싱크대 위 찬장도 전부 확인했어.

그렇게 5분가량 지나고 나니 당황스럽기 시작하더라. 휴게실에 있는 서랍이며 찬장이며 모조리 뒤지는데 심장이 막 두근거렸어. 사람들에게 내 컵케이크를 보여줄 생각에 잔뜩 들떠있었는데. 도대체 컵케이크는 어디에 있는 걸까?

그러다 문득 이런 생각이 들었어. 누군가 컵케이크를 보고 결혼 축하 파티 음식이구나 생각해서 회의실로 챙겨갔을지도 모른다고 말야.

그때는 파티가 시작되고 15분 정도 지났을 무렵이었어. 나는 손을 씻은 다음 파티에 참석하기 위해 회의실로 향했어. 얼핏 보니 사무실 사람들 거의 전부가 파티에 와있었어. 편안한 분위기에서 직장 동료들과 이야기할 수 있는 절호의 기회가 될 것 같았지.

내털리는 회의실 탁자 옆에서 지점장님에게 뭐라 말하고 있었고, 지점장님은 차려진 음식을 한입 가득 먹고 있었어. 내털리와 이야기할 때면 항상 그렇듯 입가에 엷은 미소를 머금은 채 말이야. 자기 부인이 회사에 나타나 내털리에게 협박 메모를 남기고 갔다는 사실을 지점장님이 아는지 확인할 길이 없었어. 지점장님에게 직접 말할까도 생각했지만 네 조언을 따라 그 일에 관여하지 않기로 했어.

그런데 오늘은 회의실 밖에서 두 사람을 잠시 지켜봤잖아. 좀 이상하지만 지점장님이 내털리의 길고 부드러운 머리카락을 손가락으로 쓰다듬으며 몸을 기울여 내털리와 입술을 맞대는 모습이 머릿속에 그려졌어. 지점장님이 내털리를 좋아하는 이유를 쉽게 알 것 같아.

내가 회의실 문 손잡이를 잡는 것과 동시에 내털리가 고개를 돌리더니 지점장님 곁을 떠나 전속력으로 회의실을 가로질러 와서 나를 맞아줬어. 하지만 나를 반기는 표정은 아니었어. 내털리는 회사 전체를 초대하는 이메일을 받고도 왜 늦게 왔냐고 질문을 퍼붓기 시작했어.

그런 다음, 각자 음식을 가지고 오기로 했는데 내가 아무것도 안 가져왔다고 지적했어. 나는 거북이 컵케이크가 파티로 옮겨져 있을 거라 생각했기 때문에, 내털리에게 거북이 컵케이크는 내가 만들었다고 설명했어. 하지만 내 말에 내털리는 마치 내가 무슨 말을 하는지 모르겠다는 것처럼 반응했어. 내털리는 "여기 거북이 컵케이크는 없어요."라는 말만 했어. 그러더니 나더러 거북이 컵케이크를 가져왔다고 거짓말을 한다며 비난했어.

"거짓말하지 마요, 돈." 내털리가 말했어. "그리고 진짜 없어 보여요."

내털리가 '없어 보인다'고 말하면서 손으로 내 옷을 가리키는 듯한 동작을 했어. 내털리와 다르게 나는 평소에 슬랙스를 입고 출근해. 치마는 불편해서 말이야. 또 그녀처럼 몸에 딱 붙어서 가슴 부위가 당기는 블라우스를 입지도 않아. 하긴 나는 그 부위에 자신 있게 드러낼 만한 게 없지. 엄마는 내 몸이 사춘기를 지나지 않은 남자아이 같다고 말하곤 했으니까.

나는 굽히지 않고 초콜릿 컵케이크 열두 개를 만들었다고 말했어. 하지만 내털리는 내가 결혼 축하 파티에 들어가지 못하게 내 앞을 계속 가로막고 있었어. 뒤이어 내가 킴과 친구도 아닌데 애초에 왜 파티에 왔는지 이해할 수 없다고 말했어. 그녀가 초대한 거라고 내가 꼭 집어서 말하자, 내털리는 고개를 절레절레 흔들었어.

내털리가 이렇게 말했어. "초대장을 다 보냈지만, 킴과 친구가 아니면 올 필요가 없다는 사실을 사람들이 알 거라고 생각했어요. 그게 상식이잖아요."

내가 내털리 어깨 너머로 보니 회사 사람들 전부가 회의실에 와 있는 것 같았어. 킴과 친한 사람들만이 아니었어. 말 그대로 **전부**. 나만 빼고 말야.

하지만 내가 그 점을 지적하기도 전에 내털리가 내 눈앞에서 문을 닫고는 지점장님에게 돌아가 다시 이야기를 나누기 시작했어.

어떻게 해야 할지 모르겠더라. 텅 빈 사무실에서 다시 일을 하려고 했지만 집중이 되지 않았어. 이 파티가 동료들과 좀 더 가까워질 수 있는 기회가 되겠다고 생각했거든. 친구를 사귈 수도 있을 거라 생각했는데. 너 같은 친구가 다시는 없을 거라는 건 잘 알아. 그런 어리석은 생각은 진작에 버렸어. 하지만 우리가 한 나라의 끝과 끝에 살고 있으니까 가끔 점심이라도 함께할 수 있는 누군가가 있으면 좋겠다는 생각이 들긴 해.

나는 직원 휴게실로 다시 가보자고 생각했어. 분명히 오늘 아침에 컵케이크를 회사에 가지고 왔잖아. 그걸 찾아서 회의실로 가져간다면 틀림없이 내털리가 파티에 들여보내 줄 거라 생각했어. **그럴 수밖에 없어**. 사람들이 컵케이크를 맛보고 싶어 할 테니까 말이야. 거북이 컵케이크를 누가 싫어하겠니?

그래서 다른 사람들이 전부 파티에 있는 동안 나는 혼자 휴게실로 갔어. 냉장고를 한 번 더 확인한 다음 서랍과 찬장 하나하나를 전부 꼼꼼하게 살펴봤어. 그런 다음 정말 충동적으로 페달을 밟아 쓰레기통을 열어봤어.

컵케이크가 있더라고. 쓰레기통 바닥에 지저분하게 전부 뭉개진 채로 말이야. 내 노력과 정성이 쓰레기통에 처박혀 있었어. 사람들이 눈으로 즐기거나 입으로 맛볼 기회가 날아가 버렸어. 오랜 시간을 들여 만들었는데, 헛수고가 되어버렸어.

다른 사람들에게 만족감을 주지 않도록 우는 모습을 절대 보이지 말라고 네가 항상 말했잖아. 내가 울음이 터지려고 하면 나더러 멋진 사람이라고 말하면서 강해져야 한다고 했잖아.

네가 내 옆에 있을 때는 울음을 참기가 쉬웠는데, 나 혼자 있으니까 아주 힘들었어. 하지만 네 말이 맞아. 무슨 일이 있어도 나의 약한 모습을 다른 사람에게 보이면 안 돼. 자기들이 이긴다고 생각하니까 말이야.

그래서 머리를 꼿꼿이 들고 내 자리로 돌아갔어. 저들에게 만족감을 주지 않을 거야. 그 모습을 봤다면 너도 내가 자랑스러웠을 거야.

너의 친구,
돈 쉬프

받는 사람: 돈 쉬프
보낸 사람: 미아 호지

제목: Re: 안부 인사

세상에나! 돈!

그 내털리라는 사람 선을 넘은 거야! 인사팀에 가서 보고해야 해. 이건 심각한 거야.

받는 사람: 미아 호지
보낸 사람: 돈 쉬프
제목: Re: 안부 인사

미아에게,

네가 왜 그런 말을 하는지 마음은 알겠지만, 인사팀에 갈 마음은 없어. 다음 파티 때는 컵케이크를 한 판 더 만들어서 내 자리에 보관할 생각이야. 그리고 인사팀장도 내털리를 좋아해.

너의 친구,
돈 쉬프

28

현재

내털리

오후 늦게 지역 라디오 방송사에 자선 달리기 행사를 홍보하는 인터뷰가 하나 잡혀있다. 온전히 집중하기가 어렵긴 해도 머리를 좀 식힐 수 있을 것 같다. 오전 내내 영업 전화를 돌렸지만 한 건도 성공하지 못했다. 하지만 인터뷰는 눈 감고도 할 수 있으니까. 목소리가 좋다는 말을 줄곧 들었다. 나한테 내레이터를 해야 한다고 말한 사람도 있었다.

4시에 리타 듀크에게서 전화가 올 예정이었다. 하지만 15분이 지나도록 전화가 오지 않자 나는 주소록에서 그녀 전화번호를 찾았다. 내가 시간을 잘못 알고 있었나? 내 일정표에 적어놨는데 말이다. 보통 때는 그런 실수를 하지 않는데.

통화연결음이 몇 번 울리고 음성사서함으로 넘어가겠다고 생각할 즈음, 리타가 전화를 받았다.

"내털리?"

"안녕하세요, 리타!" 나는 새처럼 밝은 목소리로 말했다. "인터뷰 녹음이 4시가 아니었던가요? 제가 잘못 알았나요?"

"아, 아니에요." 리타가 잠시 말을 고르는 듯했다. "직장 동료 일로 내털리가 인터뷰를 하고 싶지 않을 거라고 생각했어요……." 그녀가 목소리를 낮췄다. "무서운 살인 사건이잖아요."

리타가 돈에 대해 아는 건 놀랍지 않다. 시신이 발견된 이후 하루 종일 기사가 쏟아지고 있기 때문이다.

"사실 저는 인터뷰에서 그 이야기를 하면 좋겠다고 생각했어요. 뇌성마비 연구재단을 위해 모금하는 거지만, 거기에 돈을 기리는 의미도 더해서 달리려고 하거든요."

리타가 전화를 끊었나 싶을 정도로 너무 오래 말이 없었다. 이윽고 그녀가 입을 열었다.

"……그래요? 그게 적절할까요?"

"적절하냐고요? 무슨 말씀이세요? 돈은 잔인하게 살해됐고, 살인자는 여전히 자유로이 돌아다니고 있어요. 이번 행사를 통해 더 많은 관심이 쏠릴 거예요. 그러면 돈에게 그런 짓을 한 놈을 찾는 데 도움이 될 수도 있어요."

"내털리, 인터넷에서 사람들이 뭐라고 하는지 알아요?"

무서울 정도로 가슴이 철렁했다.

"네?"

"내털리 회사가 트위터 실시간 트렌드에 올라있어요." 이것이 마치 큰일이라는 말투다. "돈이 그 회사에서 일하는 직원에게 심하게 괴롭힘을 당했대요. 인터넷에 지금 난리예요."

휴대폰을 손에 쥐고 트위터 피드를 띄웠다.

"뭐라고 검색해야 해요?"

"해시태그 빅스드괴롭힘이요."

이런.

"사실이 아니에요." 나는 설명했다. "그냥 끔찍한 소문이에요. 이런 일이 어떻게 시작되는지 알잖아요."

"음……."

"난 돈을 좋아했어요." 목소리에 짜증이 섞이지만 나도 이제는 더 이상 어떻게 할 수가 없다. "돈과 나는 친구였어요. 좋은 친구요. 오히려 다른 사람들이 그녀를 괴롭히지 못하게 내가 보호해 줬어요. 돈이 좀 특이했거든요. 하지만 난 그런 점이 좋았어요. 그녀가 남과 다른 점을 좋아했다고요."

"알겠어요." 리타가 말한다. "어쨌든 지금 분위기가 안 좋은 것 같아요. 나쁜 사람을 편들어 줄 수는 없잖아요?"

"난 나쁜 사람이 아니에요!" 주먹으로 책상을 내리치고 싶었다. "애초에 돈이 실종되었다는 사실을 발견한 사람이 바로 나예요!"

"알아요, 트위터에 누가 올린 거 봤어요." 리타가 헛기침을 했다. "'수상해'라는 해시태그였어요."

너무 놀라 말이 나오지 않았다. 얼른 정신을 차리고 목소리를 가다듬었다.

"돈이 실종된 날 밤에 나는 알리바이도 있어요."

"그렇겠죠." 리타 말투가 어정쩡했다. "아무튼, 지금 인터뷰를 하는 건 좋은 생각이 아닌 것 같아요. 모든 일이 잘 해결되길 바라요, 내털리."

"아…… 네. 감사해요, 리타. 마음만이라도 고맙네요."

그러고는 리타가 뭐라 대답하기도 전에 나는 전화를 끊었다. 믿을 수 없는 일이 일어났다. 내가 자선 달리기 행사를 시작할 때부터 지금까지 리타는 매년 나를 인터뷰했다. 우리가 친구라고 생각했는데, 이상한 소문이 조금 돈다고 이렇게 매몰차게 등을 돌리다니 믿기지 않는다.

리타가 했던 말을 확인해 봐야겠다는 생각이 들었다. 트위터 피드를 띄우고 해시태그를 입력했다.

세상에나. 생각보다 심각했다.

29

정말로 우리 회사가 실시간 트렌드에 올라있었다. 직장 내 괴롭힘에 관한 기사와 불쌍한 돈이 그렇게 고통받아서 정말 안 됐다는 이야기를 사람들이 인터넷에서 나누고 있었다. 글을 읽을수록 몸이 아플 정도로 내 마음이 힘들었지만, 회사와 여기서 일하는 사람들에 대해 끝도 없이 이어지는 글들을 훑어봤다. 하나하나 읽기가 무척 힘들다. 사람이 집단으로 끔찍해질 수 있구나. 군중 심리 같은 거겠지.

— 그 회사에서 일하는 사람들 전부 감옥 가야 함. #빅스드괴롭힘
— 어릴 때 다른 사람을 괴롭힌 사람은 성인이 되어도 하더라. #돈에게정의를 #빅스드괴롭힘
— 나 콜라헬스 먹어봤는데 지금껏 먹어본 영양제 중 가장 쓸모없었음. 그냥 가짜 약임. 아무 효과도 없음. #빅스드최악

— 아무 효과가 없는 게 다행이에요. 나는 탈모가 왔어요. #빅스드
최악

하느님 맙소사. 콜라헬스는 머리카락을 빠지게 하지 않는다.
이건 완전히 거짓말이다. 모든 사람에게 맞지 않는 건 맞다. 하
지만 혜택을 분명히 보는 사람에게는 놀라운 효과가 나타날 수
있다. 물론 나는 개인적으로 콜라헬스를 먹지 않는다. 내 콜라
겐 수치는 아직 괜찮기 때문이다. 하지만 제품 설명서도 직접
읽어봤고, 정말로 좋은 제품이다.

이번에는 내 이름을 검색해 본다. 돈 이야기를 흘린 사람이
누구든 간에 내 이름은 빼먹은 것 같다. 다행이다. 하지만 몇몇
사람들이 나를 빅스드 직원이라는 점을 들어 비난한다.

— 빅스드에서 일하는 내털리는 어디 가서 만나기도 힘든 최악의
거짓말쟁이야. 쓰레기 같은 제품을 팔려고 무슨 말이든 다 해. #빅
스드최악

개인적으로 받아들이지 않으려 하지만 쉽지 않다.
"냇?"
트렌치 코트를 입은 세스가 칸막이 자리 입구에 서서 나를
내려다보고 있다. 트위터 피드를 너무 집중해서 보느라 그가 오
는 것도 보지 못했다. 그가 눈살을 찡그린다.
"언제 왔어요?" 나는 입을 우물거렸다.

"냇, 괜찮아?"

나는 휴대폰에서 힘겹게 눈을 뗐다.

"인터넷에서 우리가 엄청나게 욕을 먹고 있어요."

"알아." 세스는 자기 이름이 꽤 많이 언급되었는데도 아무렇지 않은 것 같다. 지점장 세스 호프먼은 직장 내 괴롭힘을 막으려는 노력을 전혀 기울이지 않았음. "그만 보도록 해."

"어떻게 안 봐요?" 그렇게 대답하면서 나는 다음 글을 읽으려고 핸드폰으로 눈을 돌린다. 몇 초마다 새 글이 올라오고 있다.

"간단해." 세스가 손을 뻗어 책상 위에 있는 휴대폰을 휙 가져갔다. "그냥 안 보면 돼. 돈에게 몹쓸 짓을 한 사람을 찾는 데에 아무런 도움도 되지 않아."

"이리 줘요!"

"너를 위해서야, 냇."

"사람들이 내가 돈을 괴롭혔다고 생각해요. 나더러 형편없는 사람이래요."

"다 헛소리야." 세스가 어찌나 정색하고 말하는지, 그를 안아주고 싶었다. 킴조차 내가 돈을 괴롭혔다고 생각하지 않았던가. 나와 가장 친한 친구인데도 말이다. "냇은 돈에게 친절했잖아. 아무것도 잘못한 거 없어. 인터넷에서는 사람들이 잘 모르면서 그냥 말하는 거야. 그저 욕할 사람을 찾는 것뿐이지. 그들은 나만큼 너를 몰라."

나는 머리카락 몇 가닥을 잡아당기며 꾹꾹 눌렀다.

"그래도 겁나지 않아요? 회사에서 이 일을 좋아하지 않을 거예요."

"괜찮아. 회사도 이게 소문일 뿐임을 알아. 시간이 지나면 사그라질 거야. 돈에게 일어난 일은 안됐지만 우리 잘못은 아니었어."

"세스를 해고하면 어떡해요?"

그가 한쪽 입꼬리를 올리며 웃었다.

"그러면 내 수입이 급감할 테고, 이혼 소송에 큰 도움이 되겠지. 진정해, 냇. 다 괜찮아질 거야."

"휴대폰 돌려줘요."

"차까지 바래다준 다음 돌려줄게."

세스가 휴대폰을 돌려줄 생각이 전혀 없어 보여서 나는 의자 등받이에 걸어둔 재킷을 얼른 집어 어깨에 둘렀다. 세스 말이 맞을 수도 있다. 내가 생각해도 그런 글을 읽고 있어봤자 아무런 도움이 되지 않을 것 같다. 현실을 받아들이자.

적어도 나를 살인자라고 말한 사람은 없잖아. 그거면 된 거다.

세스를 따라 복도를 지나 엘리베이터로 향했다. 내 휴대폰은 세스 코트 주머니에 들어가 있었다. 비난이 전부 왜 회사로 향하는지 정말 모르겠다. 우리는 돈을 괴롭히지 않았다. 행여 우리가 그랬다고 해도 그건 돈이 사회적 관습을 노골적으로 아주 많이 무시했기 때문이었다. 그래도 우리는 돈에게 친절했다. 정확히 말하면, 대체로 그랬다. 내가 돈에게 짜증 내고 말을 못되게 한 적이 몇 번은 있었냐고 묻는다면…… 나도 사람이니 당연히 있다. 하지만 돈에게 인내심을 가지려고 정말 노력했다. 사내 행사에 돈이 함께할 수 있도록 노력도 했다. 그녀가 킴과 친구도 아니고 종종 킴에게 대놓고 무례하게 굴었는데도, 회사에서 열어준 킴의 결혼 축하 파티에 돈을 군이 초대했다. 돈은 끝내 오지 않았지만 말이다.

더구나 회사에서 돈을 정말로 괴롭혔다고 한들 도대체 돈의 살인 사건과 무슨 상관일까? 우리에게서 괴롭힘을 당하고 죽었다는 건가?

"계속 생각하고 있나 보군." 세스가 알아차렸다.

"어쩔 수가 없어요!" 팬티스타킹을 끌어 올리다가 손톱에 걸려 살짝 찢어진다. 젠장. "사람들에게서 미움받는 게 익숙하지 않아요." 하긴 세스의 부인이 있었지. 하지만 그녀는 이제 나를 괴롭히는 일에 관심이 없다.

"아무도 널 미워하지 않아, 내털리." 엘리베이터 안에서 세스의 연갈색 눈동자가 나와 깊게 마주쳤다. "확실히 난 아니잖아."

나는 세스에게서 눈을 돌렸다. 부적절한 상황으로 이어질 것 같아서.

건물 밖으로 나올 때는 해가 이미 지고 난 뒤였다. 날씨가 쌀쌀하고 이슬비가 흩날렸다. 11월에 막 접어들었으니, 앞으로는 습하고 추운 날이 이어질 테고 조만간 눈도 오기 시작할 거다. 그래도 토요일은 날씨가 좋을 거라고 한다.

내 차가 있는 쪽으로 주차장을 가로지르며 걸어갈 때 세스가 내게 바싹 붙어 선다. 세스 차가 내 차에서 얼마 떨어지지 않은 자리에 주차되어 있다. 걸어가는 동안 몇 번 세스 어깨가 내 어깨에 스친다. 나는 아무 말도 하지 않는다.

차가 있는 곳에 도착한 다음 나는 고개를 돌려 세스를 봤다.

"이제 휴대폰 줄래요?"

세스가 주머니에 손을 넣어 내 휴대폰을 꺼낸다. 내가 휴대폰을 잡을 때 내 손가락이 그의 손가락에 살짝 닿는다. 나와 아주 가까이 서있는 세스를 도저히 모른 체할 수가 없다.

"그럼……." 그가 입을 뗐다.

내 머리가 차갑고 엷은 안개 때문에 곱슬거리기 시작했다.

"그럼……."

세스가 내게 입맞추려 몸을 기울였다. 그의 입술이 내 입술에 거의 닿으려 할 때쯤 정신을 차렸다. 손바닥을 그의 가슴에 대고 단호히 밀어냈다.

"안 돼요, 세스. 못 해요."

"왜." 세스가 애원했다. "한 번만."

"어제가 그 한 번이었어요." 나는 세스의 기억을 상기시켜 줬다. "우리가 또 한다면, 한 번이 아닌 거예요. 바람을 피우는 게 될 거예요. 난 케일럽을 속이고 싶지 않아요. 그는 좋은 사람이에요."

"그럼 헤어져. 나와 함께하면 되잖아."

그냥 하는 말이 아님을 그의 눈동자가 말해준다. 내가 케일럽을 차버리고 자기의 연인이 되기를 원하고 있다. 세스가 제정신이 아닌가 보다. 지난밤은 끝내줬고, 세스는 정말 섹시하다. 하지만 그는 지금 엉망이다. 일상이 완전히 망가져 있다. 게다가 지금 내 머리도 이번 주에 일어난 일들 때문에 어지럽다. 도저히 감당할 수가 없다.

"미안해요." 내가 말했다.

세스가 어젯밤처럼 나에 대한 사랑을 다시 한번 고백하기 전에 나는 서둘러 핸드백에서 열쇠를 꺼내 차에 탔다. 내 차가 나갈 수 있도록 세스는 뒤로 물러났지만 자기 차에 타지는 않았다. 내가 주차장을 빠져나가는 동안 내게서 눈을 떼지 않았다.

30
2개월 전

받는 사람: 론다 쉬프
보낸 사람: 돈 쉬프
제목: 조언

엄마에게,
직장 동료가 나를 더 좋아하게 만들 방법으로 뭐가 가장 좋을까
요? 내가 이용할 만한 전략 있으세요?

돈 올림

받는 사람: 돈 쉬프
보낸 사람: 론다 쉬프

제목: Re: 조언

그게 누군데? 남자니?

받는 사람: 론다 쉬프
보낸 사람: 돈 쉬프
제목: Re: 조언

엄마에게,
아뇨, 여자예요.

돈 올림

받는 사람: 돈 쉬프
보낸 사람: 론 쉬프
제목: Re: 조언

어떤 여자가 널 좋아하든 말든 왜 신경 쓰니? 다 부질없는 짓이니 괜한 일에 애쓰지 마라. 너에게는 남자가 있어야 해. 너도 나이가 들어가고 있잖아. 그리고 이번 달에 내가 돈이 조금 더 필요하구나. 2천 달러 정도면 될 것 같지만, 더 많이 주면 좋을 것 같긴 해. 차가 고장 났단다.

받는 사람: 론다 쉬프
보낸 사람: 돈 쉬프
제목: Re: 조언

엄마에게,

죄송하지만 어려울 것 같아요. 퀸시 집세가 올라서 여윳돈이 별로 없어요. 이번 달에 천 달러 더 보낼게요. 하지만 그게 최대예요.

돈 올림

받는 사람: 돈 쉬프
보낸 사람: 론다 쉬프
제목: Re: 조언

내가 그동안 너를 다 참아줬는데 너는 고작 2천 달러도 더 못 주니? 시도 때도 없이 나한테 전화를 걸어 친구가 없다고 징징대면서 말이다. 네가 끊임없이 떠드는 그놈의 빌어먹을 거북이 이야기를 들을 때마다 한 시간에 1달러씩 받을 걸 그랬다. 다른 사람도 아니고 네 엄마한테 이번 달 돈을 조금 더 못 줘?

받는 사람: 론다 쉬프

보낸 사람: 돈 쉬프

제목: Re: 조언

엄마에게,

네, 못 드려요. 죄송해요.

돈 올림

받는 사람: 돈 쉬프

보낸 사람: 론다 쉬프

제목: Re: 조언

저런, 저런. 네가 얼마나 고마움을 모르는지 믿을 수가 없구나.
두 번 다시는 나한테 조언 구할 생각 말아라.

받는 사람: 미아 호지

보낸 사람: 돈 쉬프

제목: Re: 안부 인사

미아에게,

내가 너무 절실한 나머지 엄마한테 이메일을 보내 조언을 구했어. 네 조언이 훌륭하지 않았다는 건 아니고, 다른 방법을 시도해 봐야 할 것 같았거든.

내털리에게 더 많이 웃고 최대한 친절하게 대하려고 노력해 봤지만 아무 소용이 없었어. 거북이 컵케이크를 버린 사람이 내털리라는 확신은 없지만 의심이 강하게 들긴 해. 설사 그녀가 한 게 아니라 순전히 끔찍한 사고였다 해도 내가 파티에 참석하려고 했을 때 내털리는 여전히 나한테 못되게 굴었잖아.

그리고 두 번이나 더 나에게 회의에 대해 잘못된 정보를 알려줬어. 그 덕분에 나는 세스 비서에게 전화를 걸어 확인하는 습관이 생겼어. 회의에 빠지지 않으려고 말이야.

세스 지점장님과 다시 이야기를 해볼 생각도 했지만, 말해도 아무 조치도 취하지 않았을 거야. 내털리가 컵케이크를 버렸다는 증거가 있다고 해도 지점장님은 나더러 알아서 해결하라고 무심히 말했을걸. 더 나쁘게는 **내털리 편**을 들었을지도 모르지.

나는 이 상황을 어떻게든 해결하고 싶었어. 내털리를 원수에서 친구로 바꾸고 싶었어.

하지만 불행하게도 엄마에게 이메일을 보내 조언을 구하려 했던 건 크나큰 실수였어. 지난 몇 달 동안 엄마에게 이메일도 안 보냈고, 그보다 더 오랫동안 전화도 안 했었어. 베벌리에 있는 부모님 집에서 처음 나왔을 때는 일주일에 한 번씩 전화를 드리긴 했지. 하지만 매번 너무 무서웠어. 전화를 걸려고 하면 속이 울렁거려서 아무것도 먹을 수가 없을 정도였어. 너는 우리 엄마가 어떤지 잘 알 거야, 그런데 지금은 그때보다 백만 배 더 나빠.

엄마에게 이메일 보내는 것조차 너무 긴장되어서 저녁을 거의 먹지 못했어. 오늘의 색깔은 노란색이었어. 옥수수를 넣고 노란 스페인 쌀밥 요리를 했지만, 접시 한쪽에 대부분 밀어놓고 말았어.

어쨌든 엄마는 도움이 될만한 조언도 해주지 않았어. 그런데 그건 둘째치고, 엄마는 돈을 더 달라고 강요하기 시작했어. 내가 엄마한테 매달 돈을 보낸다고 너한테 얘기했었니? 아빠가 돌아가시고 나서 엄마가 살아갈 수 있게 조금씩 보내드리고 있어. 엄마가 그렇게 해달라고 부탁한 건 아니지만, 내가 조금 늦어지기라도 하면 나한테 전화로 언제 돈을 부칠 거냐고 닦달해.

엄마에게 빅스드 월급이 이전 직장보다 더 적다는 말을 못 했어. 내가 직장을 옮긴 이유도 말한 적이 없거든.

엄마는 내가 돈을 더 못 준다는 말을 듣고 화를 냈어. 나는 엄마에게 다시는 연락하지 않겠다고 마음먹고 말았어.

그래서 대신 인터넷을 검색했어.

사람들이 나를 좋아하게 만드는 방법을 나열한 기사를 찾았어. 몇 가지는 뻔한 내용이더라. '공감하세요' 그렇지, 당연하지. '상대방 기분을 좋게 해주세요' 그래야지. '웃으세요' 나도 이건 알겠어.

보디랭귀지에 관한 조언이 많았어. 웃는 것 말고도 기사에서는 상대방을 향해 고개를 기울이라고 권장했어. 진화론적 관점으로 볼 때 고개를 기울여 경동맥을 드러냄으로써 상대방에게 내가 싸움을 원하지 않음을 알리는 거래. 또 신체 접촉을 통해서도 유대감을 형성할 수 있대.

상대방 눈을 마주 보라는 이야기도 있었어. 너도 알다시피 내가 다른 사람 눈을 쳐다보는 데에 서툴잖아. 왜 그런지 모르겠지만 엄청나게 불편해. 가끔 억지로 상대방 코는 쳐다보려고 하는데, 눈을 마주치는 건 사실상 불가능하다고 봐. 내가 눈을 마주 볼 수 있는 사람은 너뿐이야.

기사에서 제안한 내용에 상대방에게 그 사람에 관한 질문을 해서 관심사를 찾아보라는 게 있었거든. 이건 내털리에게 해볼 수 있겠어. 내털리도 나처럼 거북이를 좋아한다고 했으니까 우리가 함께 이야기를 나눌 수 있을 테고, 아니면 내털리가 좋아하는 다른 것들에 관해서도 이야기할 수 있을 것 같아. 또 과하게 칭찬하라는 내용도 있었는데, 내털리에게는 좋은 점이 아주 많으니까 이것도 쉬울 거야.

기사를 다 읽고 나니 목이 뻐근해서 불편했어. 내털리가 나를 좋아하게 만드는 데에 필요한 일은 내가 다 해볼 생각이지만, 기사에 나온 제안 중 어떤 것도 나한테는 쉬워 보이는 게 없어. 노력이 많이 필요할 것 같아.

내가 거북이었다면 내 삶이 훨씬 더 수월했을 거야. 내 동생이라면 회사에서 마주치는 못된 여직원에 대해 걱정할 필요도 없잖아. 항상 혼자 있을 수도 있고 원할 때마다 껍데기 안에 숨을 수도 있고 말이야.

이렇게 얘기할 수 있는 너마저 없었다면 나는 어떻게 되었을까. 혹시 내가 가까운 시일에 팔로 알토로 가서 너와 조지를 만나볼 수 있을까? 여기가 아닌 곳에서 일주일을 보내면 내가 큰 힘을 얻을 거야. 언제 방문하면 좋을지 알려줘!

너의 친구,
돈 쉬프

받는 사람: 돈 쉬프
보낸 사람: 미아 호지
제목: Re: 안부 인사

네가 오면 우리야 정말 좋지. 그런데 하필 내 일이 눈코 뜰 새 없이 바쁘고, 조지 부모님이 이번 주말에 비행기 타고 여기로 오시거든. 그래서 좀 어려울 것 같아. 몇 주 후에 다시 얘기해 줄래? 나도 너 보고 싶어!

그리고 내가 굳이 말 안 해도 되겠지만, 엄마한테 더 이상 돈 주지 마! 그리고 다시는 어떤 조언도 구하지 마!

보고 싶어,
미아

31
___
현재

내털리

집에 도착할 때가 되니 하늘이 완전히 깜깜해졌다.

집 앞 도로에 차를 세우고, 내가 오늘 아침에 문을 잘 잠갔다는 사실을 확인하며 다시 한번 안도했다. 아무도 없는 집으로 들어간 다음 거실에 들어서며 최근에 생긴 루틴대로 조명 하나하나를 다 켰다.

돈은 침입자가 집 안으로 들어왔을 때 무엇을 하고 있었을지 궁금했다. 퇴근한 돈이 집에 들어가다가 인기척을 느끼고 깜짝 놀랐을까? 아니면 소파에 앉아 무릎 위에 접시를 올려놓고 조용하게 저녁 식사를 즐기며 TV를 볼 때 누군가 그녀 뒤에서 나타나…….

후, 세스를 그냥 집으로 오라고 할 걸 그랬나 싶다. 소파에 풀썩 주저앉아 TV를 켰다. 그것은 크나큰 실수였다. 돌리는 채널마다 전부 돈 이야기를 하고 있었다. 화면에 계속 비춰주는 신분증 사진 속의 돈은 웃음기가 하나도 없고 거북 등딱지 안경이 얼굴의 반을 가리고 있다. 대다수 사람의 신분증 사진이 형편없지만, 돈 사진은 특히나 보기 흉하다.

그러고 보면 내 사진은 꽤 괜찮다. 그날은 아침부터 머리도 잘되고 완벽한 하루였었지.

"돈 쉬프 씨의 시신은 일부 땅에 묻힌 채 발견되었으나 정확한 장소는 아직 공개되지 않았습니다." 화면 속 기자가 카메라를 향해 말했다. "사인은 두부 외상으로 알려졌습니다. 경찰은 쉬프 씨가 치아 대부분이 부러질 정도로 둔기로 잔인하게 구타당했다고 말했습니다. 시신 옆에는 산산조각 난 안경이 있었습니다."

돈이 쓰고 다니던, 그녀 자신의 피로 얼룩진 채 흙바닥에 떨어진 거북 등딱지 안경을 머릿속에 그려본다. 알은 깨지고, 테는 부서졌을 테지. 속이 울렁거린다.

그만하자. 텔레비전을 꺼야겠다. 다른 생각을 해야 한다. 돈이나 잔인한 살인과 상관없는 일 말이다.

빨래나 할까.

이 집의 좋은 점 중 하나는 집 안에 세탁기와 건조기가 있다는 것이다. 여기 오기 전 아파트에 살 때는 매주 빨래를 바구니에 담아 차 트렁크에 넣고 동네 빨래방으로 가야 했다. 그러고는 세탁기가 한 시간가량 돌아가는 동안 거기서 죽치고 앉아 기다렸다. 시간을 잘못 맞추면 세탁기 경쟁이 치열해지기도 했다. 정말 사람이 할 짓이 아니었다.

이제는 빨래 바구니를 잡고 세탁기와 건조기가 있는 복도 끝으로 끌고 가기만 하면 된다. 기다리는 줄도 없고, 옷들이 깨끗해지는 동안 내 집에서 편안히 기다릴 수도 있다. 드라이클리닝을 하려고 세탁소로 보내야 하는 것들도 많지만, 내 옷 대부분이 섬세 코스로 세탁기에 돌려도 괜찮다.

2주 동안 빨래를 하지 않아서 바구니에 옷이 꽤 가득했다. 아무리 그렇다고 해도 복도를 따라 세탁기까지 끌고 가는데 놀랄 정도로 무거웠다. 평소에도 이렇게 무거웠던가? 바구니 안에 옷뿐일 텐데, 마치 돌덩어리라도 들어있는 것 같다.

세탁기 문을 열고 세제 한 컵을 넣었다. 그런 다음 바구니에서 색깔 있는 옷들을 골라냈다. 나는 흰옷과 색깔 있는 옷을 항상 구분한다. 흰 블라우스가 분홍색으로 변하는 건 원치 않는다.

손을 바구니 깊숙이 손을 집어넣는데, 바구니 바닥에서 낯선 촉감이 느껴진다. 분명히 옷이 아니다. 매끄러우면서 차갑다.

대체 뭐지?

무엇인지 확인하려고 옷들을 헤집었다. 반짝거리는 초록색 물체가 바구니 바닥에 놓여있었다. 반질거리는 표면에 머리 위에 달린 조명이 비쳤다. 농구공만 한 크기의 도자기 항아리나 지구본 같은 둥근 물건 같았다.

꺼내서 자세히 보려고 바구니에 양손을 집어넣었다. 손가락이 그것을 감싸 쥐자, 유약을 바른 도자기 종류라는 느낌이 들었다. 엄청 무겁다. 이러니 빨래 바구니를 옮기기가 힘들었을 수밖에.

끙끙거리며 그것을 끄집어냈다. 밖으로 완전히 끄집어내기 전까지는 그리 환하지 않은 불빛 아래서 내 손에 있는 물건이 무엇인지 알기 어려웠다.

하지만 그것이 무엇인지 보자마자 헛구역질이 나왔다.

도자기 거북이다.

게다가 피가 잔뜩 묻어있다.

32

아니야, 아니야, 아니야, 이건 아니야…….

내 빨래 바구니에 피 묻은 거북이가 왜 있는 거지?

경찰은 쉬프 씨가 둔기로 잔인하게 구타당했다고 말했습니다.

돈 집에서 봤던 책장을 떠올려봤다. 장식용 거북이 인형으로 가득했지만, 선반 하나에 빈자리가 있었다. 무언가가 있었다가 없어진 자리. 형사도 내게 없어진 물건이 있냐고 묻지 않았던가.

이 도자기 거북이 정도의 크기와 모양이 들어갈 만한 자리였다.

맙소사.

거북이 등에 빨간색 물질이 말라붙어 있었다. 처음 드는 생각은 피였다. 딱히 다른 생각이 들 이유도 없다. 돈 집에 있었고 바닥에 피가 흥건했으니, 책장에 있다가 없어진 거북이에 피가 묻었을 거라는 생각이 드는 게 당연하다.

거기까지는 이해하겠다. 도저히 이해되지 않는 점은 **어째서 내 빨래 바구니에 있냐는 거다.**

상황이 나쁘다. 가뜩이나 내가 돈에게 끔찍한 짓을 했다고 산토로 형사가 의심하고 있는데, 이 거북이가 우리 집에 있는 이유를 뭐라고 설명하지? 어떻게든 생각해 보려 했지만 전혀 말이 되지 않는다. 이것은 누군가 의도적으로 여기 놔둔 거다. 그렇다면 누가 그랬을까?

경찰은 쉬프 씨가 둔기로 잔인하게 구타당했다고 말했습니다.

그래, 답은 명확하다. 돈을 죽인 사람이 이 도자기 거북이로 그녀 머리를 내리친 다음 우리 집으로 가져와 바구니 안에 숨겨 뒀다. 나한테 뒤집어씌우려고 말이다.

이게 완벽한 설명이다. 하지만 산토로 형사를 납득시킬 수 있을지 자신이 없다.

도움이 필요하다. 어떻게 해야 할지 모르겠다.

놀랍게도 지금 당장 연락하고 싶은 사람으로 세스가 떠올랐다. 케일럽이 내 남자친구지만, 그는 나를 위해 거짓말을 해야 한다는 사실에도 겁을 먹었다. 만약 알리바이를 꾸며내 달라는 부탁을 세스에게 했다면, 그는 태연했을 거다. 아까는 세스를 거절했지만, 사실 나는 그를 신뢰한다. 세스는 나를 진심으로 걱정해 준다. 오늘 하루 중에 세스만이 나를 비정하게 다른 사람이나 괴롭히는 사람으로 여기지 않았다. 게다가 나를 조금 불편하게는 하지만, 그는 나를 사랑한다. 그의 말을 나는 믿는다.

내가 거북이 이야기를 하면서 왜 우리 집에 있는지 모른다고 설명하면, 세스는 내 말을 믿어줄 거다. 그리고 나를 도와줄 거다.

휴대폰을 두고 온 거실로 가려고 발을 막 떼는 순간, 초인종이 울렸다. 도자기 거북이가 내 손에서 미끄러져 바닥으로 떨어졌다. 그 충격에 피 묻은 도자기 거북이가 세모꼴로 부서져 버렸다.

젠장!

어떻게 해야 할지 몰라 잠시 그대로 복도에 서있었다. 초인종을 누르는 사람이 누구든 상대하고 싶지 않다. 제발 그냥 가버렸으면 좋겠다.

하지만 다음 순간 초인종이 또 울렸다.

거북이 조각들을 빨래 바구니에 도로 담고 바구니 바닥까지 밀어 넣은 다음 옷으로 덮었다. 손에 땀이 나지만 다행히 피가 묻지는 않았다.

물건을 팔러 왔거나 신의 말씀을 전하러 온 거라면, 맹세컨대 짜증이 폭발할 것 같다.

현관문으로 가까이 다가서니 창문으로 빨간색과 파란색 불빛이 번갈아 가며 깜빡이는 등이 눈에 들어왔다. 경찰이라는 표시가 없지만, 분명 경찰차다.

아, 이런.

33

2개월 전

받는 사람: 케일럽 맥컬로프

보낸 사람: 내털리 패럴

제목: 도와주세요오오오오!!!!

새로 오신 컴퓨터 전문가라고 들었어요. 제 컴퓨터에 바이러스인지 이상한 버그가 생겨서 지금 겁이 나 죽겠어요!!! 이것 좀 고쳐주실 수 있을까요? 그렇게 해주시면 정~~~말 감사하겠습니다!

받는 사람: 내털리 패럴

보낸 사람: 케일럽 맥컬로프

제목: Re: 도와주세요오오오오!!!!

그럼요. 지점장님이 최대한 빨리해 달라고 하신 모의 판매 사이트를 먼저 마무리 지어야 해서요. 끝나는 대로 바로 가겠습니다.

받는 사람: 케일럽 맥컬로프
보낸 사람: 내털리 패럴
제목: Re: 도와주세요오오오오!!!!

지점장님은 항상 뭐든지 최대한 빨리해 달라고 하거든요. 그러니 저부터 도와주세요!!! 컴퓨터에 이상한 창들이 계속 떠요. 조금 있으면 포르노가 나올 거예요! 저 좀 구해주세요! 꼭 보답해 드릴게요!

받는 사람: 내털리 패럴
보낸 사람: 케일럽 맥컬로프
제목: Re: 도와주세요오오오오!!!!

지금 갈게요.

받는 사람: 미아 호지
보낸 사람: 돈 쉬프

제목: Re: 안부 인사

미아에게,

오늘 아침 내털리가 직원 휴게실에 있는 걸 봤어. 킴은 신혼여행을 떠나서 내털리는 케일럽이라는 새로 온 남자 직원하고 같이 있었고, 그녀 앞에는 후원자 이름이 적힌 종이가 잔뜩 쌓여있었어. 지난 몇 달 동안 내털리는 자선 사업을 위해 5킬로미터 자선 달리기 행사를 준비해 오고 있거든. 매년 이 행사를 하는 것 같아.

휴게실 입구에서 잠시 지켜봤어. 케일럽은 빅스드가 더 많은 매출을 올릴 수 있도록 회사 웹사이트 작업을 위해 2~3개월 전에 뽑은 직원이야. 파트타임으로 일해서 사무실에는 일주일에 이틀 정도만 와. 하지만 언제부터인가 내털리와 부쩍 어울려 지내. 내가 서있는 자리에서 케일럽이 내털리를 바라보는 눈빛이 보였거든. 지점장님이 내털리를 볼 때와 같은 눈빛이었어.

다음 순간 내털리가 손을 뻗어 케일럽 손을 만졌어. 케일럽을 좋아하는 건가 싶더라. 케일럽이 큰 키와 마른 몸에 치아도 가지런하고 매력적인 사람이긴 해. 그렇다고 잘생겼다고 말할만한 외모는 아니야. 하지만 그가 내털리를 향해 웃을 때면, 누구든 한 번 더 쳐다보게 되는 얼굴로 변해.

내털리와 케일럽이 고개를 들었는데, 나는 케일럽이 내가 누군지 모른다는 걸 알 수 있었어. 내털리가 할 수 없다는 듯이 나를 소개하면서 "책상에, 그, 거북이가 아주 많은 자리의 주인이에요."라고 했어. 그제야 케일럽은 내가 누군지 알아차린 것 같더라. 그는 친절하지만 건성인 말투로 내게 인사했어.

케일럽이 나가기 전에 내털리는 그에게 달리기 행사에 꼭 참여해 달라고 졸랐어. 케일럽은 미소 지으며 당연히 참여할 거라고 말했어. 그가 내털리를 좋아한다는 걸 확실히 알겠더라. 모두가 내털리를 좋아하니까 그리 놀랄 일도 아니지. 내털리는 매력적인 남자에게 웃어주기만 하면 되니, 참 수월해. 케일럽이 홀딱 반한 거야.

케일럽이 휴게실을 나가자마자 내털리 얼굴에서 미소가 싹 사라졌어. 그 말은 내털리가 나 때문에 기분이 안 좋다는 거였어. 그 정도는 알 수 있어.

나는 그때가 시험해 볼 수 있는 자리라고 생각했어. 친구를 만드는 방법에 대해 온라인에서 읽은 내용을 전부 떠올리며 내털리에게 "안녕, 내털리!"라고 인사했어. 어느 웹사이트에서 사람과 대화할 때 상대방 이름을 부르면 호감을 더 잘 얻을 수 있다고 했거든. 그런 다음 나도 자선 달리기 행사에 참가하면 어떻겠냐고 물었어.

내털리는 괜찮다고, 이미 신청자가 충분하다고 말했어. 나는 이해할 수가 없었어. 내가 뛰는 걸 왜 원하지 않는 거지? 달리는 사람이 많으면 자선 사업을 위한 돈이 더 모이는 건데 말이야. 내가 달리기를 잘하는 건 아니지만 한 달 정도는 훈련할 수 있을 것 같았거든. 5킬로미터가 그리 긴 거리는 아니잖아.

웹사이트에서 호감을 얻는 방법으로 상대방에게 진심 어린 칭찬을 하라고 했어. 그 순간 내털리에게 할 수 있는 칭찬이 정말 많아서 고르기가 어려울 정도였어. 나는 이렇게 말했어. "목걸이 이쁘네요, 내털리."

내털리가 손을 얼른 목걸이에 갖다 댔어. 정말 예쁜 목걸이였어. 우아한 곡선을 그리는 목을 따라 다이아몬드들이 과하지 않게 박혀있었어. 그런데 내털리는 칭찬으로 받아들이는 대신 내게 벌컥 화를 냈어. "왜 그런 말을 하는 거예요? 내가 이 정도 목걸이를 살 능력이 없다는 거예요?"

왜 그렇게 화를 내는지 도저히 알 수 없어서 나는 전혀 그런 의미가 아니었고 단지 목걸이에 대해 칭찬한 거라고 그녀를 안심시켰어. 그 와중에도 내털리 이름을 가능한 한 많이 집어넣으며 말했지. 그런 다음 내털리는 결혼 상대를 꼭 찾게 될 거라고 덧붙였어. 지난번에 내가 결혼에 대한 현실을 있는 그대로 말해줬을 때 그녀가 좀 싫어하는 것 같았거든.

"아, 네, 고맙네요." 내털리가 말은 그렇게 했지만, 솔직히 진심으로 고마워하는 것 같지 않았어.

웹사이트에는 상대방에게 손을 내밀어 신체적 접촉을 하면 도움이 된다는 언급도 있었어. 나는 그것만큼은 안 하고 싶었어. 다른 사람을 물리적으로 만진다는 게 나한테는 너무나 어려운 일이거든. 너한테는 이런 바보 같은 짓을 할 필요가 조금도 없었는데 말이야. 우리는 마음이 잘 통했고 친구가 되었잖아. 서로를 끌어안거나 손으로 건드려도 전혀 신경 쓰지 않았잖아.

하지만 내털리 마음을 얻을 수만 있다면 무엇이든 할 각오가 돼 있었어. 그래서 나는 손을 내밀어 내털리 어깨 위에 올려놓았어.

내털리의 반응은 내 예상과 달랐어. 뜨거운 부지깽이가 몸에 닿은 것처럼 내 팔을 홱 뿌리치더니 내 얼굴 앞에 손가락을 들이밀며 화를 냈어. "두 번 다시는 내 몸에 손대지 마요. 손가락 하나라도 올려놓지 마요. 알겠어요?"

내털리 얼굴이 벌겋게 달아올랐어. 분명한 건 웃고 있지도 않았다는 거야. 내가 다른 사람 표정을 읽는 데 서툴지만 이번에는 쉬웠어.

내가 더듬거리며 사과했지만, 내털리는 아무 말도 하지 않았어. 대신 어깨로 나를 밀치고 지나가 그대로 휴게실을 나가버렸어. 그녀가 가고 난 후 나는 후들거리는 다리로 휴게실 밖으로 한 발짝도 나갈 수가 없어서 한참 동안 그대로 서있었어.

내가 뭘 잘못한 건지 모르겠어. 생각하고 또 생각해도 도무지 모르겠어. 내털리에게 잘해줬는데, 이름도 불러줬는데, 칭찬도 해줬는데 말이야. 아무 소용이 없었어.

미아, 나 어떻게 해야 할지 모르겠어. 나 좀 도와줘.

너의 친구,
돈 쉬프

34

현재

내털리

안 돼, 안 돼, 안 돼……. 하필 경찰이 집으로 오다니.

현관문에서 다섯 걸음 정도 떨어진 곳에 우뚝 멈춰 섰다. 어떡하지. 빨래 바구니 안에 살인 무기 같은 게 있는데 경찰관에게 문을 열어줄 수는 없다. 집을 둘러보겠다고 하면 어떻게 하지? 그럼 난 망하는 거다.

하지만 경찰이라고 해도 집 안으로 막 밀고 들어올 수는 없다. 내가 언제든 거절할 수 있다. 영장을 가지고 온 게 아니라면…….

설마. 영장을 가지고 온 건 아니겠지. 나는 아무 잘못도 하지 않았는데!

문 앞에서 공황 상태에 빠져있는데, 세 번째 초인종 소리가 들렸다. 이제는 대답을 해야 한다. 문 건너편에 있는 사람에게 내 발소리가 들렸을 거다. 문을 열어주지 않으면 일을 더 크게 만드는 셈이다.

손이 부들부들 떨려서 잠금장치를 겨우 돌렸다. 문을 열자 산토로 형사가 서 있었다. 젠장, 가족도 아닌데 왜 이리 자주 보는지 모르겠다.

아무래도 변호사를 구해야 할 것 같다. 나한테 죄가 있는 것처럼 보이는 데다 비용을 감당하기 벅차지만, 적절한 시기에 변호사를 선임하지 않았다가 후회하는 어리석은 사람이 되고 싶지 않다.

"패럴 씨." 이제는 보기 싫어진 그가 굳은 미소를 지어 보였다. "잠시 시간 좀 내주시겠습니까?"

"지금 좀 바쁜데요." 나는 단호하게 말했다. "저희 벌써 두 번이나 이야기 나누지 않았나요? 저는 아는 대로 다 말씀드렸어요."

"몇 가지만 확인하면 됩니다. 시간이 오래 걸리지는 않을 겁니다."

나는 덜덜 떨리는 손을 형사에게 보이지 않으려고 두 팔로 내 몸을 감쌌다.

"아니요. 저는 더 이상 드릴 말이 없어요."

"경찰서로 오시는 게 더 편할 것 같으면 그렇게 하셔도 됩니다."

맙소사. 그건 더 싫다.

"하, 알았어요. 말씀하세요."

"안으로 들어가도 되겠습니까?"

빨래 바구니 안에 살인 무기라고 생각할 수밖에 없는 물건이 있는데 경찰을 집 안으로 들일 생각이냐고? 당연히 아니다. "그건 좀 어렵겠네요."

산토로 형사가 어깨 뒤를 힐끔 돌아본다. "그게…… 바깥이 쌀쌀해서 저 때문에 집 안 온기가 다 빠져나가고 있어요. 그리고 패럴 씨도 추워 보이고요."

"전 괜찮아요."

"몸을 떨고 계시는데요."

틀린 말은 아니다. 하지만 내 몸이 떨리는 건 추위 때문이 아니다. 그가 눈치챈 건 아닌지 걱정스럽다. "형사님, 저한테 묻고 싶은 게 뭔가요?"

산토로 형사는 곧바로 질문을 던지지 않았다. 대신, 그의 눈길이 나를 지나 내 등 뒤로 향한다. 그가 목을 빼고 집 안을 둘러봤다.

"여기서 혼자 사십니까?"

"혼자 살아요."

"그러시군요. 집이 커서 비쌀 것 같습니다."

"그렇지는 않아요."

"그런가요? 도체스터에 집을 구해보려 했다가 하나같이 다 비싸서요. 결국 웨이머스에 있는 집의 2층에 세를 얻었습니다."

산토로 형사의 왼손을 재빨리 흘끗 보았다. 반지가 없다. 일과 결혼했다고 봐야겠지.

"열심히 안 찾아보셨나 보네요."

"빅스드에서 버는 수입이 어느 정도 되십니까?"

"네?"

"패럴 씨 상사에게 물어봤자 말해줄 것 같지 않아서요. 그냥 좀 궁금하군요."

내 몸을 감싸고 있는 팔에 힘이 들어갔지만, 지금은 정말로 추위를 느껴서다. 안에 들어가서 이야기를 하면 좋겠다는 생각도 들었지만, 위험을 자초할 수는 없다.

"형사님, 그게 돈 사건과 무슨 상관인가요?"

"이런 생각을 해봤습니다……." 산토로 형사가 저녁이 되면서 수염이 거뭇하게 올라온 턱을 긁었다. "쉬프 씨는 회사의 회계 담당자였습니다. 누군가 급여를 가지고 장난을 치고 있었다면 쉬프 씨가 발견했을 가능성이 있습니다. 그렇다면 쉬프 씨를 없애고 싶은 빌어먹게 좋은 이유가 되었을 겁니다."

갑자기 목이 탔다.

"뭐라고요?"

"그냥 가정을 해본 겁니다." 그가 별 뜻 없다는 듯이 눈을 깜박였다. "쉬프 씨가 그런 문제를 들고 패럴 씨에게 찾아온 적 없습니까?"

"없어요!"

"으음……." 그가 눈썹을 치켜올렸다. "그럼 빅스드 회계 장부에서 사라진 돈을 발견한 쉬프 씨를 월요일 밤에 만나지 않았다는 겁니까?"

"세상에, 맙소사. 안 만났어요!" 다리에 힘이 풀려 주저앉을 것만 같아 문틀을 꼭 붙잡았다. "어떻게 그런 생각을 하시는 건 가요?"

"쉬프 씨에게서 월요일 오후에 이메일을 받으셨죠? 패럴 씨를 만나고 싶다고요?"

이건 부정할 수가 없었다. 돈이 보낸 이메일은 내가 형사에게 얘기했고, 경찰이 돈의 컴퓨터를 봤을 때 기록이 분명 다 남아 있었을 테니까.

"네."

"쉬프 씨를 만나 무슨 얘기를 나누셨습니까?"

"아무 얘기도 안 했어요!" 양손이 너무 심하게 떨려서 맞잡은 다음 가슴 앞에 붙였다. 하지만 다행히 다리는 내가 주저앉지 않도록 잘 버텨줬다. "만나지도 않았어요."

산토로 형사의 한쪽 눈썹이 치켜 올라갔다.

"안 만나셨다고요?"

"네! 안 만났어요!" 평정을 잃지 않으려 안간힘을 썼다. "형사님, 저는 회삿돈을 훔치지 않았어요, 분명히 말하지만 월요일 밤에 돈과 그런 대화를 나누지도 않았어요! 밤새 남자친구와 있었어요."

"네, 그러시겠죠."

"정말이에요. 케일럽하고 이야기 나누셨잖아요. 우리가 같이 있었다고 케일럽이 형사님께 말했잖아요."

"네, 그렇게 말씀하셨죠."

"형사님은 정말로 우리 둘이 계획을 세워 돈을 죽였다고 생각하세요?"

"아니요, 사실은 그렇게 생각하지 않습니다."

내 왼쪽 눈꺼풀이 떨리기 시작했다.

"그럼 왜 이렇게 저를 괴롭히세요?"

산토로 형사 얼굴이 내 질문에 곰곰이 생각하는 표정으로 바뀌었다. 입을 꾹 다물고 생각에 잠기더니 이윽고 입을 열었다.

"그게 말이죠, 패럴 씨. 제 직업 특성상 사람들에게 많은 이야기를 듣습니다. 그리고 그중 많은 부분이 사실이 아니죠. 그래서 제가 엉뚱한 수작 부리는 사람을 꽤 잘 알아봅니다."

나는 말없이 그를 쳐다봤다. 산토로 형사가 말을 이었다.

"패럴 씨가 남자친구에게 거짓말을 해달라고 부탁한 거라면, 제가 언젠가는 밝혀낼 겁니다. 그게 제 전문입니다. 제 일이거든요." 그가 뜸을 들인다. "제게 사실대로 말하면 패럴 씨도 편해질 겁니다."

사실대로 말하라고? 그럴 수 없다. 돈이 죽던 날 밤에 알리바이가 없다고 말할 수 없다. 남자친구에게 거짓말을 하라고 강요했다는 것도 말할 수 없다. 빨래 바구니에 들어있는 피 묻은 거북이에 대해서는 더더욱 말할 수 없다. 내가 수갑을 차고 여기서 걸어 나가지 않으려면 입을 함부로 놀리지 않을 수밖에 없다.

"사실대로 다 말씀드렸어요." 떨리는 목소리를 가다듬으며 말했다. "회삿돈도 훔치지 않았고, 월요일 밤에 돈도 만나지 않았어요."

산토로 형사가 현관 앞에 10초 정도 가만히 서있었는데, 1초가 한 시간처럼 느껴졌다. 그의 검은 눈동자가 조금도 흔들림 없이 나를 뚫어져라 쳐다봤다. 마음이 약한 사람은 압박감을 견디지 못했겠지만, 나는 끝까지 입을 열지 않았다.

"마음대로 해보세요, 패럴 씨."

산토로 형사가 몸을 돌려 걸어가 차에 탄 다음 떠나는 모습을 지켜본다. 자동차 후미등이 보이지 않게 되고 나서야 나는 숨을 내쉬었다. 일단 최악의 상황은 피했다. 그에게는 아무 증거도 없다.

빨래 바구니에 있는 거북이를 없애기만 하면 된다.

35

당장은 아무 데도 갈 수 없다. 산토로 형사가 집 근처에서 감
시하고 있을지도 모르니, 의심스러운 행동을 들킬 위험을 자초
할 생각은 없다. 내가 앞으로 하려는 일은 매우 의심스러워 보
일 거다. 그러니 운에 맡길 생각을 해서는 안 된다.

저녁을 조금이라도 먹기로 했다. 스파게티 면을 삶는다고 가
스레인지에 올려놓고는 정신이 온통 다른 데 가있는 바람에 완
전히 잊어버리고 말았다. 물은 다 졸아들고, 스파게티 면은 반
쯤 탄 채로 냄비 바닥에 눌어붙었다. 그래도 상관없었다. 어차
피 밥맛이 없다.

네 시간 정도 지난 후 나는 차에 올라탔다.

사우스쇼어가 살기에 좋은 점 중 하나는 바닷가가 많다는 거
다. 내 집은 퀸시에서 10분밖에 떨어져 있지 않고, 갈 수 있는
해변은 엄청나게 많다. 다가올 여름이 되면, 등이 젖혀지는 해

변 의자와 비치 타월을 챙겨 주말마다 갈 생각이다.

올러스턴 해변으로 가는 길은 내비게이션이 필요 없다. 내가 제일 좋아하는 해변이고, 올여름에만 수십 번이나 갔다. 발아래에서 느껴지는 모래알, 발목을 간지럽히는 파도, 비치 타월에 누웠을 때 내 위로 쏟아지는 햇볕이 정말 좋다. 해변을 따라 늘어선 작은 가게들도 좋다. 가게들에서는 길 끝에서부터 냄새가 풍기는, 맛은 끝내주지만 건강에는 좋지 않은 해산물 튀김을 파는데, 그중에서 최고는 단연 조개 튀김이다.

아쉽게도 11월에 찾은 바닷가에는 그런 즐거움이 없다. 하지만 사람이 없을 것이기 때문에 지금은 오히려 좋다.

운전하는 동안 내 빨래 바구니에 살인 무기를 넣을만한 사람이 누가 있을지 골똘히 생각했다. 머리를 쥐어짜야 하는 상황이다. 왜냐하면 그게 누구든 경찰이 발견하면 돈 죽음의 배후로 나를 지목하게 만들려는 의도이기 때문이다.

경찰이 돈 집에서 찾은 지문들은 어떻고. 내가 부엌에서 생각보다 더 많은 물건을 만졌나 보다 하고 넘어갔는데, 이제는 그것조차 확실치 않다. 만약 돈이 괜찮은지 확인하려고 집으로 갔다가 실종 신고한 사람이 내가 아니었다면, 지문 때문에 훨씬 더 큰 의심을 사게 되었을 거라는 생각이 든다. 누군가 내 직장 동료에게 일어난 일의 책임이 나에게 있는 것처럼 보이게 하려고 일을 꾸미고 있다.

문제는 누가 그런 짓을 하겠느냐는 거다. 나를 해치려는 사람은 없다. 모두가 나를 좋아한다. 아, 불만을 품은 고객이 몇몇 있기는 하다. 하지만 비타민 몇 상자 때문에 살인을 저지르고 나한테 누명을 씌울 만큼 화가 난 사람은 없다. 그건 너무 극악무도하다.

멜린다 호프먼이라면 나를 좋아하지 않을 거다. 결혼 생활이 파탄 난 이유도 나 때문이라고 생각하겠지. 하지만 돈 사건 이후에 가졌던 딱 한 번의 잠자리 말고는 지난 몇 달 동안 세스 근처에 얼씬도 하지 않았다. 멜린다가 나를 살인죄로 몰아갈 정도로 미워한다는 건 말이 안 된다.

빨래 바구니에 살인 무기를 어떻게 넣었냐는 질문에 대해서는 의외로 답이 쉽게 나온다. 내가 돈 집에 갔던 날 우리 집 현관문이 열려있었다. 내가 그런 데에 부주의한 편이라, 아무나 들어와서 도자기 거북이를 숨겨놓는 건 쉬웠을 거다.

이쯤 되니 변호사를 구해야 할 것 같다는 생각이 진지하게 들지만, 한편으론 내가 비용을 어떻게 감당할 수 있을지 모르겠다. 세스 아내에게서 협박받을 때 법적 조치를 취하려고 알아본 적 있는데, 지역 변호사들의 시간당 요율을 보니 남자친구 아내의 협박이 생각만큼 그렇게 나쁜 일이 아니라는 깨달음을 얻게 되었다. 나는 결백한데, 변호사가 왜 필요할까? 변호사는 죄지은 사람을 위한 거다.

여름에는 해변에 괜찮은 주차 자리 찾기가 불가능하다. 해안을 따라 늘어선 주차장은 수영으로 더위를 기분 좋게 날리며 하루를 즐기려는 가족들로 꽉 찬다. 하지만 추운 11월 밤에는 썰렁하다. 너무 조용해서 나를 미행하는 차가 있다면 내가 모를 수가 없을 정도다. 이곳에는 내 차뿐이다.

낮에도 쌀쌀했는데, 해가 지고 나니 **정말** 춥다. 기온이 4도 정도밖에 안될 것 같다. 모래밭에서 운동화를 벗으니 종일 엷은 안개가 깔렸던 탓에 맨발바닥에 닿는 모래가 축축해서 불편하다. 하지만 신발에 모래가 묻지 않게 하려면 어쩔 수 없이 손에 들어야 한다.

세스는 누가 알아볼까 봐 나와 함께 사람이 많은 곳에 가는 걸 꺼리곤 했다. 그래서 세스와 바닷가에 오는 건 꿈도 꾸지 않았다. 그러다 케일럽을 9월 중순부터 만났는데, 뉴잉글랜드의 여름은 짧아서 그때는 해변에 갈 날씨가 아니었다. 내년에 케일럽을 데리고 해변에 갈 상상을 했다. 손바닥만 한 비키니를 입은 내 모습을 보여주고 싶다. 파도 속에서 서로에게 물장난을 치며 놀고 싶다.

하지만 숄더백에 든 물건을 처리하지 못하면, 내년 여름에 오렌지색 점프슈트 즉, 죄수복을 입고 있을 판이다.

집을 나서기 전 뒷마당에서 도자기 거북이를 부쉈다. 농구공 정도 크기의 물건을 없애는 건 어려울 것 같았고, 그래서 이렇게 잘게 부숴야 조각들이 해변으로 쓸려와도 뭔지 알 수가 없을 거라고 판단했다. 한쪽 면에 '고래를 지켜주세요'라고 새겨진 숄더백 안에 도자기 파편 10여 개가 들어있다.

모래밭을 가로질러 물가까지 걸어간다. 바닷물이 아직 들어오지 않아서 꽤 멀리까지 가야 한다. 계속 걷다 보니 발아래 모래가 질척대기 시작하고, 잠시 후 발에 물이 닿는다. 얼어붙을 듯 차갑다.

내가 어렸을 때, 아빠는 나를 데리고 호수로 가면 물수제비 뜨는 법을 알려주곤 하셨다. 돌을 정확한 각도로 던지면 수면에서 통통 튕겼다. 나는 가방에서 도자기 조각 하나를 꺼내 어릴 때 했던 방법대로 던진다. 튕기지는 않아도 꽤 멀리까지 간다.

5분 후 숄더백에는 더 이상 아무것도 남지 않는다. 그래도 확실히 하려고 나는 가방을 뒤집어 부스러기들을 물 위로 털어낸다. 이쯤 되면 누군가 나를 봤다고 해도 증거는 바다로 사라진 후다. 아무도 도자기 조각들을 찾을 수 없을 거고, 말라붙어 있던 피는 바닷물에 깨끗이 씻길 거다.

이제 안심이다.

오른손에 숄더백을, 왼손에 운동화를 들고 차가 있는 곳까지 돌아왔다. 문을 겨우 여는데, 차에 두고 간 핸드백 안에서 휴대폰이 울린다. 누굴까? 케일럽이 자기 전에 전화한 건가? 아니면 형사가 "몇 가지 물어볼 게 있습니다."는 말을 하려고 전화한 건가?

핸드백에서 휴대폰을 찾아 꺼낸다. 발신자 표시가 제한된 번호다.

젠장. 또.

"뭐야? 뭐 하는 거야?" 나는 휴대폰에 대고 빽 내질렀다.

대답이 없다.

"당신이 누군지 알아." 누군지도 모르지만 마구 내뱉는다. 내가 다 알고 있다는 듯이 당당하게 말하면, 상대방이 당황할지도 모른다. "날 가지고 놀고 있다고 생각하나 본데, **지금 당장 멈추는 게 좋을 거야.**"

항변이든 웃음이든 어떤 방식이든 대답을 기다렸다. 하지만 아무것도 들리지 않았다. 정적만 흘렀다.

"경찰에 전화해서 당신에 대해 전부 다 말할 거야. 당신이 돈에게 한 짓 전부 다."

다시 정적.

"대답해, 젠장!" 목에 핏대가 섰다. "말하라고, 이 악질 놈아!"

휴대폰을 저 멀리 던져버리고 싶지만 나한테 아무런 도움이 되지 않을 걸 알기에 엄지손가락으로 통화 종료 버튼을 꾹 눌러 전화를 끊었다. 화를 가라앉히는 데에는 조금도 도움이 되지 않는다.

운전자석에 올라타는데, 내 안에 좌절감이 퍼진다. 나한테 누군가 장난을 치고 있다. 문득 우리 집에 숨겨둔 물건이 도자기 거북이만이 아닐 수도 있다는 생각이 든다. 내가 아직 발견하지 못한 다른 무언가가 더 있을지도 모른다. 눈에 띄지 않는 곳에 무엇이든 있을 수 있다.

나는 영영 모를 무언가가.

36

—

한 달 전

받는 사람: 빅스드 전 직원

보낸 사람: 킴 힐리

제목: 케첩

여러분, 제가 냉장고에 넣어두는 케첩이 이틀 전에 반이나 있었는데 오늘 보니 병째 사라졌어요! 아주 잘 보이게 이름을 써놨는데도요. 케첩을 먹고 싶으면, 자기 것을 직접 가져와서 먹기 바랍니다. 저는 다른 사람 음식을 훔치지 않아요. 우리 성숙한 시민답게 남의 음식을 훔치는 일은 하지 않았으면 좋겠어요!!!!!

킴

받는 사람: 빅스드 전 직원

보낸 사람: 돈 쉬프

제목: Re: 케첩

케첩이 없어졌다니 끔찍할 정도로 안타까워요. 저에게는 오늘이 초록색 음식 날이고 어제는 흰색 음식 날이었어요. 저는 완전무결한 제 식사를 망칠 생각이 없으므로, 사라진 소스가 분명히 제 책임이 아님을 알려드려요. 덧붙여서, 우리가 냉장고 청소 및 관리 일정을 정해놓으면, 확실하게 냉장고 속 내용물을 보호하고 또 제때 버릴 수 있음을 꼭 말씀드리고 싶습니다.

감사합니다,

돈 쉬프 드림

받는 사람: 미아 호지

보낸 사람: 돈 쉬프

제목: Re: 안부 인사

미아에게,

오늘은 내가 빅스드에 입사한 이래 최악의 날이었어.

누군가에게 이걸 털어놓아야 할 것 같아. 안 그러면 머리가 터져버릴지도 몰라. 그러면서 오늘을 기억하려 해. 그래야 내털리와 친해지고 싶은 마음이 또 생기더라도 그녀가 어떤 사람인지 기억을 떠올릴 수 있을 테니까 말이야. 그녀와 거리를 많이 두어야 한다는 걸 다시 깨닫게 되겠지.

나는 책상과 칸막이 자리를 세심하게 정리하고 또 장식해 놓았어. 나는 깔끔한 편이라 모든 물건을 매우 체계적인 방식으로 관리해. 내가 업무를 보는 공간에 사진은 한 장도 없어. 대신 주된 장식물은 내가 산 식물(아이리스 말이야)로, 꽃이 아름답게 피어있고 알레르기를 거의 일으키지 않아. 아이리스 주위에는 유리 거북이들과 도자기 거북이 하나, 일본 만화에 나올법한 눈을 가진 거북이 봉제 인형이 하나 있어. 전부 합쳐서 열 개고 크기가 다 다양해. 일하는 공간에 이렇게 거북이들을 두고 있으면 마음이 편안해져. 전혀 방해되지 않아. 지점장님은 거북이들을 볼 때마다 "맙소사."라고 말하지만, 별로 신경 쓰이진 않아.

그래서 내털리가 나한테 한 짓을 내가 어떻게 이해해야 할지 모르겠어.

오늘 아침에 출근했을 때 가장 먼저 내 화분이 쓰러져 있는 걸 발견했어. 흙이 내 자리 전체에 잔뜩 쏟아져 있었어. 이걸 다 치워야 한다는 생각에 짜증이 났지만, 어차피 나는 식물을 그다지 좋아하지 않으니까 괜찮다고 생각했어.

다음 순간 거북이들을 본 거야.

유리 거북이들은 다 부서져서 산산조각이 난 팔, 다리가 책상과 바닥에 널려있었고, 도자기 거북이는 크게 세 조각으로 깨져있었어. 거북이들이 전부 파괴되었어. 손을 쓸 수 없을 정도였어.

청소 직원의 실수라고 받아들이고 넘어가려 했어. 파괴된 정도를 보았을 때 고의적이라는 의심이 들었지만, 청소 직원이 내 책상을 치우다가 지나치게 열과 성을 다하려 했던 거라고 생각하려 했어. 어떻게든 그렇게 믿으려고 했어.

그때 거북이 봉제 인형이 내 눈에 들어왔어.

몸이 뒤집힌 채 등 껍데기를 바닥에 대고 누워있는데, 배 한가운데가 길게 갈라져 있고 거기서 붉은 액체가 새어 나오고 있었어.

피처럼.

나는 그걸 보자마자 비명을 질렀어.

사람들이 달려왔어. 몇 초도 지나지 않아 사무실 전체가 내 자리 주위에 모여 소름 끼치는 사건 현장을 목격했어. 내 심장은 밖으로 튀어나올 듯이 뛰고 눈에는 눈물이 고였어. 그나마 머릿속에 맴도는 네 목소리 때문에 내가 정신을 붙잡을 수 있었어.

그들에게 만족감을 주지 않도록 우는 모습을 보이지 마.

울지 마.

나만큼 충격받은 사람은 없었나 봐. 몇몇은 코웃음을 쳤고, 어떤 사람은 "저것 좀 봐! 거북이에서 가짜 피가 흘러! 멋진데!"라고 외쳤어.

나는 그때부터 고함을 치기 시작했어. 내 소중한 거북이들이었고, 하나도 멋지지 않다고 악을 쓰며 외쳤어. 그렇게 소리를 지르고 있는데, 나더러 진정하라고 말하는 내털리 목소리가 들리더라.

내털리가 이렇게 말했어. "그냥 장난감 거북이잖아요. 너무 많기는 했어요. 눈에 거슬릴 정도로요."

내털리가 이렇게 일찍 출근한 적이 없었는데 오늘은 어쩐 일인지 나보다 먼저 와있었어. 내가 이 회사에서 일하는 동안 그녀와 친구가 되려고 줄곧 노력했지만, 더는 아니야. 이제는 그녀 눈을 뽑아버리고 싶어. 내 손톱이 너무 약한 게 문제지. 내털리는 길고 빨간 손톱으로 내 눈을 아주 손쉽게 뽑아버리고 말 거야.

군중 사이로 지점장님 목소리가 들리자 사람들은 지점장님이 지나갈 수 있도록 길을 터줬어. 나는 지점장님이 와서 기뻤어. 이제껏 내털리가 나한테 어떻게 했는지 지점장님께 여러 번 말씀드렸지만, 지점장님은 내 말에 전혀 귀를 기울이지 않았잖아. 나보고 알아서 해결하라고만 했지. 그런데 내털리가 어떤 사람인지 지점장님 두 눈으로 직접 보고 나면 어떻게든 조치를 취해줄 거라고 믿었어.

"맙소사." 지점장님이 내 책상을 보며 이렇게 말했어. "돈, 여기어서 치워요."

내 귀를 믿을 수가 없었어. 다른 사람이 아니라 내가 나의 거북이들에게 이렇게 했다고 생각하는 거야? 내가 아주 분명한 말투로 내 책상을 고의로 누군가 훼손시켰다고 말했어. 그런데도 지점장님은 그렇게 많이 속상해하지 않았어. 누가 재미로 장난삼아 벌인 일인 것처럼 별일 아니라는 듯이 굴었지. 그래서 나는 지점장님 사무실에서 따로 얘기를 나누고 싶다고 말했어. 지점장님은 달가워하지 않았지만 그러자고 대답했어.

사람들이 우리가 지나갈 수 있게 길을 터줬어. 일단 내 자리에서 벗어나서 기뻤지만, 어떻게 다시 돌아갈 수 있을지 모르겠더라.

책상 사이 통로를 따라 내털리 자리를 지나가다가 칸막이 입구에 내털리의 쓰레기통이 나와있는 걸 봤어. 무심코 내려다봤는데, 그 안에 빈 케첩통이 있는 거야. 하루 전날 킴이 없어졌다고 불평하던 바로 그 케첩 말이야. 내털리가 증거물을 훤히 잘 보이는 곳에, 내가 확실하게 볼 수 있는 곳에 버려뒀어.

자기가 한 짓임을 나에게 알리고 싶었던 거지.

지점장님 사무실에 들어설 때 나는 더는 감정을 주체하지 못할 것 같았어. 하지만 지점장님이 내 말을 진지하게 받아들이게 하려면 평정심을 유지해야 했어. 만약 요란하게 울기라도 하면 지점장님은 그냥 나를 정신 나간 사람이라고 치부해 버리고 말 테니까. 그런 와중에 지점장님은 내가 자기한테 이야기를 하자고 한 사실이 더 언짢은 것 같았어. 직원 중 한 명이 나를 놀림감으로 삼고 있는 게 진짜 문제인데 말이야.

"내털리가 그랬어요." 나는 지점장님이 가죽 의자에 앉기도 전에 이야기를 꺼냈어.

지점장님은 고개를 절레절레 흔들 뿐이었어. 내가 증거를 제시해도, 믿으려 하지 않았어. 그동안 내털리가 회의 시간을 거짓으로 알려줬고, 내 컵케이크를 버렸고, 그녀 쓰레기통에 케첩이 있었다고 했지만, 지점장님은 조금도 놀라는 기색이 없었어.

"내털리가 케첩을 뿌려서 뭘 먹었나 보죠." 지점장님이 말했어.

너무 절망스러웠어. 나는 지점장님이 나한테 이러는 것을 그냥 두고만 볼 수는 없다고 생각했어. 이번에도 또 이러면 안 되는 거잖아. 그래서 내털리가 그동안 나를 놀림감으로 삼아왔다고, 나를 미워한다고 한 번 더 설명했어. 내털리가 오늘 일은 자기가 한 것임을 알리려고 내가 케첩을 확실히 보게끔 했다고도 설명했어. 하지만 지점장님은 내털리일 리가 없고 내가 피해망상에 사로잡혀 있다는 말을 반복했어. 청소부가 그랬을 거라는 말도.

"왜 제 말을 믿으려 하지 않으세요?" 나는 대놓고 물었어. "지점장님이 내털리와 잠자리를 같이해서요? 그래서 항상 내털리를 편애하는 건가요?"

듣기에 좋은 말은 아니었지. 지점장님 입이 떡 벌어지더니 얼굴이 조금씩 붉어지기 시작했어. 나는 지금껏 그 일을 입 밖으로 꺼내지 않으려 했지만, 너무 답답해서 무슨 말이라도 해야 했어.

지점장님은 두서없이 주절거리며 내가 너무나 정확한 말을 했다는 사실을 감추려 했어. 책상 위에 있는, 평범한 외모의 중년 여성과 함께 찍은 사진을 손으로 가리키며 자기는 결혼한 몸이기 때문에 당연히 내털리와 그런 관계일 수 없다고 했지. 그녀가 케일럽과 연인 관계라는 사실을 내가 기억하기를 바란다고 덧붙였어. 말을 마치고 나자 지점장님 얼굴 전체가 시뻘겋게 변해 있었어. 내가 내뱉은 말을 취소하기를 기대하는 표정이더라.

하지만 난 취소하지 않았어. 사실대로 말한 거잖아.

그러자 지점장님이 말했어. "나는 돈 씨의 회사 상사예요. 나한테 그런 식으로 말하면 안 되죠. 매우 부적절하군요."

지점장님 입에서 "해고하겠습니다."라는 말이 뒤이어 나올 거라고 확신이 들었어. 그래서 가만히 기다렸지. 나는 지금껏 갔던 모든 직장에서 잘렸어. 출근 첫날 잘린 적도 한 번 있었어. 대학생

때 신발가게에서 일을 하게 되었을 때야. 손님을 도와주려다가 요구에 맞는 신발을 어떻게 골라야 할지 몰라서 결국 창고에 들어가 문을 잠그고 엉엉 울어버렸지.

하지만 지점장님은 나를 자르지 않았어. 대신 컴퓨터 화면으로 고개를 돌리더니 눈을 떼지 않은 채 나보고 자리로 돌아가 뒷정리를 하라고 했어. 그러고는 내털리와 원만히 잘 해결하라고, 이 문제를 더 이상 듣고 싶지 않다고 덧붙이더니, "나는 회사 운영을 신경 써야 합니다."라고 말했어.

나는 그 자리에서 끈질기게 정의를 요구할 수도 있었겠지만, 그게 다 무슨 소용이겠니. 지점장님은 아무것도 안 할 텐데 말이야. 여전히 내털리와 잠자리를 같이하는지 어떤지는 모르겠지만, 지점장님이 내털리를 많이 좋아하는 건 분명하니까. 나보다 훨씬 더 많이 좋아하니까. 나를 좋아하는 사람은 없는걸.

알아, 알아. 너는 나를 좋아하지. 하지만 그걸로 충분하지 않아. 네가 여기 없잖아. 네가 여기 있으면 내가 이 문제를 잘 해결할 수 있을 거야. 그런데 너는 없어.

그래서 나는 사무실을 나와 내 자리로 돌아갔어. 사람들도 다 자기 자리로 돌아갔고, 거북이 범죄 현장만 덩그러니 있더라. 내 손으로 싹 치웠어. 화분과 다 부서진 내 소중한 장식용 거북이 인형들을 전부 버렸어.

내가 청소하기 전에 사진을 찍어놨거든. 아래 붙여 넣을 테니 그 여자가 무슨 짓을 할 수 있는 사람인지 너도 한번 봐.

너의 친구,

돈 쉬프

받는 사람: 돈 쉬프

보낸 사람: 미아 호지

제목: Re: 안부 인사

나 입이 다물어지지 않아. 사람이 어떻게 너한테 그렇게 할 수 있는지 믿을 수가 없어. 이 일은 그냥 넘어가면 안 돼.

거듭 말하지만, 절대 그냥 넘어가면 안 돼!

37

현재

내털리

다음 날 아침 회사로 향하는 내 몸은 무거웠고 눈은 뜨고 있기가 힘들었다.

해변에서 집에 돌아오자마자 나를 함정에 빠뜨리려는 물건이 더 없는지 찾으려고 온 집을 샅샅이 뒤졌다. 그게 뭔지도 모르면서 무작정 찾았다. 피 묻은 장갑, 아니면 절단된 사람 다리가 끼어있는 파쇄기? 더 발견한 건 없었다. 집에는 아무것도 없었다.

하지만 잠이 쉽게 오지 않았다. 침대에서 몸을 뒤척이며 시계만 자꾸 쳐다봤다. 시계가 3시를 가리키자 잠들기를 포기하고 텔레비전을 틀었고, 그러다 소파에서 잠이 들었다. 두어 시간 잠을 자긴 했으나, 20분마다 깨고 다시 잠들기를 반복했다. 식은땀을 흘리며 자꾸 잠에서 깼고, 온몸이 덜덜 떨렸다.

아침에 일어나서는 당연히 달리기를 하지 않았다.

그래도 좋게 생각하자면, 산토로 형사가 아침부터 현관문에서 나를 반기지는 않았다. 마침내 내가 돈 사건과 아무 관련이 없다고 판단했을지도 모른다. 아니면 끝내 내 알리바이를 믿기로 마음을 정한 걸지도 모른다. 왠지 그건 아닐 것 같지만.

출근해 내 자리로 걸어가는 도중에 복사기 앞에서 그레그 로스키를 마주쳤다. 그레그는 한 달에 한두 번씩 와서 컴퓨터를 업데이트하거나 기술적 문제를 해결한다. 컴퓨터에 관해서라면 그가 케일럽보다 더 많이 알 수도 있다. 다른 직원들과 달리 그는 평소에 청바지와 티셔츠를 입고 출근한다. 티셔츠에는 나는 거의 이해하지 못하는 수학이나 컴퓨터 관련 농담이 늘 적혀 있다. 오늘 입은 티셔츠에는 '컴퓨터 안 고쳐드릴 겁니다'라고 적혀있다. 컴퓨터를 고치려 여기 온 사람이 입기에는 좀 이상한 티셔츠라는 생각이 든다.

그레그는 케일럽처럼 귀여운 데가 없다. 키가 작고 수염이 덥수룩해서 〈반지의 제왕〉이나 내 취향이 아닌 너드 영화에 나오는 등장인물들을 떠올리게 한다. 게다가 돈만큼이나 이상하다. 한 번은 나와 점심을 같이하고 싶다는 의사를 넌지시 내비치길래 기분 나쁘지 않게 거절했다. 하지만 그 이후로도 회사에 올 때마다 농담 반 진담 반으로 내게 들이댄다. 열 번 찍어도 안 넘어갈 건데.

"안녕하세요, 내털리. 잘 지내요?"

그레그는 돈 때문에 벌어진 이 드라마 같은 상황을 얼마나 아는지 모르겠다. 산토로 형사가 우리 모두를 괴롭힌 날에 그레그는 없었다. 내가 아는 한 산토로 형사가 그 이후로는 온 적이 없었다. 빅스드괴롭힘 해시태그도 이제는 잠잠하다. 인터넷에서 사람들은 금방 흥미를 잃는다.

"별로요." 나는 조심스럽게 말했다. "그레그도 돈 이야기 들었겠지만……."

"아, 네." 그레그가 자기 손을 내려다봤다. "끔찍한 일이에요. 그런 짓을 한 사람을 찾아내면 좋겠어요. 집까지 들어가서 그렇게……. 말도 안 돼요."

"그러게요."

"내털리는 안전하게 잘 지내길 바랄게요."

그는 내가 어떤 상황인지 모를 테지. 순간, 갑자기 아주 좋은 생각이 번뜩 떠올랐다.

"실은, 그레그가 도와줄 수 있을 것 같은 문제가 하나 있어요."

"오, 말해봐요!" 그레그 얼굴이 환해졌다. "뭐든 괜찮아요, 내털리."

나는 어깨에 메고 있는 핸드백에서 휴대폰을 꺼냈다.

"발신 번호 표시를 제한하고 전화를 계속 거는 사람이 누구인지 알아내는 방법이 있나요?"

"그럼요. 표시 제한한 번호를 알려주는 '전화추적기'라는 앱이 있어요."

"아." 그렇다. 세상 모든 일에는 앱이 있기 마련이다. "그럼 지금 앱을 사용해서 어젯밤에 전화한 사람의 번호를 알아낼 수 있나요?"

"그건 안 될 거예요. 전화가 올 때 앱이 깔려있어야 해요."

이런. 지난 3일 동안 발신 번호를 숨기고 나한테 전화한 사람을 알아내고 싶었건만. 지금 벌어지는 이 모든 일과 어떻게든 연결된 것 같다는 느낌이 가시지 않는다. 정말로 아무런 관련이 없다고 해도 나를 괴롭히는 사람이 누군지 알아내고 싶다.

"내털리를 괴롭히는 사람이 있나 본데, 분명 전화가 또 올 거예요." 그레그가 이맛살을 찌푸렸다. "혹시 걱정된다면 내가 오늘 퇴근 후에 집까지 바래다줄게요. 나 특별한 약속 없어요."

"아니에요, 괜찮아요."

"나도 괜찮아요."

내가 안 괜찮은데. 케일럽과 약속이 있는 것은 아니지만, 그레그가 괜히 엉뚱한 생각을 갖게 되는 것도 원하지 않는다.

"그러지 않는 게 좋겠어요." 그레그를 보며 윙크했다. "줄리아가 질투하면 어떡해요."

그레그 눈이 커졌다.

"줄리아가요? 질투를요?"

"어머, 그럼요." 내가 목소리를 낮췄다. "줄리아는 그레그를 귀엽다고 생각하거든요."

줄리아는 정문 안내데스크에 있는 직원 중 한 명이다. 그레그에게는 너무나 과분한 상대라 이런 말을 하는 것 자체가 우습다. 그레그도 그 정도는 알 것 같은데, 가슴을 활짝 펴는 모습을 보니 도전해 봐야겠다고 생각하는 것 같다.

그레그는 나를 어디로든 바래다주겠다는 말 대신 친절하게도 앱을 직접 깔아주겠다고 하더니 사용 방법도 알려줬다. 나는 발신 번호를 숨긴 사람을 알아낼 수 있겠다는 확신이 들자 그 레그를 복사기 앞에 남겨두고 내 자리로 다시 발걸음을 옮겼다. 돈의 자리는 여전히 비어있다. 일주일 내내 이 상태다.

정말 끔찍하다. 내가 엄청나게 좋아했던 건 아니지만, 돈은 다정한 사람이었다. 어린아이처럼 순진한 면이 있었다. 그녀가 정신 이상자의 손에 두들겨 맞아 고통 속에 죽어갔다고 생각하면 견딜 수가 없다.

그녀 자리를 지나 내 자리로 들어섰다. 핸드백을 책상 위에 내려놓는데……, 저게 뭐지? 순간, 심장이 뛰어야 한다는 걸 잊어버린 것만 같았다.

장식용 거북이 인형이다. 내 책상 위에 또 있다.

아냐. 말도 안 돼. 이게 어떻게 된 걸까. 쓰레기통에 버렸는데. 그것도 두 번이나. 그냥 버린 게 아니라 일부러 직원 휴게실까지 가서 큰 쓰레기통에 버렸는데. 절대로 청소 직원이 내가 실수로 버렸다고 생각해서 책상에 도로 가져다 놓을 수가 없다. 지난번은 그렇다고 쳐도 이번은 불가능하다.

누군가 거북이를 의도적으로 내 책상 위에 올려놓았다.

"내털리."

누굴까? 누가 나를 이렇게 괴롭히는 걸까? 불특정한 사람일 리가 없다. 내 책상에 접근할 수 있어야 하니 여기 사무실에서 일하는 사람이어야 한다. 아니면 사무실 열쇠에 접근이 가능한 사람이거나.

"내털리!"

날카로운 목소리가 내 이름을 부르고 있다. 고개를 돌리니 세스가 내 뒤 몇 발짝 떨어진 곳에 서있다. 그의 눈빛이 어둡다.

"내털리." 그의 말투가 딱딱하다. "이야기 좀 해야겠어."

"지금요?" 나는 고개를 돌려 거북이를 한번 보고 다시 세스를 본다. "제가 지금 좀……."

"응. 지금 당장."

세스 표정을 보니 기분이 좋지 않은 듯하다. 또 무슨 일인 걸까? 지금은 도저히 고객 불만을 처리해 줄 수 없을 것 같다. 내게 훨씬 더 심각한 문제가 있다.

"내 사무실로 와." 그가 덧붙인다.

"알았어요……. 가요."

38
—
일주일 전

받는 사람: 미아 호지

보낸 사람: 돈 쉬프

제목: Re: 안부 인사

미아에게,

내가 발견한 문제 때문에 마음이 굉장히 불안해. 이 문제를 어떻게 하면 좋을지 조언 좀 해줘.

회사에서 사라진 돈이 있어.

액수가 꽤 돼. 누군가 멋진 휴가를 다녀올 수 있을 정도야. 그렇다고 아주 큰 액수는 아니지만 지점장님도 그리 어렵지 않게 알아챌 수 있을 정도야.

금액이 맞지 않은 건 **작년** 일이었는데 내가 지금까지 모르고 있었어. 내 전임자 역시 몰랐거나 아니면 입 밖으로 꺼내지 않기로 마음을 먹었던 것 같아.

하지만 이거 하나는 확실해.

현금 불일치가 전부 내털리 영업 실적과 관련 있다는 거야. 제품 몇 박스 정도의 소소한 판매가 아니라 대기업에 들어간 대규모 판매이다 보니, 몇백만 원 정도는 간과할 가능성이 있는 거지.

내가 이걸 작년 기록에서 발견하고 나서 재작년 기록을 확인해 봤어. 역시나 돈이 사라졌어. 거의 비슷한 액수로 말이야.

오늘 오후 시간 대부분을 이 문제를 어떻게 해야 할지 고민하며 보냈어. 사실 내가 당연히 해야 할 일은 지점장님에게 바로 가는 거야. 내 업무 중 하나는 이런 일을 잡아내는 거고, 지점장님은 본인이 맡은 지점에서 누군가 돈을 훔치고 있다는 사실을 알 권리가 있으니까. 하지만 그와 동시에, 이건 아주 심각한 범죄를 폭로하는 거야. **감옥**에 갈 정도로 말이야. 내털리는 지금까지 훔친 돈 때문에 체포될 수도 있어.

내털리가 나에게 했던 행동들이 있지만, 나는 그녀가 감옥 가는 건 원하지 않아. 우리가 어쩌다 이렇게 싸우게 되었는지 모르겠지만, 그녀에게 나쁜 일이 일어나지 않았으면 좋겠어. 내 거북이에게 했던 일도 다 용서했어. 그날 내털리가 일진이 사나웠나 보지 뭐.

오후 내내 고민한 끝에 이렇게 결론을 내렸어. 내털리와 먼저 이야기를 해봐야겠다고 말이야. 내가 찾아낸 걸 말할 거야. 그녀는 돈을 돌려줘야 하고, 그렇지 않으면 나는 고발할 수밖에 없다고 설명할 거야.

그동안 내털리한테 호감을 사려고 정말 열심히 노력했는데, 이번에는 성공할지도 몰라. 지점장님에게 곧장 가는 대신 그녀에게 먼저 알려주면 내털리가 분명 고마워할 거야. 그런 게 친구잖아.

너의 친구,
돈 쉬프

받는 사람: 돈 쉬프
보낸 사람: 미아 호지
제목: Re: 안부 인사

왜 그런 여자에게 기회를 주려는 거야???? 상사에게 당장 가서 그녀가 회삿돈을 훔치고 있다고 알려야지! 지점장에게 가서 말하겠다고 약속해!!!! 그녀가 그냥 빠져나가게 두면 안 돼!!!!!!

내털리

세스는 그의 사무실로 가는 동안 뒤를 따라가는 내게 무슨 문제인지 한마디도 하지 않았다. 빅스드 도체스터 지점에서 세스만 유일하게 개인 사무실이 있다. 내가 그걸 받아들이기 힘들어했던 적도 있지만, 어차피 사무실 밖에서 보내는 시간이 많기 때문에 칸막이 자리에서 일하는 것에 대해 너무 속상해하지 않으려 했다. 하지만 언젠가는 제대로 된 업무 공간을 가질 수 있는 다른 회사로 이직할 생각이다.

"앉아." 세스 말투가 딱딱했다.

그가 내 등 뒤로 문을 닫았다. 우리가 은밀하게 장난을 칠 때면 세스가 항상 문을 닫곤 해서인지, 지금 그런 상황이 아닌데도 파블로프의 개처럼 나도 모르게 살짝 흥분됐다. 내 삶이 무너져 내리고 있는 걸 생각하면 너무나 부적절한 반응이지만, 세스는 내게 그런 사람이다. 환경이 우리를 도와주지 않아서 안타

까울 따름이다.

나는 그의 책상 앞에 있는 의자에 앉았다.

"무슨 일이에요?"

세스는 책상 가죽 의자에 앉았다. 주먹을 꽉 쥐고 있었다.

"오늘 아침에 형사가 나를 찾아왔어."

"아······."

"아?" 세스 눈썹이 치켜 올라갔다. "더 할 말 없어?"

나는 고개를 가로저었다. 세스가 무엇 때문에 이렇게 발끈하는지 모르겠다. 내 알리바이를 위해 경찰한테 거짓말을 해주는 것도 아닌데.

"나한테 하고 싶은 말 없어, 내털리?" 세스는 나를 항상 냇이라 부른다. 그런데 지금 계속 내털리라고 부르는 걸 보니 나한테 화가 많이 난 것 같다. 그의 얼굴이 벌건 것도 그렇고, 주먹쥔 손이 하얗게 변한 것도 그렇고.

"없어요······."

세스가 손바닥으로 책상을 내리쳤다.

"산토로 형사 말이 네가 회사에서 돈을 훔쳤다고 하더군. 돈은 그걸 알고 있었고 말이야."

내 몸에서 공기가 다 빠져나간다. 입을 열어보지만 아무 말도 나오지 않는다.

"나는 안······." 나는 겨우 목소리를 낸다.

"돈이 이메일에 이 내용을 다 썼어." 세스가 내 말에 아랑곳하지 않고 말을 계속했다. "돈이 너를 직접 만나서 이야기하려고 했대. 네가 훔쳐 간 돈에 대해서."

"아니에요." 나는 숨을 크게 내쉬었다. "나는 아무것도 훔치지……."

"네가 사는 보스턴 집 말이야." 세스가 고개를 절레절레 흔들었다. "네가 그런 집을 어떻게 구할 수 있었는지 알 수가 없었어. 고급 상표가 붙은 옷들하며…… 말도 안 되게 비싼 구두하며……."

"세스……."

"그러고 보면 네가 지난번 회계사 주위에서 알짱거리곤 했었지." 세스가 생각에 잠긴 듯했다. "이제야 이해되는군. 그리고 나에게 그렇게 다정하게 군 것도 설명이 되고 말이야."

내 눈이 튀어나올 것만 같았다.

"세스! 어떻게 그런 생각을……."

세스 눈에 분노가 가득했다.

"네가 어떤 인간인지 알아, 내털리. 나는 네가 고객들에게 거짓말하는 것도 다 봤어. 네가 원하는 걸 얻기 위해 무엇이든 하는 걸 다 봤다고. 단지…… 내가 미처……." 세스가 한숨을 내쉬며 말을 이었다. "나를 이용할 거라고는 생각을 못 했던 거야."

"난 그런 생각한 적 없어요!" 나는 소리쳤다. "세스, 내 말 좀……."

세스가 양손을 들어 보였다.

"듣고 싶지 않아. 오늘부로 무급 정직이야. 지금 회사에 회계 담당자가 없으니, 오늘 내가 직접 장부를 살펴봐서 네가 얼마나 뜯어갔는지 알아낼 거야."

"나는 회삿돈을 훔치지 않았어요!" 내 눈에 눈물이 고였다.
이번 주 내내 매 순간이 고통스러웠지만 그래도 울지 않았다.
하지만 세스의 저런 눈빛은 여태 본 적이 없다. 내게 언제나 다
정했는데, 그에게는 내가 언제든 의지할 수 있을 것 같았는데.
"맹세컨대 난 그러지 않았어요."

"그렇겠지." 세스가 내게서 눈을 돌려 컴퓨터 화면에 집중했
다. "면담은 끝났으니 나가보세요."

"세스……."

"당장, 내털리." 세스가 이를 악물고 말했다. "아니면 경비원
을 부를까요?"

나는 세스를 잘 안다. 그와의 관계를 정리하기 전까지 우리는
1년 넘게 만났었다. 내가 무슨 말을 해도 그의 마음을 돌릴 수
없을 거다. 그는 지금 내게 잔뜩 화가 났고, 상처까지 입었다. 내
가 그를 가지고 놀았다고 생각한다. 형사가 한 말을 그대로 믿
는다.

해결해야 하는 문제가 하나 더 늘었다.

40

세스 사무실에서 나오는데 킴이 후다닥 다가왔다. 동그랗게
뜬 눈을 보니 궁금한 게 많은 표정이다. 킴이 내 팔을 붙잡는 바
람에 다급히 자리로 돌아가는 내 발걸음을 멈췄다.

"무슨 일 있었어?" 킴이 물었다. "아까 지점장님이 너 찾을 때
엄청 화가 난 것 같았거든."

마음 같아서는 킴에게 네 일 아니니 신경 끄라고 쏘아붙이
고 싶다. 원래 사무실에서 나와 가장 친한 사람이 킴이었다. 하
지만 시간이 흐르면서 우리 사이의 역학 관계가 바뀌었다. 킴이
여기서 일을 시작할 때는 우리 둘 다 싱글이었다. 우리는 퇴근
하고 같이 술집에 가서 남자를 만나곤 했다. 둘이 있는 게 즐거
웠다.

그러다가 킴이 한 남자를 만나 결혼에 성공했다. 잘생겼다고
말할 수는 없지만, 부유했고 그래서 킴이 항상 꿈꾸던 삶을 줄

수 있는 사람이었다. 약혼한 순간부터 킴의 모든 관심사는 결혼 준비였다. 신혼여행, 킴을 위해 남자가 짓고 있는 거대한 집, 둘 사이에 생길 완벽한 아이들 이야기뿐이었다. 어느 순간 나는 인생을 실패한 친구가 된 것 같았다.

킴이 나와 세스의 관계를 알고 난 후 이러니저러니 조언을 해대서 더 그랬다. 직장 상사와 자는 것이 개인으로 보나 경력으로 보나 현명한 결정이 아니라는 건 나도 안다. 하지만 어쩌다 보니 그렇게 된 것이었다. 누구와 사랑에 빠질지 말지를 통제할 수 없지 않은가.

그래도 킴은 여전히 내 친구다. 나보다 빨리 삶의 조각들을 하나씩 맞춰가는 게 킴의 잘못은 아니니까. 그리고 그녀 말이 틀린 것도 아니었다. 세스와 그런 관계를 맺는 건 정말 어리석은 짓이었다. 그것 때문에 내 삶이 여러 번 힘들어졌다.

"별일 아니야." 내가 들릴 듯 말 듯한 목소리로 말했다. "당분간 재택근무를 하기로 했어."

"왜?"

킴이 얼마나 참견하기 좋아하는지를 잊고 있었다. 게다가 킴은 수다스럽다. 나는 회삿돈을 훔쳤다고 의심을 받아서 정직 처분 받았다는 말은 하지 않기로 한다. "요 며칠 너무 힘들었거든. 그래서 좀 유연하게 일하기로 했어."

내가 무급으로 유연하게 근무하는 동안 세스는 나를 횡령 혐의로 조사하겠지.

킴이 이맛살을 찌푸렸다.

"달리기 행사는 그대로 하는 거야?"

"당연하지." 나는 분명한 목소리로 말했다. "지난 3개월 내내 이 행사를 준비해 왔잖아. 행사 하루 전날 취소해 버릴 거라고 생각했어?"

"아니, 그렇지만……."

"너 내일 오는 거지?" 문득, 상황이 상황이니만큼 사람들이 자선 달리기 행사에 오지 않을 수도 있다는 생각이 뇌리를 스쳤다. 자선 사업을 신경 쓰는 게 아니다. 기부금은 이미 다 모았다. 하지만 지역 방송사에서 오기로 되어있는데, 행사에 나온 사람이 나뿐이라면 끔찍할 거다. "내일 올 거지, 그치?"

"뭐……." 킴이 엄지손톱을 물어뜯었다. "솔직히 잘 모르겠어. 지금 상황이 여러 가지로 좀 그렇잖아……."

나는 킴의 팔을 힘주어 잡았다.

"킴, 네가 와줘야 해. 행사에 사람들이 많아야 해. 나 도와줄 거지?"

"내털리……." 킴이 꼼지락거렸다. "너무 세게 잡았어."

나는 그녀 팔을 놓았다. 볼이 화끈거렸다.

"부탁이야. 꼭 와줘."

결혼 축하 파티에서 찍은 사진 이야기는 굳이 꺼내지 않는다. 나한테 사진이 있다는 걸 킴도 안다. 이윽고 킴이 고개를 끄덕였다.

"알았어. 갈게. 나는 믿어도 돼."

내 어깨가 조금 편안해졌다. 킴이 올 거고, 케일럽도 올 거다.

그러면 나까지 일단 세 명이다. 거기에다가 사무실 사람들이 몇 명 더 올 테고, 그레그 로스키가 완주는 못 하겠지만 오긴 올 거다.

"그런데 그때까지 돈을 죽인 범인을 찾을 수 있을까?" 킴이 물었다.

나도 궁금한 것투성이지만, 내일 아침까지는 범인을 찾아내지 못할 거라는 느낌이 든다.

41

평소라면 계획에 없던 휴가가 생겨서 정말 좋았을 거다. 달리기하러 나가거나 퀸시에 있는 내가 좋아하는 마사지 가게에 갔을 거다. 아니면 손 관리를 받으러 가거나. 손톱을 다듬고 매니큐어를 바르면 그렇게 기분이 좋아질 수가 없다.

하지만 지금은 별로 손 관리를 받을 기분이 안 난다. 산토로 형사가 나한테 불리하게 이용할지도 모르는 일이다. "그녀는 손 관리를 받을 여유가 있습니다. 돈을 횡령한 게 분명합니다." 라고 말이다.

어휴, 그 사람은 그루폰에 쿠폰 제도라는 게 있다는 것도 모르겠지?

나는 간단한 볼일을 보고 난 후 하루 종일 소파에 누워 텔레비전 채널을 돌리며 시간을 보냈다. 그러다 이미 열 번도 넘게 본 옛날 시트콤의 재방송을 또 봤다. 케일럽이 퇴근하고 집으로 오기로 해서 나는 그냥 시간을 축내고 있었다. 케일럽이 오면 기분이 나아지겠지.

늦은 오후, 휴대폰이 울렸다. 케일럽이 예정보다 일찍 집으로 오는 중이라고 전화한 거려나. 하지만 휴대폰을 내려다보니 발신자는 '엄마'다. 어쩐다.

별달리 할 일도 없으니 나는 할 수 없이 휴대폰을 집어 들었다. "여보세요?"

"내털리!" 역시나, 엄마는 전화기에 대고 시끄럽게 소리를 질렀다. 엄마가 공공장소에 있지 않기를 바랄 뿐이다. "경찰이 너네 회사 여직원 찾았다는 소식 들었다! 죽었다며!"

"네, 나도 알아요." 나는 우물거렸다.

"신문에서 뭐라고 하는지 아니?" 엄마가 말했다. 솔직히 알고 싶지 않지만, 엄마는 어차피 말해주겠지. "너네 회사 사람들이 그 여자를 괴롭혔다더라. 네가 괴롭혔니, 내털리?"

"아뇨! 엄마, 어떻게 그런⋯⋯."

"너만큼 인기가 없는 사람한테도 친절해야 한다, 내털리." 내 나이가 서른인데도 엄마는 여전히 나를 가르치려 든다. "너만큼 예쁘지 않거나 사람들이 좋아하지 않는다고 해도 네가 잘 대해주면 돼."

"나는 잘해줬어요!"

"아닌 것 같구나."

엄마마저 내가 다른 사람을 괴롭히는 못된 사람이라고 생각한다니, 참 좋은 세상이다. "나는 누구를 괴롭히거나 하지 않아

283

요, 엄마."

"글쎄다. 너 아니면 누구겠니." 엄마가 콧바람 소리를 낸다.
"예전에 그랬었잖아. 너하고 네 친구 타라하고…… 아무튼……."

내가 더 이상 고등학교 때의 치어리더가 아니라는 사실을 엄마가 깨닫게 하려면 어떻게 해야 할까?

"나는 돈에게 친절했어요. 하늘에 맹세해요."

"나는 널 안다, 내털리. 너에게 어떤 모습이 있는지 잘 알아. 기억 안 나니? 그때……."

엄마가 지루하게 말을 이어가는데, 내 귀에 삐 하고 알림음이 들린다. 휴대폰을 떼고 보니 케일럽에게서 전화가 들어오고 있었다. 하느님, 감사합니다.

"엄마, 나 전화 끊어야 해요."

"왜? 어디 가니?"

"전화가 와서요. 회사에서요." 엄마에게 케일럽 이야기는 하지 않을 생각이다. 모든 것이 위태롭고 불안정한 지금 할 이야기가 아닌 것 같다.

엄마가 뭐라고 불평하지만 나는 더 이상 듣지 않았다. 전화를 끊고 케일럽 전화를 받는다. 이렇게 때맞춰 전화를 주다니.

"지금 오는 중이야?"

"내털리, 할 말이 있어."

아, 이런. 이번엔 뭘까? 좋은 얘기가 아닐 것 같다.

"뭔데? 왜?"

"저기……." 케일럽이 크게 한숨을 쉰다. "형사가 또 왔었어."

무슨 말이 나올지 알 것 같다. 분명 좋은 얘기가 아니다.

"케일럽······."

"형사가 나를 압박했어." 케일럽이 괴로워하고 있었다. "자기하고 밤새 같이 있었던 게 확실하냐고 계속 물었어. 거짓 진술을 할 경우 처벌을 받게 될 거라고 하면서 말이야. 무서운······ 사람이야."

"그래도 말 안 한 거지······?"

"사실대로 말할 수밖에 없었어, 내털리." 그의 목소리가 갈라졌다. "9시 30분에 집에서 나왔다고 말했어. 정말 미안해."

수화기 너머로 손을 뻗어 그의 목을 조르고 싶다.

"어떻게 나한테 이럴 수가 있어? 그 말이 어떻게 들리는지 알아?"

"미안해, 정말. 하지만 나더러 어떻게 하라고? 형사한테 거짓말해?"

"이미 한 번 했잖아. 그 사람이 알아낼 것도 아니고."

"알아낼 수도 있지!" 케일럽이 소리를 지르다시피 말한다. "나는 아파트에 살잖아. 같은 층에 이웃도 여럿이고. 그날 집에 올 때 엘리베이터에서 마주친 사람도 있어. 형사가 마음만 먹으면 내가 거짓말한다는 걸 쉽게 확인했을 거야."

"아니, 절대 알아채지 못했을 거야."

"그걸 자기가 어떻게 알아. 내가 엄청 곤란하게 됐을 수도 있어. 솔직히 처음부터 나한테 이런 걸 부탁하면 안 되는 거잖아. 이건 옳은 일이 아니었어."

휴대폰을 쥔 손에 힘이 들어간다. 손안에서 휴대폰이 부서지지 않은 게 놀라울 정도다.

"그런 얘기는 나한테 미리 말해주지 그랬어. 그 형사, 처음부터 나를 의심하고 있었어. 자기가 나한테 말해줬으면, 내가 형사에게 먼저 설명했을 수도 있었을 거야. 거짓말쟁이처럼 보이는 대신에."

수화기 너머 케일럽이 말이 없다.

"자기 말이 맞아. 미안해. 나도 형사에게 말할 생각은 없었어, 정말이야. 형사가…… 형사가 나를 굴복시켰어."

케일럽에게 너무나도 화가 나지만 그의 말을 의심하지는 않는다. 산토로 형사가 얼마나 설득과 위협에 능한지 나도 아니까. 케일럽이 압박을 이기지 못하고 실토하는 모습이 그려졌다. 가뜩이나 케일럽은 처음부터 거짓말하는 것을 좋게 여기지 않았으니까 말이다. 그의 말이 맞다. 내가 그런 부탁을 하면 안 되는 거였다.

하지만 변명을 하자면, 나는 케일럽이 나에게 물불 안 가릴 정도로 빠져있다고 생각했다. 이제는 확실히 잘 모르겠다. 그가 이렇게 나약한 사람일 줄은 몰랐다.

"정말 미안해." 이제 와서 백만 번을 말한들 다 무슨 소용이람. "나에게도 불리한 상황이야. 이제는 나도 알리바이가 없어."

그렇긴 하지. 하지만 그래서 어쩌라고? 산토로 형사는 케일럽이 범인이라고 생각하지 않는다. 범인으로 의심받는 영광은 나에게 주어졌고 오로지 나만 누리고 있다.

"지금이라도 집으로 갈까?" 케일럽이 기어들어 가는 목소리로 물었다.

"아냐, 됐어. 혼자 있고 싶어."

사실 혼자 있고 싶지 않지만, 케일럽을 보고 싶은 마음은 조금도 없다. 가슴이 아프다. 이 순간, 세스가 너무 보고 싶다. 하지만 세스는 이제 나를 미워한다.

나의 사회 연결망에서 이렇게 빨리 분리될 수 있다니 놀라울 정도다. 내 남자친구는 나를 배신했고, 옛 연인은 나를 도둑이라고 생각하고, 가장 친한 친구조차 나를 의심했다.

"내일 달리기 행사에는 갈게." 케일럽이 화해의 손길을 내밀고 있다. "티셔츠도 미리 다 꺼내놨어."

"알았어."

"미안해, 내털리." 케일럽이 미안하다고 말할 때마다 내 가슴을 칼로 후벼파는 것 같다. "하지만 큰일 없이 지나갈 거야. 자기는 아무것도 잘못한 게 없잖아. 자기가 그런 짓을 어떻게 하겠어? 형사가 괜히 자기를 힘들게 하는 거야."

"응."

또 다른 문제가 없다면 그렇게 되겠지. 케일럽은 내가 빨래 바구니에서 찾은 도자기 거북이에 대해 모르고, 형사에게 내 거짓말을 일러바친 걸 생각하면 앞으로도 알게 될 일은 없을 거다. 하지만 산토로 형사가 나를 계속 괴롭히는 데에는 이유가 있을 것이다. 나는 모르지만, 누군가 내게 앙심을 품고 있는 게 틀림없다. 내가 그게 누군지 모를 뿐이다. 이유도 모르겠고.

초인종이 울린다. 다음 순간 내 몸이 그대로 굳어버린다. 소파에 앉아있는 내 눈에 현관문 너머에서 번쩍거리는 빨간색, 파란색 불빛이 들어온다.

안 돼.

갑자기 숨이 막힌다.

"케일럽, 나 전화 끊을게."

"자기 괜찮은 거야?"

"으응……. 괜찮아. 끊을게."

케일럽의 대답을 듣기도 전에 나는 통화 종료 버튼을 누른다. 소파에서 일어나 경찰차에서 쏟아지는 불빛을 바라본다. 형사가 타고 다니는 차량 위에 올려진 원형 등만이 아니다. 그것보다 많다. 집 밖에 경찰차가 여러 대 와있다.

끔찍한 일이 벌어지려 한다.

42

현관문 앞에 몇 분 동안 꼼짝 못 한 채 서있었다. 문을 열려고 하는데 몸이 너무 심하게 떨렸다. 한편으로는 달아나고 싶다는 생각도 들었다. 이대로 뒷문으로 나가서……

그런 다음 뭘 할 수 있을까? 내 차는 집 앞에 떡하니 주차되어 있고, 딱히 갈 데도 없다. 경찰을 피해 도망 다니는 신세로 살아갈 수도 없다.

결국 잠금장치를 돌리고 현관문을 열었다. 너무나 당연하게도 산토로 형사가 문 앞에 서있다. 형사가 서있을 거라는 걱정 없이 문을 열 수 있던 때가 언제였는지 가물가물하다.

"안녕하세요, 패럴 씨." 형사는 어두운 미소조차 지어 보이지 않는다. 입이 일자로 다물어져 있다. "지금부터 가택 수색 영장을 집행하겠습니다."

내게 알리바이가 없다는 얘기를 멍청한 남자친구가 형사에게 해서 영장이 발부된 것이겠지.

"알겠어요." 숨이 막히는 것 같다. "네……. 들어오세요."

형사와 그의 팀원이 집으로 들어올 수 있게 옆으로 비켜섰다. 어쩐지 심각한 수준의 인권 침해를 당하는 기분이다. 이 경찰관들이 내 집에 들어오다니. 하지만 내가 뭘 할 수 있겠는가? 저들은 수색 영장을 받아올 정도로 확실한 증거를 확보했다. 하지만 난 도통 이해할 수가 없다. 보스턴 시민의 절반은 지난 월요일 밤에 알리바이가 없을 텐데 말이다.

"저는 차에서 기다릴까요?" 나는 작은 목소리로 물었다.

"차도 수색해야 합니다." 형사가 조금도 미안해하는 기색 없이 대답했다. "자동차 문을 열어두세요."

협조하는 것 외에는 다른 선택의 여지가 없다. 자동차 키를 들고 내 차가 있는 쪽을 가리킨 후 버튼을 눌렀다. 문이 열리면서 등이 깜박였다.

"저는 어디에 있어야 하나요?"

산토로 형사가 나를 가만히 쳐다보다가 이내 답했다.

"거실 소파에 앉아계시면 됩니다. 제가 같이 있을 겁니다."

"친구 집에 가도 되나요?"

킴에게 전화해서 집으로 가겠다고 하면 된다. 물론 킴이 허락해야겠지만.

"그건 안 됩니다. 현장을 벗어나는 건 안 됩니다."

산토로 형사가 앞장서고 나는 말없이 그를 따라 거실로 들어갔다. 어젯밤에 내 나름대로 집을 샅샅이 뒤졌는데, 경찰관들만큼 철저하게 살펴봤다고는 말 못 할 것 같다. 위층 부엌에서 시끄러운 소리가 들렸다. 접시 깨지는 소리다.

도자기 거북이를 없애서 얼마나 다행인지 모르겠다. 빨래 바구니에 들어있던 옷들도 전부 세탁기에 넣고 돌렸다.

내가 조심스럽게 소파에 앉자 산토로 형사가 내 옆에 앉았다. 그의 검은 눈동자가 내게 고정된다. 거실이 너무 갑갑하게 느껴져서 숨을 제대로 못 쉬겠다. 밖으로 나가면 좋겠지만 날씨가 무척 쌀쌀하다. 그래도 여기만 아니라면 어디든 괜찮을 것 같다.

"시간이 얼마나 걸리나요?" 내가 물었다.

"무엇을 찾느냐에 따라 다릅니다."

"아무것도 없어요."

"그건 두고 봐야 하지 않을까요?"

무릎을 꼭 끌어안았다.

갑자기, 나는 케일럽이 형사에게 월요일 밤에 대해 사실대로 말했다는 걸 알지만, 형사는 내가 그걸 안다는 걸 모른다는 생각이 들었다. 혹시 내가 모른 척하면서 자발적으로 실토하는 것처럼 보이게 할 수 있지 않을까.

"형사님," 나는 조심스럽게 입을 열었다. "저기…… 드릴 말씀이 있는데요. 제가 월요일 밤에 착각을 했더라고요. 기억해보니 남자친구가 잠은 자지 않고 집으로 갔었어요. 제가 잘못 알았어요."

"그거참 재밌군요. 남자친구분도 좀 전에 똑같은 말을 했거든요."

마지막 기회도 날아갔다. 진작 사실대로 말했어야 했는데.

"이야기 하나 해드릴까요?" 산토로 형사가 말한다. "저는 학교 다닐 때 괴롭힘을 당했습니다."

나는 치마에 풀린 실밥 하나를 만지작거리면서 대답했다.

"네……."

내 눈이 산토로 형사 쪽으로 굳이 향하지 않아도 그의 시선이 내게 똑바로 꽂히는 게 느껴졌다.

"꽤 심각한 지경까지 갔었죠. 제 삶이 비참해졌더랬습니다."

"어떨 때는 아이들이 정말 잔인해지기도 하죠."

"아이들은 철이 없으니까요." 형사가 손가락 관절을 뚝 꺾었다. "하지만 어른들은 알 만큼 압니다. 적어도 아이들보다는 잘 알아야 하는 겁니다. 하지만 어른이 되어서도 다른 사람을 괴롭히는 사람들이 많습니다."

나는 눈을 내리깐 채 가만히 있었다. 무슨 말을 해야 할지 모르겠다.

"제가 하는 말뜻을 잘 알 거라 생각합니다, 패럴 씨."

부엌에서 또 한 번 요란한 소리가 들린다. 사람들이 내 집을 다 부수고 있다. 하지만 그걸 걱정할 때가 아니다. 빨래 바구니에서 도자기 거북이가 나타난 이상 무엇이 또 나올지 모른다. 어쩌면 정말로 내가 수갑을 차고 이 집을 나가게 될지도 모른다.

지금이 변호사에게 연락해야 하는 순간이란 생각이 든다. 도저히 알 수 없는 이유로 돈을 죽인 용의자가 되었다. 그렇지만 변호사 비용을 댈 수 있는 돈이 지금 당장 없고, 변호사를 구하면 내가 죄가 있는 것처럼 보일 거라는 생각이 머릿속을 떠나지 않는다.

나는 아무 짓도 하지 않았다. 결백하다. 그걸 증명하기 위한 변호사는 필요 없다.

받는 사람: 내털리 패럴

보낸 사람: 돈 쉬프

제목: 중요

내털리에게,

아주 중요한 일로 내털리와 급하게 의논하고 싶어요. 오늘 일이 다 끝나고 난 후에 내 자리로 와주면 좋을 것 같아요.

돈 쉬프 올림

받는 사람: 내털리 패럴

보낸 사람: 케일럽 맥컬로프

제목: 오늘 밤

오늘 저녁 같이 먹는 거지? 나 요리 중이야! 빨리 와.

받는 사람: 케일럽 맥컬로프
보낸 사람: 내털리 패럴
제목: Re: 오늘 밤

금방 갈게! 해야 할 일이 하나 더 있기는 하지만 저녁 약속에 지장은 없을 것 같아.

받는 사람: 미아 호지
보낸 사람: 돈 쉬프
제목: Re: 안부 인사

미아에게,

누가 오기로 해서 지금 후다닥 이메일 쓰고 있어. 이 집으로 이사 오고 나서 처음으로 손님을 초대하는 거야! 집을 관리하기 위해 내가 불렀던 사람들은 포함하지 않은 거야. 당연한 거 아니니.

엄마도 아직 온 적 없어. 하지만 다음 달에 네가 휴가를 맞아 드디어 여기로 온다니! 너와 조지가 머물다 갈 수 있게 손님방도 벌써 다 꾸며놨어. 비행기 표를 괜찮은 가격에 샀다니 정말 잘됐어!

내털리에게 이야기를 한 건 잘한 일이었어. 내가 이메일을 보내서 퇴근할 때 만날 수 있는지 물었는데, 내털리가 5시 조금 전에 내 자리로 왔어. 작년 회사 장부의 돈이 맞지 않는다는 얘기를 듣더니 나와 함께 조용한 회의실로 자리를 옮겼어.

단둘이 있게 되었을 때 나는 내털리에게 그녀가 성사한 거래마다 돈이 없어졌다고 말했어. 내털리가 액수를 듣더니 깜짝 놀라더라.

그러더니 나한테 질문을 하기 시작했는데, 진짜 백만 개는 물었던 것 같아. 기록을 어디까지 살펴봤냐고 물었어. 그런 다음 돈을 가져간 사람이 누구라고 생각하느냐고 묻길래, 돈에 손을 댈 수 있는 사람이 내털리 말고는 없을 것 같지만 나는 잘 모르겠다고 대답했어. 내털리는 이 이야기를 또 누구에게 말했는지도 물었어.

나는 "아무한테도 안 했어요."라고 말했어. 전적으로 사실은 아니지. 너한테 말했으니까. 하지만 내털리가 그것까지 알 필요는 없다고 봐. 네가 빅스드에서 일하는 것도 아니잖아.

나는 내털리가 회삿돈을 횡령한 사실을 시인하고 내가 신고하기 전에 돈을 되돌려놓겠다고 약속하기를 내심 바랐어. 그런데 대화는 그렇게 흘러가지 않았어. 내털리는 누군가 돈을 훔쳐간 다음에 자기한테 뒤집어씌우려는 것 같다면서 "또 누가 자료를 볼 수 있죠?"라고 물었어.

"지점장님 말고는 없어요." 내가 이렇게 대답은 했지만, 지점장님이 자기가 관리하는 지점의 돈을 훔쳐서 본인 평판 망가뜨릴 일을 왜 하겠어? 또, 자기가 아주 많이 좋아하는 사람에게 죄를 왜 뒤집어씌우려 하겠니?

그런데 뜻밖에도 내털리는 지점장님이 그랬을 수도 있다는 가능성을 부인하지 않았어. 오히려 그 얘기를 듣고 흥분하던걸. 우리가 드라마에 나오는 여고생 탐정 낸시 드루처럼 누가 무슨 이유로 돈을 훔쳐갔는지 힘을 합쳐 알아내야 한다고 말했어. 그러면서 오늘 저녁에 우리 집에서 만나는 게 좋겠다고 제안했어.

내가 얼마나 듣고 싶었던 말이었는지 몰라. 내털리는 내가 제기한 혐의를 무시하는 게 아니라 관심을 기울였고 해결하길 원했어. 우리 둘이 함께 말이야.

그래서 오늘 저녁에 만나기로 했어. 내털리는 범인이 자신의 흔적을 지우려 할지도 모르니 나더러 이 이야기를 아무에게도 하면 안 된다고 했어. 그런 다음 내가 있어 든든하다고 했어.

내털리에게 언제 만나는 게 좋을지 물었어. 내털리가 10시 전에는 어렵다고 하니 아쉽더라. 케일럽하고 약속이 있는데, 그 약속을 취소하면 케일럽이 너무나 실망할 거래. 내털리는 장난스럽게 키득 웃으며 케일럽이 자기한테 완전히 빠져있다고 말했어. 그건 내가 봐도 그래. 케일럽은 내털리가 죽으라면 죽는 시늉도 할 거야.

우리 집에서 내털리하고 근사한 저녁을 함께 먹었다면 좋았겠지만, 한편으로 무슨 음식을 대접해야 할지 걱정이 이만저만이 아니었을 것 같아. 내털리는 음식 취향이 아주 고급이라 단색 식사로는 그녀 수준을 맞추기 힘들 거 같거든. 내가 내털리를 위해 색깔이 한 가지 이상 있는 식사를 준비할 수도 있겠지만, 그러면 너무 많은 스트레스를 받았을 거야.

퇴근하고 집에 와서 계속 청소하고 있었어. 집이 더러운 건 아니지만 모든 것이 완벽하게 보여야 하잖아! 구석구석 먼지도 훔치고, 농구공만 한 도자기 거북이도 깨끗하게 닦았어. 동생에게 밥도 줬으니까 이제 내털리가 오기를 기다리면 돼.

우리 둘이서 정말로 멋진 저녁 시간을 보낼 거야. 레드 와인도 준비했으니 회사 일을 의논하면서 한 잔씩 마실 거야. 서로를 알아가게 되겠지. 내털리에게 동생도 소개해 줄 거야. 그리고 우리 둘이 누가 돈을 훔쳐갔는지도 알아내야지.

어머, 어떡해. 초인종이 울렸어. 내털리가 왔나 봐!

행운을 빌어줘!

너의 친구,

돈 쉬프

44

현재

내털리

벌써 이틀째 잠을 거의 못 잔 채 또 다시 아침을 맞이했다.

경찰은 어처구니없을 정도로 늦은 시간이 되어서야 우리 집을 떠났다. 피 묻은 옷이나 토막 난 팔다리를 가져가는 모습은 보지 못했으니, 그 말인즉 아무것도 찾은 게 없다는 뜻이다. 이제 됐다. 드디어 일상으로 돌아갈 수 있다.

오늘은 오전에 자선 달리기 행사가 있다. 원래대로 진행해야 한다고 고집을 부렸는데, 막상 오늘이 되니 이걸 안 해도 된다면 새끼손가락 하나를 기꺼이 포기할 수도 있을 것 같다는 생각이 진지하게 든다.

날씨는 예상대로 좋다. 바람은 차갑지만 비는 오지 않고, 11월 날씨치고 춥지도 않다. 20분 정도 달리고 나면 기분이 딱 좋아질 날씨다. 날씨를 길조로 생각하기로 했다. 날씨가 좋으니 달리기 행사도 완벽하게 진행되겠지.

동네에서 달릴 때 입는 티셔츠와 반바지 대신 오늘은 몸에 밀착되는 러닝 팬츠와 특별히 주문 제작해 둔 티셔츠를 입었다. 티셔츠를 입으려 머리부터 넣는데, 생각보다 조금 낀다. 그래도 괜찮다. 티셔츠가 작은 건 별로 중요하지 않다.

지난 5년 동안 자선 달리기 행사를 준비하다 보니 이제는 도가 텄다. 보스턴칼리지 학생들을 자원봉사자로 모집해서 급수대 운영, 안내 표지판 게시, 참가자 등록 확인 등 다양한 업무를 맡겼다. 학생들에게 해야 할 일들을 미리 설명해 둬도, 보통은 행사 전날 밤에 일일이 전화를 걸어 다시 확인한다. 하지만 어젯밤에는 내가 그럴 상황이 아니었다. 부디 모든 것이 계획대로 잘 진행되기를 바랄 수밖에 없다.

집을 나서기 전 화장실 거울로 내 모습을 확인했다. 금발 머리는 뒤로 넘겨 높게 올려 묶고, 화장은 5킬로미터를 달리는 사람치고 지나치게 진하지만 땀에 지워지지 않도록 확실하게 했다. 행사를 취재하러 지역 뉴스 방송사에서 올 예정이라 카메라 앞에 설 수 있게 대비해야 한다. 특히나 지난 이틀 밤을 생각하면, 화장을 하지 않고 카메라에 찍히고 싶은 생각은 추호도 없다. 오늘 아침에 무거운 몸을 끌고 화장실에 가서 거울을 보니 내 얼굴이 마치 프랑켄슈타인의 신부 같았다. 이번 주에는 뿌리 염색을 할 시간도 없었지만, 다행히 못 봐줄 정도는 아니다.

행사 시작 한 시간 전에 우버를 타고 플로리안홀로 갔다. 내가 예상한 최악의 상황과 달리 다행히도 보스턴칼리지 학생인 클레오가 플로리안홀 앞에 테이블을 갖다 놓고 등록 확인을 위한 클럽보드, 물통과 작은 컵들을 준비해 놓고 있었다. 클레오는 작년에도 나를 도와줘서 무얼 해야 하는지 정확히 알고 있었다.

"내털리 씨!" 클레오가 나를 향해 손을 힘차게 흔들었다. "준비 다 해놨어요!"

클레오는 이제 겨우 스무 살이다. 눈이 어찌나 반짝거리는지 내가 상대적으로 더 피곤해 보이는 것 같다. 게다가 나는 5킬로미터도 뛰어야 한다. 그래도 클레오의 도움을 받을 수 있어서 얼마나 고마운지 모른다. 클레오는 뇌성마비를 앓는 사촌이 있어서 이 자선 사업을 적극적으로 지지한다고 했다.

"다른 사람들은 왔어요?"

"거의 다요." 클레오가 눈을 가늘게 뜨며 먼 곳을 바라봤다. "엘리는 독감에 걸린 것 같다는데, 내가 보기엔 엄살인 것 같아요. 그래도 인원은 충분해요. 표지판도 전부 붙였고요. 준비는 다 끝났어요."

"정말 고마워요." 안도감에 다리가 풀릴 것 같았다. "덕분에 준비가 잘됐어요. 사전 점검차 전화를 한번 했어야 했는데…… 어제 좀 바빴어요."

클레오가 목소리를 확 낮추며 말했다.

"직장 동료에게 무슨 일이 있었는지 들었어요. 정말 유감이에요. 그런 짓을 한 악당을 찾아내면 좋겠네요."

나도 바라는 바다. 내가 얼마나 간절히 바라는지 클레오는 상상도 못 할 거다.

아무튼 모든 준비가 다 끝났으니, 출발점 근처에서 스트레칭을 하며 기다리기로 했다. 허벅지 뒤쪽 근육을 늘리고 있는데, 팔뚝에 차고 있는 휴대폰이 울렸다. 거치대에서 꺼내 화면을 내려다봤다.

발신번호표시제한

지난밤에는 전화가 오지 않았다. 산토로 형사가 우리 집에 있는 동안 내심 전화가 왔으면 했다. 누군가가 나를 괴롭히고 있다는 사실을 그에게 보여주고 싶었는데, 막상 전화는 없었다. 어쩌면 다행일지도 모른다. 산토로 형사는 전혀 영향을 받지 않았을 테니까.

나는 고민을 하다가 휴대폰을 귀에 갖다 댔다. "여보세요?"

역시나 말이 없다.

지난번에 전화가 걸려 왔을 때는 전화기에 대고 소리를 질렀지만, 지금은 그레그 로스키 덕분에 내가 뭘 해야 하는지 정확히 안다.

표시를 제한해 놓은 번호를 알아내기 위해 전화추적기 앱을 연다. 이게 정말 될지 확신이 들지 않았는데, 다음 순간 휴대폰 화면에 번호 하나가 뜬다. 세상에, 그레그가 말한 대로다. 클레오가 설치해 놓은 테이블에서 펜을 집어 들고 급한 대로 눈앞에 있는 종이 위에 번호를 적는다.

그런 다음 번호를 가만히 내려다봤다. 지역 번호가 보스턴이 아니다. 아무래도 로드아일랜드주인 것 같다. 휴대폰에서 전화번호부 검색 페이지를 불러온 다음 숫자 열 개를 입력했다.

내 짐작이 맞았다. 로드아일랜드주 프로비던스시 외곽에 있는 어느 모텔 전화번호다.

이건 또 뭐지.

"내털리?" 회색 반바지와 내가 미리 준 엑스라지 티셔츠를 입은 케일럽이 내 뒤에 서있었다. 그가 나에게 한 짓을 생각하면 불같이 화가 나지만, 나를 응원하는 사람이 별로 없는 마당에 나를 위해 여기 나타난 케일럽에게 계속 화가 난 채로 있을 수는 없다. 게다가 달리기 복장을 한 그가 너무 섹시하다. 몸에 꼭 맞는 티셔츠 아래로 근육이 도드라졌다.

"와줬네."

케일럽이 한쪽 입꼬리를 올리며 미소를 지어 보였다. "자기에게 두 번이나 실망을 주고 싶지 않았어."

"고마워."

"내털리……." 케일럽이 마른침을 삼켰다. 그의 눈 밑에는 내가 오늘 아침에 화장으로 가린 것과 똑같은 다크서클이 있었다. "정말 미안해. 마음이 계속 불편해."

"자기 잘못 아니야." 따지고 보면 케일럽 잘못은 아니다. 경찰에게 거짓말을 해달라고 부탁한 내가 잘못한 거다. 겨우 두 달 사귄 남자친구에게 부탁할 만한 일이 아니었다. 반년 이상 만난 사이에는 가능할지 몰라도. "이젠 괜찮아."

"그래?"

나는 고개를 끄덕였다.

"경찰이 어젯밤 우리 집에 와서 다 둘러보고 갔어." 집을 엉망으로 만들고 갔다는 말은 굳이 하지 않았다. "그래서 그들이 내가 돈이 죽은 사건과 아무 관련이 없다는 걸 깨달은 것 같아. 이제는 진짜 범인을 찾는 데에 집중할 거야."

"잘됐다!"

"그리고 말야……." 나는 휴대폰을 들어 보였다. "지난 며칠 동안 발신 번호 표시를 제한한 전화가 계속 왔었어. 돈 집에 갔다 온 날 이후로. 그래서 내가 이 앱을 깔아서 번호를 알아냈는데, 로드아일랜드주에 있는 어떤 모텔이야."

"그래? 이상하네."

휴대폰에 나와있는 주소를 케일럽에게 보여줬다.

"자기도 여기 모르지?"

"몰라." 케일럽이 눈을 찌푸리며 주소를 자세히 봤다. "잘 알지도 못하는 모텔에서 자기한테 전화를 왜 했을까?"

"나도 모르겠어, 그렇지만…… 지금 벌어지는 일과 관련이 있다는 생각이 들어. 오늘 행사가 끝나면 가볼 생각이야."

"좋은 생각이야." 케일럽이 동의한다는 듯이 고개를 끄덕였다. "나도 같이 갈게."

내가 눈을 동그랗게 뜨며 물었다.

"로드아일랜드까지 그 먼 길을 나하고 같이 가겠다고?"

"그럼." 케일럽이 활짝 웃는다. "자기만 괜찮다면."

나는 더 참지 못하고 활짝 웃었다. 그가 같이 가준다면 당연히 좋지. 어제 세스가 나를 그렇게 대한 후로 그 관계는 진짜 영원히 끝이다. 이번 한 번뿐이라는 말은 앞으로 다시는 안 할 거다. 나를 이렇게나 챙겨주는 남자친구가 있는데 **아직도 유부남**인 그런 못난 놈에게 내 시간을 허비하고 있었다니, 세상에나.

케일럽의 티셔츠 끝자락을 장난스럽게 잡아당겼다.

"우리 어제 못한 저녁을 오늘 밤에 하면 어떨까?"

그의 눈이 반짝거렸다. "좋아."

시야에 뉴스 취재팀이 카메라를 설치하는 모습이 들어왔다. 어쨌든, 딱 제시간에 무사히 도착했다. 시간이 넉넉해서 자선 사업의 목표를 설명하는 간단한 인터뷰를 한 다음 달리기를 시작하는 장면을 찍으면 된다.

오늘 달리기 행사에는 열댓 명쯤 왔다. 처음에는 50명 정도 올 거라 예상했는데 아무래도 돈 사건 때문에 사람들이 집에 있기로 한 것 같다. 참가자가 많을수록 우리가 하는 자선 사업에 대해 널리 알릴 수 있는데, 마음이 쓰리지만 어쨌든 기부금은 계속 모이니까 괜찮다. 어밀리아를 위한 일임을 절대 잊어서는 안 된다. 달리는 사람들은 많이 오지 않았어도, 달리기가 시작하는 순간을 보려고 꽤 많은 사람이 모여들었다.

군중을 마주 보고 있는 나는 입술 양 끝을 위로 올렸다. 딱히 웃을 기분은 아니지만, 웃는 표정을 계속 짓고 있다 보면 기분이 좋아질 것 같다. 내가 관중에게 손을 흔들자, 우리 티셔츠를 입은 몸집이 건장한 어떤 남자가 내게 손을 흔들어 줬다.

그 순간, 그 남자 뒤에 있는 사람이 눈에 들어온다. 본 적 있는 얼굴인데. 푸석푸석한 갈색 머리와 지극히 평범한 얼굴⋯⋯.

설마 세스 아내인가? 여기 왜 온 거지?

"내털리!" 뉴스팀 소속 마리아 몬테이로가 내게 손을 흔드는 바람에 나는 할 수 없이 눈을 돌렸다. 마리아는 작년 달리기 행사 때도 취재하러 왔었다. 윤기가 흐르는 검은 머리에 새빨간 립스틱을 바르고 정장을 입은 그녀 모습이 완벽하다. "행사 시작 전에 짧게 인터뷰할 시간 있을까요?"

"그럼요!" 나는 머뭇거리며 말을 이었다. "저, 그런데, 제 동료 돈 쉬프 이야기는 안 하면 좋겠어요. 요 며칠 뉴스에서 떠들썩한 건 알지만, 사람들의 관심을 우리가 오늘 달리는 목적에서 다른 데로 돌리고 싶지 않아서요. 뇌성마비 연구를 위한 모금에 집중하고 싶어요."

마리아는 얼굴에 떠오른 실망감을 감추지 못하는가 싶었지만, 노련하게 재빨리 대처했다. "알겠어요. 당연히 그래야죠."

"이해해 줘서 고마워요, 마리아."

나는 군중 쪽을 흘긋 돌아보며 눈으로 세스 아내를 찾았다. 하지만 그녀는 사라져버리고 난 후다. 아니면 처음부터 그저 닮은 사람이었나? 내가 신경이 너무 예민해져 있나 보다. 나는 머리 뒤로 손을 뻗어 묶은 머리를 가지런히 정돈한 다음 시청자들에게 티셔츠 문구가 잘 보이게 옷에 구김이 없도록 잡아당겼다. 마리아가 카메라맨에게 손짓하자 그가 카메라 렌즈를 내 쪽으로 향하고, 마리아는 마이크를 꺼내 들었다. 아마도 작년처럼 도입부를 따로 짧게 녹화한 다음 영상을 하나로 연결할 생각인가 보다.

마리아가 인터뷰를 시작했다. "내털리 씨, 올해가 다섯 번째로 열리는 자선 달리기 행사인 거죠?"

내가 고개를 끄덕이자 하나로 묶은 머리가 목 뒤에서 찰랑인다. "그렇습니다. 뇌성마비 연구를 위한 기금을 마련하고 있습니다."

"이 자선 사업이 내털리 씨에게 각별한 의미가 있다고요?"

"제 친한 친구가 어릴 때 뇌성마비를 앓았었어요. 이 달리기 행사는 어밀리아를 기리는 것입니다."

마리아가 마이크를 자기 쪽으로 가져가 다음 질문을 하는데, 내 눈길이 또다시 사람들이 모인 쪽으로 끌렸다. 이번에는 멜린다 호프먼이 아니다. 차라리 그녀였다면 나았을지도. 관중 가운데 두 사람이 길을 터주니 검은 눈동자를 가진 덩치 큰 남자가 사람들을 헤치고 앞으로 나왔다.

산토로 형사다.

마리아가 내 얼굴 앞에 마이크를 바싹 가져다 댔지만, 나는 그녀가 방금 무슨 질문을 했는지 전혀 기억이 나지 않았다.

"어, 죄송해요, 질문을……."

정말 당황스럽다. 생방송이 아니라서 다행이다. 마리아가 영상을 편집할 때 내가 허둥대는 부분을 잘라내면 된다.

"달리기가 곧 시작하려는 것 같네요." 마리아가 주변을 살폈다. "내털리 씨도 준비해야 하니 보내드리겠습니다. 좋은 일에 힘써주셔서 감사합니다."

"네……."

산토로 형사가 나에게 점점 가까워졌다. 무슨 일이지? 달리기가 시작하려는데 내게 질문을 또 퍼부으려는 건가? 다른 것도 아니고 이건 자선 행사란 말이야. 저 남자는 다른 사람을 존중하는 법을 도통 모르는 건가?

"케일럽!" 나는 목을 빼고 남자친구를 찾았다. 몇 미터 뒤에 케일럽이 보였다. "케일럽, 잠시 시간 있어?"

일들이 마무리될 때까지 케일럽이 형사를 상대해 줄 수 있을 것 같다. 나는 지금 해야 할 일이 너무 많다. 달리기 시작까지 15분도 채 남지 않아서 이미 대답한 질문에 또 답하고 있을 시간이 없다. 내 집도 다 뒤지고 갔으면서, 도대체 나한테 뭘 더 원하는 거지?

고개를 돌리니 산토로 형사가 코앞에 와있었다. 내게서 한 발짝도 채 떨어져 있지 않았다. 그의 눈동자가 바닥이 보이지 않는 구덩이처럼 보인다. 나도 모르게 한 발짝 뒤로 물러섰다.

"형사님, 지금은 이야기를 나눌……."

"내털리 패럴 씨." 그의 목소리가 단호했다. "돈 쉬프 씨 살해 혐의로 체포합니다."

뭐라고?

숨이 탁 막혔다. 하필 방송국 카메라가 여전히 나를 향하고 있었다. 주변에 모여있는 사람들이 하나둘씩 휴대폰을 꺼내 들더니 나를 찍었다. 재수 없는 형사 같으니라고. 일부러 사람이 많이 모인 순간을 골라 나를 체포하는 건가. 내게 망신을 주려고 말이다. 내가 잘못한 게 없는데도.

어쩌면 빨래 바구니에 도자기 거북이를 숨겨둔 게 이 사람일 지도 모른다.

"지금 저를 놀리시는 건가요?" 내 목소리가 격양됐다. "왜 저 를…… 나는 아무것도 안 했어요! 무슨 근거로 이러세요?"

산토로 형사는 아무 말도 하지 않았다. 대신 수갑을 꺼내 내 손목에 철컥 채웠다. 차가운 금속이 피부를 파고들었고, 내 다 리가 휘청였다. 내 권리를 알려주는 산토로 형사의 목소리가 어 렴풋이 들렸다.

케일럽이 헐레벌떡 뛰어왔다. 나와 눈이 마주친 그는 완전히 겁에 질린 표정을 짓고 있었다.

"내털리!" 그의 목소리가 귀로 날아들었다.

"케일럽," 나는 숨을 헐떡댄다. 사람들이 점점 모여들고 방송 국 카메라가 전부 나를 향하고 있다. "내가 아까 보여준 주소. 자기가 거기에 가줘. 부탁해!"

"내털리……."

"꼭 가줘!" 나는 있는 힘을 다해 말을 내뱉는다.

산토로 형사가 내 팔을 잡아끈다. 나를 경찰차에 태워 경찰서 로 데려간 다음 감옥에 던져 넣겠지. 이걸 막을 방법이 내게는 없다. 이유는 모르겠지만 누군가 내게 누명을 씌웠고, 그것도 아주 잘 해냈다.

내 인생은 사람들이 보는 앞에서 끝이 나버렸다.

2부

THE
COWORKER

45

돈

세상에서 가장 무서운 동물 중 하나는 자라다.

생김새는 그렇게 무서워 보이지 않는다. 등 껍데기도 우리가 쉽게 떠올리는 거북이와 다르다. 언뜻 팬케이크에 머리와 다리가 달린 것처럼 보이기도 한다. 하지만 속지 말 것. 자라는 치명적일 때가 있다. 모래에 숨어 미동도 없이 먹잇감을 참을성 있게 기다린다. 언제든 아주 날카로운 주둥이로 공격할 태세를 갖추고 있다.

먹이를 잡으려면 필요한 것, 바로 인내심이다.

이렇게 자라에게서도 배울 점이 있다.

아침 내내 뉴스를 보고 있다. 보고 또 본다.

아무리 봐도 질리지 않는다. 형사가 사람들을 헤치고 내털리에게 다가가 체포한다고 말하는 순간, 그가 수갑을 채우자 내털리 얼굴에 떠오른 깜짝 놀란 표정. 방송국 취재팀이 자선 달리기 행사를 취재하러 왔다가 기대 이상의 장면을 찍었다. 사우스 쇼어에서 사람들 입에 두고두고 오르내리게 될 이야기를 카메라에 담았다.

휴대폰이 지금 내게 있으면 좋았을 텐데. 유튜브에는 내털리가 체포되는 장면을 찍은 영상이 분명 넘쳐날 거라서 눈에서 피가 날 때까지 반복해서 볼 수 있었을 거다. 하지만 휴대폰을 집에 두고 와야 했다. 다른 선택의 여지가 없었다.

진짜처럼 보여야 했으니까.

나는 더블베드에 등을 꼿꼿이 펴고 앉아 거북이 솜인형을 껴안았다. 인형 이름은 꽤 단순하게 '북이'다. 네 살 때 붙인 이름이라 그렇다. 집에서 가지고 온 몇 안 되는 물건 중 하나다. 이게 없어진 걸 누가 알아차릴 수도 있어서 위험이 따랐지만, 그만한 가치가 있었다. 유치원을 다닐 때부터 매일 밤을 나와 함께 잔 거북이다. 도저히 두고 올 수가 없었다.

동생을 남겨두고 와야 해서 마음이 정말 괴로웠다. 부디 잘 있기를.

침대가 심하게 불편하다. 집에는 메모리폼 매트리스에 40수 침대 시트와 다운 컴포터가 있다. 물론 모텔에 있는 침대가 집만큼 편할 거라는 생각은 안 했다. 하지만 나를 가장 괴롭히는 건 거친 시트나, 비닐 커버를 씌운 탓에 돌처럼 딱딱하면서 동시에 울퉁불퉁한 매트리스가 아니다.

내가 밤에 자꾸 뒤척이는 이유는 시트와 베갯잇의 색이 완전히 서로 다르기 때문이다. 아니, 농담이 아니다. 시트는 흰색인데

베갯잇은 오프화이트라서 거의 **황갈색**에 가깝다. 게다가 더 끔찍하게도 담요는 파란색이다! 쳐다보기만 해도 소름이 돋는다.

이제 다시는 집으로 돌아갈 수 없겠지.

집이 그립다. 흰색 시트와 흰색 베갯잇과 흰색 담요가 있는 내 침대가 그립다. 그래도 그만한 가치가 있었다. 모든 것을 걸 가치가 있었다.

어쨌거나 이 침대가 오늘 밤 내털리가 자게 될 곳보다 더 좋다는 사실은 틀림없다. 구치소가 아늑할 리는 없을 테니까. 일이 어찌나 완벽하게 풀렸는지 정확하게 토요일에 내털리가 체포되었다. 주말 내내 구치소에 갇혀있어야 할 거다.

침대 옆에 놔둔 메모 패드를 집어 들었다. 지금은 미아에게 이메일을 보낼 수 있는 상황이 아니니 대신 손편지를 썼다. 못 다 한 이야기가 있어서 종이에라도 풀어놓고 싶었다. 실질적으로 이것이 미아에게 쓰는 마지막 편지다.

리모컨에 손을 뻗어 뉴스가 나오는 다른 채널을 찾아봤다. 내털리가 체포되는 장면을 또 보고 싶다. 내 컴퓨터가 다시 생기면 그 장면을 배경화면으로 설정할 거다.

배가 꼬르륵거린다. 먹을 거라고는 모텔방 소형 냉장고에 넣어둔 소량의 음식이 전부다. 바깥에 자판기가 몇 대 있다. 내 방문이 밖으로 바로 연결되어 있어서 다른 사람들을 마주치지 않고도 자판기까지 갈 수 있다. 하지만 이미 아침으로 자판기에서 뽑은 도리토스 한 봉지를 먹었다. 점심으로 또 과자를 먹고 싶지는 않다.

모텔 밖으로 멀리 나갈 생각은 없다. 내 머리카락을 감추려고 아무 특징이 없는 갈색 가발을 가져오긴 했다. 어떤 사람들은 신분을 위장할 때 머리를 자르는데, 내 머리는 이미 바짝 잘라 길이가 1센티미터 정도밖에 되지 않는다. 그래서 내가 할 수 있는 선택은 가발뿐이다. 5분 이상 착용하면 머리가 심하게 가려워지는 싸구려 가발을 쓰고, 그 위에 좀 더 그럴듯하게 보이려고 야구모자를 썼다.

그렇다고 해도 내 얼굴은 지난 며칠 동안 뉴스에 계속 나오고 있다. 특별히 오늘은 아침에 내털리가 체포된 이후로 더 심해졌다. 변장을 해도 바깥을 돌아다니는 건 너무 위험하다. 쓸데없는 위험을 자초하고 싶지 않다.

다른 사람 눈에 띄어서는 안 된다. 힘들게 고생해서 내털리가 체포되었다. 앞으로 조금만 더 견디면 되는데 내가 다 망쳐버릴 수 없다.

내털리는 대가를 치러야 한다. 내가 아니면 아무도 하지 않을 일이다.

뉴스에서 내 이야기로 넘어간다. 돈 쉬프라는 사람의 삶을 떠들어댄다. 나에 대해 제대로 알지도 못하면서 말이다. 어디서 자랐고, 고등학교와 대학교를 어디서 나왔고, 결혼은 하지 않았고 아이가 없다는 정도의 기본적인 내용이 나온다. 나의 못생긴 옛날 사진도 몇 장 나온다. 물어보나 마나 엄마가 제공한 사진일 테지.

뉴스에서 언제나 제일 많이 보여주는 사진은 사원증 사진이다. 나는 사진이 잘 나온 적이 한 번도 없지만, 그 사진은 특히나 끔찍하다. 샤워를 막 하고 난 뒤라 머리는 딱 달라붙고, 눈은 귀신이라도 본 것처럼 크게 뜨고 있다. 형편없는 머그샷 같다.

내털리는 머그샷에서 어떤 모습일지 궁금하다. 그녀라도 예쁘게 나오지는 못할 거다. 아무리 아름다운 그녀라도 말이다. 내털리는 언제나 아름다운 사람이었지. 그녀가 아름답지 않았다면 더 좋은 사람이 될 수 있었을까?

이제 텔레비전에서 엄마가 나온다. 엄마가 카메라 앞에서 나와 혈육 관계임을 본인 입으로 말하다니 믿을 수가 없다. 내 죽음에 정의를 원한다고 울먹이고 있다.

나는 텔레비전 속 엄마 얼굴을 가만히 바라보며 어떤 감정이 일어나는지 기다려본다. 죄책감이나 후회나…….

아무것도 느껴지지 않는다.

엄마는 내 인생에서 단 하루도 나를 지지해 준 적이 없다. 내가 어렸을 때 엄마는 나 때문에 창피해서 고개를 들 수가 없다고 했다. 내가 어른이 되고 나서는 매달 내가 보내주는 돈에만 관심이 있었다. 내가 영영 나타나지 않아도 엄마는 가끔씩, 아주 조금은 슬퍼하겠지만 그보다는 내 은행 계좌에 남겨둔 돈을 좋다구나 하며 받을 거다. 내가 엄마에게 마음을 쓰는 만큼 엄마는 내게 마음을 쓰지 않는다. 만약 내가 무슨 일을 꾸미는지 엄마가 알았다면 제 발로 경찰에 찾아갔겠지.

침대에서 몸을 일으켜 세우는데 왼쪽 손목이 욱신거린다. 월요일부터 붕대를 감고 있다. 집 거실 바닥에 피 흔적을 남기느라 손목에 상처를 냈다. 매우 조심해야 했다. 자칫 깊게 베기라도 하면 내가 끝났을 테니까.

바깥에서 나는 시끄러운 소리에 몸에 힘이 들어간다. 내 방은 2층이지만, 벽은 종잇장처럼 얇고 창문은 비닐로 만든 것 같다. 난방도 안 돼서 어젯밤 내내 얇은 폴리에스터 담요(파란색 말이다!) 아래서 덜덜 떨었다. 복수가 쉬울 수는 없지.

텔레비전을 끄고 창가로 걸어갔다. 녹색 포드가 모텔 사무실 바로 앞에 있는 주차장에 들어와 섰다. 나는 안경을 콧등 위로 바짝 밀어 올리고 창문 너머를 뚫어지게 봤다.

포드 운전석이 열리더니 누군가 내렸다. 나는 즉시 알아볼 수 있었다.

케일럽 맥컬로프다.

그에게서 눈을 떼지 않은 채 커튼을 잡아당겨 얼굴을 반쯤 가린다. 케일럽은 곧장 사무실로 향하더니 안으로 들어가버린다. 나는 창가에 서서 사무실에서 무슨 일이 벌어지는지 궁금해했다. 케일럽이 뭐 하는 거지?

배 속이 울렁거린다. 분명히 조심했는데.

10분 후 케일럽이 사무실에서 나왔다. 왼쪽으로 방향을 틀어 내 방이 있는 쪽으로 움직인다. 2층으로 올라가는 계단 앞에서 잠시 걸음을 멈추는가 싶더니 계단을 오르기 시작했다.

나는 창문에서 한 걸음 뒤로 물러섰다. 무슨 일이지? 케일럽이 왜 여기 온 거지?

잠시 후 케일럽이 내 시야에서 사라졌다. 그가 2층으로 올

318

라왔나 보다. 복도를 걸어오는 발소리가 점점 커졌다. 다음 순
간…….

똑, 똑, 똑. 내 방문을 두드렸다.

케일럽이 왔다.

46

나는 대답하지 않았다. 청바지에 손을 닦으며 문에서 뒷걸음질 쳤다. 불안한 마음에 방을 둘러봤다.

케일럽이 다시 문을 두드렸다.

"돈!" 얇은 방문을 뚫고 들어오는 그의 목소리가 마치 나와 같은 방 안에 있는 것처럼 들렸다. "돈, 나야. 문 열어!"

나는 천천히 문으로 걸어가 잠금장치를 열고 손잡이를 돌렸다. 눈앞에 케일럽이 서있었다. 자선 행사에서 달리지도 않았는데 갈색 머리는 바람에 헝클어져 있고, 손에는 아까는 미처 보지 못했던 하얀 종이봉투를 들고 있다. 그가 내 쪽으로 봉투를 내밀며 말한다.

"이거 주려고 가져왔어."

내가 옆으로 비켜서자 케일럽이 모텔 방으로 들어왔다. 나는 그의 등 뒤에서 문을 닫고 잠금장치를 다시 돌렸다.

"체포되는 거 봤어?" 그에게 물었다.

케일럽이 나를 보며 활짝 웃으며 답했다. "응, 나는 바로 그 자리에 있었잖아. 네가 그 얼굴을 봤어야 하는 건데, 돈. 진짜 끝내줬어."

"나도 아침 내내 뉴스로 봤어." 지금은 꺼져있는 텔레비전을 흘깃 봤다. "반복 재생으로 해놓고 싶어."

케일럽이 바지 주머니에 손을 넣더니 휴대폰을 꺼내 건넸다. "인터넷에 다 올라와 있어. 일단 먹어. 그러고 나서 실컷 봐."

나는 지금 당장 보고 싶었지만, 배가 너무 고파서 그의 말을 따르기로 했다. 종이봉투를 열어 흰 빵에 흰 칠면조 고기를 얹고 마요네즈를 뿌린 샌드위치를 꺼냈다. 케일럽은 내가 단색 식사를 즐긴다는 걸 안다. 그래서 봉투도 흰색에 담아온 것이다. 나에 대해 이렇게나 잘 안다.

음식 색깔은 사람들이 생각하는 것 이상으로 중요하다. 푸른 바다거북은 먹는 데에서 몸의 색을 얻는다. 기본적으로 초식동물이라 주로 해초와 이끼를 먹는데, 그 때문에 연골과 지방이 초록색을 띠는 것이다.

"샌드위치가 하나뿐인데? 케일럽은 안 먹어?"

"난 여기 오는 길에 버거 먹었어." 케일럽이 어깨를 으쓱해 보였다. 그는 음식 색깔 같은 걸 신경 쓰지 않는다. 나와 달리 그는 평범하다. 글쎄, 자기 여자친구에게 살인죄를 뒤집어 씌우려고 계획 세우는 걸 평범하다고 할 수 있을지 모르겠지만. "어서 먹어. 많이 배고플 텐데."

나는 샌드위치를 물어뜯을 듯이 한입 크게 베어 물었다. 이번 주 내내 잘 먹지 못했다. 약간의 음식을 챙겨와 모텔방 냉장고에 넣어둔 게 전부이고, 말했듯이 밖으로 자주 나가는 건 겁이 났다. 케일럽은 음식을 갖다주기 위해 주중에 한 번 겨우 올 수 있었다. 많은 끼니를 자판기 식품으로 때웠기 때문에 내 영양 상태는 엉망일 것이다.

케일럽이 침대 발치에서 멈칫하더니 이마를 찡그리며 방 안을 둘러봤다. "뭐가 좀 달라진 것 같네."

"내가 배치를 다시 했어."

나는 모텔방 가구 배치가 완전히 잘못되어 있었다고 설명할 용의가 있었지만, 케일럽은 묻지 않았다. 서랍장, 소형 냉장고, 스탠드를 키 순서대로 옮겨놓았다. 또 청소 직원이 본인 의무를 상당히 등한시하고 있음이 확실해서, 내가 청소도 제법 많이 했다. 청소 직원이 화장실에 들어올 일이 생기면 그가 가져다준 세면도구들을 내가 다시 정리해 놓은 걸 보고 감탄할지도 모른다.

아님 말고.

"모텔 사무실에는 왜 갔던 거야?" 내가 칠면조 고기와 흰 빵을 입안 가득 넣고 물었다.

케일럽이 얼굴을 찡그렸다. "돈, 내털리한테 전화했어?"

뺨이 달아오른다. 케일럽이 알고 있을 거란 생각은 못 했다. 그러면 안 된다는 건 알았지만 내털리 목소리에 담긴 공포를 귀로 느끼고 싶었다. 내털리가 자기를 내버려두라고 소리 지를 때는 짜릿했는데.

"발신 번호를 숨기고 전화 걸었어."

"돈……." 케일럽이 화가 났는지 숨을 길게 내뱉는다. "좋은 생각이 아니었어. 내털리가 번호를 추적해서 이곳을 알아냈어. 오늘 아침에 나한테 말해준 거야. 걔가 체포되지 않았다면 오후에 여기로 직접 오려고 했어. 그러면 우리 다 끝장났을 거야, 알아?"

"으응……."

그래, 내털리에게 전화한 건 충동적이었다. 하지만 케일럽도 잘못이 없는 건 아니다. 책상 위에 장식용 거북이 인형을 계속 올려놓아서 일주일 내내 내털리에게 고통을 줬다고 했다. 만에 하나 내털리에게 들키기라도 했다면 모든 계획이 엉망이 되었을 거다.

"더 이상 여기 있는 건 안전하지 않아." 케일럽이 손으로 목덜미를 문질렀다. "내가 방값 계산하고 체크아웃했어. 오늘 다른 곳을 찾아보자."

"알았어."

이 싸구려 모텔에서 벗어나게 되어 기쁘지만, 다음 갈 곳이 여기보다 더 나을 거라는 보장은 없다. 사실 나는 뉴잉글랜드를 완전히 벗어나고 싶다. 그러고는 남쪽으로 가는 거다. 하지만 케일럽은 지금 차를 몰고 오래 돌아다니는 건 너무 위험하다고 생각한다. 하긴 그가 갑자기 회사를 그만두면 의심을 살 거란 말도 맞다. 그가 회사에 조금 더 붙어있다가 움직여야 할 것 같다.

딱히 가고 싶은 곳이 있는 건 아니다. 언제나 그저 남쪽에서 살고 싶었다. 남부 사람들이 더 친절하니까.

케일럽이 침대 위로 올라와, 샌드위치를 먹는 내 옆에 누웠다. 케일럽이 없었다면 이번 일은 절대 해낼 수 없었다. 남우주연상이라도 받아야 할 정도로 그는 자기 역할을 완벽하게 해냈다. 기대 이상이었다. 덕분에 내털리가 알리바이로 케일럽을 이용하려다가 자기 무덤을 파고 말았다.

케일럽이 어떻게 그렇게 오랫동안 남자친구 행세를 했는지 모르겠다. 그래도 내털리와 잠은 자지 않았다. 내게 그녀와 자지 않겠다고 맹세했었다.

나는 샌드위치를 먹으면서 텔레비전을 다시 켰다. 잔인하게 구타당한 뒤 코하셋의 숲에서 발견된 시신 이야기가 나오고 있다. 돈 쉬프, 나의 시체라고 여겨지는 시신이다.

"조만간 경찰이 네가 아니라는 걸 알아낼 거야." 케일럽이 말했다.

"나도 알아."

"젠장, 이제 어떻게 되는 거지?" 케일럽이 낮게 중얼거렸다.

우연히도 내 또래로 보이는 데다가 하필 얼굴을 알아볼 수 없을 정도로 맞은 여성의 시체가 발견되는 바람에 경찰은 그 시체가 나라고 생각했다. 뉴스에서 그녀 치아가 거의 다 부러져서 치과 기록은 살펴볼 수 없을 거라고 했다. 덕분에 내털리를 체포할 수 있었지만, 궁극적으로는 아무런 쓸모가 없게 될 게 뻔하다. 결국 DNA 검사를 통해 시신이 다른 사람이라는 사실이 밝혀질 거다. 누군지도 모르는 사람의 시체로 내털리를 감옥으로 보내지는 못할 테지.

케일럽이 텔레비전에서 눈을 떼지 못했다.

"어떤 정신 나간 사람이 저런 짓을 하는 걸까?"

"세상에 정신 나간 사람은 많아. 그 정도는 알 줄 알았는데."

"알긴 알지. 하지만 너무 심하게 맞아서 얼굴을 알아볼 수 없을 정도라니……." 케일럽이 살짝 메스꺼워한다. "게다가 아무도 저 여자를 찾지 않잖아."

나는 칠면조 샌드위치 마지막 조각을 목으로 넘긴 다음 케일럽 손에 있는 핸드폰을 턱으로 가리켰다. "영상 좀 보여줘."

케일럽이 영상 하나를 이미 띄워놓고 있었다. 내가 그랬던 것처럼 케일럽도 영상들 보는 데에 마음이 쏠려있었나 보다. 그도 나만큼이나 내털리를 미워하고, 나만큼이나 이 순간을 기다려왔다. 우리는 같이 영상에 집중했다.

형사가 피의자 권리를 알려주는 동안 내털리 얼굴이 화면에 크게 잡힌다. 내털리가 입술을 비죽거린다. 얼굴이 시뻘겋게 변하더니 다음 순간 뭐라고 소리를 지른다.

"케일럽을 부르네."

"응, 맞아." 케일럽이 조용히 대답했다.

형사가 수갑이 채워진 내털리 팔을 잡아끌자 그녀가 비틀거린다. 형사는 내털리를 경찰차로 데려가 태운 다음 차 문을 닫는다. 내털리가 울음을 터뜨린다. 얼굴이 일그러지며 눈물이 뚝뚝 떨어진다. 코에 콧물 방울이 맺히는데도 내털리는 닦을 생각을 못 한다.

"우아, 세상에." 나는 고개를 들고 케일럽을 봤다. "우리가 해냈어."

"우리가 했어."

우리는 잠시 그대로 앉아 서로의 눈을 바라봤다. 케일럽이 먼저 몸을 앞으로 숙여 내 입술에 입을 맞춘다. 나는 양손으로 그의 셔츠를 움켜쥐고 케일럽을 더 가까이 끌어당겼다. 케일럽이 비닐로 감싼 매트리스에 깔린 흰색 침대 시트와 황갈색 베갯잇 위로 나를 밀어 눕히고, 내 손목에 감긴 붕대를 건드리지 않도록 조심하면서 내 위로 올라왔다.

"우리가 해냈어." 케일럽 입술이 내 목을 따라 내려가자 나는 가쁜 숨을 내쉬었다. "우리가 해냈다고."

"그래." 케일럽이 내 귀에 속삭였다. "정말 사랑해, 돈."

"나도 사랑해."

케일럽이 키스하며 내 셔츠 단추를 풀고, 나는 침대 시트와 베갯잇이 서로 완전히 다른 흰색이라는 사실을 더 이상 신경 쓰지 않는다. 케일럽이 더듬거리며 리모컨을 찾더니 텔레비전을 끄려 하길래 나는 그의 손목을 붙잡아 막는다.

"나 더 보고 싶어. 배경음악처럼 틀어놓자. 괜찮지?"

케일럽이 못 말린다는 얼굴로 나를 봤지만, 그는 지금까지 내게서 이상한 요구를 수도 없이 들어왔다. 이 정도는 그렇게 이상한 부탁도 아니다. 이 남자는 최소 열 개가 넘는 거북이 솜인형과 함께 침대에서 자기도 했다.

"그래, 알았어."

케일럽 때문에 지금 내 기분이 너무 좋고, 나 역시 이걸 간절히 바랐지만 눈이 텔레비전 쪽으로 계속 돌아가는 걸 막지는 못한다. 내털리가 다시 나오고 있다. 입가에 미소를 머금은 채 카메라를 바라본다. 체포되기 전 모습인 것 같다.

"이 달리기 행사는 어밀리아를 기리는 것입니다." 내털리가 기자에게 말한다.

갑작스럽게 눈앞이 하얘질 정도로 내 안에서 분노가 치밀어 오른다. 어떻게 저런 말을 하지? 못된 거짓말쟁이 같으니. 감히 어떻게 어밀리아가 자기 친한 친구였다고, 어밀리아를 기리는 행사라고 저렇게 뻔뻔하게 말할 수 있는 거야?

나는 침대 옆 탁자를 눈으로 훑는다. 메모 패드에 미아라면 금방 알아볼 깔끔한 필기체로 나의 가장 친한 친구에게 쓴 편지가 적혀있다. 나는 종이에 볼펜으로 쓴 내용을 눈을 감고 떠올린다.

미아에게

오늘 나 너한테 칭찬받을 일이 있어.

경찰이 내털리 패럴을 체포했어. 내털리는 자기가 준비한 말도 안 되는 5킬로미터 자선 달리기 행사장에 있다가 수많은 카메라 앞에서 손목에 수갑이 채워진 후 경찰에게 끌려갔어. 네가 내털리 표정이 어땠는지 봤어야 해.

정말 오랫동안 오늘 같은 날이 오기를 꿈꿨어. 케일럽과 내가 함께 꿈꾼 날이지. 케일럽은 가끔씩 마음이 약해져서 이렇게까지 할 필요가 있겠냐고 묻기도 했었어. 하지만 내가 케일럽 마음을 다잡았어. 나는 포기할 생각이 없었거든. 그렇게 우리 둘이서 해 낸 거야.

이제 내털리는 남은 평생을 감옥에서 보내게 될 거야. 엄밀히 말하면 자신이 저지르지도 않은 범죄 때문에 가게 되겠지만, 내 털리에게 딱 어울리는 곳이야. 사람을 죽여놓고도 자유의 몸으로 살아왔으니, 이렇게 해야 공정하지.

내가 너한테 말했었잖아. 내가 복수할 거라고, 내털리를 끝까 지 쫓아가서 너를 죽인 책임을 물을 거라고 말이야. 네가 죽던 날 했던 약속을, 오늘 드디어 지켰어.

사랑해. 난 너를 영원히 잊지 않을 거야.

너의 친구,
돈 쉬프

47

어밀리아가 그녀의 이름이었지만, 친구들은 모두 미아라고 불렀다. 내털리는 미아 친구였던 적이 없으니까 몰랐을 테지. 내털리는 세상이 자기를 중심으로 돌아간다고 생각한다. 자기만의 조그마한 세상 밖에서 일어나는 일에는 관심이 없다.

그렇기 때문에 내털리는 우리가 같은 고등학교를 잠깐이었지만 같이 다녔다는 사실을 까마득히 모른 채 내 옆자리에서 9개월 동안 일할 수 있었던 거다. 나는 내털리가 언젠가는 알아내서 내 정체가 들통날 거라는 걱정을 항상 하고 있었다. 하지만 그런 일은 없었다. 대신 변명을 해주자면, 나는 고등학교 때 지금과 무척 달랐다. 지금처럼 날씬하지도 않았고, 머리도 길었다. 게다가 12학년이었다. 미아는 6학년 때 심한 폐렴으로 몇 달 동안 병원에 입원했다가 1년 가까이 학교를 쉬어서 결국 유급했고, 내털리는 11학년 시작하면서 전학을 왔다. 그러니까 우리는 고등학교를 같이 다니긴 했지만, 서로 다른 학년에서 겨우 1년 같이 다녔다.

내털리는 전학생이었지만 최고 인기녀였다. 별로 놀랄 일도 아니다. 하지만 미아는…… 그렇지 않았다. 미아는 출산예정일보다 10주나 빨리 세상에 나왔고, 평생 뇌성마비를 앓으며 살았다. 정신은 멀쩡했지만, 걷기 위해서는 보조기와 목발이 필요했다. 불분명한 발음 때문에 흥분하면 스스로 주눅이 들었다.

나는 1학년 때 미아를 만났다. 체험학습 짝꿍을 정해야 했는데, 나는 언제나처럼 다른 아이들이 친한 친구들끼리 둘씩 짝을 짓는 모습을 지켜보고 있었다. 반에서 아무도 좋아하지 않는 별 볼 일 없는 아이와 짝이 되거나 아니면 더 나쁘게는 선생님과 짝이 되어야 할 상황이었다. 그래서 보조기와 목발에 의지한 낯선 여자아이가 내게 곧장 다가왔을 때, 깜짝 놀라고 말았다.

"돈, 나랑 짝꿍 할래?"

나는 너무 깜짝 놀라서 무슨 말을 해야 할지 알 수가 없었다. 겨우 일곱 살이었지만 어디에도 끼지 못하는 일에 익숙했다. 생일 파티에 반 전체를 초대하는 경우가 아니면 아무도 나를 초대하지 않았고, 초대해도 아이들은 어떤 식으로든 나를 소외시켰다. 그래서 나는 처음에 미아가 나를 놀린다고 생각했다. 하지만 그녀 얼굴에 떠오른 진심이 담긴 순수한 표정을 보고 나서 내게 한 번도 경험하지 못한 일이 일어나고 있음을 알았다.

다른 아이가 나와 친구가 되기를 원한 것이다.

나는 당연히 좋다고 대답했다.

미아는 한 사람이 가질 수 있는 최고의 친구였다. 내 삶을 가치 있게 만들어줬다. 미아가 내 삶으로 걸어들어오기 전에는 난 철저히 혼자였다. 사람들은 언제나 나를 놀려댔다. 미아도 마찬가지였다. 우리 둘에게는 그게 일상의 한 부분이었다. 엄마는 내가 이상해서 그런 취급을 받는 거라고 했다. 다행히 미아 부모님은 그녀에게 힘이 되어주려 했고, 그녀의 오빠는 그녀를 보살펴줬다. 우리는 어른이 되면 괜찮아질 거라고 믿었지만, 그 전에 아이들은 아주 잔인해질 수 있다는 사실부터 받아들여야 했다. 그래도 우리가 함께 있을 때는 견딜만했다.

서로를 지켜줬으니까.

한번은 3학년 때 재러드 캘러핸이 미아를 놀리는 일을 도무지 그만두려 하지 않자 내가 개를 구름사다리에서 밀어버렸다. 놀림은 당연히 멈췄다. 덩컨 올브라이트가 나를 계속해서 거북이 집착녀라고 불렀을 때는 미아가 개 바짓가랑이에다가 물을 뿌렸고, 그 이후로 덩컨이 옷에다 오줌을 쌌다더라는 소문이 아이들 사이에 파다하게 퍼졌다. 우리는 서로가 있어 든든했다.

하지만 내가 먼저 대학교에 다니기 시작하면서 상황이 나빠지기 시작했다.

나는 소중한 친구 곁에 있어줄 수 없었고 더는 그녀를 지켜줄 수 없었다. 할 수 있는 일이라고는 전화 통화를 하면서 괜찮아질 거라고 미아를 다독이는 게 전부였다. 하지만 전혀 도움이 되지 않았다.

미아는 장애가 있었지만 결코 부끄러워하지 않았다. 그랬던 미아가 변해가는 걸 지켜보는 게 고통스러웠다. 아이들은 미아가 목발을 짚고 걷는 모습을 보고 낄낄거렸다. 넘어뜨리려고 발을 걸기도 했다. 어느 날 미아가 복도에서 심하게 넘어져 앞니가 부러지고 말았다. 그러자 아이들은 그녀의 미소가 보기 흉하다고 놀려댔다.

가장 나빴던 건 아이들이 미아가 말하는 걸 두고 웃음거리로 만들었던 일이다.

나는 미아 목소리를 사랑했다. 다시 들을 수만 있다면 무엇이든 다 내어줄 수 있다. 우리는 몇 시간씩 전화 통화를 하곤 했다. 미아 말에 익숙해지는 데에 시간이 조금 걸리긴 했지만 이해하는 데에는 전혀 문제가 없었다. 미아는 음절과 음절을 연달아 발음해서 말이 분명하지 않았다. 긴장하거나 흥분하면 더 그랬다.

내털리가 미아를 조롱할 아주 고약한 방법을 찾아냈다. 둘은 수학 수업을 같이 들었는데, 미아가 질문에 대답할 때마다 내털리와 그녀의 친한 친구 타라 월크스가 미아의 뭉개지는 발음을 똑같이 흉내 냈다. 목소리를 낮춰서 선생님 귀에는 들리지 않았지만 주위에 있는 사람들에게는 들렸다.

다른 아이들이 이걸 따라하기 시작했다. 미아가 들어가는 모든 수업에서 그런 일이 일어났다. 미아가 불편을 호소했지만 선생님들은 "내털리와 타라가 그런 짓을 할 리 없을 텐데."라고 말하며 아무 조치도 취하지 않았다.

몇 달 동안 괴로운 시간이 계속되자 미아는 수업 중에 더 이상 손을 들지 않았다.

내가 멀리 있었기 때문에 주로 전화로만 연락을 주고받았는데도, 미아 성격이 변했다는 사실을 모를 수가 없었다. 미아는 언제나 나보다 더 강인한 사람이었다. 나더러 다른 사람들 앞에서 울지 말라고 말했던 사람이었다. 하지만 내털리와 다른 여자아이들이 미아를, 말 그대로 무너뜨렸다. 미아 목소리에서 고통이 고스란히 느껴졌다.

"조금만 참아. 고등학교도 이제 거의 끝이야." 나는 말했다.

"알아. 빈말 아니라 나 진짜 노력하고 있어. 내털리에게 무릎 꿇지는 않을 거야." 미아가 말했다.

나는 어떻게 해야 할지 혼란스러웠다. 미아 부모님께 전화를 걸어 다 말할까 생각했지만, 그러면 미아가 싫어할 것 같았다. 혹시 미아 오빠라면 나보다 무언가를 더 해줄 수 있지 않을까 싶어서 이메일을 보내볼까도 생각했다. 하지만 결국에는 미아가 이겨낼 수 있으리라 믿었다. 어쨌거나 마지막 학년이 반 이상 지나갔으니, 얼마 후 미아는 대학교에 갈 테고 그러면 이 모든 일을 다 잊게 될 터였다.

그러다가 밸런타인데이 사건이 터졌다.

미아는 조지라는 남자아이를 오랫동안 좋아했다. 조지와 유치원부터 학교를 쭉 같이 다니면서 미아는 훗날에 그와 결혼하는 모습을 머릿속에 그리곤 했다. 자기도 어이가 없었는지 웃고 말았지만 말이다. 내가 봐도 조지는 괜찮은 아이였다. 특별히 잘생기거나 인기가 많거나 운동을 잘하는 아이는 아니었지만,

우리처럼 겉도는 아이도 아니었다. 미아를 비웃거나 놀린 적도 없었다. 오히려 복도에서 만나면 '안녕'이라고 인사를 건넸다. 착한 친구였다.

2월 14일이 다가오면서 미아는 조지에게서 여러 통의 쪽지를 받았다. 전화에서 미아가 읽어주는 걸 들으면 조지답게 다정한 내용이었고, 나도 함께 기뻐했다. 내 친한 친구에게 드디어 좋은 일이 생기는구나 싶었다. 남자친구가 있으면 좋겠다는 간절한 바람이 내게는 전혀 이뤄질 것 같지 않았음에도, 조금도 질투가 나지 않았다. 오로지 미아가 행복하기를 바랐다.

밸런타인데이, 미아는 빨간 장미 한 송이를 들고 있는 조지를 보고 다가갔다. 자기에게 줄 꽃이라고 생각했는데, 알고 보니 조지가 좋아하는 다른 여자아이에게 주는 것이었다. 조지는 단 한 번도 미아에게 관심을 가진 적이 없었다. 쪽지는 내털리와 타라가 벌인 못된 장난질이었다. 조지는 전혀 모르는 일이었다. 내털리가 전부 꾸민 짓이었다. 조지는 그 와중에도 친절했지만 미아에게 아무런 감정이 없고 앞으로도 없을 거라는 말을 너무나 가슴 아프게도 분명히 전했다.

이틀 후 미아는 목숨을 끊었다.

알약을 잔뜩 먹은 후 화장실에서 손목을 그었다. 그녀 부모님이 발견했을 땐 미아는 이미 세상을 떠난 뒤였다. 부모님이 그날 밤에 내게 전화로 소식을 알려주셨다. 두 분만큼이나 나도 미아를 사랑했다. 미아 같은 친구를 다시는 만날 수 없을 터였다.

미아가 떠났다. 그것도 내털리 때문에.

나는 복수를 원했다. 미아 부모님에게 내털리를 고소해야 한다고 설득했다. 하지만 내털리가 잘못했다는 증거가 없었다. 죽은 사람은 말이 없으니 사람들은 내털리의 주장만 들었고, 모두가 내털리를 좋아했다. 미아 부모님은 "우리 미아가 편안히 잠들게 해주자, 돈."이라고 하며 그냥 다 잊어버리고 싶어 했다.

난 그럴 수가 없었다. 너무 화가 났다. 내털리 패럴을 향한 증오심이 내 안에서 불타올랐다. 나는 내털리가 대학교에 가고 내로라하는 인기남들과 데이트하고 새로운 친구들을 만나고 수많은 경험을 하는 모습을 지켜보며 미아는 이제 하지 못하는 일들이라는 생각이 들었다. 바로 내털리 때문에 말이다.

내가 할 수 있는 게 아무것도 없었다. 나 말고는 아무도 신경 쓰지 않았다. 미아 부모님조차 그냥 넘어가려고 했다.

그러던 어느 날 나만큼 내털리를 미워하는 사람을 만나게 되었다. 내 생각과 똑같이 미아가 죽은 책임이 내털리에게 있다고 생각하는 사람이었다. 그녀의 부모님과 달리 이 일을 쉽게 잊으려 하지 않으려는 사람이었다.

케일럽.

바로 미아 오빠였다.

48

내털리

나는 체포되었으나 변호인을 제공받을 권리가 있다. 변호사를 직접 구하는 게 현명하겠지만 지금 당장 수중에 돈이 턱없이 부족하다. 내가 가진 돈은 보석금을 위해 아껴놓아야 한다. 그래서 국가에서 제공해 주는 국선 변호사를 이용하기로 동의했다.

원래대로라면 지금 변호사와 미팅을 하고 있어야 한다. 머리 위에 지나치게 밝은 전구를 켜놓은 취조실로 온 후 불편한 플라스틱 의자에 앉아, 시간이 흐를수록 오지 않을 거라는 확신이 드는 아치볼드 퍼거슨이라는 이름의 변호사를 45분째 기다리고 있다. 변호사를 직접 구할 돈만 있다면 이런 걱정은 없었겠지. 어쨌거나 헌법인가 어딘가에 나는 변호인을 선임할 권리가 있다고 분명히 나와있다. 그러니 경찰이 아무튼 변호사를 구해 줬다며 나 몰라라 하는 건 아니겠지.

마침내 취조실 문이 확 열렸다. 하지만 웬 십 대 같은 사람을 보고는 맥이 빠졌다. 자기 아버지 옷인지 몸보다 큰 양복을 입고 있다. 경찰서에서 일하는 고등학생 인턴인가 보다. 기왕 사람이 들어온 김에 부탁이나 해보자.

"혹시 물 좀 마실 수 있을까요? 목이 너무 말라서요. 그리고 내 변호사가 오려면 시간이 얼마나 더 걸릴지 물어봐 줄래요?"

어린 남자가 목청을 가다듬었다.

"실은 제가 변호사입니다."

그를 빤히 올려다보고 있으니, 목이 마르다는 생각이 온데간데없이 사라진다. 설마, 농담하는 거겠지. 이 사람은 완전 어린애다. 얼굴에 수염도 아직 안 났을 것 같다. 이런 사람이 어떻게 변호사라는 거야? 그것도 하필 내 변호사라고?

"뭐라고요?" 내 입에서 말이 버럭 튀어나왔다.

"제가 변호사입니다." 그가 대답을 되풀이하지만, 두 번 말한다고 해서 전혀 그럴듯해 보이진 않는다. "아치볼드 퍼거슨이라고 합니다."

그가 보드라운 하얀 손을 내밀었으나 나는 잡지 않았다.

"나이가 어떻게 돼요?"

"스물다섯 살인데요." 그가 움찔하며 대답했다.

처음엔 열여섯 살로 봤는데, 그것보다는 낫다고 생각하기로 했다. 그렇다고 크게 나아진 것은 아니다. 지금 내 눈앞에 있는 어린 남자는 살인 사건 재판에서 누구를 변호할 위치에 있는 사람처럼 보이지 않는다. 맥도날드 드라이브스루에서 주문받는 일이 더 잘 어울릴 것 같다.

"변호사 맞아요?"

"올해 6월에 졸업했습니다." 그가 자랑스럽게 고개를 끄덕였다.

세상에나. 다섯 달 전에 변호사가 되었단다. 손에 얼굴을 묻고 울고 싶은 심정이다. 하지만 어떻게든 마음을 다잡으려 노력했다.

퍼거슨 변호사가 맞은편 의자에 앉았다. 양복이 그의 마른 체구에 비해 최소 두 치수는 커보인다. 아무리 봐도 아빠나 맏형의 옷일 것 같다. 변호사에게는 저 옷이 자기 몸에 맞는 날이 오겠지. 그때쯤에 나는 교도소에서 25년형이나 종신형을 살고 있지 않을까.

"그럼 사건 얘기를 해보죠, 패럴리 씨." 변호사가 말을 꺼냈다.

"패럴인데요." 나는 우스꽝스러울 정도로 작은 탁자 너머로 그를 쏘아봤다. "내 이름은 패럴이라고요."

퍼거슨 변호사가 눈살을 찌푸리더니 자기 앞에 놓인 서류 뭉치를 내려다보며 뒤적거리기 시작했다.

"패럴이요? 확실한가요? 제가 알기로는……."

"내 이름은 내가 잘 알아요."

"아, 네, 네. 물론이죠." 퍼거슨 변호사는 아직도 사춘기를 거치는 중인지 목소리가 갈라졌다. "죄송합니다, 패럴 씨."

나는 아무 대답도 하지 않았다.

"그럼……."

나는 눈썹을 치켜올렸다. "그럼 뭐요?"

변호사가 목청을 가다듬다가 기침을 한 번 하더니 뒤이어 연거푸 콜록거렸다. 결국 물을 좀 마셔야겠다며 자리에서 벌떡 일어나 서류 뭉치를 손에 들고 조사실을 후다닥 나가더니 10분쯤 지나서 돌아왔다.

"죄송해요." 변호사가 맞은편 의자에 털썩 앉으며 말했다.

나는 그를 가만히 쳐다봤다.

"그럼……." 변호사가 또 기침한다. 한 번 더 콜록대면 내 정신줄이 끊어지면서 폭발할 것 같다. "패럴 씨, 음, 사건 얘기를 해보죠."

"저기요, 기분 나쁘게 듣지 말아주세요, 변호사님. 이건 중대한 사건이에요. 살인 사건 재판이라고요. 다른 분이 저를 도와줄 순 없을까요? 좀 더 경험이 많은 분이면 좋겠는데요?"

퍼거슨 변호사의 뺨이 붉어졌다.

"이 일을 6개월 가까이 해왔습니다. 많은 사건을 맡아봤어요. 그러니 걱정 마세요. 안심하셔도 됩니다."

"도무지 걱정이 가시지를 않네요." 나는 엄지손톱을 깨물었다. "살인 사건으로 기소된 거예요. 알죠?"

그가 천천히 고개를 끄덕였다.

"네, 힘든 사건입니다. 패럴 씨에게 꽤 불리한 증거를 제시하고 있어요. 그것도 많이요."

많다고? 어떻게 많을 수가 있지? 나는 아무 짓도 안 했는데 나에 대해 불리한 증거를 얼마나 많이 가지고 있다는 거지?

"어떤 거요?"

"경찰이 쉬프라는 여성의 이메일을 열어봤더니, 거기에 패럴 씨가 한 일들이 전부 남겨져 있었습니다." 변호사가 답답한 듯 넥타이를 잡아당기는데, 매듭이 엉터리로 매어진 것 같다. "피해자는 직장에서 패럴 씨에게서 괴롭힘당했던 일들을 다 적어 놨고, 두 사람이 근무한 회사에서 패럴 씨가 공금을 횡령한 사실을 알아냈다고 했습니다. 그리고 사건 당일 밤에 두 사람이 만나기로 했다는 얘기도요."

"전부 꾸며낸 얘기예요." 심장이 벌렁거렸다. "나는 돈에게 친절했어요. 그리고 그날 밤에 만나기로 하지도 않았어요. 도대체 무슨 이야기를 하는 건지 모르겠네요."

"게다가……." 그가 말을 이어갔다. "패럴 씨 지문이 피해자 집에 있는 칼 손잡이에서 발견되었고요."

"그건 설명했어요. 그 집에 침입자가 있을까 봐 나를 방어하려고 칼을 집어 들었다고요. 돈이 칼에 찔려 죽은 것도 아니잖아요."

퍼거슨 변호사가 미안해하는 미소를 지어 보이며 덧붙였다.

"그리고 경찰이 패럴 씨 자동차 트렁크에서 혈흔과 머리카락을 발견했는데, 쉬프 씨 집에서 발견한 것과 일치한다고 확인됐습니다."

입을 다물 수가 없었다. 내 차 트렁크에서 돈의 피와 머리카락을 발견했다고? 나로서는 도무지 설명할 수 없는 일이다.

"그것 말고도……." 변호사가 말을 이었다. 하느님 맙소사, 더 있다는 건가? "패럴 씨 남자친구의 진술이 특히나 결정적이에요. 반박하기가 힘들 것 같아요."

"그렇게나 나쁜가요?" 나는 물었다. "뭐, 맞아요. 우리가 그날 밤에 같이 있지는 않았어요."

"그리고 그것에 대해 패럴 씨가 거짓말을 했고요."

나도 모르게 움찔했다.

"네, 그랬죠. 하지만 그 형사 직접 만나봤어요? 사람한테 막 접을 줘요. 그리고 내가 선서하고 진술한 것도 아니잖아요. 난 단지 그날 밤에 알리바이가 없을 뿐이에요. 월요일 밤에 알리바이가 없는 사람은 수두룩해요."

퍼거슨 변호사가 알 수 없는 표정을 지으며 나를 본다.

"남자친구분 진술은 그것 말고도 더 있어요."

"이건 정말 너무나 불공평해요." 나는 오른손으로 주먹을 세게 쥐었다. "산토로 형사가 케일럽을 못살게 굴었어요. 케일럽을 찾아가서 의도하지 않은 말을 이것저것 하도록 강요한 거라고요."

"아뇨, 그런 상황이 아니었어요. 케일럽 맥컬로프 씨가 경찰서로 자발적으로 찾아와 진술하고 싶다고 했고, 경찰이 이를 녹음했어요. 제가 녹취록을 들었습니다."

내가 그의 말을 제대로 들은 건가 싶어 눈을 껌뻑였다.

"케일럽이 진술을 하겠다고 했다고요?"

"그렇습니다."

"하지만……." 내 머리가 빠르게 돌아가기 시작했다. 뭔가 이상하다는 생각이 들었다. "케일럽이 뭐라고 했는데요?"

"음…… 좋은 내용은 아니에요." 퍼거슨 변호사가 자기 앞에 있는 서류 뭉치를 뒤적거리는 걸 보고 있자니, 속이 터지려 한다. "패럴 씨에게서 사건 당일 밤에 함께 있었다고 거짓말하도록 강요받았다고 했어요. 패럴 씨가 가달라고 부탁해서 9시 30분경에 패럴 씨 집에서 나왔다고 했고요. 패럴 씨가 갈 데가 있다고 했다는데요."

"뭐라고요? 말도 안 돼요! 전부 거짓말이에요." 나는 소리를 질렀다.

"아무튼 그렇습니다. 그리고 패럴 씨와 피해자 사이가 좋지 않았다고도 했어요. 패럴 씨가 피해자를 끊임없이 괴롭혔고, 두 사람이 서로 미워하는 사이였다고 했습니다."

눈앞이 캄캄해진다. 케일럽이 나에 대해 그렇게 말했다고? 왜 그런 말을 했을까? 돈을 잘 알지도 못했고, 회사에 자주 오지도 않았는데. 설사 내가 돈을 괴롭힌다고 생각했다 하더라도 그런 얘기를 경찰에다가 왜 한 걸까? 여자친구에 대해 할 말치고는 끔찍한 거 아닌가.

퍼거슨 변호사가 잠시 조용히 있다가 이내 다시 입을 열었다.

"그래서 보다시피 패럴 씨에게 매우 불리한 사건입니다. 하지만 좋은 소식도 있습니다."

"뭔데요?" 나는 목이 멘다. 이런 식으로 가다가는 감옥에 평생 있게 될 판이다.

"그게…… 시체가 없습니다." 그가 대답했다.

고개가 번쩍 들렸다.

"네? 이해가 안 되는데요. 형사가 돈 시체를 발견했다고 했어요." 둔기에 맞아 죽었다고 하지 않았던가.

"사실은 그게……." 변호사가 자기 앞에 있는 서류 뭉치를 또 뒤적거린다. "너무 심하게 구타당한 데다가 치아도 다 부러져 치과 기록을 살펴볼 수 없었기 때문에 시신 신원을 확인하는 데에 애를 먹었습니다. 그래서 DNA 검사를 했는데 시신이 돈 쉬프가 아니라고 밝혀졌습니다."

현기증이 나려 한다. 비슷한 또래의 또 다른 여성이 인근에서 죽은 채 발견되었다는 건가? 말도 안 되는 우연이다. 하지만 대도시에서는 살해 사건이 자주 일어나니까, 그중 일부는 젊은 여성일 테지.

"그럼…… 돈이 죽지 않았을 수도 있다는 말이에요?" 변호사가 나를 쳐다봤다. 돈 집 바닥에 있던 피의 양, 내 차에서 발견되었다는 피, 그녀가 지금까지 나타나지 않는다는 사실은 전부 돈이 거의 확실히 죽었음을 가리킨다. 게다가 나는 여전히 가장 유력한 용의자다. "시체가 없는데도 살인죄로 유죄 판결을 받을 수 있나요?" 내가 물어봤다.

"쉽지는 않지만 가능하긴 해요. 그러나 제가 보기에 패럴 씨는 보석으로 풀려날 가능성이 큽니다."

내가 어떻게 해서든 보석금을 낼 수만 있다면 듣던 중 반가운 소리겠지.

"유죄 판결은 어떻게 되냐고요!"

그가 머뭇거렸다.

"이건 매우 심각한 혐의입니다, 패럴 씨. 아까 말씀드렸듯이 검사가 아주 강력한 증거를 가지고 있고요. 지금 상황에서 우리는 범행을 자백하고 형량을 감면해 달라고 하는 게 가장 좋을 것 같습니다."

"자백이요? 난 아무것도 안 했어요!" 나는 소리 질렀다.

퍼거슨 변호사가 믿지 못하겠다는 표정을 언뜻 내비친다. "저, 변호사에게는 의뢰인에 대해 비밀 유지 의무라는 게 있어요. 제가 도와드릴 수 있도록 사실대로 말해주는 게 더 좋아요. 나는 아무에게도 말할 수 없으니, 솔직하게 말해주세요."

"아무것도 안 했어요, 맹세해요." 나는 단호하게 말한다.

퍼거슨 변호사가 눈살을 찌푸렸다. 나이는 어리지만 다섯 달 동안 범죄자들을 변호하면서 너무 일찍 세상을 다 알아버렸나 보다.

"알겠습니다. 어찌 됐든 우리는 형량 감면을 받아들이는 게 좋을 것 같아요. 몇 년 감옥에 있다가 나오는 거죠. 괜히 운을 시험해 보겠다고 재판에 갔다가 시체가 발견되기라도 하면 종신형을 피할 수 없을 겁니다."

종신형?

종신형…….

퍼거슨 변호사가 월요일에 있을 보석 심리에 관해 설명하기 시작하는데, 그의 말이 내 귀에 하나도 들어오지 않는다. 종신형이라……. 세 글자만 귓가에 계속 맴돈다. 만에 하나 일이 잘못되면 나는 죽는 날까지 감방에서 살게 될 수도 있다. 회사 칸막이 자리가 그리워질 것이다.

종신형이라니…….

그렇게 살 수는 없다. 아무리 생각해도.

만약 이 일로 감옥에 보내진다면, 그래서 남은 인생을 거기서 보내게 될 것 같으면, 내 삶의 끝은 내가 결정할 생각이다. 차를 몰고 울러스턴 해변으로 간 다음 한밤중에 바닷물이 들어와 해수면이 가장 높을 때 몸을 날려야겠다. 아무도 나를 구하지 못할 거다.

한편으론 그렇게 결말이 나지 않기를 소망한다. 내가 고등학교 때 한 여자아이가 자살했다. 너무나 비극적 사건이라 그 이후로 몇 년 동안 내 머릿속에서 떠나지를 않았다. 이제야 알겠다. 스스로 목숨을 끊을 때 느꼈을 절망을, 뻔히 예상되는 삶을 계속 사는 것보다 심연 속으로 삼켜지는 것이 더 나을 거라는 기분을 이제는 이해한다.

그런 일이 내게 일어나게 가만히 있을 수는 없다. 절대로.

49

돈

거북이에게는 흥미로운 짝짓기 습성이 있다. 수컷은 종종 암컷을 따라다니며 총배설강Cloaca 근처 냄새를 맡다가 구애 의식을 벌인다. 수컷과 암컷이 짝짓기하는 동안에는 꼬리를 서로 맞대 정액이 수컷에서 암컷으로 전달되게 한다. 암컷은 곧바로 알을 낳을 필요가 없다. 정자를 몸속에 몇 년이고 품고 있다가 원할 때 알을 낳을 수 있다.

케일럽은 관계 후에 언제나 졸려 한다. 인간 남자는 다 이러나? 잘 모르겠다. 지금까지 내가 함께한 남자는 케일럽뿐이다. 그리고 앞으로도 함께할 남자는 케일럽 말고 없을 거다. 그가 없었다면 나는 지금껏 숫처녀였겠지. 내털리가 아주 고맙게 떠벌리고 다닌 것과 달리 거북이에게 처녀성을 잃을 일은 없었을 테니까.

베개로 머리를 받치고 케일럽 휴대폰으로 영상을 더 봤다. 케일럽은 옆에 누워 팔을 내 몸 위에 툭 올려놓고 있다. 그가 모텔로 막 왔을 때는 이곳을 급히 벗어나야 할 것 같았는데, 오늘 하루치 방세까지 다 냈다며 서두를 필요는 없다고 한다. 하긴 내털리가 구치소에 있는 동안에는 상황이 달라질 것도 없겠지.

"같이 볼래?" 나는 케일럽 쪽으로 휴대폰을 기울이면서 물어봤다.

"괜찮아. 난 현장에 있었잖아." 그가 하품하며 대답했다.

케일럽이 팔로 나를 껴안으며 자기 쪽으로 바싹 끌어당긴다. 미아가 죽고 1년 후 케일럽과 다시 만나게 되었다. 미아 부모님을 만나러 갔는데, 거기에 케일럽이 와있었다. 어렸을 때부터 알고 지냈지만, 그때는 친구의 오빠에게 그렇게 관심을 기울이지 않았다. 케일럽이 미아를 잘 보살펴주려 했기 때문에 좋은 사람이라는 생각은 항상 했었다. 그러다 시간이 흐른 후 케일럽을 봤을 때 키가 크고 귀여운 모습에 깜짝 놀랐다. 가끔 남자아이들을 좋아하기도 했지만, 내 마음을 무시해야 한다는 걸 살아오며 깨달았다. 나를 좋아해 줄 남자아이는 아무도 없다는 걸 잘 알았기 때문이다.

케일럽은 미아의 이복오빠다. 아버지는 케일럽이 어렸을 때 돌아가셨고, 어머니가 재혼했다. 그래서 성이 달랐다. 케일럽은 어린 여동생을 많이 예뻐했고, 그래서 여동생에게 이런 일이 생긴 것을 자책하며 지난 1년을 보냈다고 했다. 그는 내털리에 대해 알지도 못했다. 전부를 알지 못했다고 해야겠지. 내게서 이야기를 듣기 전까지는 말이다.

케일럽은 분노라는 말로 다 표현할 수 없을 정도로 화를 냈다. 내가 대학교로 돌아갈 때가 되어 우리는 서로 연락하며 지내기로 했다. 주로 내털리 이야기를 했고, 가끔 내털리 친구 타라 이야기도 했다. 내털리가 미아에게 무슨 짓을 했는지, 어떻게 대가를 치르게 할지에 대해 이야기했다. 그렇지만 구체적인 계획은 없었다. 내가 어두운 골목에서 내털리를 구석으로 몰아넣자고 제안해 봤지만, 케일럽은 찬성하지 않았다. 그는 사람에게 신체적 피해를 주는 건 절대 원하지 않았다. 그 바람에 우리가 할 수 있는 게 제한되었다. 대개는 뜬구름 잡는 이야기에 그쳤다.

"그녀가 그냥 빠져나가게 둬선 안 돼. 그건 옳지 않아." 케일럽은 이렇게 말하곤 했다.

케일럽과의 우정이 다른 형태로 발전하고 있다는 느낌을 받았던 게 정확히 언제였는지는 기억나지 않는다. 우정이라고 해도 나와 미아 사이에 나눴던 우정과는 전혀 달랐다. 그런 우정을 기대하지도 않았다. 하지만 언제부터인가 케일럽이 날 바라보는 눈빛이 다른 사람들과 달랐다. 나는 잘 이해하지 못했다.

미아가 세상을 떠난 지 3년이 지난 어느 날, 케일럽과 함께 레스토랑에서 꽤 근사한 저녁을 먹었다. 그날만큼은 은식기가 깨끗했고 유리잔에 얼룩이 없어서 새로 가져다 달라고 말할 필요도 없었다. 계산서를 갖다주자, 케일럽이 집어 들었다.

"아냐. 내가 낼 차례야." 나는 케일럽을 말렸다. 우리는 외출하면 항상 번갈아가며 밥값을 계산했다. 그날 저녁과 지난번 금액에 큰 차이가 있으면 나는 차액이라도 내겠다고 말할 생각이었다.

"내가 계산할게." 케일럽이 계산서를 내 손에서 가져가며 말했다. 내가 만류하려 하자 그가 덧붙였다. "월급이 올랐어."

"알았어." 나는 마지못해 동의했다. "내가 금액이 맞는지만 볼게."

계산서를 훑어보니 아니나 다를까 큰 착오가 있었다. 맥주가 두 잔으로 찍혀있었는데, 케일럽만 한 잔을 주문해 마셨다. "내 덕분에 6달러 아낀 거야." 나는 우쭐거리며 말했다. "내가 없으면 어쩔 거야?"

"그러게." 케일럽이 수긍했다. "네가 없으면 내가 어떨지 나도 모르겠어."

다음 순간 케일럽이 얼굴에 부자연스러운 미소를 띤 채 나를 바라보고 있었다. 왜 그러는지 모르겠다고 생각하고 있는데, 케일럽이 불쑥 내뱉었다.

"돈, 너한테 키스해도 돼?"

나는 당황스러웠다. 케일럽이 나를 대하는 태도가 달라졌다는 건 알았지만, 전혀 생각하지 못했던 일이었다. 지금껏 내게 키스하려 한 사람은 없었다. 그런데도 케일럽이 허락을 구했다는 사실에 묘한 기분이 들며 나는 승낙했다.

나의 첫 키스였다. 내가 상상했던 것보다 훨씬 더 좋았다. 그 이후 우리는 많은 키스를 나눴고, 열두어 번을 넘어가니 케일럽은 더 이상 물어보고 하지 않았다.

그렇게 나는 케일럽을 사랑하게 되었다.

케일럽도 나를 사랑한다. 이 일이 있기 전에 케일럽은 종종 결혼 얘기를 꺼내곤 했다. 그는 결혼하고 싶어 한다. 나 같은…… 사람하고 말이다. 하지만 결국에는 그가 실망하리라는 것을 나는 안다. 미아는 나를 있는 그대로 받아들였지만, 케일럽은 왠지 내게 없는 어떤 모습을 기대하는 듯한 기분이 가시지 않는다.

그것도 그거지만, 케일럽에게서 나에 대한 사랑이 깊어질수록 내털리에 대한 증오는 사라져가는 게 느껴져 더 걱정스러웠다. 케일럽은 내털리 이야기를 점점 입에 올리지 않았다. 복수하려는 생각도 없었다. *"오래전 일이야."* 그는 이렇게 말하기 시작했다. 그때 나는 깨달았다. 케일럽이 마음을 완전히 내려놓기 전에 무언가 해야 한다는 것을.

"한 시간 후에는 길을 나서야 해." 케일럽이 한 시간 후에도 전혀 길을 나설 마음이 없을 것 같은 졸린 목소리로 말했다. "여기서 남쪽으로 50킬로미터 정도 떨어진 곳에 있는 모텔을 하나 봐뒀어."

"알겠어." 나는 대답했다.

"내가 하루 자고 가도 괜찮을 것 같은데. 그래도 안전할 것 같아." 케일럽이 팔꿈치에 머리를 대며 말했다.

"그래?"

"스릴을 즐기는 거지." 케일럽이 나를 보며 윙크하며 말했다.

모텔에서 내털리에게 전화하는 어리석을 행동을 내가 한 터라 케일럽에게 전혀 반박할 수가 없다. 케일럽이 자고 가면 나도 좋다. 밤이 되면 모텔이 무서워지니까.

"경찰이 그 시체가 내가 아니라는 걸 알아냈을까?" 나는 생각에 잠겼다. "아직 뉴스에서 아무 말이 없긴 한데."

"지금 모르더라도 조만간 알게 될 거야. 시체 얼굴이 심하게 망가져서 DNA 검사를 해야 하니 시간이 걸리겠지."

"그렇겠지."

케일럽이 수염이 자라 까끌까끌해진 턱을 문질렀다.

"정말 말도 안 되는 우연이지 않아? 비슷한 나이대의 여자가 정확한 타이밍에 그렇게 발견되다니."

또 그 얘기다. 이상한 우연이라는 이야기. 하지만 전혀 이상하지 않다. 이 나라에서는 매년 수천 명의 여성이 살해당한다. 그런 게 우연이다. 그러니 케일럽이 그 얘기를 할 때마다 놀라는 표정을 지을 필요가 없다.

"내털리가 감옥에 얼마 동안 있게 될 것 같아?" 나는 또 생각에 잠겼다.

"오래 있을 거야."

"그럴까?"

"당연하지. 살인죄잖아."

나는 아랫입술을 깨물었다.

"하지만 DNA 검사에서 죽은 여성이 내가 아니라는 사실이 밝혀지면 시체가 없는 거야. 죽은 사람이 없는데 내털리를 평생 감옥에서 지내게 만들 수는 없지 않을까?"

"그렇다고 우리가 어떻게 할 수 있는 문제가 아니잖아?"

"그렇긴 하지."

케일럽이 머리를 기울여 내게 키스했다. 지난 한 달여 동안 내 머릿속에 자꾸 파고들던 생각을 밀어내는데, 배 속이 뒤틀린다. 아무렇지 않다고 되뇌며 생각을 안 하려 하지만 그게 쉽지 않다.

케일럽이 그녀에게 키스했다. 케일럽이 내털리에게 키스를 했다…….

처음에는 별일 아니라고 생각했다. 그런데 지금은 그의 입술이 내 입술에 닿을 때마다 케일럽이 내털리에게 키스하던 모습이 떠오른다. 나는 두 사람이 키스하는 걸 봤다. 잘 모르는 사람이 보면 케일럽이 즐기고 있다고 생각했을 거다. 그래, 케일럽도 어느 정도는 즐겼겠지. 내털리는 키스도 잘할 거다. 그녀는 경험이 많을 테니까.

"걔랑 키스할 때 어땠어?" 내 말이 무심결에 튀어나왔다.

케일럽 입이 살짝 벌어졌다.

"뭐?"

"내털리에게 키스할 때 말이야." 나는 말을 좀 더 명확하게 했다. "어땠냐고?"

케일럽 얼굴이 어두워졌다.

"어땠을 것 같아? 끔찍했어. 난 싫었어."

"정말? 정작 키스할 때 그렇게 싫어하는 것처럼 보이지 않던데." 나는 다음 말을 얼른 덧붙였다. "그냥 궁금해서 그래. 화 난

352

건 아냐."

케일럽이 몸을 일으켜 똑바로 앉았다. 턱 근육이 움찔거렸다.

"그 얘기는 별로 하고 싶지 않아."

"아니 뭐, 남자친구 역할을 그렇게 싫어하지 않았던 것처럼 보이길래. 본 대로 말한 것뿐이야."

내가 왜 이러는지 모르겠다. 일이 우리가 원하는 대로 됐고, 그게 가능했던 데에는 케일럽이 내털리와 데이트를 했던 것이 큰 역할을 했다. 그런데도 지금 내 감정을 주체할 수가 없다.

"진심으로 하는 말은 아니겠지, 돈." 케일럽이 언짢아하며 말했다. "내가 내털리와 데이트하는 걸 원하지 않았던 거 너도 알잖아. 나는 조금도 원하지 않았어! 하기 싫다고 말했어. 하지만 네가 계속 강요했잖아."

틀린 말은 아니다. 케일럽은 실제로 내털리와의 데이트를 원하지 않았다. 그냥 친하게 지내기만 해도 충분할 거라고 했다. 하지만 내 생각에는 케일럽이 남자친구일 때 내털리를 확실하게 유죄로 보이게 만들 수 있을 것 같았다. 그래서 케일럽을 설득했다. 케일럽이 끔찍이 원하지 않아서 내가 꽤 많은 노력을 기울여야 했다. 나는 끈질기게 매달렸고, 결국에는 케일럽을 동의하게 만들었다.

"꼭 할 필요는 없었어. 거부할 수도 있었고." 나는 꼬집어 말했다.

"네가 어땠는지 기억 안 나?" 케일럽이 되받아쳤다.

"그냥 그렇다고……."

"네가 시킨 거야! 나한테 매달렸잖아! 눈물까지 흘려가면서 말이야!"

내가 연극을 좀 하긴 했지. 그렇다고 거짓은 아니었다. 내게는 내털리가 철창신세를 지는 일이 그만큼 중요했다. 그래서 조금 울었다. 하지만 내 마음 깊은 곳에서는 케일럽이 끝까지 안 하겠다고 하기를 바라고 있었다. 케일럽은 나를 사랑하고 나 외에는 없으니까, 한 여자를 진심으로 사랑한다면 다른 여자에게 키스할 마음이 생길 수 없을 테니까. 어떤 상황에서도 말이다.

케일럽이 얼굴을 찌푸렸다. "너도 알다시피 난 잠자리도 같이하지 않았어. 결코 쉬운 일이 아니었어."

"그래, 어련했겠어."

"그런 뜻으로 한 말이 아냐! 내털리와 정말 아무것도 하지 않았어."

"키스만 빼고."

"그래. 하지만 그뿐이야. 좋지도 않았어. 키스하고 나면 속이 메슥거렸다고."

거짓말. 케일럽은 내털리를 나만큼 미워하지 않는다. 그는 이 모든 일을 잊어버리려 했다. 우리가 빅스드에 일자리를 얻은 다음 내털리를 함정에 빠뜨려 감옥에 보내자고, 거기가 내털리에게 어울리는 곳이라고 말했을 때 케일럽은 나를 미친 사람 보듯이 쳐다봤다. 10년 전에는 그도 기꺼이 동조했겠지만, 이제는 내가 그에게 억지를 부려야 했다. 울고불고하면서 말이다.

미아가 죽은 지 올해로 13년째다. 그녀를 진정으로 아끼는 사람은 이제 나뿐인 것 같다. 친오빠조차도 그녀를 버렸다.

'미아, 난 아직도 잊지 않았어. 전부 널 위해 한 거야.'

내털리는 대가를 치를 거다. 내가 컴퓨터에 이메일을 남겨두기로 한 건 정말 기발했다. 세상에 어느 누가 멍청하게 컴퓨터 비밀번호를 메모지에 적어서 마우스패드 밑에 두겠어? 하지만 경찰은 속아 넘어갔을 거다. 내가 미아에게 쓴 이메일은 예술에 가까웠다. 미아가 자신을 죽인 장본인을 정의의 심판대에 세우는 계획에 작은 역할을 담당할 수 있어서 기뻤다. 케일럽이 미아 이름으로 추적이 불가능한 가짜 계정을 만든 다음 내게 **답장**을 해서 더 진짜처럼 보였다. 미아가 보낸 것처럼 보이게 케일럽이 쓴 십여 통 넘는 이메일 속에서 우리는 미아에게 그녀가 원했던 삶을 만들어줬다. 조지와 결혼해 서부에서 살기를 언제나 꿈꾸던 미아를 위해서.

내털리에게는 사이코패스 같은 모습을 그려줬다. 그리고 내가 실종되던 날 밤에 내털리가 우리 집에 왔다는 말을 슬쩍 흘렸다. 그런 다음 케일럽이 피 묻은 도자기 거북이를 내털리 빨래 바구니에 숨겼고, 내털리 지문을 우리 집 여기저기에 전략적으로 묻혔다. 결정적인 작은 선물까지 하나 더 준비했다.

내털리는 이제 끝이다. 살인을 저지른 자가 감옥을 피해 갈 방법은 없다.

케일럽이 내 손을 잡더니 깍지를 꼈다. 내털리가 케일럽에게 이렇게 하는 걸 한 번 본 적 있다.

"그래서 화가 많이 난 거야?"

"아냐, 화 안 났어." 나는 둘러댔다. "우리 조금 있다가 출발해야 해."

케일럽이 고개를 끄덕였다. 우리는 침대에서 나와 옷을 입기 시작했다. 내털리가 내 전화를 추적했다는 말을 케일럽에게 해서 다행이다. 그렇지 않았다면 모든 일을 망쳤을 수도 있다. 생각만 해도 정말 아찔하다.

앞으로는 쓸데없는 짓을 하지 않을 생각이다. 계획대로만 움직여야 한다.

50

내털리

지금껏 구치소에서 밤을 보낸 적은 단 한 번도 없었다.

나는 경찰에 끌려갈 만한 사람이 아니다. 술에 취해 사람들이 있는 데서 소란을 피운 적도 없고, 마약을 하지도 않았다. 평소 법을 철저히 준수했다.

그런 내가 여기 와있다니.

이렇게 사람을 철창에 가둬두는 건 어딘가 비인간적이다. 내가 사람이 아니라 동물이 된 것 같다. 숨이 막힌다. 사방이 꽉 막힌 곳에 있는 것 같달까.

작은 유치장 안에 나 말고 여자 한 명이 더 있었다. 몸이 나보다 그리 크지 않은데도 여자는 매우 위협적이다. 얼굴이 흉터 자국으로 뒤덮여 있고, 울퉁불퉁한 흉터가 한쪽 눈썹을 위에서 아래로 가로지르고 있다. 몸에는 눈이 닿는 곳마다 문신이 가득하다. 목에도 있다. 나는 문신을 하려고 한 번 시도했다가 겁이

357

나서 그만뒀다. 날개뼈에 작은 하트 하나 해볼 생각이었는데 말이다. 큰 해골을, 그것도 목에다가 새기려면 얼마나 겁이 없어야 할까?

취침 시간이 되자 감방 안에 있는 전등이 꺼졌다. 하지만 철창 바깥 복도에는 계속 켜있다. 형광등이 계속 깜빡거리는데, 회사에 있는 것보다 더 심하다. 저래서는 잠을 잘 수가 없을 거 같지만, 불을 꺼달라고 부탁할 수도 없을 것 같다. 더구나 완전히 깜깜하면 감방이 훨씬 더 무서워질 것 같다. 코를 찌르는 소변 냄새가 너무 지독해서 입으로 숨을 쉬고 싶다. 저녁으로 먹은, 종류를 알 수 없는 구운 고기는 소화가 안 된다.

여기에 도착했을 때, 자선 달리기 행사 티셔츠와 러닝 팬츠를 입고 있을지, 아니면 여기서 제공하는 점프슈트로 갈아입을지 선택하라고 했다. 그때는 갈아입는 게 좋을 것 같았는데, 지금은 후회가 된다. 이 옷 때문에 몸이 미친 듯이 가렵다. 세제 때문인지 뭔지 모르겠다. 나는 집에서 저자극성 세제를 사용하지만, 여기에는 그런 게 없겠지.

그래도 감방에 침대가 있어서 바닥에서 자지 않아도 된다. 하지만 바닥에서 자는 것과 다를 바가 없다. 침대에 매트리스가 깔려있는데 침낭 수준이다.

게다가 너무 춥다. 내가 받은 거라고는 옷보다 더 간지러울 것 같은, 종이처럼 얇은 모직 담요 한 장이다. 어처구니가 없지만 이거라도 있어서 감사하다. 어떻게 이렇게 추운지 모르겠다. 겨울은 아직 오지도 않았는데 말이다. 바깥보다 감방 안이 더 추운 것 같다.

어떻게든 잠을 청해봐야겠지만…… 내가 너무 많은 걸 바라는 걸까?

"야, 너."

감방 안 다른 침대 쪽으로 고개를 돌렸다. 목에 문신이 있는 여자다.

"왜요?"

"여기 춥거든."

"알아요." 간질간질한 모직 담요를 덮은 내 몸이 떨렸다. "너무 심하게 추운데, 경비원에게 말해볼까요?"

여자가 비웃었다. "그러면 뭘 해줄 것 같은데? 보일러라도 틀어준대?"

"글쎄요."

"야, 담요 내놔."

"그게 무슨 말이에요?" 불편한 매트리스 위에서 내가 몸을 뒤척이며 대답했다.

"내 말은 여기가 추우니까 네 담요 내놓으라고."

"그러면 나는 담요가 없는데요."

"그건 네 문제고."

"하지만……."

여자가 침대에서 나오더니 허리를 꼿꼿이 세우며 작은 감방을 가로지르자 나는 완전히 겁에 질렸다. 여자가 몸을 숙여 얼굴을 내게 바짝 들이대니, 내 코로 그녀의 퀴퀴한 입 냄새가 전해졌다. 여자가 한쪽 팔을 내밀었다. 주먹이 날아와 얼굴을 때리고 코를 부러뜨릴 거라는 생각에 몸이 움츠러들었다. 여자는 내 담요를 움켜쥐더니 휙 뺏어갔다.

조금 전까지 내가 느끼던 불편함은 지금에 비하면 아무것도 아니었다. 종잇장 같은 담요가 얼마만큼 온기를 주고 있었는지 몰랐다. 그게 없으니 내 몸이 말 그대로 덜덜 떨렸다. 나의 감방 동료인 그 여자는 신경도 쓰지 않는다. 여자가 팬케이크처럼 납작한 베개마저 가져가지 않은 걸 다행이라 여겨야 할지도.

나는 등을 똑바로 대고 누워, 덜덜 떨리지만 어떻게 해서라도 잠을 청해보려 했다. 이제부터 내 삶은 이렇겠구나 싶었다. 보석금을 낼 돈이 없어서 재판까지 꼼짝없이 여기에 갇혀있어야 한다. 변호사가 경고한 대로 재판이 나쁘게 진행된다면, 남은 인생을 이렇게 살아야 할 테지.

나도 모르게 눈물이 뺨을 타고 하염없이 흘러내렸다. 원래 잘 울지 않는데……. 몸을 가렵게 하는 허름한 담요마저 빼앗기고 나니 내 마음을 받치고 있던 무언가가 무너져내렸다. 나는 손등으로 눈물을 닦았다. 휴지조차도 내게는 과분한 것이 되어버렸다.

"야!" 여자가 소리 질렀다. "조용히 해! 지금 자려고 하잖아."

내 삶이 어쩌다 이 지경까지 왔을까? 나는 돈의 손가락 하나도 건드리지 않았는데. 내가 돈을 죽였다는 생각을 어떻게 하는 거지? 왜 아무도 나를 믿어주지 않을까?

51

돈

케일럽은 어두워지기를 기다렸다가 모텔을 떠나는 것이 더 안전하다고 판단했다. 그래서 우리가 새 모텔에 도착한 건 저녁 이 한참 지난 시간이었다.

조금 전과 똑같은, 쌍둥이 같은 모텔이다. 마치 차를 타고 40분 동안 한 블록을 돈 다음 출발했던 곳으로 정확히 돌아온 것 같다. 하지만 케일럽이 고른 숙소이니 불평할 마음은 없다. 다른 곳에 간다 한들 더 좋을 것도 없다. 여기보다 좋은 곳은 체 크인하는 사람에게 많은 관심을 기울일 테고, 그거야말로 우리 가 가장 원하지 않는 일이다.

케일럽이 방을 구하러 프런트로 향했다. 나는 가발과 야구 모 자를 쓰고 땅거북 등딱지 안경은 코트 주머니에 넣어둔 채 자동 차 시트에 몸을 낮추고 앉아있었다. 사실 꼭 이러고 있을 필요 는 없었다. 모텔 바깥에는 불빛이 있지만 매우 침침하고, 주변에 사람이 있을 것 같지도 않았다. 내가 웅크리고 앉아 있는 게 더 의심스러워 보일 것 같다.

10분 정도 지나 케일럽이 손에 열쇠를 쥐고 차로 돌아왔다.

"이번에도 2층이야."

나는 위험을 무릅쓰고 가져온 작은 가방을 손에 쥐었다. 청바지 몇 벌과 속옷, 티셔츠 몇 장, 북이, 그게 전부다. 짐을 너무 많이 챙기면 경찰이 우리가 원하는 결론을 내리는 대신 내가 여행을 갔다고 생각할지도 몰랐다. 나는 가방을 어깨에 걸치고 차에서 나와 케일럽을 따라 2층으로 올라갔다.

모텔방은 지난번과 똑같이 꾀죄죄하다. 눈이 닿는 곳마다 때로 덮여있다. 손가락을 갖다 대면 묻어 나오는 그런 때가 아니라 애초에 싸구려였던 가구를 오랜 시간 사용하면서 쌓인 묵은 때다. 케일럽이 불을 켜자 전등갓에도 내려앉은 먼지가 보인다.

나는 침대를 살펴봤다. 얇은 담요는 갈색이다. 내가 담요를 잡아당겨 보니, 아래에 깔린 침대 시트는 연노란색이고, 베갯잇은 놀랍게도 회색이다. 색을 맞추려는 노력을 조금도 하지 않는 건가? 어떻게 노란색 침대 시트에 회색 베갯잇을 함께 사용할 생각을 하는지 도저히 모르겠다.

케일럽이 내 얼굴에 떠오른 표정을 알아차렸다. "더 좋은 곳이 아니라 미안해."

"괜찮아." 전혀 괜찮지 않다. 침대 시트는 내가 어떻게 할 수 있는 게 아니지만, 때는 내가 눈감아줄 수 있을 정도까지 내일 하루 종일 청소나 해야겠다. "이 정도면 됐어."

"며칠만 있으면 돼."

그렇지. 며칠만 있다가 다음 어딘가로 가겠지. 하지만 이곳과 똑같은 곳이겠지.

나는 가발과 야구 모자를 벗고, 두피를 한참 동안 긁었다. 끔찍한 가발이다. 아무래도 머리를 길러야 할 것 같은데, 나는 긴 머리가 싫다. 내 머리가 피부에 닿는 느낌이 싫다.

"휴대폰 잠시만 줄래?" 내가 물었다.

케일럽이 주머니에 손을 넣어 아이폰을 꺼낸다. 나는 그에게서 휴대폰을 건네받자마자 새로 올라온 뉴스가 있는지 확인한다. 내털리 기사를 검색해 본다. 사건과 관련한 새로운 소식이 있는지 궁금하다. 한 기사에서 '경찰이 코하셋에서 발견된 시신의 신원이 돈 쉬프가 아님을 최종적으로 확인했습니다'라는 내용을 발견하고는 심장이 덜컥 내려앉는다.

"내가 아닌 걸 알아냈대!"

케일럽은 별달리 관심을 기울이지 않는 듯하다.

"어차피 일어날 일이었잖아."

"내털리가 보석으로 풀려날까?" 내 목소리가 조금씩 커졌다.

"모르겠어."

"그럴 가능성이 커." 나는 휴대폰을 뒤집어 침대 위에 내려놓았다. "보나 마나 판사가 그녀에게 푹 빠져서 살살 해주겠지."

케일럽은 코웃음을 칠 뿐 아무 말이 없었다. 무슨 의미인지 모르겠다. 케일럽에게 지나가는 말로 내털리가 매력적이라고 생각하는지 물어봤다. 어쨌든 그는 내털리에게 키스도 했으니까. 케일럽은 내가 쓸데없는 걸 물어본다는 식의 반응을 보였다. 하지만 누가 봐도 내털리는 매력적이다. 눈이 아예 안 보이는 사람이어야 매력을 보지 못할 거다.

케일럽이 어떤 타입을 좋아하는지 항상 궁금했다. 나는 누가 좋아할 만한 사람이 아니니까. 그가 나를 사랑하는 건 맞지만, 그건 내 외모 때문이 아니라 그가 외모를 보지 않아서이다. 그가 나를 만나기 전에는 어떤 여자와 사귀었는지 모른다. 케일럽도 금발을 좋아할까. 남자들은 대개 좋아하던데.

미아가 있었으면 내가 궁금해하는 것들을 알려줬을 거다. 미아는 케일럽을 많이 좋아했고 그에 관해 모르는 것이 없었다. 대화 중에 수시로 케일럽을 언급하며, 우리가 보는 텔레비전 프로그램이 케일럽이 가장 좋아하는 쇼라는 둥 케일럽이 저녁 메뉴에 나온 먹기 싫은 라이머콩을 베개 밑에 숨기라고 가르쳐줬다는 둥 말하곤 했다. 그때는 정말 관심이 하나도 없었는데, 지금은 미아가 케일럽 이야기를 할 때 잘 들어둘 걸 그랬다는 생각이 든다. 그리고 케일럽이 여자친구를 데려온 추수감사절 저녁 식사 자리에, 미아의 초대에 응해 내가 갔으면 좋았을 거라는 생각도 든다.

그 여자친구는 케일럽과 내가 연애를 시작할 때쯤 이미 과거가 되어있었지만, 어떤 사람이었는지 궁금하다. 케일럽이 명절에 집으로 데려올 정도로 좋아했던 사람이었겠지. 내털리처럼 금발 머리, 파란 눈동자에 영혼이 없으려나.

납작하다고밖에 설명할 말이 없는 베개에 머리를 대고 딱딱

한 매트리스에 누웠다.

"내털리가 종신형을 선고받을 수 있을까?"

케일럽이 자기가 가져온 배낭을 뒤적거리고 있었다.

"모르겠어. 글쎄……. 아마도."

"받을 것 같다는 거야 뭐야?"

"받을 것 같다고."

"하지만……." 나는 불편한 매트리스 위에서 자세를 바꾸며 말했다. "시체가 없잖아. 그런데도 유죄 판결을 받을 수 있을까?"

"우리가 이미 알아본 거잖아. 피해자가 사망했다는 증거가 충분하면 검사가 유죄를 입증할 수 있다고 말이야. 연락 두절, 카드 결제 내역과 은행 거래 내역 없고, 주택 방치 등. 그리고 무엇보다 범죄 현장의 흔적. 우리가 그렇게 다 해놓고 왔어."

"알아. 하지만 시체가 없어서 유죄 판결을 내리기가 훨씬 어려울 거야."

"어렵겠지만, 지금은 가능성이 매우 커."

"그래도 시체가 있으면 가능성이 더 높아질 거야."

케일럽이 배낭을 뒤지던 손을 멈추더니 고개를 들고 나를 본다.

"돈, 네가 그 얘기를 자꾸 반복해서 나 정말 짜증이 나려 해. 네가 죽은 게 아니니까 시체가 없는 거야."

"하지만……."

"시체는 앞으로도 없을 거야. 쭈욱."

그가 틀렸다는 말은 하지 않는다. 하지만 그가 이 계획에 나만큼 헌신하지 않는다는 느낌을 지울 수가 없다. 하긴 케일럽은 처음부터 하고 싶어 하지 않았다. 내 제안을 들었을 때 나를 미친 사람 보듯이 봤었다. 내털리가 자기 여동생을 죽음으로 몰고 갔는데도, 그는 지난 일이라며 다 잊으려 했다. 내가 허락만 하면, 케일럽은 지금이라도 기꺼이 나를 도체스터로 데려간 다음 경찰에 내가 멀쩡하게 살아있다고 알릴 거다.

"난 그냥 내털리가 자기가 한 일에 대가를 확실히 치르게 하고 싶은 것뿐이야." 나는 낮은 목소리로 말했다.

케일럽이 내 옆에 앉았다. 매트리스에서 바삭거리는 소리가 났다. "알아. 나도 그래. 하지만 우리가 할 수 있는 건 다 했어. 그 이상 감당해야 할 위험은 없다고 봐."

"알겠어……."

케일럽이 내 손을 잡는다. "같은 생각이지, 그렇지?"

"으응……."

"돈." 케일럽이 내 손을 잡은 손에 힘을 줬다.

"그렇게 생각한다고 말해줘. 어리석은 행동은 하지 않겠다고 말이야."

"케일럽……."

"나하고 약속해. 어떤 행동도 더 하지 않을 거라고. 어서."

"그래, 알았어." 나는 손을 뺐다. "내가 뭘 할 거라고 생각해서 이러는 거야?"

케일럽이 나를 쳐다봤다.

"입에 담기도 싫어."

그러더니 배낭으로 고개를 돌렸다. 나는 그의 휴대폰을 다시 집어 들고 기사들을 훑어봤다. 말이야 케일럽이 듣고 싶어 하는 대로 해주면 그만이다. 케일럽은 이해하지 못한다. 내게는 이 계획보다 더 중요한 게 없다는 사실을. 미아의 죽음을 되갚는 일보다 그 어떤 것도 중요하지 않다. 심지어 케일럽도.

그리고 나 자신도.

52

내털리

부모님과 이야기할 기분이 아닌데, 그런 내 마음과 상관없이 다리가 스스로 잘도 움직인다. 부모님에게서 전화가 와있단다.

아무튼 지금으로서는 부모님밖에 기댈 데가 없다. 내 은행에는 보석금을 낼 만큼 충분한 돈이 없다. 그러니 부모님에게 돈을 빌리지 못하면 재판이 끝날 때까지 이곳에 꼼짝없이 갇혀있어야 한다.

생각만 해도 끔찍하다.

교도관이 나를 벽에 전화기 여러 대가 설치된 곳으로 데려갔다. 나는 어떻게 해야 할지 몰라 줄지어 선 전화기를 멀뚱히 보다가, 내게 아무런 지시를 내리지 않는 교도관을 힐긋 봤다.

"저기…… 어떻게 해야 하나요?" 내가 물었다.

"수화기 들고 통화하는 거 모르나!" 교도관이 소리를 질렀다.

전화를 어떻게 받는지는 나도 안다고 소리를 되지르고 싶었지만, 내 상황에 아무런 도움이 되지 않는다는 생각이 들었다. 그때 수화기 하나가 훅에 걸려있지 않고 전화기 아래 선반 위에 내려져 있는 게 눈에 들어왔다. 손을 뻗어 수화기를 집어 드는데, 수화기가 끈적거렸다.

"여보세요?" 나는 잠긴 목소리로 전화를 받았다.

"내털리!" 엄마 목소리가 평소처럼 귀에 쩌렁 울렸다. "내털리, 너 괜찮니?"

구치소에 있는데, 괜찮을 리가.

"네, 괜찮아요."

"밥은 먹니? 거기 음식이 있어?"

"네, 있어요. 여기는 사형장이 아니에요."

통화 중 내가 내뱉는 모난 말들에 엄마는 이제 익숙해지고도 남았을 텐데, 놀랍게도 울음을 터뜨렸다. 그 바람에 나도 목이 멨다.

"내털리, 너 어떻게 그럴 수가 있니?" 엄마가 흐느끼며 말했다.

나는 말문이 막혀 수화기를 멍하니 바라봤다. 나를 유죄라고 생각하는 건가? 회삿돈을 훔쳤다고 세스에게서 의심받는 것만으로도 충분히 억울했는데, 이제는 다른 사람도 아니고 엄마마저 내가 살인자라고 생각하는 건가?

"내가 안 그랬어요, 엄마." 나는 조용한 목소리로 말했다.

"어쩜, 내털리……."

"내가 안 했다고요! 엄마가 어떻게 나를 그렇게 생각할 수 있어요?"

"그냥 인정해야지." 엄마가 훌쩍거렸다. "네가 할만한 행동이 잖니."

어떻게 대답을 해야 할지 모르겠다. 내가 할만한 행동이란 건 무슨 뜻이지?

"그때, 네가 어렸을 때 사건들이 있었잖아. 너랑 네 친구 타라가 어떤 여자애를 괴롭혀서…… 걔가 목숨을 끊었잖니?"

엄마가 항상 꺼내는 이야기다. 엄마에게는 내가 어밀리아를 위해서 자선 사업을 펼치는 게 중요하지 않다. 어밀리아를 죽음으로 몰고 간 철없던 나만 있을 뿐이다. 하지만 짚고 넘어가고 싶은 건 당시 경찰은 나를 기소할 생각조차 하지 않았다는 것이다. 나는 심문도 거의 받지 않았다.

내 나름대로 용서를 구하려는 노력을 해왔다. 타라와 함께 어밀리아에게 줄 가짜 연애편지를 쓰면서도 이것 때문에 어밀리아가 자살하게 될 거라는 생각을 단 한 번도 하지 않았다. 내 눈에 어밀리아는 그 정도 일에 눈 하나 깜짝하지 않을 사람이었다. 투사 같았다고나 할까. 그래서 그녀가 자살했을 때 모두가 충격에 휩싸였다. 그때 이후로 나는 내 잘못을 바로잡으려고, 어려서 잘 모를 때 했던 어리석은 일을 만회하려고 줄곧 노력해왔다.

"그때 나는 어린애였어요." 나는 강조하듯이 말했다.

"그때 널 감옥에 집어넣지 않은 걸 다행으로 생각해야 해."

"엄마……."

"아빠가 그러는데 사우스월폴에 교도소가 있다더구나. 우리가 너를 보러 가기에 거기가 가장 편할 것 같아."

엄마는 벌써 교도소 얘기를 하고 있지만, 내 재판은 아직 열리지도 않았다.

"그 전에 할 말이 있어요. 돈 얘기를 해야 해요. 보석금 내려는데 나한테 돈 좀 빌려줄 수 있어요?"

"그러니……? 얼마나?"

"모르겠어요. 액수가 꽤 클 것 같긴 해요. 몇 만 달러 정도요."

"얘야, 세상에."

"엄마, 부탁이에요." 내 목소리가 갈라졌다. "엄마 도움이 필요해요. 여기에 있고 싶지 않아요. 끔찍하다고요!"

수화기 너머 침묵이 한참 흐르더니 부스럭거리는 소리가 들렸다. 뒤이어 아빠의 굵은 목소리가 흘러나온다.

"내털리, 너도 알다시피 우리한테는 이런 일에 쓸 돈이 없다. 연금 받아 살고 있어."

"알아요, 하지만……."

"우리 마음 힘들게 하지 말거라." 아빠가 내 말을 잘랐다. "네가 저지른 일이니 그 책임도 네가 감당해야 하는 거야."

"하지만 난 아무 짓도 안 했어요!"

내 목소리가 커지자 교도관이 나를 쏘아봤다.

"1분."

내 목소리가 점점 더 날카로워졌다.

"제발요! 나 여기서 못 지내요. 진짜 못 있겠어요."

"너는 이제 그곳 생활에 익숙해져야 해. 변호사 말로는 네가 거기에 오래 있게 될 거라고 하더라."

"하지만 아빠……."

내가 말을 다 끝내기도 전에 어느새 내 옆으로 온 교도관이 혹 스위치를 눌러 전화를 끊었다. 나는 고개를 절레절레 흔들며 말했다.

"부모님께 끝인사도 제대로 못 하게 하는군요."

"내가 마무리 지으라고 했을 텐데." 교도관 목소리에서는 일말의 동정도 느껴지지 않는다. 이제부터 나는 계속해서 이런 취급을 받겠지. "이제 감방으로 돌아가."

교도관을 따라 목에 문신을 한 감방 동료가 있는 네모난 방으로 돌아간다. 난 완전히 망했다. 보석금을 어떻게 마련할 수 있을지 모르겠다. 더구나 변호사가 대략 알려준 금액이라면……. 부모님은 내게 줄 돈이 없다. 킴은 남편이 돈이 많으니 마음이 동하면 내게 빌려줄 수 있겠지만 물어보지를 못하겠다. 세스는 고려할 대상이 아니다. 그에게서는 연락이 다시 오기만 해도 다행이 아닐까.

석방 보증금으로 보석금의 10퍼센트만 주면 된다고 하지만, 그 금액이 내 은행에 들어있는 돈보다 적을 가능성은 없다. 아무래도 한동안 구치소에 있어야 할 것 같다.

53

돈

모텔방이 어둡다. 케일럽은 내 옆에 곤히 잠들어 있다.

내 생각이 맞았다. 새로 온 모텔이지만 지난번보다 나을 게 없다. 침대는 역시나 딱딱하고 불편하다. 텔레비전은 더 엉망이다. 제대로 나오는 채널이 거의 없다. 여기서는 하룻밤 정도 묵을 수 있을 것 같다. 아니면 반나절이나. 몇 주 또는 몇 달씩이나 머물 수 있는 곳이 아니다.

그렇지만 치러야 하는 희생이다.

나는 북이를 끌어안고 케일럽이 자는 모습을 지켜본다. 가끔 하는 일이다. 케일럽은 코를 골지 않는 대신 입으로 숨을 깊게 쉬고 한 번씩 약하게 휘파람 같은 소리를 낸다. 베개 때문에 헝클어진 머리칼은 조금만 더 길면 눈에 닿을 것 같다. 남자치고 긴 속눈썹이 살짝 떨린다. 꿈을 꾸고 있나 보다.

그가 무슨 꿈을 꾸는지 궁금하다. 케일럽이 예전에 자신은 꿈을 절대 기억하지 못한다고 했다. 그래도 꿈을 꾸기는 했을 거다. 사람은 누구나 꿈을 꾸니까. 혹시 내털리 꿈을 꾸고 있는 건 아닐까.

이제 와서 하는 얘기지만, 케일럽이 내게 처음으로 키스했을 때 사실 난 이미 케일럽을 사랑하고 있었다. 우리는 엄청 친밀한 사이가 되어있었다. 시도 때도 없이 만났고, 처음에는 주로 미아 이야기를 하던 우리가 조금씩 다른 것들을 이야기하기 시작했다. 주로 케일럽이 다른 이야깃거리를 생각해 내곤 했다. 하지만 내가 그에 대해 느끼는 감정을 그도 나에게 똑같이 느낄 거라고는 감히 상상도 하지 못했다.

우리의 첫 키스는 내가 생각하던 것과 달리 근사했다. 나는 남자에게서 키스를 받아본 적이 없었다. 영화에서 남자 혀가 여자 입 안으로 깊숙이 들어가는 그런 역겨운 키스가 아니었다. 기분 좋은 입맞춤이었다. 케일럽의 부드러운 입술이 내 입술에 가볍게 닿았고, 그가 저녁 식사 후 박하사탕을 먹어서 입에서 좋은 냄새도 났다. 담백한 키스에 가까웠지만, 그의 얼굴에 다 쓰여있었다. 그도 나에게 좋은 감정을 느끼고 있다고.

케일럽은 나를 배려해서 서두르지 않았다. 오랫동안 그저 손을 잡고 키스하는 것만으로도 만족해했다. 거북이 장식이 달린 금목걸이 같은 사려 깊게 고른 선물도 줬다. 우리가 함께한 지 1년 가까이 지나고 나서야 사랑을 나눴다. 솔직하게 털어놓자면, 무서웠다. 하지만 케일럽은 정말 천천히, 매우 조심스럽게 나를 대했다. 그렇게 특별한 순간을 만들었다.

물론 나도 케일럽을 만나기 전에 좋아했던 남자아이들이 있었다. 하지만 내가 사는 현실에서 그들 중 나를 좋아하게 될 사람은 아무도 없었다. 케일럽이 사는 현실은 그렇지 않았다. 그가 내털리에게 저녁을 같이 먹겠냐고 물었을 때, 내털리는 곧바로 좋다고 대답했다. 그가 힘들여 말을 이렇게 저렇게 할 필요도 없었다. 내털리는 케일럽을 좋아했다.

두 사람이 직원 휴게실에서 점심을 같이 먹는 모습을 본 적이 있다. 지극히 평범한 연인의 모습이었다. 거북이나 복수와는 아무런 상관없는 편안한 대화를 나누고 있었다. 케일럽이 말을 하면 내털리가 웃음을 터뜨렸다. 진짜 웃음이었다. 내게는 그런 일이 일어나지 않는다. 나하고 같이 있는 사람들이 웃으면, 그건 예의를 차리는 웃음이거나 나를 업신여기는 웃음이다.

그때 난 깨달았다. 케일럽은 평범한 사람이라는 걸, 나와 다르다는 걸. 우리가 얽히게 된 건 미아를 위해 정의를 실현하기 위함이다. 그것 말고는 우리에게 공통점이 하나도 없다. 미아가 우리의 유일한 연결고리다. 그도 언젠가는 그걸 깨닫겠지.

케일럽은 내털리에게 아무런 감정이 없었다고 했지만, 거짓말일 것이다. 내털리는 굉장히 호감을 주는 인상이다. 모든 사람을 끌어당긴다. 언제나 반짝반짝 빛이 났다.

하지만 사람들은 그녀가 뱀처럼 교활하다는 건 모른다. 내털리는 눈앞에서 웃다가 등 뒤에서 칼을 꽂는 사람이다. 파티에 전부 다 초대한다고 하면서 자기와 친한 사람들만 올 수 있는 시간으로 일정을 잡는다. 고객들에게 거짓말을 하고, 다른 사람의 남편과 잠자리를 같이해서 결혼 생활을 파탄 냈다.

내일 오전에 내털리의 보석 심리가 열린다. 내털리는 구치소에서 주말을 꼬박 보내고 있다. 시작은 좋지만, 이걸로 충분하지 않다. 공교롭게 나타난 신원을 알 수 없는 시체는 DNA 검사로 내가 아니라는 게 밝혀졌다. 내가 바라는 것은, 케일럽이 남겨둔 증거들—유리잔에서 나온 지문, 차에서 발견된 머리카락과 혈흔, 빨래 바구니에 넣은 도자기 거북이—덕분에 내털리가 재판까지 구치소에서 못 나오게 되는 거다. 내털리는 돈이 별로 없다. 분수에 넘치는 삶을 누린 데다가 그녀의 부모님은 우리 엄마와 마찬가지로 빈털터리다.

하지만 궁극적으로 큰 문제가 하나 있다. 내털리에게 유죄 판결을 내리려고 해도 시체가 없다. 살인이 정말로 벌어졌다는 확실한 증거가 없는 셈이다.

붕대를 감은 왼쪽 손목이 욱신거린다. 그래도 피는 나오지 않는다. 케일럽은 그 방법으로 내 몸에 상처 내는 걸 반대했다. 미아에 대한 기억 때문인지 너무 위험하다고 했다. 나는 너무 깊게 긋지 않도록 조심했다. 무조건 바닥에 피는 흘려야 했다. 안 그러면 경찰은 내가 멀리 휴가를 갔다고 생각해 버릴 수도 있으니까. 범행이 일어났음을 보여주는 확실한 증거가 있어야 했다.

침대에서 최대한 조용하게 빠져나온다. 케일럽이 잠시 몸을 뒤척이더니 다시 잠에 빠져든다. 그는 잘 자는 사람이다. 이제는 케일럽에 대해 많이 안다. 어쩌면 미아가 알던 것보다 더 많이 알지도. 케일럽은 샤워 중에 음정이 틀리건 말건 록을 큰 소리로 즐겨 부른다. 가장 싫어하는 음식은 피클이다. 무엇이든 피클에 살짝 닿기만 해도 안 먹는다. 신발 사이즈는 10. 지난 13년 동안 여동생을 보호하지 못한 것을 자책하며 지냈다.

케일럽의 재킷이 방문 옆 옷걸이에 걸려있었다. 휴대폰을 찾으려고 주머니 하나에 손을 넣었다. 구겨진 냅킨이 몇 장 나오길래 쓰레기통에 버렸다. 주머니에 냅킨 쑤셔 넣는 것 좀 안 했으면 좋겠는데, 그의 버릇이다. 다른 주머니에 손을 넣는다. 손끝에 네모난 물체가 만져졌다.

물체를 꺼내니, 파란색 작은 벨벳 상자가 나왔다.

아, 안 돼. 케일럽이 반지를 산 건가.

나는 상자를 열지 않는다. 아니, 열면 안 된다. 케일럽은 이 일이 다 끝나고 나면 결혼하자는 말을 줄곧 했다. 나는 경찰 기록상 죽은 사람이 될 텐데 어떻게 결혼할 수 있을지 모르겠지만. 케일럽은 일을 할 때는 매우 논리적이면서, 지금은 전혀 그러지 못하고 있다. 나와 결혼하고 싶다는 생각에 빠져 얼마나 큰 실수가 될지를 보지 못하고 있다.

단순히 내털리 때문이 아니다. 애초에 결혼 자체가 실수가 될 거다. 케일럽은 평생을 나와 붙어있고 싶지 않을 거다. 미아에게 일어난 일을 너무 끔찍하게 생각한 나머지 그의 머릿속이 뒤죽박죽되어 버렸다. 그는 내게 책임감을 느끼고 있을 뿐이다.

반지 상자를 주머니에 도로 찔러 넣었다. 나는 아무것도 모르는 거다.

휴대폰은 또 다른 주머니에서 나왔다. 여섯 자리 숫자 암호를 입력해 잠금 화면을 풀었다. 케일럽은 이런 정보를 알려줄 정도로 나를 편하게 생각한다. 혹시 내털리도 알까. 그녀가 안다고 해도 그리 놀라지는 않겠지만, 대신 큰 위험이 따를 수도 있었겠지. 이 휴대폰에는 내털리가 몰랐으면 하는 것들이 들어있으니까. 예를 들자면 내가 울먹이는 목소리로 "도*와주세요.*"라고 말하는 걸 녹음해 둔 파일 말이다. 케일럽의 아이디어였다. 그 전화 때문에 누군가 내 집을 더 빨리 조사하게 될 거라고 했다. 그 말이 맞았다. 다만 내털리가 직접 찾아가지 않았다면 더 좋았을 거다. 직접 가는 바람에 내털리의 흔적인 지문에 대해 설명할 수 있게 되었다.

우리는 세세하게 계획을 세웠다. 단 하나만 빼고.

이 일이 어떻게 끝나야 하는지 이제야 비로소 명확히 보인다. 사실 나는 처음부터 알고 있었던 것 같다. 인정하고 싶지 않았을 뿐. 케일럽과 이 계획을 처음으로 의논하던 날, 돈 쉬프가 아니라 새로운 신분으로 새로운 삶을 살게 되면 좋을 거라고 생각했다. 일이 절대로 그렇게 되지 않으리란 것을 그때는 미처 몰랐다. 케일럽과 나는 서로 사랑해서 함께하게 된 것이 아니었다. 우리는 미아의 정의를 위해서 함께했다. 미아를 자살로 몰고 간 내털리가 대가를 치르도록 말이다.

내털리가 죗값을 치르게 하려면 방법은 딱 하나밖에 없다.

죽은 시체가 있어야 한다.

그건 내 시체여야 한다.

54

내털리

보석 심리는 그럭저럭 나쁘지 않게 진행됐다. 판사가 출국 금지를 조건으로 내게 보석을 허가했다. 문제는 보석금이 내가 도저히 감당할 수 없는 말도 안 되게 큰 액수라는 거다. 보증금 10퍼센트에 해당하는 금액도 내 능력 밖이다.

그 말은 내가 재판일까지 구치소에서 지내야 한다는 뜻이다. 그러다가 재판이 열리면 보나 마나 감옥에서 얼마 동안 지내라는 형을 선고받을 테지. 그러면 지금부터 수년을 철창에 갇혀 지내야 한다. 그것도 운이 좋으면 그렇다는 거다.

변호사 말에 의하면 검사가 나를 1급 살인죄로 기소할 가능성이 아주 높다고 했다. 오늘 아침에는 검사 측에서 형량 감면 협상에 관심을 보이지 않는다는 소식을 전해왔다. 돈의 이메일 내용 때문에 대중의 관심이 집중된 사건이라 내가 받아 마땅한 처벌이 확실히 내려지게 하겠단다. 범행 증거가 충분해서 시체가 없어도 유죄를 선고받을 수 있다는 자신감을 보인다고 했다.

나를 감옥으로 영영 보내려 한다. 죽을 때까지 철창에 갇혀 있으라…… 한다.

구치소 감방에 앉아있으려니 집으로 가고 싶다는 생각이 너무나 간절해졌다. 나 혼자 쓰는 욕실에서 샤워하고, 육즙 가득한 패티를 겹겹이 쌓아 올린 치즈버거를 먹고, 포근한 담요를 덮고 침대에 혼자 누워 아침에 마음껏 자고 싶다.

내 삶에 그런 건 이제 두 번 다시 없을 거라는 생각에 기분이 암담하다. 적어도 한동안은 없겠지.

하지만 교도관이 내 이름을 크게 부르는 소리를 듣고 나는 화들짝 놀라고 말았다.

"내털리 패럴! 보석금이 지불됐다."

"네?" 조금 전까지 감방 안 벤치에 힘없이 앉아 신세 한탄을 하고 있던 나는 벌떡 일어났다. "어떻게요?"

교도관이 어깨를 으쓱해 보였다. 나도 따져 묻고 있을 생각은 없다. 이곳을 당장 벗어나고 싶다. 재판 전까지 몇 주간만이라도 어딘지.

휴대폰, 지갑 등 내 물건을 전부 돌려받은 다음 대기실로 들어서고 나서야 내 은인이 누구인지 알게 됐다. 전혀 예상하지 못한 사람이다.

"어서 와, 냇." 세스다.

회사에서 바로 왔는지 와이셔츠에 넥타이를 매고 있었다. 얼굴이 피곤해 보였다. 하지만 내 행색이 보나 마나 더 형편없겠지. 머리는 엉킬 대로 엉켜서 빗어 넘기려고 손가락을 집어넣기도 두려울 정도니까.

"여긴 어쩐 일이에요? 날 미워하는 줄 알았는데⋯⋯."

세스가 한쪽 입꼬리를 올리며 미소를 지어 보였다.

"차에 가서 얘기하는 게 어때?"

거절할 마음은 없다. 몸에 기운도 없고 배도 고프고 집으로 가고 싶다는 생각밖에 들지 않아서, 차를 타고 가는 내내 세스가 내게 화를 낸다고 해도 다 참아낼 수 있을 것 같다.

세스를 따라 주차장으로 가니 내가 잘 아는 아우디가 눈에 들어온다. 나는 보조석에 올라타 머리를 기대고 눈을 감았다. 자칫 조금만 마음을 놓으면 이대로 곧장 잠이 들어버릴 것 같다. 하, 정말 저 안으로는 다시 돌아가고 싶지 않다.

세스가 내 옆자리에 탔다. 시동이 걸리고 차가 출발했다. 나는 세스 옆얼굴을 바라보며 그가 이러는 의도가 무엇일까 생각했다. 그를 마지막으로 봤을 때, 세스는 내가 회삿돈을 훔쳤다고 생각해 분노로 가득했고 상처 입은 모습이었다. 그런데 지금은 화가 난 것 같지 않다.

세스가 이윽고 입을 열었다. "내가⋯⋯ 음, 회계 장부를 다 확인해 봤는데, 사라진 돈은 없었어."

"그것참 놀랄 일이네요."

세스가 얼굴을 찡그렸다.

"미안해. 냇 말을 믿었어야 했는데, 그 형사가 너무나 확신에 차서 말을 해서 말이야."

"그랬겠죠."

"정말 미안." 그의 목소리가 살짝 갈라졌다. "형사 때문에 내 머리가 어떻게 됐었나 봐. 그런 일을 할 사람이 아니란 걸 다 아는데……."

세스가 미안해하고 있었다. 내 곁에 있어주는 것만으로도 얼마나 큰 힘이 되는지 모르겠다. 다른 사람들은 모두 등을 돌렸는데 말이다. 세스가 나를 심하게 대하기는 했지만, 다 용서해 줄 수 있다.

"보석금을 냈다고 해서 깜짝 놀랐어요. 엄청 큰돈이었는데."

"나한테 그 정도 돈은 있어." 세스가 어깨를 으쓱해 보였다. "이번 일 덕분에 멜린다가 손에 쥐게 될 돈이 적어지긴 했지. 참, 좋은 변호사를 구해야겠어. 내가 퍼거슨인가 하는 변호사랑 얘기해 봤는데, 기가 차서. 아니 무슨…… 어린애인가 싶던데? 내가 도와줄게."

세스에게 신세를 지고 싶지 않지만, 지금은 거절할 처지가 아니다. 세스 말이 맞다. 나는 좋은 변호사가 필요하다. 겨우 6개월 전에 법대를 졸업한 풋내기 말고.

"나 돈에게 아무 짓도 안 했어요."

"알아. 처음부터 끝까지 다 이상해. 내가 전부 밝혀낼 거야."

세스가 나를 믿어줬다. 세스 말고는 이 세상에서 나를 믿어주는 사람이 없겠지. 부모님조차도 내가 범인이라고 여기니까. 두 분은 나를 못돼먹은 인간이라고 생각한다. 고등학생 때 어밀리 아라는 여자애에게 일어난 사건 때문에.

"배고파?" 그러고 보니 점심시간이 다 되었다. "어디 들러서 먹고 가도 돼."

나는 목에 차오르는 덩어리를 애써 삼켰다.

"일단 집으로 가고 싶어요."

"알았어."

세스가 운전하는 동안, 나는 휴대폰에서 메시지를 확인한다. 문자와 음성 메시지 수백만 개가 들어와 있는 듯했다. 지금은 이걸 다 읽고 듣고 있을 기운이 하나도 없다.

그러다가 케일럽에게서 온 문자 메시지를 발견했다. 토요일 저녁에 보낸 거다.

— 모텔에 가봤는데 아무것도 없었어. 도대체 뭐가 어떻게 된 건지 모르겠어.

문자 메시지를 가만히 내려다봤다. 며칠 전이었으면 나를 위해 로드아일랜드까지 먼 길을 마다하지 않고 가준 케일럽에게 고마워했을 거다. 하지만 지금은 어떻게 받아들여야 할지 모르겠다.

나는 케일럽이 산토로 형사에게서 괴롭힘을 받다가 결국 실토했다고 생각했다. 하지만 정반대였다. 케일럽이 스스로 경찰서로 찾아갔고, 자진해서 내 알리바이가 거짓말이었다고 말했다. 그것 말고도 많은 말을 쏟아냈다고 했다.

"오늘 케일럽 회사 왔어요?"

세스가 고개를 가로젓는다.

"못 봤어. 하지만 너 보러 다시 올 거야. 그걸 바라는 거라면."

그걸 바라는 것이 아니다. 나는 이제 케일럽을 믿을 수 없다. 그가 내게 등을 돌렸는데, 나는 이유를 모른다.

"케일럽에 대해 어떻게 생각해요?" 나는 불쑥 물었다.

"음, 좀 더 괜찮은 사람을 만나보지 그래. 내 눈엔 딱 보이는데."

"진지하게 묻는 거예요, 세스."

"글쎄." 세스가 갑자기 앞으로 끼어드는 차를 향해 경적을 세게 울렸다. "순전히 내 입장에서는, 좋을 리가 없지. 이번 일에 전혀 도움이 되는 것 같지도 않고. 하지만 사람 자체는 괜찮은 것 같아. 돈이 걱정되어서 그랬겠지."

"돈을 왜 걱정해요? 잘 알지도 못하는데."

세스가 나를 힐긋 쳐다봤다. "무슨 말을 하는 거야? 서로 아는 사이야. 웹사이트 작업에 케일럽을 추천한 사람이 돈이었어."

"뭐라고요?"

여태껏 내가 알던 세상이 뒤집히는 기분이다. 돈이 케일럽을 추천했다고? 어떻게 그럴 수가 있지? 서로 깍듯하게 인사만 나눌 뿐 말도 섞은 적이 없고, 심지어 케일럽은 돈 이름을 몇 번 틀리기까지 했는데. 의심이 커져갔다.

"하, 그때 그랬지. 돈이 케일럽 이야기를 또 하고 또 했어. 어떤지 알잖아. 뭐 하나에 꽂히면 도무지 입을 다물지 않는 거."

맙소사.

불현듯 케일럽이 사실상 다른 누구보다도 우리 집에 쉽게 들어올 수 있다는 생각이 떠올랐다. 그가 빨래 바구니에 그 거북이를 넣어둘 수 있지 않았을까? 차 트렁크에도 수월하게 손댈 수 있었을 테지. 사무실에도 오니까 내 책상 위에 거북이 인형을 매번 올려놓았을 수도 있고. 게다가 내가 그의 아파트에서 와인 잔을 기울인 게 여러 번이니, 내 지문이 고스란히 남아있지 않았을까?

뒤이어 케일럽이 내 알리바이를 날릴 때 자신의 알리바이도 없애버린 셈이 되었다는 데에 생각이 미쳤다. 돈이 죽던 날 밤 케일럽에게는 알리바이가 없다. 더구나 피곤해서 집으로 일찍 가겠다고 했다. 나는 그에게 더 있다 가도 된다고 했는데.

케일럽이 돈을 죽인 다음 나한테 뒤집어씌우려고 하는 걸까? 미친 소리처럼 들리지만, 이상하게 말이 된다. 이래야만 앞뒤가 들어맞는다.

하지만 이유가 뭘까?

그 모텔, 아무래도 내가 직접 가봐야겠다.

55

집으로 가는 동안 세스에게 그간의 일을 설명했다. 세스에 대해 내가 이러쿵저러쿵 말해도 그에 대한 신뢰는 변함이 없다. 세스라면 내게 적절한 충고를 해줄 거다.

"샤워하고 옷만 갈아입으면 돼요." 나는 토요일 아침 자선 달리기 행사에 입었던 옷차림 그대로다. 당장 벗어버리고 싶다. "그런 다음 그 모텔로 가볼 생각이에요."

"나도 같이 가."

나는 세스를 향해 눈을 동그랗게 떴다.

"일해야 하는 거 아니에요?"

"지점장 정도 되면 다른 중요한 일이 있다고 하고 오후에 자리 비워도 돼. 내가 운전해 줄게."

"굳이 안 그래도……"

"같이 가." 세스 목소리가 좀 전보다 훨씬 단호하다. "지난 며

칠 동안 잠도 제대로 못 잤잖아. 운전대를 잡게 놔둘 순 없어. 내
가 운전할게."

나 역시 쉽게 물러서지 않았다. 이걸 가지고 왜 세스와 아웅
다웅하고 있는지 모르겠지만. 몸은 지쳐있고, 정말로 졸음운전
을 할지도 모른다는 생각에 겁도 나는데 말이다. 잠깐이라도 눈
을 붙이면 좋겠지만, 진실을 알아내기 전까지는 마음 편하게 잘
수 없을 것 같다.

집 앞에 도착하니 기자 몇 명이 현관문 앞 잔디밭에 모여있
었다. 그들을 보자마자 배가 땅겼다. 내가 체포되는 장면이 뉴
스마다 나왔다. 산토로 형사가 최악의 순간을 딱 골라서 나를
체포했다. 어떻게 바라보느냐에 따라 최고의 순간이었다고 말
할 수도 있겠지.

"못 나갈 것 같아요." 나는 작게 중얼거렸다.

세스가 백미러를 흘긋 봤다.

"걱정 마. 내가 처리하지."

세스가 차에서 내리고, 나는 사이드미러로 그가 기자들에게
걸어가는 모습을 지켜본다. 그가 무슨 말을 하는지 모르겠지만,
잠시 후 기자들이 자리를 뜬다. 세스에게 이루 다 말할 수 없이
고마웠다.

집 안으로 들어간 다음 거실에 잠시 그대로 서서 가만히 고
요를 느낀다. 감방에서는 깜빡거리는 불빛과 몸이 얼어붙을 듯
한 추위 외에도 시끄러운 소리가 끊이지 않았다. 내 옆방에 있
는 여자는 마약이나 알코올로 인한 금단 증상이 나타났는지 어

젯밤 내내 벌레들이 눈앞에 있다고 고래고래 소리를 질러댔다. 완벽하게 아무런 소리가 들리지 않는 것이 이렇게 좋은지 예전에는 몰랐다.

세스가 현관에서 서성였다.

"불편할지 모르니 나는 차에서 기다릴게."

"아니에요. 괜찮아요. 샤워만 하고 바로 갈 거예요."

"알았어."

침실로 올라가는데, 휴대폰이 울렸다. 그러고 보니 구치소에서 나왔다는 사실을 아직 부모님에게도 알리지 않았다. 하지만 나중에 하는 게 좋을 것 같다. 지금 당장 부모님을 상대하고 싶지 않다. 엄마가 전화하는 거라면 음성사서함으로 넘어가게 놔둘 생각이다.

그런데 엄마가 아니었다. 케일럽이다.

휴대폰 화면에 뜬 그의 이름을 내려다봤다. 케일럽 맥컬로프. 일주일 전만 해도 그가 내 인연일 거라고 생각했는데, 이제는 아무것도 모르겠다. 분명한 건 그가 내게 전적으로 솔직하지 않았다는 것뿐. 이제 와서 그가 나한테 무슨 말을 할지 궁금하다.

나는 화면을 밀어 전화를 받았다.

"여보세요?"

"내털리! 자기가 보석금으로 나왔다는 소식 들었어."

말은 발이 없는데도 천리를 간다지. 침대 끄트머리에 조심스럽게 앉는데, 휴대폰을 쥔 손에 힘이 들어갔다.

"응. 부모님이 도와주셨어." 거짓말이 자연스럽게 흘러나왔다.

"잘됐다." 케일럽 목소리는 평소와 똑같다. 관심을 보이지만 절대 과하지 않다. 딱 적당한 정도의 관심이다. 어쩌면 이 남자가 정말로 냉혈한 살인자일지도. "기분은 어때? 자기 괜찮아?"

내 기분이 어떨 거라고 생각하는 걸까? 구치소에서 사흘이나 있다가 나왔는데! 하지만 나는 말을 삼킨다. 케일럽에게 화를 내지 않을 생각이다. 내가 알고 있는 걸 케일럽에게 알리고 싶지 않다.

"그냥, 좀 피곤해."

"내가 모텔에 갔었다고 보낸 메시지 봤어?"

"응, 봤어."

"거기까지 차로 가서 프런트에 있는 남자에게 수상한 사람이 없었는지 물어봤어. 신문에 나온 돈 사진도 보여주고."

"그래서?"

"없었대. 전혀 모르던걸."

"그랬구나." 나는 헛기침을 한다. "아무튼 거기까지 다녀오느라 고생했어."

"아무것도 아니야. 자기가 겪는 일이 정말 끔찍하지."

수백 가지 생각이 머릿속을 스쳐 지나갔다. 케일럽에게 빅스드에서 일하기 전부터 돈을 알았는지 묻고 싶다. 경찰서에 가서 내 얘기는 왜 했는지, 내 차 트렁크에 머리카락과 혈흔을 남겨둔 게 정말 그인지 묻고 싶다.

나에 대한 마음이 정말로 있었는지, 아니면 처음부터 끝까지 그저 연기였는지도.

"내가 뭐 도와줄 일은 없어?" 케일럽이 다정하게 물었다.

"좀 혼자 있고 싶어."

"그래. 나중에 전화 줄래?"

자기한테 전화해 달라는 건 내가 걱정되어서일까? 아니면 내가 무얼 계획하는지 알아내려는 걸까?

"그럴게."

케일럽의 의도가 뭘까? 내가 확실히 아는 건 그가 돈과 아는 사이라는 게 전부다. 케일럽은 살인을 저지를 수 있을만한 사람으로 보이지 않는데……. 아무리 생각해도 모르겠다.

그 모텔에 케일럽이 내게 말해주고 싶지 않은 무언가가 있다. 그런 확신이 든다.

그게 뭔지 알아내야겠다.

56

한 시간 후, 기분 좋게 샤워를 끝내고 청바지와 스웨터로 갈아입고 나자 완전히 새로운 사람이 된 것 같은 기분이었다. 이렇게 좋은 기분으로 차를 타고 한참을 달려가야 한다니 정말 별로다. 하지만 무조건 나쁜 것만도 아니다. 세스가 운전해 줄 거고, 나는 진실에 다가가야 하니까. 그 모텔에서 누군가 내게 전화했다. 그 이유를 알아야 한다.

내가 거실로 내려가자 세스가 일어났다.

"준비됐어?"

"네, 완벽해요."

"괜찮은 거야?"

나는 눈을 비볐다.

"그냥 조금 피곤하지만, 괜찮아요."

"콜라헬스 캡슐을 몇 알 먹지 그래?"

우리는 웃음을 터뜨렸다.

다시 길을 나서지만, 내가 구치소에서 나온 끔찍한 아침 식사 이후로 제대로 먹은 게 없어서 패스트푸드 드라이브스루에 들르기로 한다. 나는 평소라면 절대 먹지 않을 음식을 주문했다. 너무나 배가 고파서 크고 기름진 패스트푸드 햄버거 생각뿐이다.

내가 세 입 만에 햄버거의 절반을 먹어 치우자 세스가 웃었다. 우리는 작년에 한창 만날 때 차에서 패스트푸드 음식을 많이 먹곤 했다. 레스토랑에는 거의 갈 수가 없었으니까. 이렇게 차에 세스와 앉아 패스트푸드 감자튀김을 입에 넣고 있으려니 그때가 굉장히 오래전처럼 느껴진다.

"멜린다하고는 어떻게 되어가요?"

"안 좋아. 내가 이렇게 말하면 놀라겠지만, 이혼하는 건 정말 별로야."

"미안해요."

"미안해할 거 없어."

가죽 시트에 앉아있는 게 불편하게 느껴졌다.

"내 잘못이잖아요."

"아니야." 세스가 단호히 말했다. 아니라고 하니, 아니라고 치자. "감정의 골이 깊어지는 데에 너와 나 사이에 있던 일이 영향을 주지 않았다고는 말 못 하겠지. 하지만 결국에는 이렇게 되었을 거야. 사랑은커녕 서로를 좋아하는 감정도 없었어. 멜린다와 나는 3년 넘게 잠자리를 같이하지도 않았다니까?"

세스는 나와 만날 때도 저런 비슷한 말을 했다. 하지만 나는 언제나 세스가 과장하는 거라고 생각했다. 이제는 아니라는 걸 안다.

"넌 잘못한 거 없어. 만약 내게 뭔가 한 게 있다면, 나도 행복해질 수 있는 사람이라는 걸 일깨워준 거야."

세스가 내 마음을 편하게 해주려는 건지 진심으로 그렇게 생각하는 건지 모르겠지만, 나는 그냥 받아들이기로 했다. 안 그래도 나 자신이 너무 초라한데, 지금껏 살아오면서 저지른 끔찍한 일 목록에다가 가정파괴범을 추가하고 싶지 않다.

세스가 라디오를 틀었다. 그는 클래식 록을 좋아한다. 내 취향은 아니지만 지금은 아무거나 괜찮다. 케일럽에게 내가 가장 좋아하는 가수는 셀린 디온이라고 말하던 날이 떠오른다. 그가 얼굴이 환해지더니 "나도 제일 좋아하는 가수예요!"라고 했었다. 지금 생각하니, 혹시 나와 가까워지려고 지어낸 말은 아니었을까. 어떤 남자가 가장 좋아하는 가수로 셀린 디온을 꼽겠어?

우리는 거의 한 시간 반을 달려 모텔에 도착했다. 2층짜리 건물이 넓은 부지에 펼쳐져 있고 방 수십 개가 외부와 바로 연결된다. 주변에 다른 건물은 없다. 숨어있기에 완벽한 장소다.

모텔 사무실 위치를 알려주는 네온사인이 보인다. 세스가 바로 앞에다가 차를 댄 다음 우리는 잠시 그대로 앉아있었다.

"들어가 볼까?" 잠시 후 세스가 물었다.

나는 말없이 고개만 끄덕였다. 케일럽이 내게 감추고 싶었던 것이 무엇일지를 생각하니 겁이 나며 가슴이 두근거린다. 그가 무슨 짓을 했을까? 정말 내 남자친구가 눈 하나 깜짝 않고 사람을 죽이는 살인자일까? 모텔방 중 하나에 돈이 비닐 커버로 덮인 매트리스 위에 쓰러져 죽어있을까?

결연하게 발걸음을 옮기며 사무실 안으로 들어가는데, 경첩이 헐거워져 문이 덜렁거린다. 완전 싸구려 모텔이다. 프런트에 앉아있는 남자는 눈꺼풀이 축 처지고 긴 갈색 머리가 헝클어져 있다. 사무실은 아주 오랫동안 청소를 한 적이 없는 것처럼 보인다. 여기에 있는 소파에 앉으면 먼지가 풀썩 일어날 것만 같다.

"어서 오세요." 직원이 느릿느릿한 말투로 인사했다.

"네, 안녕하세요." 나는 핸드백에서 휴대폰을 꺼내 케일럽 사진을 화면에 띄웠다. 정확히 말하면, 케일럽과 내가 같이 있었다. 그가 내 인연일지도 모른다고 생각할 때 같이 찍은 셀카 사진이다. 직원에게 휴대폰을 들어 보였다. "이 남자 본 적 있으세요?"

직원은 눈길을 제대로 주지도 않았다.

"모릅니다. 오가는 사람이 많아서요."

세스가 바지 뒷주머니에서 지갑을 꺼내더니 지폐 몇 장을 꺼내 프런트 위로 내밀었다.

"사진을 다시 한번 봐주시겠습니까?"

직원은 프런트에 놓인 지폐를 내려다보더니 재빨리 집어 앞주머니에 쑤셔 넣었다. 그런 다음 몸을 숙여 내 휴대폰을 자세히 들여다봤다.

"아, 알아요. 이 남자 기억납니다. 토요일에 왔었어요."

맥이 빠졌다. 이건 아무런 도움이 되지 않는다. 케일럽이 토요일에 여기 왔다 간 건 이미 들어서 알고 있다. 그가 사실대로 말했음을 확인해 줄 뿐이다.

"대화를 나눴나요?" 세스가 물었다.

"네. 체크아웃을 했어요." 직원이 고개를 끄덕였다.

나는 숨을 크게 들이켰다.

"체크아웃이요?"

"그렇죠. 방을 잡았었어요. 아마 월요일이었을 거예요. 그러고는 체크아웃하러 왔어요."

나는 세스와 눈빛을 교환했다. 이거다. 케일럽이 나를 속이고 있다는 확실한 증거. 내 남자친구는 일주일 내내 내게 거짓말을 했다. 하지만…… 이유가 뭘까?

"같이 있던 사람이 있었습니까?" 세스가 물었다.

직원이 조심스럽게 말을 했다.

"방에 여자가 같이 묵었던 것 같긴 한데, 확실하지는 않아요. 손님들에게 너무 신경을 쓰지 않으려 하거든요. 아시잖아요? 비명이나 총소리가 아니면, 눈길을 주지 않거든요."

여자가 있었다?

갑자기 무슨 생각이 들었는지 휴대폰에서 돈 쉬프라는 이름을 검색한다. 돈의 형편없는 신분증 사진이 뜨자, 나는 직원에게 들이댔다.

"같이 투숙했던 여자가 이 사람이었나요?"

"그럴지도요. 머리가 더 길었지만, 가발을 썼을 수도 있으니까요. 안경도 안 썼고요. 하지만 사진처럼 빼빼 마르긴 했어요."

맙소사. 혹시 돈이 살아있는 건가?

"여자가 납치된 것처럼 보였나요?" 나는 다급하게 물었다.

직원이 어깨를 으쓱해 보였다.

"그렇지는 않았어요. 묶여있다거나 하지는 않았으니까요. 하지만 아까 말했듯이 크게 신경을 쓰지 않아서요."

우리는 직원에게 고맙다는 말을 남기고 모텔에서 나왔다. 케일럽은 분명히 여기에 있었고, 지금은 떠나고 없는 것도 확실하다. 하지만 크게 신경 쓰지 않는다. 그는 돈처럼 종적을 감출 생각이 없다. 이번 주 중에 회사에 나타나 평소와 다름없이 행세하려 할 것이다. 그때 내가 케일럽 눈앞에 나타나 내가 아는 걸 증거로 들이댈 셈이다.

"개자식 같으니라고." 세스가 차에 올라타면서 거칠게 내뱉었다. "대체 무슨 꿍꿍이인 거지?"

"모르겠어요."

"한 사람을 나락으로 보내고 있잖아." 세스가 손바닥으로 핸들을 내리쳤다. "이유가 뭐야? 뭣 때문에 이러는 거야?"

나도 진심으로 알고 싶다.

"처음부터 네 말을 믿지 않아서 미안해." 해는 떨어졌고, 저녁 어스름 속에서 세스 눈이 반짝거렸다. "의심하면 안 되는 거였어. 횡령 같은 걸 할 사람이 아닌데."

"세스를 원망하지 않아요."

"그 자식 잡히기만 하면 내가 코를 부러뜨려버릴 거야."

세스 말에 나도 모르게 웃음이 터졌다. 그런 나를 보며 세스도 환하게 웃었다. 얼마 만에 웃는 건지 모르겠다. 이 일이 좋게 해결될 수 있다는 희망이 조금 엿보이는 것만 같다. 케일럽이 모든 문제의 열쇠를 쥐고 있다. 그는 내가 무엇을 알고 있는지 모른다.

우리는 도체스터를 향해 다시 길을 나섰다. 아침부터 지금까지 잔뜩 긴장하고 있던 나는 자동차 흔들림에 더는 참지 못하고 잠에 빠져들었다. 세스가 피곤한 나를 배려해 라디오를 끄고 조용히 차를 모는 느낌이 들었다. 경적 울리기에 주저함이 없는 전형적인 보스턴 운전자인데도 이례적으로 경적도 울리지 않았다. 나는 세스 옆 조수석에 앉아 한 주 만에 가장 달게 잤다. 그러다가 내 팔을 잡고 흔들어 깨우는 세스 때문에 잠에서 깨어났다.

"내털리."

그의 목소리에서 다급함을 느끼고 눈을 번쩍 떴다.

"무슨 일이에요?"

"저길 봐."

눈을 몇 번 껌벅인 다음 비볐다. 해가 완전히 졌지만, 우리 동네인 것을 알아봤다. 내 집이 있는 블록이다. 집이 바로 코앞인데, 세스가 손가락으로 집을 가리키고 있었다. 밖이 매우 어두워서 세스가 가리키는 것을 보려고 나는 눈을 가늘게 떴다. 그제야 내 집 현관 앞 계단에 앉아있는 남자가 보였다. 그가 우리 차를 보더니 자리에서 일어섰다.

이럴 수가.

케일럽이다.

57

"차에 그대로 있어. 문 잠그고."

세스 말의 의도는 이해한다. 케일럽은 더 이상 우리가 알던 사람이 아니고, 의심의 여지없이 내게 줄곧 거짓말을 했다. 하지만 그가 위험한 사람이라는 생각도 들지 않는다. 내 마음속에서는 그가 돈을 죽이지 않았을 거라고 말하고 있다. 그가 살인을 한다라……. 거짓말은 그렇다 쳐도, 살인을 할 사람이 아니라는 것은 알 수 있다.

설령 케일럽이 그런 사람이라 하더라도 이렇게 길거리에서, 세스가 빤히 보는 앞에서 나를 죽이지는 않을 거다. 그 정도로 머리가 나쁘지는 않으니까. 케일럽은 무모하게 행동하는 사람이 아니다. 그는 이 일을 몇 달, 어쩌면 몇 년에 걸쳐 계획했을 거다.

그래서 나는 세스의 만류에도 불구하고 차 문을 열고 내렸다.

케일럽이 내 쪽으로 걸어오지만 위협이라고는 느낄 수 없었다. 무기를 지니고 있지도 않다. 그러니 괜찮을 거다. 나는 지금 벌어지는 일의 진실을 알아야겠다.

"어이, 쓰레기 자식아!" 세스 목소리가 울렸다. 그가 내 뒤를 따라 차에서 막 내리고 있었다. "내털리에게 가까이 오지 마."

케일럽이 내게서 서너 발짝 떨어진 곳에 멈춰 섰다. 세스를 쳐다보고 머리를 절레절레 흔들더니 고개를 돌려 나를 본다. 그의 미간에 주름이 졌다.

"내털리……." 케일럽이 떨리는 목소리로 말했다. "우리 이야기 좀 해."

"나도 바라는 바야. 그동안 나한테 계속 거짓말을 해왔잖아. 내 차에 머리카락과 핏자국을 남긴 것도 자기지?"

케일럽이 깜짝 놀란 듯했다. 내게서 이런 말이 나올 줄은 몰랐겠지. 어떻게 대답해야 할지 생각하는 것처럼 잠시 멍하니 서 있었다.

"아니야?" 나는 되물었다.

"그래." 그의 목소리가 거칠었다. "내가 했어. 내가 차에다가 머리카락이랑 피를 남겨 놨어. 이제 됐어?"

그가 막상 인정하자 내가 말문이 막혀 그를 쳐다보고만 있다. 의심은 했지만 그가 정말 했다는 사실을 믿을 수가 없다. 이유가 뭘까?

세스가 얼른 뛰어와 케일럽 앞에 있는 내 곁에 섰다.

"네가 죽인 거지, 응? 네가 돈을 죽인 거야, 망할 자식."

케일럽 얼굴이 새빨개졌다.

"아뇨, 그건 아니에요. 난 절대 그런 짓 안 해요. 내가 돈을 해치다뇨. 돈은……."

케일럽이 말을 하려다가 말고 망설였다.

"돈이 뭐? 뭐야?" 나는 이대로 그냥 넘어갈 수 없어 그를 다그쳤다.

케일럽이 고개를 저었다. "나는…… 아냐. 말 못 해……."

"케일럽, 무슨 일인지 말해!" 관자놀이에서 맥박이 뛰는 게 느껴졌다. "이제는 나한테도 설명을 해줘야지."

잠깐 동안 케일럽의 시선이 흔들림 없이 내게 똑바로 꽂혔다. 그러더니 숨을 길게 몰아 내쉬었다.

"돈은 죽은 게 아냐."

"그걸 어떻게 알지?" 세스가 쏘아붙였다.

케일럽이 양손을 들어 보였다.

"그건…… 얘기하자면 길어요. 하지만 돈은 죽지 않았어요. 내가 장담해요."

"그럼 돈은 지금 어딨어?"

"그건……." 케일럽이 떨리는 손으로 머리를 쓸어 넘겼다. "나도 몰라. 그래서 여기 온 거야. 나 좀 도와줘."

"웃기지 마." 세스가 어둠 속에서 케일럽을 노려봤다. "힘들게 할 때는 언제고. 너 때문에 내털리는 감옥에 갔어. 왜 이런 짓을 하는 거지? 도대체 왜 이러는 거야?"

케일럽이 마른침을 삼켰다.

"저기, 이러고 있을 시간 없어요. 돈을……."

"허튼소리 집어치워. 네가 왜 이런 짓을 했는지 당장 말해. 안 그러면 너를 경찰에 신고할 거야."

케일럽이 주춤했다. "그것만은 제발요."

세스가 입을 열어 뭐라 말하려는데 내가 손을 들어 제지했다. 세스가 나설 문제가 아니다. 이건 나와 케일럽이 풀어야 한다. 진실을 알아야 한다.

"케일럽, 자기가 왜 이러는지 이해하고 싶어서 그래. 나는 알아야 하잖아. 자기가 나한테 이러는 이유를 모르겠어."

방금 내가 한 말을 곰곰이 생각하는 케일럽의 가슴이 오르락내리락한다. 그가 마침내 입을 열었다.

"지난 몇 개월 동안 널 지켜봤어. 보잘것없는 자선 달리기 행사를 준비한답시고 팟캐스트며 지역 뉴스 방송에 출연해서는 친한 친구 어밀리아를 기리며 모금을 한다고 떠들어대더라. 그런데 어밀리아가 네 친구는 아니었잖아, 안 그래?"

그의 독기 가득한 목소리에 나는 가슴이 철렁했다.

"케일럽……."

"그녀가 누구였는지 내가 말해줄게." 케일럽이 소리를 버럭 질렀다. "그녀는 바로 내 여동생이었어! 그리고 돈의 가장 친한 친구였지. 너는 그녀를 사람 취급도 안 했겠지만."

다리에서 힘이 쭉 빠진다. 뭐라도 붙잡지 않으면 이대로 땅바닥에 주저앉을 것 같다.

"어밀리아가……."

"너 때문에 내 여동생이 죽었어!" 케일럽이 이제는 아무래도 상관없다는 듯이 동네 사람들이 다 듣고도 남을 정도로 소리를 질러댔다. "하지만 너는 아무 일 없었다는 듯이 살았지. 어밀리아가 아무 의미도 아니었다는 듯이, 아무것도 아니었다는 듯이. 그래 놓고서는 홍보를 한다며 어밀리아를 이용했어. 감히 네가? 사람이 어떻게 그럴 수 있어?"

엄지손톱이 손바닥을 파고들었다.

"자선 사업을 위해 돈을 모으려고 한 거야."

"하, 그놈의 자선 사업. 그냥 관심받는 게 좋아서 그런 거겠지. 회사 홍보에 도움도 되고. 안 그래? 넌 그때도 어밀리아를 함부로 대하더니 지금도 그냥 이용하는 것뿐이야."

케일럽 눈에 증오가 이글댔다. 나를 미워하는구나. 정말로 진심으로 싫어하는구나. 이런 마음을 갖고 있으면서 어떻게 내게 키스하고 농담하고 나와 같이 저녁을 먹었던 걸까? 나는 힘겹게 입을 열었다.

"겨우 열일곱 살이었어. 내가 어밀리아에게 심하게 대한 건 맞아. 하지만 나도 어렸어." 내가 세스를 슬쩍 돌아보니, 그가 뭐가 뭔지 모르겠다는 표정을 짓고 있었다. "고등학교 때 알던 여자아이였는데, 내가 좀 못되게 굴었어요. 나도……."

"못되게라고!" 케일럽이 내 말을 끊었다. "너 때문에 손목을 그었어! 내 어린 여동생이 너 때문에 죽었다고!"

케일럽이 어밀리아의 오빠라는 게 아직도 믿기지 않는다. 어밀리아에게 오빠가 있는 줄도 몰랐다. 두 사람의 성이 다르다.

어밀리아의 성은 호지였는데. 그해 있었던 일을 기억 속에서 지우기가 쉽지 않다. 어느 순간 걷잡을 수 없어졌다고 할까. 부정할 생각은 없다.

돌이켜보면, 어밀리아에게 왜 그리 못되게 굴었는지 모르겠다. 그녀가 우리와 달라서 그랬겠지. 그리고 우리라면 그래도 된다고 생각했겠지. 열일곱 살에 예쁘고 인기가 많을 때는 나보다 약한 애를 괴롭히면 우쭐해지니까. 뭐든 마음대로 할 수 있을 것 같으니까.

"내가 어떻게 하면 좋겠어, 케일럽? 내가…… 뭘 하면 돼?" 나는 떨리는 목소리로 물었다.

"내 여동생은 땅속에서 썩어가고 있으니 너는 평생 감옥에서 썩기를 바라." 그의 말이 내 가슴에 날아와 꽂혔다.

케일럽이 나를 노려봤다. 두 눈에 타오르는 분노를 그는 절대로 꺼트릴 수 없을 거다. 나를 용서하지도 않을 거고, 내가 평생벌 받아야 한다는 믿음을 버리지도 않겠지. 우리 관계를 회복하기 위해 내가 할 수 있는 말이나 행동은 아무것도 없다. 나는 마지막으로 물었다.

"그래서 여기는 왜 온 거야, 케일럽? 나를 얼마나 미워하는지 알려주려고?"

내 질문에 케일럽의 기세가 조금 누그러졌다.

"그래, 널 미워하는 건 맞지만…… 말할 게 있어. 이 모든 일은…… 돈이 계획했던 거야. 전부 돈의 생각이었어. 그런데 돈이 지금 멈추지를 않아. 왜냐면…… 돈을 알잖아. 어떤 사람인지 말이야."

확실히 케일럽은 돈에 대해 잘 알고 있다. 내가 생각한 것보다도 훨씬 더.

"돈이 끝을 봐야 하는 성격인 건 아주 잘 알지." 세스가 끼어들었다. "무고한 사람을 감옥에 보냈으니 말이야."

케일럽이 세스를 매섭게 쏘아보며 대답했다.

"그렇죠. 하지만 돈은 내털리의 혐의가 벗겨지지 않으려면 시체가 있어야 한다고 생각해요. 숲에서 발견된 아무 시체가 아니라 자신의 시체 말이에요. 계속 그 얘기를 했어요. 그런데……지금…… 돈이 어디 있는지 모르겠어요. 내 휴대폰으로 사우스 쇼어로 돌아가는 택시를 불렀는데, 그런 다음 어디로 갔는지 모르겠어요. 어딘가에서 내게 전화를 걸어 이상한 메시지만 남겨놨어요. 자기 거북이 보살피는 방법을 세세하게 일러주는데, 이건 마치…… 꼭 돈이 어떤 마음을 먹은……."

내 혼이 빠져나가는 것만 같다.

"무슨 마음을 먹어?"

케일럽 얼굴이 일그러졌다.

"돈이 자살하려는 게 분명해. 시체가 확실하게 있도록."

"하느님 맙소사." 가슴을 움켜쥐었다.

케일럽이 울음을 터뜨렸다. 얼굴을 양손에 묻고, 어깨를 들썩였다. 그 순간 나는 충격적인 사실 하나를 더 알아차렸다. 케일럽은 돈을 사랑하는구나. 그녀를 진정으로 사랑하는 거야. 나하고 있을 때는 전부 연기였지만, 지금은 아니다. 케일럽은 돈을 잃을까 봐 겁에 질려있다.

얼굴을 드는 그의 눈이 벌겋게 부어있었다. 그가 목멘 소리로 말했다.

"내털리, 돈을 찾을 수 있게 도와줘. 몇 시간째 여기저기 돌아다녔는데도 돈이 어디 있는지 모르겠어. 이렇게 부탁할게. 나를 위해서 찾아줘. 그리고 돈을 위해서도."

"우리가 돈을 어떻게 찾아?"

"불가능해. 경찰에 신고해야 해." 세스가 말했다.

"안 돼요." 케일럽이 얼굴은 부었지만 목소리는 단호했다. "그러지 말아주세요. 돈이 어떤 곤경에 처하게 될지 몰라요?"

"내털리가 이번 주 동안 겪은 정도겠지." 세스가 받아쳤다.

"세스, 그만해요." 나는 눈을 들어 케일럽을 쳐다봤다. "돈이 어디에 있을지 짐작 가는 데라도 있어?"

케일럽이 손목시계를 확인했다.

"잘은 모르겠지만, 바닷가 근처에 숨어있을 것 같아. 오늘 밤이 만조잖아." 그렇게 말하며 그가 얼굴을 찡그렸다. "익사하면 발견될 때까지 시간이 오래 걸리니까 사망 시간을 정확히 알아낼 수 없을 거라고 생각할 거야."

내가 구치소에 앉아서 했던 생각 그대로다. 해수면이 가장 높을 때를 기다려 바다로 몸을 날리겠다는 생각.

"찾을 수 있을 거야." 말은 그렇게 했지만, 이 근처에는 해변이 너무 많고, 돈이 얼마나 멀리 갔는지도 모른다. 그녀가 가장 동쪽에 있는 케이프 코드까지 갔으면 어쩐다? "우리가 흩어져야겠어. 돈이 여기서 얼마나 멀리까지 갔을 것 같아?"

"내 지갑에서 현금을 몽땅 가져갔어. 하지만 얼마 안 돼. 백 달러 정도야. 그러니까 그렇게 멀리까지는 못 갔을 거야."

"우리가 꼭 찾을 거야." 나는 더 많은 확신을 담아 말했다. "돈이 어리석은 행동을 하기 전에 우리가 막을 수 있어."

부디 내가 말한 대로 되기를. 돈이 목숨을 내던지기 전에 막아야 한다. 일을 바로잡아야 한다.

58

우리 셋은 흩어졌다.

나는 도자기 거북이 조각을 버리러 갔던 울러스턴 해변을 맡아 찾아보기로 했다. 내가 가장 잘 아는 바닷가니까. 세스는 내가 밤에 바닷가를 혼자 돌아다니는 것을 탐탁치 않아 했지만, 나는 별로 걱정되지 않았다. 지난 월요일에 집에 왔을 때 문이 잠겨있지 않을 걸 보고 겁이 덜컥 나서 핸드백에 넣어 다니려고 호신용 스프레이를 사놨다.

유감스럽게도 해변이 해안을 따라 길게 뻗어있어서 매우 넓다. 게다가 칠흑같이 어둡다. 왜 그런지 모르겠지만 늦가을에 서머타임이 끝나고 나면 항상 유난히 더 어두운 것 같다. 필요할 때마다 상향등을 켜지만, 내 눈에 아무것도 보이지 않는다.

돈이 어디에 있을지는 아무도 모른다.

어쩌면 돈은 이미 물속에 잠겨있고 우리가 너무 늦은 건지도 모른다.

나는 잠시 차를 세우고 생각했다. 전략적으로 접근하지 않으면, 이 거대한 해변에서 모래 한 알을 찾으려는 것과 다름없다. 돈은 무작정 바다로 뛰어들어 목숨을 끊으려 하진 않을 거다. 지금 상황에 맞지 않다. 본능적으로 죽지 않으려고 발버둥을 치고 팔을 허우적거리게 되니까 말이다. 게다가 그녀 시체가 금방 발견될 수도 있다. 그녀가 실종 후 일주일 동안 살아있었다는 사실이 드러나면 내가 용의선상에서 제외될 수도 있다. 나는 구치소에서 바다로 뛰어드는 것에 대해 곰곰이 생각할 때, 필요한 요소가 하나 있음을 깨달았다.

물에 뜨지 않게 나를 내리누르는 것.

다시 차를 몰며 이번에는 아까와 달리 공사장을 찾아보기로 생각을 바꿨다. 10분 정도 해안을 따라 천천히 운전하다가 밤이라 방치된 공사 현장을 발견했다. 벽돌과 모르타르와 나무판자가 가득했다. 그리고 하나가 더 있었다.

콘크리트 블록들.

차를 주차한 다음 내렸다. 돈이 여기 공사 현장에서 콘크리트 블록을 가져갔다면, 멀리 가지 못했을 거다. 블록이 무거우니까. 내 직감이 맞다면, 돈은 이 근처 어딘가에 있을 확률이 높다. 물론 짐작일 뿐이다. 그녀가 해변이 아닌 다른 곳에 있을지도 모른다. 하지만 내게 모든 걸 뒤집어씌우려는 그녀의 계획을 실현하려면 내가 사는 곳과 가까운 곳에 있으려 할 것이다.

차에서 내리고 나니 주위가 어두웠고, 가로등이 있지만 도로

만 비춰서 해변은 아주 깜깜했다. 휴대폰으로 플래시를 켰다. 이 근처에 잔교가 있는데, 돈이 뛰어내리기에 가장 적절한 장소일 것 같다. 나라면 그랬을 테니까.

잔교는 내 왼쪽에 있었다. 지난번에는 신발을 벗어들었지만, 이번에는 그대로 신고 있기로 했다. 만약의 사태에 재빨리 나올 수 있어야 한다. 모래밭으로 들어가 휴대폰을 잔교 쪽으로 향한 채 눈을 가늘게 뜨고 먼 곳을 바라봤다.

드디어 찾았다.

잔교 맨 끝에 웅크리고 있는 형체를.

59

돈

인간의 평균 수명은 80년 미만이다. 하지만 대다수의 거북이 종들은 그보다 오래 산다. 특히 바다거북은 150살까지 살 수 있다. 일부 대형 거북은 이론적이지만 400년 이상 살 수 있다고 한다.

400년을 살고 싶은 사람이 있을까. 나는 고작 30년을 살았는데도, 너무 힘들었다. 이쯤에서 끝내려 한다. 내가 필요로 하거나 원하는 경험은 모두 했다. 원하는 만큼 오래가지는 못했지만 진정한 우정도 나눴고, 즐거운 직업도 가졌고, 사랑했던 남자가 다른 여자 때문에 나를 배신하기 전까지 사랑하기도 했다. 내가 그러라고 부탁한 거지만.

미아가 자기는 여든일곱 살까지 살 것 같다고 말한 적이 있다. 87이란 숫자가 어떻게 나온 건지는 모르겠지만, 미아는 매우 구체적으로 말하는 걸 좋아했다. 언젠가 서부 해안으로 이사

해서 아이는 세 명, 손주는 여덟 명을 가질 거라고 했다. 죽기 전에 가보고 싶은 장소를 쭉 적어놓기도 했다. 꽤 긴 목록이었다.

미아는 이렇게 말하곤 했다. *"우리 같이 가자, 돈. 세상을 여행하는 거야, 우리 둘이서만. 어때?"*

세상을 여행한다는 생각만으로도 나는 무서웠다. 낯선 장소와 낯선 상황들. 나는 익숙하지 않은 상황에 부닥치는 것을 힘들어한다. 만약 새로운 나라에 갔는데 단색 음식을 제공하지 않으면 어쩌지? 그 나라 말을 몰라서 식당에서 알 수 없는 요리를 주문했는데 알고 보니 거북이를 먹게 되는 거라면 어떡해?

그래도 미아와 여행한다고 생각하면 마음이 설레었다. 미아와 함께라면 낯선 장소에 가는 걸 두려워하지 않았을 거다. 미아는 우리가 즐겁게 시간을 보내면서도 내가 안전하다고 느낄 수 있게 해줬을 테니까. 언제나처럼.

그녀가 없으니, 세상이 다시 무섭다. 나는 매사추세츠를 떠나고 싶지 않다. 임신을 하고 배 속에서 아기가 자란다고 생각하면 겁이 덜컥 난다. 여행하고 싶은 마음도 없다. 이런 일들을 미아와 함께할 수 없다면, 아예 하고 싶지 않다. 케일럽과도 할 수 있을 것 같다고 생각했지만, 불행히도 일이 그렇게 풀리지 않았다.

경험하고 싶은 일들은 전부 경험했다. 내 인생에서 가장 좋은 시간들은 다 지나갔다. 그러니 남은 날들을 살아갈 이유가 없다.

중요한 의미를 남기고 갈 생각이다.

근처 공사 현장에서 콘크리트 블록 하나를 빌렸다. 돌려줄 수 있을지는 모르겠다. 최대한 작은 블록을 골랐지만, 나를 물 아래로 끌어당길 수 있을 만큼은 무거울 거다. 10킬로그램은 족히 넘으니까. 케일럽 지갑에서 꺼내온 현금으로 드러그스토어에서 노끈을 샀다. 한쪽 끝은 내 발목에, 다른 쪽 끝은 콘크리트 블록에 묶었다.

한 시간째 밀물이 들어오는 걸 지켜보고 있다. 수위가 충분히 높아졌다고 생각되면, 콘크리트 블록을 안고 뛰어내릴 거다. 11월 중순에는 물에 들어가는 사람이 없으니 적어도 몇 주 동안은 내가 발견되지 않을 확률이 매우 높다. 그러다가 내 시체가 떠오르면 내털리에게 날리는 마지막 결정타가 될 것이다. 내털리는 평생을 감옥에서 보내게 되겠지.

미아, 우리가 해냈어. 드디어 내털리가 죗값을 치르게 됐어.

미아는 나를 위해 이렇게 해줬을까. 우리는 서로를 지켜줬지만, 나는 언제나 미아보다 좀 더 과격해지곤 했다. 3학년 때 미아 놀리는 일을 그만둘 생각이 없던 재러드 캘러핸을 구름사다리 위에서 밀었던 것처럼. 내가 구름사다리 위에 앉아 땅에 누워있는 재러드를 내려다보는데, 머리 주변에 피 웅덩이가 생기자 놀이터에 있던 선생님 하나가 비명을 지르기 시작했다. 그때 미아는 내게 너무 지나쳤다고 했다. 그러고 보니 케일럽이 요즘 가끔씩 하던 말과 비슷하네. 하지만 그 이후로 재러드는 미아를 두 번 다시 놀리지 않았다. 아니, 그 누구도 놀리지 않았다.

수위가 높아진다. 케일럽은 지금 무얼 하고 있을까. 메시지를 하나 남겨 내 거북이 동생을 돌보는 방법을 확실하게 알려줬다. 케일럽은 똑똑한 사람이다. 메시지를 받고서는 내가 무얼 하려는지 알아챘을 거다. 아마 지금쯤 어쩔 줄 몰라 하고 있겠지. 하지만 그도 이것이 최선이었다는 것을 깨닫게 될 거다. 지금이 아니라도 언젠가는.

파도가 모래밭에서 철썩인다. 계속해서 부딪친다. 마치 바다가 내 이름을 부르는 것 같다. 날 기다리고 있다. 돈, 돈, 돈……

드디어 때가 된 건가.

"돈!"

음, 이번에는 내 이름을 너무 선명하게 부르는 것 같은데.

휙 고개를 돌렸다. 순간 눈앞에서 불빛이 번쩍였다. 손으로 눈을 가리고 보니 휴대폰 플래시다. 누군가 잔교 반대편 끝에 서있다.

"돈!"

나는 재빨리 일어났다. 눈을 찡그리고 엷은 안개 속을 뚫어져라 쳐다보니 내 쪽으로 걸어오는 형체가 어렴풋이 보였다. 얼굴이 어둠에 가려져 있지만, 케일럽이 아니다. 체구가 다르다. 목소리도 그렇고, 여자 같다.

"돈!"

상대방이 점점 다가오자 얼굴이 선명히 드러난다. 배 속이 뒤틀린다.

내털리다.

어째서 그녀가 여기 있는 거지?

내털리는 휴대폰 플래시를 끄더니 내가 총이라도 가지고 있는 것처럼 양손을 들어 보였다. 정말로 총이 있었으면 얼마나 좋을까. 지금 내 손에 총이 있다면 내털리 목숨은 끝났을 거다. 목격자도 없을 테고.

생각 안 해본 건 아니다. 내털리를 죽이는 게 더 간단한 일이라는 걸. 그러면 내가 죽은 것처럼 조작하지 않아도 되고, 도망다니지 않아도 되고. 대신 내털리에게도 쉬웠겠지. 나는 그녀가 고통받기를 원했다. 내가 받았던 만큼, 미아가 자기 손으로 끝내야겠다고 결심하기까지 겪어야 했던 만큼.

"뛰어내리지 말아요." 내털리가 내 발 옆에 있는 콘크리트 블록을 힐끗 봤다. "제발 그러지 말아요."

나는 이를 악물고 대답했다.

"나한테 이래라저래라 하지 마. 내가 여기 있는 걸 어떻게 알았지?"

"케일럽한테 이야기 다 들었어요."

분노가 솟구친다. 케일럽이 어떻게 그럴 수가 있지? 우리가 내털리를 감옥에 보내려고 얼마나 많은 시간과 노력을 들였는데, 내털리에게 쪼르르 달려갔다고? 왜 이렇게 방해하는 걸까?

"괜한 짓을 했네."

"난 케일럽이 말해줘서 다행이라 생각해요." 세찬 바람이 불어왔다. 내털리가 눈에서 금발 머리 몇 가닥을 떼어냈다. "돈이 어밀리아와 아는 사이인 줄 몰랐어요."

소중한 친구 이름이 저 여자 입에서 나오는 걸 참을 수가 없다.

"아는 사이? 내 가장 친한 친구였어. 내 유일한 친구!"

"미안해요."

"네가 죽였어! 너랑 네 친구 타라가 괴롭혀서 내 친구가 결국 손목을 그었다고!"

내털리가 움찔했다.

"알아요. 정말 미안해요. 입이 열 개라도 할 말이 없지만, 나도 그때는 겨우 열일곱 살이라 잘 몰랐어요."

"변명은 집어치워. 열일곱 살은 알 거 다 아는 나이야."

내털리가 한 발짝 다가왔다. 나는 한 발짝 뒤로 물러났다. 조심해야 한다. 아직은 빠질 때가 아니다. "나 봐봐요. 돈 마음이 쉽게 풀어지지는 않겠지만, 어밀리아 일로 나도 힘들지 않았을까요? 나도 힘들었어요, 정말이에요. 그날 이후로 매일을 자책하며 살았어요. 내가 자선 달리기 행사를 왜 시작했을 것 같아요? 내 나름대로 어밀리아에게 했던 잘못을 만회하려는 거예요."

"이제 와서!"

우리는 말없이 서로를 쳐다봤다. 케일럽이 입던 가벼운 재킷을 입고 있어서 그런지 몸이 떨렸다. 위험을 감수해 가며 내 집에서 코트를 가지고 나올 수 없었다. 이 옷은 소매가 나한테 너무 길다. 접었는데도 거의 손끝에 닿는다.

"돈," 내털리가 다시 내 이름을 부른다. "나 다 알아요. 세스도요. 돈이 뛰어내려도 아무 소용 없을 거예요. 이제는 나한테 살인죄를 뒤집어씌울 수 없어요."

내털리가 한 말을 이번에는 그냥 흘려 넘겨들을 수 없다. 그녀 말이 맞다. 케일럽이 우리 계획을 모조리 불었다면, 이 일로 내털리가 감옥에 가지 않을 거다. 케일럽이 다 망쳤다. 우리 노력이 전부 물거품이 되었다. 어떻게 나한테 이럴 수가 있지? 나를 사랑한다고 하면서 이런 식으로 나를 배신할 수는 없다.

내털리는 이제 내가 누군지 안다. 나에 대해 대비를 해놓고 왔겠지. 내가 복수할 수 있었는데, 케일럽이 날려버렸다. 내털리가 미아에게 한 짓에 대한 죗값을 받게 하고 싶었는데, 이제는 어렵게 됐다. 그렇다면 내털리가 대가를 치르게 할 방법은 하나뿐.

죽인다.

케일럽은 절대 안 된다고 하겠지만, 어차피 지금 여기 없다. 나를 막을 수 없을 거다. 내 손으로 끝낸다.

바로 지금, 여기서.

60

내털리

돈이 내 말을 어떻게 받아들였을지 모르겠다. 표정을 읽기 어렵다. 돈은 케일럽처럼 얼굴에 분노가 드러나지 않는다. 나에 대한 미움이 쉽게 사라지지는 않겠지만, 이제 어쩌려는지 모르겠다.

그래도 죽으려 할까? 내 말을 듣고 마음을 바꾸었을까?

돈이 몸을 굽혀 콘크리트 블록을 집어 들었다. 그걸 가지고 돈이 무엇이든 좋은 일을 할 것 같지는 않다. 돈이 블록을 바다로 던지면 뒤이어 그녀가 딸려 들어가게 될 거라는 생각에 나는 좀 더 다가간다. 돈을 구하기가 쉽지 않을 것 같다. 하지만 필요하다면 나는 물에라도 뛰어들 작정이다. 어떻게든 해봐야지.

그런데 돈은 그럴 생각이 아닌 것 같기도 했다. 대신 콘크리트 블록을 머리 위로 높이 들어 올린다. 그러고는 내 눈을 똑바로 쳐다본다. 그 순간 돈이 무얼 하려는지 알아차려 버렸다.

콘크리트 블록으로 나를 내리쳐 죽일 생각이다.

젠장.

어렵지 않을 거다. 블록 무게가 적어도 10킬로그램 이상은 될 테니, 머리를 제대로 몇 번 맞으면 나는 끝장이다. 돈은 마침내 복수를 성공하게 되는 건가.

"돈!" 내 숨이 가빠졌다. "뭐 하는 거예요?"

"진작에 해야 했던 일." 돈의 목소리에는 아무 감정도 실리지 않았고, 눈빛은 흐렸다. "네가 다시는 다른 사람을 해치지 못하게 할 거야."

"돈, 이러지 마요." 나는 핸드백을 가슴에 끌어안고 비틀거리며 뒷걸음질 쳤다. "말했잖아요. 어밀리아 일은 정말 미안해요. 하지만 날 죽인다고 해서 달라지는 건 아무것도 없어요. 이런다고 어밀리아가 돌아오지 않아요."

"내가 사랑하는 남자도 훔쳐갔잖아……."

"훔쳤다고요?" 나는 고개를 저었다. "나는 케일럽을 훔치지 않았어요!"

"나의 가장 친한 친구를 죽인 걸로 충분하지 않았던 거야. 그래서 내 남자도 가져야 했던 거야."

돈이 완전히 이성을 잃었다. 그녀를 진정시킬 수 있을지 모르겠다.

"돈, 케일럽이 나한테 데이트 신청을 했던 거예요. 나는 그가 혼자인 줄 알았다고요. 정말이에요!"

"난 그를 사랑했어." 그녀는 악을 지르며 말했다. "내 삶에서 누린 마지막 축복이었어. 아니, 유일한 축복이었지. 그런데 네가 빼앗아갔어! 이제 그는 너를 더 좋아해."

"그렇지 않아요!"

"맞아. 널 좋아해! 당연하잖아!"

"아니에요! 날 미워해요, 돈과 마찬가지로요."

"거짓말! 예전엔 널 미워했었지. 하지만 이제는 아냐. 다른 사람들처럼 너에게 빠지고 말았어……. 그렇지 않고서야 왜 날 이런 식으로 배신하겠어?"

돈의 눈가가 젖어있었다. 퍼뜩 그런 생각이 들었다. 돈은 내가 오래전에 어밀리아에게 했던 일에도 화가 나지만, 내가 그녀에게서 케일럽을 빼앗아서 화가 나있구나. 어쩌면 그것 때문에 더 화가 난 건지도 모르겠다. 아까 케일럽이 돈이 죽으려 하는 것 같다고 말할 때 비통스러운 표정을 지었더랬지. 이제 보니 돈도 케일럽에게 같은 마음이구나.

케일럽은 정말 내가 생각했던 좋은 사람이 맞나 보다. 내 인연이 아닐 뿐.

그런데 돈은 케일럽이 내게 아무런 감정이 없다는 걸 믿으려 하지 않는다. 현실을 제대로 보지 못하고 있다. 처음부터 불안하긴 했다. 그녀는 더 이상 무엇이 진실인지에는 관심이 없다. 머릿속에 복수에 관한 생각만 가득할 뿐이다. 돈이 작고 마른 체구인데도, 콘크리트 블록을 들고 있는 팔에 조금도 떨림이 없다. 저게 어디에 떨어지든 누군가는 다칠 거다.

어떻게든 돈을 막아야 한다.

허둥지둥 핸드백 안을 더듬었다. 손끝에 호신용 스프레이가 만져지자 잽싸게 꺼냈다. 돈이 혼란스러워하는 순간, 나는 분사 버튼을 꾹 눌렀다. 화학 물질이 (그게 무엇이든) 구름처럼 뿌려지더니 돈 눈에 가닿았다.

돈이 비명을 지르며 콘크리트 블록을 떨어뜨렸다. 천만다행으로 우리 둘의 발 위로는 떨어지지 않았다. 돈이 눈을 감싸 쥐며 몸을 웅크리더니 소리를 꽥 질렀다.

"이 나쁜 년!"

젠장, 내가 너무 심했나. 돈이 얼굴을 감싼 채 무릎을 꿇고 고통스러워했다. 나 때문에 눈이 멀지만 않기를. 돈 쉬프에게 저지른 범죄 목록에 하나를 더 추가하고 싶지는 않으니까.

이윽고 돈이 비명을 멈추고 나를 올려다보는데, 눈이 벌겋고 눈물이 가득했다. 그래도 다행히 눈은 잘 보이는 것 같았다.

"그래. 네가 이겼어. 케일럽을 가져." 돈이 말했다.

나는 몸을 낮춰 돈 옆에 앉았다. 옷에 모래가 묻어나겠지만 신경 쓰지 않으려 한다.

"돈, 난 케일럽을 원하지 않아요. 게다가 케일럽도 날 원하지 않고요. 정말 믿어줘요."

돈이 손으로 얼굴을 감싸더니 절레절레 흔들었다. 나는 차분하게 말을 꺼냈다.

"케일럽은 돈을 사랑해요. 그에게는 돈뿐이에요. 나는 그에게 적극적으로 다가가려고 했지만, 케일럽은 언제나 일정한 거리를 유지하려 했어요. 그 이유를 이제야 알겠네요. 오늘 밤에 케일럽이 어땠는지 알아요?"

돈이 고개를 가로저었다.

"울었어요." 케일럽 눈에서 흐르던 눈물을 다시 떠올렸다. 나를 생각하며 그렇게 울어준 남자는 이제껏 한 명도 없었는데. 앞으로는 있으려나. 하지만 남다르고 평범하지 않은 돈에게 케일럽은 그런 마음을 가지고 있다. "케일럽은 돈에게 무슨 일이 일어났을지도 모른다는 것을 견딜 수 없었던 거예요."

"그래도 이겨냈을 거야."

"내 생각은 달라요. 케일럽은 완전히 무너져내렸을 거예요."

돈은 잔교 위에 앉아 얼굴에 묻은 화학 물질을 닦아내며 내가 한 말을 곰곰이 생각하는 듯했다. 나는 바다로 눈을 돌려 파도가 해변에서 부서지는 모습을 지켜봤다.

"아까 내가 했던 말들, 진심이었어요. 어밀리아를 생각하지 않은 날이, 내가 그때 왜 그랬는지 나 자신을 미워하지 않은 날이 단 하루도 없어요. 우리가 친구였다는 얘기는 내가 거짓말했어요. 하지만 항상 어밀리아를 생각하며 달렸어요. 전부 어밀리아를 위해서요. 이렇게 해서라도 용서를 빌고 싶었어요."

"그런다고 과거가 지워지지는 않아."

"맞아요. 그래도 돈은 내 마음을 알아줬으면 좋겠어요."

돈의 시선이 자기 오른쪽 발목으로 옮겨갔다. 노끈이 여전히 묶여있었다. 돈이 매듭을 만지작거리며 풀기 시작했다.

"케일럽이 정말 울었다고?" 돈이 매듭을 다 풀고 나서 나한테 물었다.

나는 고개를 끄덕였다.

"미아를 위해서도 울지 않았는데." 돈이 중얼거렸다.

그러고는 말이 없다. 나도 가만히 있었다. 우리는 나란히 앉아 바닷물이 밀려오는 걸 지켜봤다. 오늘 밤 파도에 휩쓸릴 뻔한 운명을 아슬하게 피해가서 다행이란 생각이 들었다.

61

핸드백 안에서 휴대폰 진동이 울렸다. 문자 메시지다.

폰을 꺼내서 보니 메시지가 여러 개 들어와 있었다. 세스에게서 두 개, 케일럽에게서 다섯 개. 전부 내가 어디 있는지 묻는 내용이다. 두 사람에게 돈을 찾았다고 답장했지만, 정확한 위치는 쓰지 않았다. 지금 있는 곳을 어떻게 설명해야 할지 모르겠다.

"돈." 나는 말을 다시 걸었다. "케일럽과 세스가 우리를 찾고 있어요. 그만 돌아가요."

돈이 얼굴을 찌푸렸다.

"이제 어떻게 되는 거지?"

아주 좋은 질문이다. 내가 맨 처음 하고 싶은 일은 돈을 데리고 곧장 경찰서로 가서 산토로 형사에게 돈이 멀쩡히 살아있음을 보여주는 거였다. 나는 직장 동료를 괴롭히다가 그녀에게서 회삿돈을 횡령했다는 의심을 받자 죽여버린 냉혈한이 아니라고 알려주고 싶다. 그런 다음 그에게서 나에 대한 기소가 모두 취하되었다는 말을 듣고 싶다.

그 신원이 밝혀지지 않은 시신의 살인 혐의를 내게 뒤집어씌우려고 하진 않겠지. 솔직히 산토로 형사라면 그런 짓을 하고도 남을 것 같다.

"케일럽에게 돈이 괜찮다는 걸 보여줘야죠. 그런 다음 무얼 할지 함께 생각해 봐요."

돈이 잠시 생각에 잠긴 듯하더니, 이내 일어서려고 하는데 다리에 힘이 없는지 비틀거리다 겨우 균형을 다시 잡았다. 돈이 마지막 순간에 바다로 몸을 던질지도 모른다는 생각에 겁이 덜컥 났다. 하지만 다행히 돈은 그럴 생각이 없었다.

"케일럽이 나한테 엄청 화를 내겠죠." 돈이 조용히 말했다.

"아닐걸요. 돈이 무사한 걸 보면 안심할 거예요."

나는 휴대폰에서 플래시를 켜서 육지로 돌아가는 길에 실수로 발을 헛디뎌 잔교에서 떨어지지 않도록 조심했다. 그러고는 케일럽과 세스에게 재빨리 문자 메시지를 보낸다.

— 앵그리크랩 식당 근처 잔교 위에 있음

큰길로 막 들어서는데, 전조등 한 쌍이 우리를 향해 다가왔다. 세스와 케일럽이었다. 녹색 포드가 길 한쪽으로 빠지더니, 차가 완전히 서지도 않았는데 케일럽이 운전자석에서 튀어나왔다. 머리는 헝클어지고 코트는 제대로 여미지도 않은 채 우리

가 서 있는 곳으로 달려왔다. 인사를 나눌 겨를도 없이 케일럽이
두 팔을 활짝 벌려 돈을 와락 끌어안았다.

"하느님 감사합니다." 케일럽이 목이 멘 듯 겨우 말을 이었다.
"정말 걱정했어. 어떻게 그런 짓을 할 생각을 한 거야? 어떻게
그런 생각을 하냐고, 돈? 나는……."

돈은 대답 대신 케일럽을 껴안았다. 그녀의 작고 가냘픈 손가
락이 케일럽을 꽉 붙드는데, 어스레한 거리에서도 손에 핏기가
가신 게 보였다. 두 사람은 그렇게 서로를 끌어안고 있었다.

눈물이 핑 돌았다.

"냇!"

세스가 케일럽 차 뒤에 주차한 다음 케일럽보다는 여유로운
속도로 차에서 내렸다. 그런 다음 내가 있는 곳까지 빠르게 뛰
어왔다. 케일럽이 돈을 사랑하는 만큼 세스가 나를 사랑한다는
착각에 빠지고 싶은 생각은 없다. 그래도 세스가 오늘 하루 종
일 나를 위해 어떤 수고도 마다하지 않은 것은 사실이다. 보석
금을 내어 내가 구치소에서 나오게 해줬고, 로드아일랜드까지
운전도 해줬다. 필요하다면 변호사 비용도 부담했을 거다. 세스
호프먼이라는 사람은 내가 아는 것보다 훨씬 더 좋은 사람인지
도 모르겠다.

"괜찮아?" 목소리가 편안하게 들리는 거리까지 다가온 세스
가 내게 물었다.

고개를 끄덕여 보이지만, 내가 두 팔로 내 몸을 감싸는 순간
생각만큼 괜찮지 않다는 것을 깨달았다. 오늘 아침에만 해도 구

치소에 있었고, 20분 전에는 돈이 콘크리트 블록으로 내 머리를 내려치려 했다. 그러니 괜찮을 리가.

하지만 차차 괜찮아지겠지.

"추워?" 세스가 코트를 벗어 나에게 주려는 듯 지퍼를 내렸다. "많이 추운가 보네."

"좀 춥네요." 나는 솔직히 대답했다. 기온이 영하 1도 정도 될 것 같다. 바닷바람 때문에 더 낮을 수도 있다.

세스는 코트를 벗는 대신 목에 두르고 있던 스카프를 풀었다. 그러더니 내 목에 부드럽게 둘러줬다. 검은색 스카프에서 세스의 애프터셰이브 냄새가 희미하게 났다. 그의 온기가 느껴졌다.

"고마워요."

"천만에."

세스가 나와 눈을 마주친다. 오늘 밤 우리 집에 올 생각이 있는지 물어보면 부적절하려나. 이번에는 단순히 혼자 있고 싶지 않아서가 아니다. 그와 함께 있고 싶다.

"아, 참." 세스가 입을 열었다. "혹시 들었어? 여기 오는 길에 라디오를 들었는데, 코하셋에서 발견된 시신의 신원을 확인했대."

고개를 끄덕였다. "그녀의 가족에게 다행이네요."

"그래. 그리고 산토로 형사는 버젓이 살아있는 사람을 살해한 혐의로 냇을 체포하려 했으니 비난을 꽤 받을 거야. DNA 검사 결과가 나올 때까지 기다려야 했는데, 너무 성급했어."

그렇다. 산토로 형사는 기다려야 했다. 그는 내가 유죄 판결을 받게 하려는 데에 혈안이 되어있었다. 자신이 어렸을 때 괴롭힘을 당했다는 이유만으로.

케일럽과 돈이 드디어 떨어졌다. 케일럽은 바들바들 떠는 돈을 따듯하게 해주려 그녀의 어깨에 팔을 둘렀다.

"그래서 여자 이름이 뭐래요?" 나는 세스에게 물었다.

세스가 어깨를 으쓱했다.

"뭐라더라……. 어, 카라 뭐라고 했는데?" 그가 기억을 더듬는 듯 머리를 갸웃했다. "아냐……. 타라던가? 아무튼 우리가 아는 사람은 아니야."

타라?

설마…… 그럴 리가…….

살짝 떨리는 손으로 핸드백에서 휴대폰을 꺼내 들었다. 인터넷을 띄워 코하셋 시신의 신원에 관한 뉴스를 찾았다. 속보다. 이름이 바로 나왔다.

"타라 윌크스." 나는 숨이 턱 막혔다. 고등학교 때 가장 친한 친구였다. 그 시절 어밀리아 호지에게 줄 가짜 연애편지를 나와 함께 쓰던.

"맞아, 타라 윌크스. 그 이름이었어." 세스가 손가락을 튕겼다.

재빨리 케일럽 얼굴을 살폈다. 방금 내가 타라 윌크스라는 이름을 말하는 걸 들었는데도 표정에 변화가 없었다. 알아보는 기색이 전혀 없다. 그 이름이 케일럽에게는 아무 의미가 없는 거다.

하지만 돈과 눈이 마주쳤을 때, 무언가 다르다는 것을 알 수 있었다.

숲속에서 발견된 여자는 결코 우연이 아니었다. 오랜 시간 동안 돈은 내가 어밀리아를 죽게 만들었다며 미워했다. 그리고 어밀리아가 자살하는 데에 일부 책임이 있다는 이유로 타라 역시 미워했을 거다. 나는 죽음을 피했지만, 타라는 그렇지 못했던 걸까.

맙소사.

"불쌍한 사람 같으니라고. 라디오에서 그러는데 돈이라고 생각했던 이유가 머리카락이 모두 잘려 나가고 얼굴은 너무 심하게 맞아서 알아볼 수가 없었다더군." 세스가 덧붙였다.

"세상에나." 케일럽이 팔로 돈을 꽉 껴안았다. "끔찍하네요."

돈의 시선이 내게 머물렀다. "그러게요, 끔찍해요."

등줄기를 타고 흐르는 한기는 영하의 기온과는 아무 상관이 없다. 돈은 어밀리아의 죽음에 책임이 있다고 생각되는 사람들에게 복수하기를 다른 무엇보다도 간절히 원했다. 무엇이든 기꺼이 할 준비가 되어있었다. 자기 목숨도 바칠 수 있었다. 물론 다른 사람의 목숨도.

돈은 매우 위험한 사람이다.

나만 아는 비밀이다.

1년 후

돈

거북은 느리기로 유명하지만, 전적으로 옳은 말은 아니다. 대다수 거북이는 시속 3킬로미터 속도로 걷는데, 이는 보통 인간이 걷는 속도인 시속 5~6.5킬로미터의 절반 정도다. 하지만 수중에서는 시속 15킬로미터로 헤엄친다. 세상에서 가장 빠른 거북은 시속 30킬로미터까지 속도를 낼 수 있다. 그 말은 세상에서 가장 빠른 거북이 5킬로미터를 10분 만에 완주할 수 있다는 뜻이다.

나는 30분 걸렸다.

지난 두 달 동안 케일럽과 함께 훈련에 매진했다. 동네를 나란히 함께 달리며 나의 지구력을 기르고 속도를 높이는 데에 힘썼다. 첫날에는 1.5킬로미터도 제대로 뛰지 못했다. 마지막 4분의 1 구간에서는 숨이 턱 끝까지 차서 헉헉대고 심장이 터지려 했다. 하지만 오늘, 땀에 흠뻑 젖고 여전히 몸 여기저기가 아프

지만 아드레날린이 충만한 상태로 5킬로미터의 결승선을 힘차
게 통과했다.

케일럽은 줄곧 내 곁을 지켰다. 그는 나보다 다리가 훨씬 더
길어서 5킬로미터를 10분 전에 벌써 끝낼 수 있었을 텐데도 처
음부터 끝까지 나와 함께 달렸다. 그러면서 나를 응원해 줬다.

미아가 우리를 보며 무척 대견스러워하고 있겠지.

"아주 잘했어, 돈!" 케일럽이 손바닥을 내밀어 보이자 나는
손을 들어 마주쳤다. "괜찮아?"

나는 숨을 고르며 고개를 끄덕였다.

"기분 최고야."

"그렇지? 내가 그럴 거라고 했잖아." 케일럽이 나를 향해 활
짝 웃어 보였다.

나만큼 땀범벅에 머리가 헝클어진 케일럽이지만 그를 올려
다보고 있으니 가슴이 벅차올랐다. 죽으려고 했던 그날 밤 해변
에서 케일럽 품에 안겨있을 때, 내털리를 질투하던 내가 얼마나
어리석었는지 깨달았다.

케일럽은 나를 사랑한다. 앞으로도 영원히 사랑할 것이다.

나를 평생 책임지겠다는 그에게 의구심을 쉽게 거두지 못했
지만, 케일럽의 흔들림 없는 진심에 내 마음이 움직였다. 우리
관계를 발전시키기 위해 작은 일부터 해보고 있다.

서너 달 전에 우리는 동거를 시작했다. 내 취향에 맞게 그의
가구를 재배치하고 부엌 수납장 안을 정리하느라 며칠을 보내
야 했다(서로 다른 세 가지 색상의 접시들이 아무렇게나 쌓여있어서 정

말 끔찍했다). 하지만 성장통 같은 시간을 보내고 난 뒤부터는 잘 지내고 있다. 그래도 다음 단계에 관해 이야기하는 것은 여전히 망설여진다. 결혼은 큰일이니까.

작은 변화라면, 잘될 것 같다는 믿음이 내 안에서 조금씩 자라고 있다는 거다.

내털리가 접수 데스크에서 내게 손을 흔들었다. 자선 달리기 행사 티셔츠와 몸에 딱 붙는 러닝 팬츠를 입고도 그녀는 언제나처럼 아름답다. 그리고 아직도 내가 기억하는 그녀의 모습이 있다. 숲속에서 발견된 시신이 타라 윌크스라는 사실을 알게 된 날, 얼굴에서 핏기가 사라지던 모습. 내털리는 내가 무슨 짓을 했는지 알아버렸다.

내털리가 입을 잘 다물고 있을지 확신할 수 없었다. 그녀 입을 막기 위해서라면 무엇이든 할 생각이었는데, 결론부터 말하자면 내털리가 비밀을 아주 잘 지키고 있다. 그녀에게도 좋은 일이다. 내털리 비밀을 나도 많이 알고 있으니까.

우선 내가 산토로 형사에게 진술한 내용을 내털리가 모른 척했다. 나는 도자기 거북이가 잘못해서 머리 위로 떨어지는 바람에 내가 방향 감각을 잃고 집을 떠나 방황했고, 사우스쇼어의 절반이 나를 찾고 있는 줄 꿈에도 생각하지 못했다고 말했다.

내털리는 경찰에게 타라와의 관계도 일절 말하지 않았다. 조사하는 사람도 없었고, 나 또한 나와 연결될 만한 흔적을 남겨놓지 않았다. 타라의 죽음은 미제 사건으로 남아있다. 타라가 가족과 연락도 끊고 친한 친구도 거의 없는 비참한 인간이 되어

있어서 덕분에 수월했다. 사건을 해결하려고 애쓰는 사람이 아무도 없었다.

그러던 중 몇 달 전에, 내털리가 올해 자선 달리기 행사를 준비하는 데에 같이할 생각이 있는지 물어왔다. 케일럽과 나는 빅스드에서 계속 일하기가 뭣해서 오래전에 그만뒀지만, 미아가 관심 가졌을 만한 자선 사업의 기금을 마련하는 데에 도움이 될 수 있다는 생각이 내 마음을 끌어당겼다.

내털리의 허락하에 올해 달리기 행사에서는 미아를 더 많이 드러내기로 했다. 내가 직접 팟캐스트에 나가 미아 이야기를 사람들에게 들려줬다. 마음속에 있던 짐을 내려놓는 것 같았다. 움직임이 자유롭지 않은 미아가 겪었던 어려움을 이야기하며 행사를 통해 모이는 기금이 정말 중요하다고 강조했다. 올해 기부금이 역대 최고 기록을 달성했다.

접수 데스크 바로 옆에는 케일럽이 찾아낸 사진으로 만든 미아의 대형 포스터가 놓여있다. 미아가 너무나 그리운 나는 포스터를 보는 것만으로도 기분이 좋아진다.

"미아가 우리를 대견스러워하고 있을 거야. 틀림없어." 케일럽이 내 마음을 읽은 것처럼 말했다. 어쩜 이렇게 잘 아는지 모르겠다.

미아는 나를 자랑스러워할 거다. 내가 타라 윌크스를 죽여서 그녀의 죽음을 되갚아줬으니까. 내털리를 그러지 못해 실망스러워 할 수도 있다. 하지만 선택의 여지가 없었다. 케일럽은 타라에 대해서는 몰랐지만, 내털리에게는 내가 손끝 하나 대지 않기를 원했다. 폭력을 행사하는 것을 너무 반대해서 내가 속이 터질 뻔했다. 애초에 케일럽에게 이런저런 이야기를 다 쏟아낸 나 자신이 원망스러울 정도였다.

케일럽은 내가 좋은 사람이라 생각한다. 내 본모습은 결코 알 수 없을 테지.

나는 그의 어깨에 머리를 기대며 말했다.

"미아가 지금 우리 관계에 대해서 어떻게 생각할 것 같아?"

"자기 오빠와 가장 친한 친구인데? 진짜 궁금해서 묻는 거야? 이보다 더 행복한 일이 있을 수 없다고 하겠지."

케일럽 말이 맞겠지. 미아가 정말로 기뻐할 만한 일인 건 맞으니까. 미아는 어떤 남자를 만났을까? 미아는 대단하니까, 아주 특별한 사람을 만났겠지.

"미아가 어디에 있든 우리 두 사람이 평생 함께하기를 응원하고 있을 거야."

"우리가 그렇게 될까?"

케일럽이 알 수 없는 표정을 지었다. 그의 표정을 읽는 데에 능숙해졌다고 생각했는데, 지금은 모르겠다. 그가 무슨 생각을 하는지 알 수가 없다. 우리가 함께하지 못할 거라고 생각하는 건가? 나는 생각하면 할수록 케일럽이 없는 삶을 상상할 수가 없는데. 케일럽은 내가 없으면 더 잘 살겠지만, 그래도 이제는 그를 놓아주고 싶지 않은데.

"왜 그래?" 내가 물었다.

케일럽은 아무 대답도 하지 않았다. 대신 한쪽 무릎을 꿇었다. 나는 그를 내려다보며 손으로 입을 턱 막았다.

"돈." 케일럽이 러닝 반바지 주머니를 뒤적거리더니 파란색 벨벳 상자를 꺼냈다. 1년 내내 가지고 있었나 보다. 적절한 순간을 기다리려고. "돈, 내가 정말로 많이 사랑해."

아무 말도 할 수가 없었다. 평소 잘 울지 않는데, 눈에 눈물이 고였다.

주변에 있던 사람들이 무슨 일이 벌어지는지 눈치 채고 우리 주위에 몰려든다. 케일럽이 파란 벨벳 상자를 열었다. 나는 반지를 보고 탄성을 지른다. 다이아몬드가 아니라 에메랄드가 박힌 반지다. 거북이와 똑같은 초록색 보석.

"돈, 나와 결혼해 줄래?"

"응!"

케일럽이 내 왼손 네 번째 손가락에 초록색 반지를 끼워주는데, 우리 둘 다 손을 떨고 있었다. 달리기를 하느라 엔도르핀이 돌아서 그런 건지 모르겠지만, 이렇게 행복하다고 느꼈던 적이 없다. 1년 전에는 살면서 경험해 볼 건 다 해봤다고 생각했는데, 완전히 틀렸다. 아직도 많이 남아있었다. 인생에서 최악의 실수를 저지르기 전에 나를 막아준 내털리에게 고맙다.

내털리를 죽이지 않아서 다행이다.

내털리

케일럽과 돈이 어찌나 귀여운지 깨물어주고 싶네.

사람들이 케일럽의 깜짝 프로포즈 때문에 난리가 났다. 두 사람은 앞으로 정말 행복하게 알콩달콩 살아가겠구나. 정상이 아닌 사람들끼리 만났으니 천생연분이란 말은 이럴 때 써야겠지. 두 사람 사이에서 태어날 아이들에게 하느님의 축복이 있기를.

당연히 케일럽은 돈이 얼마나 정상이 아닌지 모른다. 혹여 알게 된다고 하더라도 내 입에서 나온 말은 아닐 거다.

행사가 끝나서 이제는 아무도 없는 접수 데스크로 세스가 다가왔다. 내 어깨에 팔을 두르더니 나를 보며 환하게 웃는다. 그는 지난달에 이혼 절차가 모두 마무리된 이후 다른 사람들이 있는 곳에서도 훨씬 솔직하게 애정 표현을 했다. 멜린다가 그를 정말 힘들게 했지만, 결국 그의 인생에서 영원히 사라졌다. 이제는 세스와 나, 우리 둘뿐이다.

"행사가 아주 멋졌어, 냇." 세스가 말했다.

"고마워요. 올해가 단연 최고네요."

눈길이 축하 인사를 건네는 사람들에게 둘러싸인 돈에게 옮겨갔다. 돈은 사람이 많은 데서는 항상 약간 어찌할 줄 모르겠다는 표정을 짓는데, 그래도 잘 버티고 있다. 내가 축하한다는 의미로 손을 살짝 흔들어 보이자 돈이 내게 손을 흔들어 줬다. 올해 자선 달리기 행사 준비에는 돈이 큰 역할을 했다. 그녀가 같이할 마음이 있을지 어떨지 몰랐는데, 오래전에 목숨을 끊은 친한 친구를 기리는 일을 생각 이상으로 좋아했다.

14년이 지난 지금, 어밀리아는 여전히 우리 삶에 영향을 끼치고 있다. 수년 동안 행사를 통해 엄청난 기금을 모았고, 올해는 역대 최고 모금액을 달성했다. 심지어 산토로 형사도 적지 않은 액수를 기부했다. 아마 화해의 의미였을 테지.

그리고 나는 늘 그렇듯 총 모금액에서 내 몫을 챙겼다.

조심해야 한다. 욕심부리지 않고 소액만 취해야 한다. 내가 누리는 생활 방식에 필요한 정도이지 결코 다른 사람이 알아차릴 만큼이 아니어야 한다. 자살 사건 이후 내가 곤경에 처했던 걸 생각하면, 어밀리아가 이 정도는 나한테 해줘야 하지 않을까. 정말 많은 사람에게서 손가락질당했고, 학급 반장에서 물러나야 했고, 한 선생님에게서는 낙제시키겠다는 협박을 받기도 했다! 어밀리아가 목숨을 끊은 건 내 잘못이 아니었다. 그녀가 나약했기 때문이지. 그냥 빌어먹을 장난이었는데, 어찌나 어이가 없던지.

작년에는 모금액에서 다른 때보다 조금 더 빼돌려야 했다. 내가 회삿돈을 훔쳤다는 사실을 세스가 찾아내기 전에 빅스드 회사 계좌에 돈을 채워놔야 했기 때문이다. 세스가 조금 더 철저하게 감사를 했다면 내 흔적을 숨길 수 없었겠지만, 당연히 그러지 않을 줄 알았다. 만약 세스가 조금 더 꼼꼼한 사람이었으면, 애초에 내가 걸리지 않고 그냥 넘어갈 수도 없었을 거다.

죄책감은 느끼지 않는다. 빅스드는 기록적인 수익을 벌어들이는 큰 회사이고, 우리 제품은 지금 이 순간에도 불티나게 팔리고 있다. 아, 콜라헬스는 아니다. 예상하지 못한 부작용 때문에 몇 달 전에 리콜되었다.

세스가 내 어깨를 힘주어 잡으며, 이제는 서로 손을 잡고 있는 돈과 케일럽을 바라봤다.

"지금 무슨 생각해?"

"글쎄요. 세스는 드는 생각이 있어요?"

"아마도." 그러더니 세스가 내게 윙크를 날렸다. "난 이제 자유의 몸이라서 말이지."

한 해 동안 세스와 나의 관계는 꽤 진지하게 발전했다. 내가 세스에게 관계를 끝내자고 했을 때 세스는 굉장히 많이 힘들어하며 내 마음을 되돌리려고 필사적으로 노력했었다. 그 바람에 내 콧대가 좀 높아졌지. 물론 처음에 우리가 만날 당시 세스는 아내와 헤어지는 걸 꺼렸었다. 들키지 않도록 세심한 주의를 기울였다.

그래서 사실 내가 손을 좀 썼다.

멜린다에게 남편의 혼외 활동을 짤막하게 써서 쪽지를 보냈다. 멜린다는 엄청난 충격을 받았지만, 내가 바랐던 대로 남편을 떠나지는 않았다. 이번에는 멜린다가 여러 번 협박 전화를 걸고 무서운 말들이 적힌 메모들을 보낸 것처럼 꾸몄다. 세스에게 자기 아내가 제정신이 아니라고 믿게 했다.

그러다가 내가 깜짝 놀랄 일이 생겼다. 멜린다가 정말로 미쳐 버리고 말았다. 진짜로 나를 협박하기 시작했던 것이다. 그 덕에 나는 잠시 물러나야 했다.

하지만 이제는 멜린다가 우리 삶에서 사라지고 없다. 그녀는 아무런 위협도 되지 않지만, 접근 금지 명령도 받아놨다. 그녀는 나를 해칠 수 없을 것이다.

그녀가 시도하는 모습을 보고 싶기는 하네.

올해 자선 달리기 행사에 풍성하게 들어온 기부금 덕분에 웨딩드레스를 위한 돈을 일부 미리 빼둘 생각이다. 우리가 결혼하면, 세스가 그토록 원했던 아이를 낳아줄 생각이다. 모두에게 해피 엔딩인 셈이다. 아차, 멜린다는 빼고.

세스와 나란히 서서 케일럽이 돈에게 다시 한번 키스하는 모습을 지켜봤다. 정말 보기 좋은 커플이다. 돈이 그날 밤 정신을 차리고 물로 뛰어들지 않아서 새삼 다행이다. 별 볼 일 없는 여자 하나가 나를 무너뜨리기 직전까지 몰고 갔다는 사실이 놀랍다. 돈은 내가 생각했던 것보다 훨씬 교활하다.

지금 돈과 나 사이에는 무언의 합의가 있다. 나는 타라에 대해서 입을 다물고, 돈은 내가 빅스드에서 횡령한 돈에 대해서 입을 다문다. 세스는 부주의할지 몰라도 돈은 그렇지 않으니까. 돈에게서 퇴근 후에 잠깐 이야기 좀 할 수 있겠냐는 이메일을 받았을 때 돈이 내가 한 일을 알고 있다는 걸 알 수 있었다. 아주 **중요한 문제**라고 했었지. 그런 까닭에 내가 돈을 꼭 만나려 했던 거다. 한시라도 빨리 만나야 한다는 생각에 다음 날 오후에 그녀 집까지 갔다가, 돈은 행방불명이고 카펫에 피가 잔뜩 흘러 있는 걸 발견하게 된 것이었다.

돈은 내게 공금 횡령이 들통났다는 걸 알리고 싶어 했다. 그것이 내가 그녀를 죽일 동기가 되길 바랐다. 하지만 이제는 나도 그녀의 비밀 하나를 알고 있다.

우리는 서로의 비밀을 무덤까지 가지고 갈 것이다.

돈은 보기보다 위험한 사람이다.

하지만 그건 나도 마찬가지다.

더 코워커

초판 1쇄 발행 2025년 5월 14일
초판 2쇄 발행 2025년 5월 29일

지은이 프리다 맥파든
옮긴이 최주원
펴낸이 김문식 최민석
총괄 임승규
편집장 조연수
편집 백승민 한수림 이혜미 김지은
　　　김민혜
마케팅 조아라
디자인 배현정

펴낸곳 (주)해피북스투유
출판등록 2016년 12월 12일 제2016-000343호
주소 서울시 서대문구 신촌로 25-1 보고타워 4층
전화 02)336-1203
팩스 02)336-1209

©프리다 맥파든, 2025
ISBN 979-11-7096-446-9　03840